新潮文庫

ちいさこべ

山本周五郎著

新潮社版

2188

目次

ちいさこべ

花《はな》筵《むしろ》

一の一

お市《いち》は十二三の頃《ころ》から春さきになると眼を病む癖があった。陸田《くがた》へ嫁に来てからのおちつかない暮しで今年はつい忘れていたが、お城の桜が咲いて間もなく良人《おっと》に「眼が赤い」と云《い》われ、鏡を覗《のぞ》いてみると果してまたいつもの病いが始まっていた。いったい彼女は眼の性《しょう》が悪いというのだろうか、少し根《こん》をつめて縫物をしたり細かい字の本を読過したりすると、すぐに涙が出てきたり瞼《まぶた》が痙攣《けいれん》したりする。それを構わず続けていると霞《かすみ》でも懸《かか》ったようになって、暫《しばら》く不自由することが珍しくなかった。

「それではもう針を持つのはおやめなさいな」姑《しゅうとめ》の磯女《いそじょ》はこう云った、「そうでなくっても身重になると眼にひびくものですからね」

「わたくしのは小さいときからの癖ですもの、それにこの季節さえ越せばしぜんと治ってしまうのですから……」

来てまだ七月《つき》という遠慮もあるが、そればかりではなくお市には一種の自信のようなものができていた。陸田の人間になってから月日が楽しく、明け昏《く》れが緩みのないあかるくひき緊《し》まった雰囲気《ふんいき》に充《み》ちていて、軀《からだ》も心も伸びのびと息づき始めたように思える。里にいたときに育ちきらずにいたものが、こっちへ来てからにわかに成長を始めたという感じなのだ。それには里の家風が厳し過ぎたこともあるし、五人きょうだいの末のおんなで、必要以上に大事にされたこともあるだろう、ちょっと風邪をひいたくらいでも三四日は寝かされ、見えないほどの棘《とげ》を刺しても医者が呼ばれるという風だった。元もと余り丈夫なほうではなかったが、そのために自分でも軀に自信がもてず、ごくつまらない故障にも神経を遣うような習慣がついてしまったのである。辰弥《たつや》陸田ではそれとはだいぶ違っていた。良人の信蔵《しんぞう》をはじめ姑の磯女も義弟に当る辰弥も久之助も、いったいが暢気《のんき》なうえに淡泊な性質で、めったに物事にこだわるということがない。武家には珍しいくらい明けっ放しで、肩肱《かたひじ》を張るような風はどこにもなかった。世間では嫁《か》してゆくと当分は気苦労が絶えないというし、お市にしてもその感じがまったく無かった訳ではないが、それはごく短い日数のことで、家族の気質がわかると同時に世間の例とは逆な、まるで解放されたような安らぎを感じたのであった。ひきやすかった風邪もひかなくなり、手足にも肉が乗ってきたようである。眼の病み癖なども軽く済むに違いない、ごくしぜんにこういう自信がついていたのであった。

磯女は「それならいいけれど、でも無理をなさらないように」と云っただけで強《し》いはしなかった。その夜のことであるが、義弟の久之助がみつけて独りでりきみだした、「お母さんは暢気だからいけません、世間の嫁さんならもう針なんか持たされはしない、あね上だってそうだ、もう細かい仕事なんか抛《ほう》って、早く医者にみせなくてはいけないでしょう、冗談じゃありません」こんなことを云っていきまいた。

「久之助さんはたいそう精《くわ》しいのね」磯女は笑いながら三男を見た、「でもあなたの云うのは産後のことでしょう」

「へえー、産後ですかね」

いきまいた顔で銜《て》れたように、すばやく兄たちを見る眼もとが可笑《おか》しかった。信蔵はにが笑いをして「なにしろ早合点だからな」と云い、辰弥は眼尻《めじり》の下った円満な顔で頷《うなず》いていた。こんな些細《ささい》なことにも三人の気質がよく表われる。信蔵は口数も少ないし総体もの静かで、眼に見えないところに注意のゆき届くという風だ。二男は軀も顔もまるまると肥え、どっしりおちついて、いつも唇《くちびる》のあたりに微笑を湛《たた》えている、肥えているためだろうが立ち居も億劫《おっくう》そうだし、口のきき方も暢《のん》びりしたものだ。それればかりではなく云うことが突拍子《とっぴょうし》で、つい笑わずにいられないようなことが屢々《しばしば》あった。いつだったろう笹巻《ささまき》なにがしという槍組《やりぐみ》の友達が亡《な》くなったとき、まだ病んで寝ている積りで見舞いにいったのだが、帰って来てそれを伝えるのにこういうことを云った、「病気はたしかなもんだったそうだけれどもねえ、看病に手を尽したら割合い死んじゃったってさ」これには良人の信蔵も磯女も笑わされてしまった。久之助はこういう場合に決して黙ってはいない、そのときも辰兄さんの話は禅の公案より面白くっていいと囃《はや》したてた、「病気はたしかなもんだったなんてちょっと俗ばなれがしているじゃありませんか、なにしろ看病に手を尽したら死んじゃったんだからな、詰り看病なんかしなければ助かったかも知れなかったんだ、なかんずくこの割合に死んじゃったというところなんぞ荘厳なもんですよ」辰弥のほうは尻下りの眼を細くしながら、まるで他人のことでも聞くように黙ってにこにこするだけであった。その翌日のことだったろうか、久之助は出仕しがけに次兄の顔を見て「今日あたり笹巻では割合い葬式をするんじゃないんですか」と云ったが、それから「割合」という言葉がよくみんなの口にのぼったものだった。こういう揚げ足取りとせっかちと負け嫌《ぎら》いはいかにも三男坊という感じがよく出ている。口もよくまわるがすることも機敏で、兄弟の中ではいちばん甲《か》斐性《いしょう》者と云われていた。現に次兄が二十四でまだ部屋住なのに彼は二十二で御《お》蔵方《くらがた》へ勤めている、これは収納奉行《ぶぎょう》の古原忠太夫という人にみいだされたのであるが、それから二年あまり経《た》ち、古原が江戸詰の用人として去った後でも、役所の評判はなかなかよかった。お市が嫁して来て始めに馴染《なじ》んだのも久之助であった。年からいえば彼のほうが四つも上なのだがそんな風は少しもみせず、なんにつけても「あね上——」あね上とよく気をつけて呉《く》れる。なにしろ来て十日と経たないうちに部屋へやって来て小遣をねだったくらいだから、こちらの気持もうちとけてゆくのが自然だったろう、その後も十日おきくらいには小遣をねだられるが、お市は母からかなりの額の金を貰《もら》って来ているので、いつも笑いながら出してやるのである。

「なんにお遣いなさるの、もし必要なら少しは纏《まと》めて差上げても宜《よろ》しいのよ」

「なにこれで結構です、小遣というやつは少しずつ頂くところに味があるんですからね、いまにわかりますよ」

こんな問答もあって今でもまだ続いている。本当なら彼は役料もはいることだし、まだ部屋住の辰弥こそそのくらいのことはあってよい筈《はず》だけれど、これはもう泰然自若たるもので弟のすることを感づくだけの気まわりもない、もちろん良人も磯女も知ってはいなかった。

軽く済むだろうと思っていた眼はやっぱりはかばかしくなく、例年のような経過をとるのだろうか、四五日すると頻《しき》りに涙が出はじめたので、いちおう細かい仕事は休むことにし、ながい掛りつけの石岱《せきたい》さまという眼科へ治療に通い始めた。治療といっても洗って点眼するだけなので、四五たび通った後は下僕に薬を取って来させ、里にいた頃のように自分で刻《とき》を定めてやるようにした。眼のほうはそんなことでよかったが、毎日の手持ぶさたにはほとほと困った、娘でいたじぶんにはまるで無頓着《むとんじゃく》だったし、隠れてはずいぶん本なども読み兼ねなかったものだ。けれども嫁の身となればそう引籠《ひきこも》ってばかりもいられないし、そうかといって縫物などをしている姑《はは》の側《そば》でぼんやり眺《なが》めているのも具合が悪かった。朝のうち一刻ほどすれば片付けものは済んでしまう、召使がいるから食事のまえあともこれといって手を掛けることもない。時どき姑の部屋へいって茶を淹《い》れながら少しばかり話すのだが、多くは自分の部屋の窓際《まどぎわ》に坐《すわ》ってぼんやり庭を眺め暮すのである……こういう身の置き場に困るような退屈をもて余していると、里の奥村から使いがあり母が病気で寝ているから顔を見せて貰いたいと云って来た。正月に訪ねたきりだし折よくいとまの多いのを幸い、磯女の許しを得てすぐゆくことにしたが、見舞いの品を調えたり着てゆく物に迷ったりしているうち午《ひる》近くになってしまった。

「おくれついでに午を済ませていらっしゃい、これからだとあちらへ御迷惑を掛けるでしょう」

「そんなことはございませんけれど、では頂いてまいりましょう」

磯女とこんなやりとりをしているところへ思いがけなく久之助が下って来た。彼は挨拶の声をかけながら廊下を通り過ぎようとして他処《よそ》ゆき姿の兄嫁をみつけ、「やあ、おでかけですか」と立止った。そして里からの使いで母の見舞いにゆくということを聞くと、なにか腑《ふ》におちないことでもあるように首を傾《かし》げ、それからすぐ思い直したという風に、「今日のうちに帰っていらっしゃるんでしょうね」

こう云いながらじっとこちらの眼を見た。もちろんその積りでいたのだが、彼の調子にどこやら念を押すような響きがあったので、お市は咎《とが》められでもしたように夕方までには帰ると答えた。

「貴方《あなた》はどうなすったの」磯女が三男のほうを見て云った、「たいそうお早いようだけれど加減でもお悪いんですか」

「なに午後に同僚の集まりがあるんです、急ぎますからすぐ食事の支度《したく》をさせて下さいませんか」久之助はこう云ってゆきかけたが、もういちどお市へ振返ってこんどはごくあたりまえな調子でこう云った、「あちらへおいでになったら皆さんに宜しく、特に弁之助さんには星宿譜の拝見できるのを待兼ねていると伝えて下さい」

「せいしゅくふ……というのでございますか」

「ええそう、東七宿三十二星とか、北七宿五十一星とかいって二十八宿の星座を譜にしたものです、そう云って下さればわかりますよ」

弁之助というのは四番めの兄であるが、そんな事を調べているという話は聞いたことがなかった。然《しか》しそのときは妙なことを始めたものだと思っただけで、かくべつ気にも留めず巽《たつみ》御門下の家をでかけた。日のつよい時刻でもあり気温も高く、青傘《あおがさ》をしているのに少し歩くと汗ばむくらいで、旱《ひで》り続きのすっかり埃立《ほこりだ》った道をゆくのはかなり辛《つら》かった。奥村へは大手さきをまわって殆《ほと》んどお城を半周しなければならない、そういっても大した距離ではないのだが、乾いた道から反射する光が病んでいる眼にしみるので、少しいっては立止って紅絹《もみ》ぎれで涙を拭《ふ》いたり眼をふさいで休んだりするために、思いのほか時間を取ったし、ゆき着いたときには肌《はだ》の物をすっかり取替えなければならないほど汗をかいてしまった。

一の二

奥村へ着くとまず小間使のたゝみに湯をとらせて風呂舎《ふろや》へはいった。たゝみは顔のしゃくんだ十七になる農家の娘で、気はしの利《き》くことも年に似合わないが、図抜けたお饒舌《しゃべ》りの面白さがお市の気にいりだった。黙って聞いていると舌のやすむひまもなく饒舌る、纏《まと》まったことを云う訳ではなく唯《ただ》もうそれからそれへと饒舌ってさえいれば満足だというように……生れて育った村の風俗や行事は幾たび聞いても飽きなかった、なかにはかなりいかがわしい話もあってこちらの顔が赤くなるようなばあいでも、当人にはごくあたりまえなのだろう平気な眼をして話し続けるのである。尤《もっと》もそれさえ順序や纏まりがある訳ではなく三から一へ戻り五から八へ飛ぶという風で、しまいにはなにがなにやら自分でもわからなくなり、欠伸《あくび》をしながら居眠りを始めるというのが定《きま》っている例であった。

「まあずいぶんお肥《ふと》りあそばしましてございますね」風呂舎へはいると早速こう云ってたみのお饒舌りが始まった、「おむなぢが見違えるようではございませんか、このまえお流し申しましたときにはおこぶし程もございませんでしたのに、お背《せな》もお腰まわりもまあまあ」

「そんなに軀のことを云うものじゃないよたみ、恥ずかしくなるじゃあないの、その湯を半挿《はんぞう》へお取りな」

「こんなにお美しくいらしってなにがお恥ずかしいものでございますか、そんなことを仰《おっ》しゃれば若奥さまなぞはあなたまるでもう……」

加世《かよ》という長兄の嫁のことから兄たちの動静、家士の誰それに子が生れたこと、「太刀《たち》」という飼犬がすっかり老いぼれてしまったこと、酒好きのくせにすぐ酔うので有名ななにがしという客がこのあいだ広縁から転げ落ちて頭に瘤《こぶ》をこしらえたこと、自分に嫁のはなしがあるけれども相手が性なしということを知っているからゆく気はないこと、庭の芙蓉《ふよう》が今年は三本も枯れてしまったこと、更になになに次にこれこれという具合で、汗を流し終り持って来た着替えを着てしまうまでには、正月以来この家にあった事をお市はすっかり知ることができた。耳ががんがんするような気持だったけれど、厳しい家風で自分の他にそんなお饒舌りを聞いてやるような者はない。おそらく溜《た》めに溜めていたのだろうと思うと、可笑《おか》しさもてつだって叱《しか》る気にはならなかったのである。

母は畳んだ夜具の脇《わき》に坐っていた。血色も変らないし病んでいる人のようには見えない、兄嫁の加世がその側で茶や菓子の支度をしていた。

「おやおや、また眼が始まっておいでなのね」母はこちらの見舞いなどよく聞きもせずに眉《まゆ》をひそめた、「あなたのそれは一生の癖になってしまうのじゃないかしら、石岱さまへはいっておいでかえ、ふむ、こちらとはお違いだろうけれど養生をなさらないのでしょう、いつもよりはお悪いようにみえますよ」

細かい仕事などはずっと休んでいるし手持ちぶさたで困るくらいだと云ったが、母は信じ兼ねるという風にいつまでも痛わしそうな表情を解かなかった。父と上の兄ふたりは出仕して留守だったが、平三郎という三兄と弁之助とが間もなくそこへ顔を見せた。誰も彼もきちんとして、例のとおり袴《はかま》の襞《ひだ》も崩さないという風である。話題も定りきったものだし無駄《むだ》ぐちはきかないし、一杯の茶を啜《すす》るうちにはもう話の種は尽きてしまう、……兄たちは程なく立っていったが、このあいだにお市はこの家の雰囲気に或る変化の起こっていることを感づいた。それは母や兄たちが陸田の容子《ようす》を訊《き》こうとせず、こちらが話しかけると明らかに避けるような態度を示したことである。眼を病んでも養生ができないのだろうという母の言葉にも、なんとなく棘《とげ》を含むような調子があった。

「暫《しばら》く泊っていって下さいね」母がふとこう云いだした、「これというほどの病気でもないのだけれど、なんだか軀にちからが無いようでね、このあいだから眠れない夜ばかり続いて心細くてしかたがないんですよ」

「でもそうはできませんわお母さま、陸田の許しも頂いていませんし、夕方までには帰る筈でまいったのですもの」

「伴《つ》れておいでの下女にそう言伝《ことづて》てお遣《や》りになればよいし、後でこちらからも使いを出します、それにあなたもそのお眼では、少し悠《ゆっ》くり保養をなさらなければいけませんよ」

「ええ……お母さま」お市はなま返辞をしながらさりげなく立った、「芙蓉が枯れたのですってね、虫でも付いたのでしょうかおねえさま」

「菊畑を弘《ひろ》げるのでお父さまがお移しあそばしましたの、雨があればよかったのでしょうけれど旱り続きがいけなかったのでしょうね、でも枯れたのは三本くらいでございますわ」

兄嫁の声を聞きながらお市は庭へ下りていった。奥村は老職の中でも裕福といわれている。武家のことで日常はごく質素だから暮し振にはみえないが、京の竜安寺《りょうあんじ》のものを模したという石造りの庭や、豪宕《ごうとう》という感じさえする家屋の建て方などにそれが表われているようだ。誇張して云えば五年にいちどぐらいの割で洪水《こうずい》にみまわれる土地なので、特にそういう造りを選んだのだと父は云うけれども、家具調度はもとより所蔵する軸物や、香、茶、華などの器物にも同じような好みがみえる。凡《すべ》てが選《よ》りに選った重おもしく高価なもので、筋がとおらないとか価が安いというような品は一つも無かった。……お市が五つ六つになった頃だろう、「おんなの児《こ》には固すぎるようだ」と云って母屋《おもや》の脇に花壇を造って呉れた。それからのち彼女はまったく中庭のほうは見ずに過したし、今でも覗いて見るほどの興味もない、この屋敷はどこもかしこも威儀を正しているという感じなのだ、花壇のほうへ歩きながらお市はこう思った。家も人も陸田とはなんと違うことだろう。壁には古い洪水の跡が幾段にも染付《しみつ》いているし柱には干割《ひわ》れがある、什器《じゅうき》はみな年代とゆき届いた手入とで美しい艶《つや》を帯びているが決して価の高いものではない、床間には四季を通じて松を描いた墨絵の軸が掛けっぱなしで、骨董《こっとう》に類するような品は殆んど無いようだ。家族がそうであるように家の中ぜんたいがいつもさっぱりと洗ったように片付いている。お市が嫁入道具として持っていった物、例えば呂宋《ルソン》わたりの油壺《あぶらつぼ》とか梅檀《せんだん》の櫛笥《くしばこ》とか珊瑚《さんご》や翡翠《ひすい》や玳瑁《たいまい》などの髪飾りとかいう物、その他こまごました手まわりの品じなや衣装などまで陸田の生活に相《ふさ》わない物が少なくなかった。お市の敏《さと》い気性からはそれが遠慮で、大抵は包まれたり長持に納《しま》われたりしたまま手を付けずにある。ごく平凡に考えてもそうせずにはいられなかった二つの家庭の「差」というものが、お市には今ふしぎなほど鮮やかに思い返されるのであった。それにしても陸田に対するこの家の空気の変ったのはなぜだろう、暫く泊ってゆけという母の言葉はどんな意味を持っているのか知らん。いやそれだけではない陸田を出るとき久之助が今日のうちに帰るかと訊いた、あのときの容子も平常とは違っていたようである、なにかあったに相違ない、これは単純な暗合ではない。……花壇の前まで来たときお市の気持はようやく不安になりだした。するとそれを待ってでもいたように中庭との仕切になっている網代垣《あじろがき》に添って弁之助がこっちへ来た。彼はきょうだいの内いちばん骨細で皮膚の色も冴《さ》えない、眉間《みけん》に深い立皺《たてじわ》のよった陰気な顔だちをしているし、ふだんはごく温和《おとな》しいが、いちど怒るとなると誰にも抑えられないような激しいところがある、お市には年が近いのでいちばん親しくして来た兄であった。……側へ寄った弁之助は眼をよそのほうへ向けながら「お母さんがなにか仰しゃったか」と低い声で訊いた。

「暫く泊ってゆくようにって仰しゃいましたわ」こう云いながらお市はじっと兄を見た、「……それがなんだか訳でもありそうにずいぶんきつく仰しゃいますの、その他にもちょっと気のついた事があるんですけれど、陸田となにか変ったことでもあったんでしょうか、弁之助兄さまはなにか御存じでいらっしゃいますの」

「すぐ陸田へお帰り」彼はやはり眼をよそへ向けたままだった、そして懐紙を出して唇をぬぐった、「これから当分は来ないほうがいい」

「来ないほうがって、……ではやっぱりなにかあったんですのね」

「無事におさまるだろう、お市が心配する程のことじゃない、お母さんには黙って帰るんだ、おまえ肥ったようだな」そこで初めて妹の顔を見た、「軀のほうにはなにも障りはないいんだね」

「久之助さまからお言伝がございますの、星宿譜を早く見せて頂きとうございますって、待兼ねておりますからと仰しゃっておいでででした」

弁之助はちょっと眼を瞠《みは》るようにした。びっくりしたとも怯《おび》えたともいう風な眼つきである。それから口の中でなにか曖昧《あいまい》なことを呟《つぶや》いたと思うと「すぐ帰るほうがいいよ」と云って来たほうへ戻っていってしまった。……まるで訳はわからないが、不安は強くなるばかりだしいちばん気心の通じ合っている兄の言葉なので、お市は迷わずその忠告に従うことにきめた。母に黙って帰れという口ぶりが特に心をせかしたのである。供部屋に待っていた下女をさりげなく呼んで支度をさせ、自分はさっき着替えた妝《なり》をそのままで通用口のほうへ出た。汗になって風干しにしてある物を残してゆくのが厭《いや》だったけれど、取りにゆけば兄嫁の眼につかずにはいないので諦《あきら》めた。幸い誰にも見られないで屋敷をぬけだしたが、それから却《かえ》って怖いような気持になり、急に高く搏《う》ちはじめた動悸《どうき》と共に追われるような歩調で道をいそいだ。日ざしはやはり強いので少しゆくと涙が頻りに出る、お市は機械的に紅絹ぎれでそれを拭くが頭の中はあだ黝《くろ》いほど不吉な想像でいっぱいだった。なにごとがあったのだろう、これからどんなことが起こるのだろう、お母さまには御挨拶をして来たほうがよかったのではないだろうか、星宿譜と聞いたとき弁之助兄さんはどうしてあんなにびっくりしたようなお顔をなすったのかしら、……なにもかもわからない、けれどもなにか異常なことが起こっているのはたしかだ。

「そしてもう少しお急ぎな」

「おまえしゃんとしないのね」お市はなんども下女をそうせかせた、「そしてもう少しお急ぎな」

一の三

三日ばかりは誰にうちあけようもない不安な気持で過した。良人や久之助の容子になにか現われはしないかと絶えず注意しているので、神経が労《つか》れるのだろう、なんでもない物音にとびあがるほど驚いたり、夜中にひどく魘《うな》されて隣りの部屋から良人に呼び起こされたりした。けれども案じたような事はなんにも起こらないし家人の容子にも変った風はみえなかった。……黙って帰った日にすぐ里へは使いを遣った、急に気分が悪くなったからという口上で。奥村の母からは置いて来た着物の包と「大事にするように」という返辞があり、その翌日もういちど使いの者が見舞いを述べに来た。また久之助には申し伝えましたとだけ云ったところ、これもそれはどうもと軽くうけながしたきりで、別に深く拘《こだ》わるようなところはみえなかった。これらを思い合せてみるとすべてがごくあたりまえで、弁之助の言葉以外には確たる不安の根とみるべきものはないように思える。奥村の家の空気が違って感じられたのさえよく考えればあやふやになった。こういう気持と、五日、六日と無事に日が経《た》ってゆくのとで、お市の心もしだいにおちつき、やがて月の変る頃には忘れるともなく忘れるようになった。

若葉の季節になってからお市は夜中に眼がさめて暫く眠れない癖がついた。一刻《いっとき》ばかりのことだがすっかり眼が冴えてしまって、むりに眠ろうとすると軀《からだ》が気味の悪いほど汗ばんでくる。そのうえどういう訳かわからないが、良人《おっと》の顔を見たいという欲望が衝動のようにこみあげてきて、胸苦しいほどの気持になるのである。良人は襖《ふすま》ひとえ隣りの部屋に寝ていた。せめてその人のけはいか寝息でも聞ければと思うのだが、磯女なども感心するくらい寝相のよいひとで、どうかすると起きているのではないかと疑わしくなるほど静かな眠り方であった。はしたない気がしてはじめは我慢していたけれども、どうにも抑えきれなくなったので、或る夜そっと起上って間の襖を明けた。暗くしてある有明行燈《ありあけあんどん》の光が、掛け夜具を顎《あご》の下まで引き仰向きに寝た信蔵の姿をひっそりと照らしだしていた。面《おも》ながで肉の緊《し》まった眉のはっきりした顔だちは、どこかに冷たいほどの意志の強さを感じさせるが、眠っていると唇《くちびる》のあたりもやさしくなり、長い睫毛《まつげ》の合わさっている眼もとや頬《ほお》のあたりなど穏やかな温たかさが表われて、すり寄ってゆきたいような懐《なつ》かしい想いを唆《そそ》られる。……お市は喉《のど》に激しい渇《かわ》きを覚えた。軀のどこかに灼《や》けるような苛立《いらだ》たしさ、痛みのようなむず痒《がゆ》さが感じられた。すると突然まったくなんの理由もないのに、良人が自分という者に無関心でやがてはどこかへいってしまうのではないかという恐ろしい疑いが頭にのぼった。それは避けようのないほど決定的なものに思えた。そんなことはないと首を振ったけれども、ではおまえはその人にとってどんな人間なんだ、良人となり妻となることが二人の運命をそれほどたしかに結びつけているか、こういう言葉が眼に見えぬ者の叫びのようにお市の心をゆすぶった。――そうだ、夫婦とはどういうことだろう、良人にとって自分はどれほどの値うちがあるのだろう、自分は果して良人に愛されたことがあるのだろうか。お市は軀が顫《ふる》えてきた。陸田信蔵という者が自分から遥《はる》かに遠い存在であって、二人をつないでいるのはごく脆《もろ》いひと筋の糸でしかないということ、良人はこれまでも自分を愛しはしなかったしこれからも愛しては呉《く》れないだろう、そしていつかは自分を去ってどこかへいってしまうに違いない……。

想像することの余りの悲しさに、お市はそこへ坐《すわ》ったまま両手で眼を押えながら静かに啜《すす》りあげた。それが耳にはいったのだろう、信蔵が眼をさましてこちらへ向いた。すぐには声を掛けず訝《いぶか》しそうに暫く妻の容子を見ていたが、やがてごく穏やかな声でどうしたのだと云った。

「こんな時刻にどうかしたのか」

お市はとび上るほど吃驚《びっくり》してああと云った。それが途方もなく異様にみえたのであろう、信蔵は半身を起こしながらお市と呼んだ。

「どうしたんだ、軀の具合でも悪いのか」

「いいえ、いいえ」かぶりを振って後じさりに立とうとしたが、胸いっぱいに溢《あふ》れていたものが奔流となって堰《せき》を破るように、恥ずかしさもみえも忘れてこう噎《むせ》びながらそこへ俯伏《うつぶ》しになった、「……いいえなんでもございませんの」

信蔵はそのありさまを眺《なが》めていた。俯伏しになった妻の薄い寝巻にきっちりと包まれた、若い軀の描きだすみずみずしい曲線が、ほの暗い灯《ひ》あかりのなかになまめかしいくらい美しくみえる、それは五つきの帯を済ませたおんなの、いのちとちからと誇りに満ち充《み》ちている美しさであった。

「そうしていては冷えるね」信蔵は幼な子を訓《さと》しでもするようにこう云った、「ここへおはいり、温ためてあげるよ」

掛け夜具の端を上げながらさあと促された。そうしてはいけない余りにはしたない、こう思う意志とは反対にお市の軀はするすると良人のほうへすり寄っていた。……そのときそうするちからが自分の軀の中にあったということを、後になって彼女はどれだけ感謝したか知れない、まだ充分によびさまされなかった未知の感覚を味わうことができたのもその期間のことだ、それは一つの死にも比べたいほどの激しい忘我と痙《けい》攣《れん》とでお市を圧倒し、最も深いところからお市の肉躰《にくたい》と心とを造り変えた、その感覚を知った後とその前とではものの見方も考え方も違ってきたほど根本的であった。妻というものの自信もよろこびもそして誇りも、そのとき以後はじめてお市の身にはっきりと付いたようである。

夜中に眼のさめる癖は暫く続いた。たいていは眠りの返るのを待っているけれど、望みがないと思えるときは隣りの部屋へ助けを求めにいった。良人はあやすように微笑するか、黙っていてもそっと場所をあけて呉れる。お市は慎《つつ》ましく身をすべらせて寄り添う、良人の躰温とかなりつよい躰臭とが重たい感じのするほどしっかりと彼女を包む、大きな安堵《あんど》のおもいと譬《たと》えようのない幸福感とでうっとりとなり、溜息といっしょに自然と眼が閉じてしまう。それが余りに深いあまさと恍惚《こうこつ》をともなっているので、或るときはお市は良人の胸に顔を押しつけて啜り泣いたくらいだった。

「いいえなんでもございませんの」不審がる良人の手をそっと求めながらお市は顔を隠したままこう答えた、「悲しいことなんて決してございません、仕合せなんですの、切ないほど仕合せで涙がこぼれるのですわ、わたくしどうかしたのでしょうか」

「躯が普通ではないからな」良人はそう云って劬《いたわ》るようにお市の背を撫《な》でた、「このあいだの晩もそうだったのか、そこへ来て坐って泣いていたときも……」

「あれは違いますわ、あの晩はなぜでしょうか悲しいことばかり思い浮んで、もうどうしようもないほど泣けて仕方がなかったんですの」

「悲しいことってどんなことを……」

「貴方《あなた》は愛していて下さらない、いつか貴方はお市を捨てていってしまう、いま考えるとなぜあんな不吉なことが思い浮んだかふしぎなくらいですけれど、そのときはありありと眼に見えるようで、ああ厭」お市はふと身ぶるいをした、「あんなことは思いだすのも厭ですわ、きっとわたくしどうかしていたのでございますね、もう厭、いや」

　信蔵はなにも云わなかった。なにか云おうとするようだったがとつぜん眉《まゆ》がしかみ、唇が絞られるように脇《わき》へ歪《ゆが》んだ。彼は燈色の仄《ほの》かな空間を見やり、ながいこと黙って妻の背を撫でていた。……半刻ほどそうしているといつもお市の神経はやわらかく鎮《しず》まる、ゆだんすると眠ってしまうことも稀《まれ》ではなかった。

「さあいっておやすみ」良人はその容子をみてそっとこう云うのだった、「もう大丈夫ねむれるよ、静かにおやすみ」

　梅雨にはいると眼の赤みもとれた。雨の少ない年とみえてその時期になっても降る容子がなく、老人たちが「十幾年ぶり」などという暑い日ばかり続いた。いったいこの土地には到《いた》るところに豊かな湧《わ》き水があって、どんな旱《ひで》りにも作物に困るということが殆《ほと》んどない。却って雨などが少し余計に降ると洪水になる危険があるので、から梅雨ということは寧《むし》ろ悦《よろこ》ばれるのが通例であった。……良人や久之助はその前後から忙しそうになった。夕餉《ゆうげ》を済ませたあとでよく外へでかけた。お城から下るのがまちまちで、ときには「泊り番に当って」などと翌日帰ることもある。そして不断あまり見馴《みな》れない客が多くなった。そういうなかで辰弥は相変らず泰然としていた。肥えているので暑さがこたえるのだろう、いつ見てもぱたぱた団扇《うちわ》を使いながら片手に折り畳んだ手拭《てぬぐい》を持って絶えず汗を拭《ふ》いている。そのくせなにかして暑さを紛らすとか、日《ひ》蔭《かげ》や風とおしを求めるということをしないのである。坐っている処《ところ》へ日がまわって来ても立って他の場所へ移るなどということはない。こうやってじっと日さきを見ている。軀の一部へその日さきのかかるまでじっと見ていて、いよいよ足とか肩とかへその日が当ってくる。すると億劫《おっくう》そうに溜息《ためいき》をつきながらようやく三寸ばかり身をずらせる。それより多くはないし少なくもない。肥えた軀をほんの三寸ばかりずらせて、ぱたぱたと団扇を使い片手で汗を拭きながらまず安心だという顔をしている。いつだったか部屋を覗《のぞ》いてみると、壁へ背中を押付けて赤くなった顔からぽたぽた汗を流していた。胸から下に日が当って茹《うだ》ったようになっている、「そんな日の当る処でどうなすったんです」と訊いたら、なんとも途方にくれたという眼つきで此処《ここ》までは避《よ》けて来られたんだがねえと云った、「此処から後ろは壁だもんだから……」そしておもむろに溜息をついた。

「そうじっとしていないでなにかやってごらんなさいよ」久之助は忙しがりながら辰弥を見るとそう云った、「そうやってちゃあ堪《たま》らない、もう少し動いてごらんなさい、なにかすれば幾らか暑さが紛れますよ」

「そうは思うんだけれどもねえ」こう云って彼は両手に持った団扇と手拭とを弟に見せる、「このとおり片っ方で煽《あお》いで、片っ方でしょっちゅう汗を拭いてなくちゃならないからね、どっちの手も塞《ふさ》がってるんでなんにも出来やしない」

一の四

里の奥村とはどっちからともなく久しいあいだ無音《ぶいん》のままだった。春じぶんまでは十日に一どくらいの割でなにかしら問い訪れがあったのに、あの日からこっちはばったり往来が絶えている。それでも母からはときたま使いの者に軀の具合を訊《たず》ねてよこしたり、暇があったら顔だけでも見せに来いなどという手紙を呉れるが、お市の頭にはまだどこかに弁之助の言葉がひっ懸《かか》っていて、到底こちらから訪ねるという気持にはなれなかった。まさかこのまま疎《うと》くなってしまう訳でもないだろう、もう少し経って本当になにごともないのだということがはっきりすれば、また安心して往《ゆ》き来《き》もできるのだから。こう思っていると六月の中旬ごろに、奥村の父から信蔵へ宛《あ》てて手紙が来た。——お市も追い追い月が重なってきたが順調とのことでめでたい、就《つ》いては自分たちにとって唯《ただ》一人のむすめではあるし初産《ういざん》のことでもあるしするから、できることなら手許《てもと》で産をさせたいと思う、世間にそういう例も多くあるがこの場合は自分と妻、特に妻はぜひぜひという懇望なので、勝手かも知れないがどうかそう計らって貰《もら》いたい、返事に依《よ》ってそちらの都合の好い日に迎えを出す手筈《てはず》である。そういう意味の手紙であった。

「お母さんは異存なしなんだが、おまえはどう思う」信蔵はそれをお市に読ませてからこう訊《き》いた、「気兼とか遠慮などをぬきにして、おまえが本当に望むところを聞きたいんだがね」

夕餉の後の茶の時刻で久之助も辰弥も磯女もそこにいた、お市はちょっと考える風をしてから、自分はこの家でお産をしたい、里へは帰らないとはっきり答えた。正直なところは里へいってするほうが心づよくもあるし、産褥《さんじょく》にはいっても暢《のん》びりできるだろうと思う、娘じぶんよく「どこの誰それがお産をするので家へ帰っている」ということを聞いたが、やっぱりそれにはそれだけの理由があるに相違ない、然《しか》しそのときもお市は弁之助の言葉が思いだされて「帰る」ということが云えなかったのである。

「だってせっかく両親がそうお望みなさるのにお悪くはないの」磯女は案外だという口ぶりだった、「なんといっても初産ですからね、いざとなるとお里のほうがあなたにしてもこころ丈夫でしょう」

「そんなことはありませんよ」久之助が腹でも立てたようにこう云った、「お母さんは三人産んで三人育てた経験があるし、召使の手だって不足じゃあないし、なにも奥村さんに迷惑を掛けることはないじゃありませんか、あね上の仰《おっ》しゃるほうが当然ですよ」

「それはそうだけれど、初めてのお産というものは本当に心ぼそいものなんだから男の久之助さんなどにはおわかりではないだろうけれど」

「とにかく少し考えてからもういちど返辞を聞こう」信蔵はお市にこう云った、「そう早急《さっきゅう》にという訳じゃあなし、よく考えてからでも遅くはないさ、……いや久之助はもういい、おまえの意見はわかったよ」

なにか云いかけたところをこう遮《さえぎ》られて久之助はちょっと不服そうだった。辰弥ひとりは始めから黙って、例のとおり団扇を使ったり汗を拭くのに掛りきっていたが、みんなの話がいち段落すると妙なことを云いだした。

「犬の腹へ苧《お》を巻いてやるんだってね、そうすると、割かたお産が軽く済むんだってよ」

「犬のおなかへどうするんですって」磯女がびっくりしてこう訊き返した、「辰弥さんときたら時どきわからないことを仰しゃるから……」

「私は人から聞いたんで本当かどうかよく知らないんですよ、たぶん迷信なんだろうけれど、世間ではみんなそうするんだってそう云ってましたよ」

「そんなことを誰にお聞きなすったの」

「丈助という爺《じい》さんが来るでしょう、台所へよく野菜物を担《かつ》いで来る、……あの百姓爺さんなんです」辰弥は尻下《しりさが》りの眼を眩《まぶ》しそうにぱちぱちさせた、「それから丈助のお神さんという人がたいへん取上げが上手なんですってよ、たいてい重いお産でもそのお神さんに頼めば絶対まちがいないそうですよ」

磯女は呆《あき》れて眼を瞠《みは》った。

「どうしてまたそんな話になったんですか、貴方にそんなことをお話するなんて、あのお爺さんもずいぶん妙な人じゃあないの」

「いやあの爺さんと辰兄さんはなんでも話すんですよ」久之助が笑いながら助け舟を

出した、「このあいだ聞いてたら茄子《なす》の木に茄子を四百十六生《な》らせたって自慢していましたっけ、肥料なんぞはどうとかだって云ってましたね辰兄さん、あれは古くから来ていたんですか」

「そうね、おと年あたりまで平七という年寄が来ていて、たしかそれが引継いでいったのだから、もう二年くらいにはなるのでしょう」

「とにかく辰兄さんとはうまが合うらしい、担いで来た菜っ葉が萎《しお》れるのも知らずに話しこんでいますからね、いつかなんか、――」

お市は辰弥の言葉を胸の熱くなるような気持で反芻《はんすう》していた。犬の腹へ苧を巻くなどと聞いたときは笑いそうになったけれど、彼は彼なりにお市のことを心配してそんなことも訊いたのである。丈助というその農夫が来るたびに辰弥と話しこんでゆくことはお市も知っていた。背丈の低いしなしなした軀つきの小さな年寄で、お百姓というより町家の隠居という感じである。着ている物もこざっぱりしているし萱笠《すげがさ》の緒のいつも洗ったように白いのが眼に残る。薪小屋《まきごや》の脇にある桐《きり》の樹の切株に腰を掛けて、古くてすっかり手摺《てず》れているが印伝皮《いんでんがわ》の莨入《たばこいれ》を出して、休みなしに煙草《たばこ》を吸いながら話をする。話題はさまざまで定っていないが、律義《りちぎ》な性質というのだろうか始めに必ず年月日が付くのである、「あれは寅《とら》の年だったからさよう宝暦《ほうれき》なん年のなん月なん日のことですかな」という風である。辰弥は部屋の中にいて窓に凭《もた》れたり窓框《まどかまち》に腰掛けたりして楽しそうに聴いている、元もと陸田の家族は誰とでも対等に話をする習慣であるが、辰弥と丈助老人との話も脇で聞いていると友達同志としか思えないのだった。……お市にはいま、かれら二人がもの案じげに安産の呪禁《まじない》など話し合っている姿が想像され、暢びりした辰弥の性質にもそんな一面があったのかと、頰笑《ほほえ》ましい感謝を覚えるのであった。

数日してもういちど里へは帰らないということを告げ、信蔵からその旨《むね》を奥村へ云って遣《や》った。藩の医家である米沢冲斎《ちゅうさい》という人の妻女が産婦を上手に診《み》るということで、お市は初めからそのひとに頼んでいたが、診て貰うたびに感心されるほど胎児の発育もよく、母躰のほうも申し分のないほど順調だと云われていた。忌み日《いび》には欠かさず修祓《はらい》をするし、喰《た》べ物《もの》とか寝ようとか方位の禁じ戒めなども必ず守るように努めてきたが、はっきり里へ帰らないときめてからはいっそう注意して、身重の者の厭《いと》い嫌《きら》うといわれる事は取るに足らない迷信のようなものでも避けるようにした。断わりの返辞を遣ってから間もなく、奥村の母が手紙に添えて安産の守りを贈ってよこした。

——そんなこともあるまいがもし産に臨んで胎児の出ないようなことがあったら、白紙に墨で伊勢と書いてのむがよい。伊勢とは人尹生丸力《ひとこれうまるちから》という五文字から成っているもので、昔から神顕あらたかであると伝えられている。手紙にはそういう意味のことが色いろ書いてあり、お守りの中には干した竜《たつ》の落し子と子安貝《こやすがい》などもはいっていた。良人はその日また下城が遅かったので、夕食を済ませてから居間へ持っていって見せた。

「お産というものはたいへんなんだね」信蔵は苦笑いをした、「これは海馬《うみうま》というのだろう、この貝はなんというのかね」

「子安貝というのだそうです」

「子安貝か、詰り語呂《ごろ》の合うところが呪禁なんだな、この二つをどう使うんだね」

手に握ってと云おうとして、お市はびっくりしたように縁側のほうへ振返った、誰か庭へはいって来るようなけはいが聞えたのである。信蔵も振向いた。すると縁先にずっと垂れてある簾《すだれ》の向うで「戸田五郎兵衛です」という声がした。裏木戸からはいってこの部屋の灯を眼当《めあて》に来たのであろう、信蔵は「うっ」というような驚きの声をあげながら立って縁側へ出ていった。

「江戸屋敷の戸田さんですね」

「そうです、こんなところから無礼ですが人眼を憚《はばか》るものですから、御迷惑ではありませんか」

「少しも構いません、どうぞ上って下さい」

「足が汚れているんですが、井戸はどちらでしょう」

「いや水は取らせますからどうかそのまま此方《こちら》へ来て下さい」

口ばやに声をひそめて取交わされる問答をそこまで聞いて、お市はすぐ洗足《すすぎ》の支度をするために立った。夜になって裏木戸から直《じか》に庭へはいって来た客、人眼を憚るか、江戸屋敷からとかいう言葉など、訳はわからないがお市は暗い不安な印象を与えられた。——下男などにはさせないほうがいいだろう、こう思って自分で洗足の水や盥《たらい》を運んでゆくと、客は縁側の隅《すみ》の処に掛けて草鞋《わらじ》をぬいでいた。なにか話していたらしいがお市がゆくと二人とも急に黙ったので、こちらは用を済ませるとすぐにそこを離れたが、信蔵が追って来て「みんなには後で自分が話すから今はなにも云わないように、とりあえず着替えをひと揃《そろ》えと茶だけ運んで置いて呉れ」囁《ささや》くようにこう云われた。……頼まれた物を持っていったとき客の容子をちょっと見た。三十二三になる痩《や》せた中背の人で、下の前歯がひとつ欠けていたのと、左の二の腕に晒《さら》し木綿が巻いてあり、新しい傷なのだろう黒く乾いて血の滲《にじ》んでいるのが眼についた、「なにかお薬でも——」そっと良人に囁いたが信蔵は手を振った、「久之助が帰ったら来るように云って呉れ、呼ぶまではもう来なくともいいから」それもやっぱり囁き声であった。すべてが尋常でない出来事を暗示するようである。お市は磯女の側《そば》へ戻って、このあいだから掛っている初着《うぶぎ》の縫いかけをひろげたが、いちど騒ぎ立った心は刻《とき》の経《た》つに従って不安の度を増してゆき、やがては坐っているだけでさえ耐え難くなった。

「お茶でもお淹《い》れ致しましょうか」

「そうですね」磯女は文机《ふづくえ》に向ってなにか読んでいたが、眼鏡ごしにこちらを見て小さな欠伸《あくび》をした、「なにかお菓子があったかしら」

「黒飴《くろあめ》だけになったかと思いますけれど」

「信さんはなにをしておいでなの」

「お調べもののようでございました」

一の五

躯《からだ》を動かしていれば幾らか紛れるであろう。こう考えて茶の支度《したく》をしているといつもの例で辰弥がはいって来た。お茶の用意を始めるとどう聞きつけるのか必ず辰弥が現われる、家にいる限りはいま庭の向うにいたがというような時でも決して間違いはない、お市は小さいじぶん乳母から聞いた鼻利《はなき》き源兵衛さんという噺《はなし》を連想して、はじめのうちは彼がはいって来るたびに可笑《おか》しくって堪《たま》らなかった。もちろんほかの者はなんとも思ってはいない、慣れてしまったからではなくそういうことにはまるで無関心なのだ。ここにも互いに劬《いたわ》り庇《かば》い合う家族の気風がよく表われている。陸田ではおよそ人を嗤《わら》うとか小言を云ったり非難をするということがない。たいていのことが「あれはあれでいいさ」ということに片付くのである。投げ遣りかとみえるがそうではなくて、お互いの劬りや同情がその根になっているのである。

「お母さんの部屋はふしぎに蚊がいないなあ」辰弥は坐《すわ》るとすぐ鉢《はち》へ手を出して黒飴を一つ摘《つま》んだ、「兄さんの処《ところ》も久之助の処も割かたいないようだけれど、私の部屋ときたら昼間も夜も差別なしなんですからね、むやみと集まって来て出てゆきあしない、どういう積りなんだろう」

「それは辰弥さんが一日じゅういるからですよ、お部屋に貴方の匂《にお》いが付いてしまったから集まるんですよ、それでも蚊遣りを焚《た》けば違うのに、辰弥さんは焚くということがないんだから」

「そうかも知れないけれど、でも蚊なんぞにもやっぱり食い好みがあるんじゃないんですかね、こいつは不味《まず》いとか、この人間は割かたいけるとか」

間もなく久之助が帰って来た。玄関に音が聞えたとき、お市はすばやく立っていって良人《おっと》に云われたことを取次いだ。久之助は頷《うなず》いてそ知らぬ顔で母の部屋へはいり、

「遅くなりました、唯今《ただいま》」と云いながらいきなり飴へ手を出した。

「此頃《このごろ》はたいそう遅いことが多いんですね」

「もう田のほうは作柄《さくがら》の検見《けみ》が始まりますからね、今年も年貢増《ねんぐま》しになりそうなんで、割り振りの準備がたいへんなんですよ」

「また年貢増しですか、やれやれ、そう御年貢が殖《ふ》える許《ばか》りではお百姓も楽はできませんね」

久之助はなにか云おうとしたが、茶といっしょにそれを飲込むような風で、間もなく奥へ立っていった。それからやや暫《しば》くして信蔵が来た。おそらく三人で打合せができたのだろう。お市の淹れて出した茶碗《ちゃわん》をいちど手に持ったが、すぐ下へ置いてちょっと眩《まぶ》しそうに磯女の顔を見た。

「一つお願いがあるんですがね、居候《いそうろう》をひとり置いて頂きたいんですがどうでしょう」

「なんです居候とは」磯女はけげんそうに眼をあげた、「どういう方なの」

「ちょっと道楽が過ぎたんですよ、三男坊で気が強いもんだから謝ればいいものをとび出してしまったんです、さっき裏から来ていま私の部屋にいるんですがね」

「それはお気の毒ねえ、こっちは構やあしないけれど、なにしろ狭い家だから」

「なに私の居間を遣りますよ」信蔵はもう立っていた、「それから詫《わ》びを入れるまでは居どころを知られたくないと云ってますから、召使たちにはお母さんから然るべく頼みます」

「あたしが挨拶《あいさつ》に出なくともいいんですか」

「ええ明日にしましょう、お市、ちょっとおまえ来て呉れないか」

こう云って出てゆく後からお市もすぐ立っていった。食事と夜具のこと、召使たちには親類の者が来ていると云うこと、都合に依ると二十日くらいは世話をかけるかも知れないことなど、いつもの相談するという調子とは違ってなかば命令的に云われた。その夜お市が寝てからも、良人の居間では更《ふ》けるまでひそひそ話し声が聞えていた。例になく蒸し暑い晩で横になっていても汗が出る、蟵《かや》のまわりに集まった蚊の唸《うな》りもうるさかったし、ひと間おいた向うの低い話しごえが耳について、お市は汗を拭《ふ》き拭きいつまでも寝つかれずにいた。

翌日の午《ひる》ごろから南の強い風が吹きはじめ、間もなく雨も加わって荒れ模様になった。ずいぶん久しい旱《ひで》り続きのあとで、樹々《きぎ》や草などは埃《ほこり》を冠《かぶ》ったように白ちゃけていたが、見ているまにぬれぬれと濃糸の色を洗いだされ、まるで歓喜の余り踊りあがるかのように突風といっしょに揺れ立った。生れつき雨の好きなお市は言葉どおり生返るような気持で窓から外を眺《なが》め飽かなかった。鼠色《ねずみいろ》へ墨を暈《ぼか》しこんだような雲がひじょうな速度で低い空を南から北へとはしっている。雲の濃淡に依って雨は疎《まば》らになり強くなりしながら樹を叩《たた》き家々を叩き地面を叩いて到《いた》るところ蒙《もう》もうと灰色の飛沫《しぶき》をあげる、……軀じゅう乾き切って血まで濃くなったような感じであったが、眺めているうちに皮膚の有《あら》ゆる表面が活溌《かっぱつ》に水気を吸い、ちょうど蘚苔《せんたい》が水を含むように、軀じゅう豊かにしっとりと潤《うるお》いのまわるのがわかるように思えた。連想というのはふしぎである。お市は酔ったような気持で雨を見ているうちに戸田五郎兵衛という名にも客その人にも記憶のあることを思いだした。彼は六七年まえ里の奥村へよく来たことがある。そのじぶん家老の席にいた父のところへ役所の用を持って来るのだが、ひところは殆《ほと》んど毎日のように顔を見せた。お市が家族のみんなから鍾愛《しょうあい》されていることや、その中でも父の喬所の溺《おぼ》れるような可愛《かわい》がり方を知ったのだろう、前後いくたびかお市に花を持って来て呉れた。もちろん自分が受取った訳ではないし、下役の者からの贈物などお市の部屋へ飾らせる筈《はず》もなかったが、白い夾竹桃《きょうちくとう》とか、山百合《やまゆり》、みごとな黄菊などの美しかったことは印象に遺《のこ》った。それらの花が夏から秋にかけての季節のものだったことを思うと、彼の出入りしたのは冬になる前までのことに違いない、間もなく来なくなったが、なにか役目のうえで不都合なことがあり、江戸詰にまわされたという話を聞いたような覚えがある。——たしか戸田五郎兵衛といった、いちにど見た記憶もある、あの人に違いない。そうわかったからといって格別のことはないのだが、彼が江戸からこの国許《くにもと》へ人眼を忍んで帰ったこと、けがをしていることなどを思い合せると六七年まえに幾たびか花を貰《もら》ったときの自分と、現在の自分とのうえに、なにか不吉な運命の糸をひいているようで心が重くなった。

「まああそんな窓際《まどぎわ》になんかいらしって」磯女の大きな声がお市の暗い空想を中断した、「こんなにしぶきが吹込むじゃありませんか、お躯に毒ですよ、どうなすったの」

「あんまりみごとに降るものですからついうっかり見惚《みと》れておりまして」お市はうろうろと顔を赧《あか》らめた、「まあ畳をこんなに濡《ぬ》らしてしまって、どう致しましょう」

「畳よりご自分ですよ、早くいって着替えをなさいな、此処《ここ》はよねに云い付けるからようござんす」そして逃げるように出てゆくお市の背へこう云い添えた、「肌《はだ》をよくお拭きなさらないと風邪をひきますよ」

雨も風もその夜半ちかくにあがった。余り降り方が強いので宵《よい》のうちは出水《でみず》の心配までしたくらいだったが、嵐《あらし》が去ると嘘《うそ》のようにからっと晴れ、やや西に傾いた月が研ぎ出したように美しく輝いてみえた。……その夜まだ吹き降りの烈《はげ》しいうちに三人ばかり客があり、戸田のいる部屋で良人や久之助もいっしょにながいこと話していた。話の内容はむろんわからない、十時をまわるじぶん二人だけ去って、残りの一人も空が月で明るみだした頃に帰っていった。そのときお市は裏木戸まで送っていったのが良人の声で、送っていったままなかなか戻って来ないのに気がつき、とつぜん理由のない不安に襲われて幬の中から出た。それは良人がそれなり何処《どこ》かへいってしまって会えなくなるとか、なにか非常な出来事が起こって命が危ういとか、そういうたぐいの恐怖に似た感じだった、寝巻のままだということも思わなかったし、沓脱《くつぬぎ》に下駄《げた》がみえなかったのではだしで下りたほど気があがっていた。眼のくらくらするような、呼吸の止るような切迫感で、足もしっかりと地に着かなかった。そして裏木戸のほうへまわってゆくと、その手前にある仕切の袖垣《そでがき》のところに良人の立っているのをみつけた。信蔵は独りだった、片手を袖垣に掛けて月を眺めていた。そのときのこちらへ背を向けて月を仰いでいる良人の後ろ姿ほどお市の心にながく忘れられなかったものはないのである。信蔵はすぐに振返った、そしてお市だということを知ると非難の声をあげて近寄った。

「なんという向う見ずなことを、――どうしたんだそんな恰好《かっこう》で」

ああと呻《うめ》きながらお市は焦点の狂ったような眼で良人を見上げた。信蔵の声などは殆んど耳へはいらない。恐怖が安堵《あんど》に変るのと同時に、悦《よろこ》びと悲しさと良人への激しい愛の衝動とで頭も軀も痺《しび》れたようになり、われを忘れて噎《むせ》びあげながら信蔵の胸へ身を投げ掛けた。

「なかなか戻っていらっしゃらないのですもの、どこかへいっておしまいになったのか、なにか間違いでもあったのではないかと心配になって、とてもお部屋にじっとしていられなくなったんです」

「ばかだなあ」信蔵は妻の背へ手をまわしてそっと抱寄せた、「なにをそんなに怯《おび》えるんだ、客を送って来たら余り月がきれいだから見ていたんじゃないか、ごらん、――雨のあとで洗われたように鮮やかだから」

「あなた、なにか不幸なことが起こるのじゃないでしょうか」お市は良人の胸に頬を押付けたままこう囁いた、「わたくし此頃ずっと心がおちつかなくって、訳のわからない不安な暗い気分ばかり続きますの、こんなことを申上げてはいけないのでしょうけれど、お話し下すって差支《さしつか》えのないことだけでも聞かせて頂けないでしょうか、そうでないとお市はもう苦しくって、……」

信蔵は妻を抱いている手に力をこめた。月に照らしだされた彼の顔にはどうやら苦痛に緊《し》めつけられるような表情があった。そして静かに自分の頰を妻の横顔に当てかなりながいこと黙って眼を塞《ふさ》いでいた。

「さむらいは自分や自分の家族のためにだけ生きる訳にはいかない、この世に生きている以上さむらいには限らない、人間はみんな自分や自分の家族の他にも負わなければならない責任と義務をもっている、私たちはいまそういう責任の一つを果そうと努力している、藩の御政治のためでもあるし、もっと多く領民ぜんたいの幸不幸に関《かか》わることなんだ」

「ああやっぱり」お市はこう叫んで身を離した、そして絶望的な眼で良人を見た、「やっぱりそういうことがあったんですのね、わたくしたちの生活はもう毀《こわ》れてしまうんですのね」

「おちついて聞かなくちゃあいけない、私たちはできる限り悲劇を避けようと苦心しているんだ、問題はそうむずかしいものじゃないし、準備もずいぶん慎重にやって来た、おそらく表面にはなにごとも現われないで無事に解決がつくと思う、またその見《み》透《とお》しがつかないうちに事を急ぐようなことはしない約束なんだ」

「あなたはやめて下さいまし」お市は激しく頭を振った、「他にお人がたくさんおいでじゃあございませんか、ぜひあなたでなければというのではございませんでしょう、お市はあなた無しにはもう生きてはまいれません、生れて来る者のことお母さまのことをお考えになって下さい、どうぞこの家の仕合せを毀すようなことはなさらないで下さいまし」

信蔵は殆んど惘然《もうぜん》と妻の顔を見ていた。そのときお市の相貌《そうぼう》はまるで見知らぬ人のように変っていた、ひと口にいうと彼女は美人型で、うりざね顔のぜんたいの印象もそうだし、特に眼と唇《くちびる》のあたりにはいつも弱よわしいくらい内気な感じが匂っていた。それが今すっかり違ってしまったのである。眼の光も歪《ゆが》んだ唇もお市のものではない。卑《いや》しいほど利己的な貪欲《どんよく》な表情、どんなことをしても自分の所有物を失うまいとする動物本能のあらわに剝出《むきだ》された表情だった。

「そんなことを云って恥ずかしくないのか、お市、――自分の妻や、子や、親や兄弟たち、暮し慣れた住居や仕合せな生活は、どんな人間にも大切だ、それを毀したり失ったりすることは誰にだって辛《つら》い、然しそういうものが大切であればあるほど、その秩序が紊《みだ》れたり破壊されたりすることは防がなければならない、どんなに小さく見積ってもそれは人間ぜんたいの義務だ、殊《こと》に政治を行うたちばにある武家にとってはなによりも大きい責任なんだ、――お市はさむらいの家に育ったのに、こんなわかりきったことが理解できないとはおかしいじゃあないか」信蔵はこう云いながら努めて静かに妻をひき寄せた、「さあ顔をあげて月を見てごらん、軀がふつうでないから神経が昂《たか》ぶるんだよ、やがてなにもかも無事におさまる、そのためにみんなで奔走しているんだから、お市はそんな心配をしないで丈夫ないい児《こ》を生んで呉れるんだ、――機嫌《きげん》を直して月を見てごらん、こんな夜更けの月はお市には初めてだろう」

信蔵は妻の柔らかい顎《あご》へ手を掛け、そっと仰《あおむけ》にしながら微笑してみせた。月の光のなかで、良人の顔がどんなに力づよく懐《なつ》かしく恋しく見えたことだろう。――どんなことがあってもこの良人は私のものだ、決して放すものか、決して。お市は心の中でこう絶叫した。そして衝動的に良人の頸《くび》へ手をまわし、伸上るようにして良人の唇へ自分のものを押着けた。信蔵はいちど避けようとした。吸盤のような激しいくちづけから自分のをもぎ放しそうにしたが、すぐ思い返したように両手でお市を抱き支え、涙の味のする愛撫《あいぶ》をしずかに受けた。お市は軀じゅうぶるぶると震わしていた。

二の一

さして必要ではないのだが、読者の便宜のためにこの物語の背景となっている事柄《ことがら》をごく簡単に紹介して置こう。――そのころ美濃《みの》のくに大垣《おおがき》の城主は戸田うねめのしょう氏英《うじひで》という人であった。伊賀のかみ氏長の子で、幼名を徳次郎とよび七歳のときその家を継いだ。のち従《じゅ》五位下《げ》の采女正《うねめのしょう》に叙爵《じょしゃく》して、堀田さがみのかみ正亮《まさあき》の女《むすめ》を娶《めと》り、男児ひとり女児五人をあげたが、孫義と名づけた男児は早く死に女子も二人欠けている。残った三人のうち既に一人は下野《しもつけ》のかみ松平輝行へ、一人は板倉勝政へ嫁《か》しているから、家にはむすめ一人だけしか残っていなかった。氏英は三十九歳でまだ壮年というべきであるが、近頃《ちかごろ》やや健康が思わしくないようで、藩政の執《と》り方などにもなおざりの風がみえる。健康を害したのは幕府の奏者番《そうしゃばん》という役目を長く勤めたのと、宝暦十年に将軍家の代替りがあったとき、新将軍から諸大名に領地確認を意味する沙《さ》汰書《たしょ》を出す、その役を申付かったのと二つが原因のようであった。奏者番というのが軀《からだ》も神経も疲れる役目であるし、領地御書の沙汰がまた微妙なむずかしい仕事で、終ったあとに新将軍いえはるから貞綱《さだつな》の刀を貰《もら》っているが、それ以来ずっと健康が衰えたようである。もう家督相続の制度は相当きびしくなっていた頃で、家臣のうちには養嗣子のはなしがぽつぽつ出はじめていた、これは当然のことなのであるが、それをめぐって同時に動きだした政治問題があった。……どこに限らず大名の養子縁組などには新旧勢力の諍《あらそ》いが起こりがちなもので、なかにはずいぶん眼をそむけたいようなものも少なくないが、また中にはそれを機会により善い革新の行われた例も無くはなかった。保守封建の世のことだから政治に弊害があっても尋常のことではなかなか手が着かない。無理に手を着けるにはそれだけの犠牲が要る。それが藩主の代替りとか養子縁組という機会には、多かれ少なかれ重臣に移動があるので、組織的にその機会を摑《つか》めば好結果を得られる率が多かった。当時、大垣藩の国家老に大高舎人《とねり》という人がいた。江戸家老にも大高がいるけれどこれは別家で、舎人は馬廻りから昇進した出《しゅっ》頭人《とうにん》であった。口巧者だとか人に執入ることがうまいとか小才が利《き》くなどの程度では、いかにその頃のことでも馬廻りから国老へ出世することなどはできなかろう、それだけ人物も非凡であり才能もあったのだろうが、十余年も同じ人間が政治の中枢《ちゅうすう》を握っていると、情実や私的権益が生れてとかく公明が損われ易《やす》い、殊《こと》に舎人が出頭人でありながらそれだけ長く枢要の位置を占めていた裏には、旧《ふる》くからの名門や重臣たちの支持があったからで、その支持がやがて政治の癌《がん》となっていったことは想像に難くない。少し無遠慮に云ってしまうと、重臣や名門の人たちは舎人の権力を支持することで自分たちの利益を確実にした、名を与えて実を取るという類である。それではどんな不正が行われたかということになるのだが、精《くわ》しく書上げてみたところで興味もなし余り気持のいいことでもないから、ここではほんの一、二の例を挙げるだけに止《と》めるとしよう。——いったい大垣という土地は木曾《きそ》、長良《ながら》、揖斐《いび》という三つの河の流域にあるため屢々《しばしば》非常な洪水《こうずい》にみまわれる、その水禍を防ぐ長大な石垣を固めて築城したことから大垣という名が出たと伝えられるくらいで、いちど洪水になると市街の最高位に在るその城でさえ石垣を洗われることが稀《まれ》ではなかった。この物語から十数年まえの宝暦四年に、薩摩《さつま》の島津氏が幕府の命令でこの下流地方の治水工事を行なった。たいへんな難事業で三十余万両の予算が九倍の二百七十万両という巨額なものになり、藩士の中から三十余人の病死者まで出した。これらの責任を負って工事の総奉行《そうぶぎょう》をした薩摩藩の家老平田靭負《ゆきえ》とその部下の侍たち四十五人が自殺したことは、他に例の少ない悲劇といっていいだろう。この工事以後はずっと水禍が減った。然《しか》しまったく安全という訳ではなく、薩摩工事の現場からずっと上流に在る大垣付近では、豪雨が少しながく続いたりするとやっぱり水浸しになってしまう、そこで大垣は大垣として年々かなり多額な費用を治水のために支出していた、ここに香《かん》ばしくない一種の利権のようなものが生じたのである。即《すなわ》ち治水の宰領が重臣たちの廻り持であって、工事の監査が正確になされず、費用の使途に多くの疑問があった。そのうえ宝暦の薩摩事件があって以来は工費の予算追加が度たびで、それを捻出《ねんしゅつ》するためには年貢《ねんぐ》の増し上げが繰り返されるという、悪政に近い状態が表われて来たのである。

藩政のこういう傾向に対して、改革を行おうとする他の一派があった。江戸屋敷の老職鈴木弥左衛門、堀新五兵衛、大垣では小原外記《げき》などという人々である。これらの人々は事を急がなかった。極めて慎重に時間と手間を惜しまず地固めをした。戸田五郎兵衛をお市の実父である奥村喬所に付けたのもその一例であるが、要所要所に人を配して万全の策をめぐらしていたのである。――陸田《くがた》信蔵《しんぞう》は勘定方元締《かんじょうがたもとしまり》という職でこの派の重要な仕事を預かっていた。勘定奉行の下で出納《すいとう》の総務を扱う勤めだから、財政上の私曲《しきょく》を押えるには最も便宜な位地である。これは陸田家の半ば世襲に近い職になっていて、大高舎人等の一派にはけむたかったに違いないが、信蔵の人柄がちょっと愚直にみえるほど温厚であり、更に自分たちに対抗する勢力があろうとは考えも及ばず、敢《あ》えて警戒しなかった許《ばか》りでなく奥村喬所はその最愛のむすめを嫁に遣《や》りさえした。――信蔵はこの結婚をどう考えたであろうか、悲劇はできる限り避ける手筈《てはず》だけれども、歇《や》むを得ない場合は荒療治も辞さないだろう、そのとき大高舎人らと共に奥村喬所をも窮地に逐詰《おいつ》めるかも知れない、信蔵はそれを承知しながら、奥村のむすめを娶ることが自分の立場を有利にするという理由だけでお市を娶ったのだろうか。然し簡単に紹介する筈のものがだいぶ長くなってしまった、これはこのくらいにして物語のほうへ帰ることにしよう。

二の二

烈《はげ》しい風雨の去ったあと暑さはいっそうひどくなった。あれだけの雨が嘘《うそ》でもあったように、地面も草木も忽《たちま》ち干上ってしまい、町なかの道などは一日じゅう白い土埃《ぼこり》が蒙々《もうもう》と舞い立つため、人々は休みなしに打水をしなければならなかった。水といえばこの土地は洪水も多い代り無尽蔵にちかい豊富な地下水に恵まれていて市中でも田園でも井戸さえ掘れば到《いた》るところに清冽《せいれつ》な水が湧《わ》いてくる。深く掘ったものは十尺あまりも噴き上げるくらいだから、旱魃《かんばつ》などにも決して困るようなことはない、——陸田にもむろん井戸があった、浅井戸ではあるが水量は余るほどで、見ていても涼しくなるくらいたくたくと絶えず井桁《いげた》から溢《あふ》れている、磯女は「あんまり冷た過ぎるから」と云うけれども、その水で手拭《てぬぐい》を冷やして汗を拭《ふ》くのが、お市にとっては暑さを凌《しの》ぐ唯《ただ》一つの救いで、それなしにはもう一刻《とき》の辛抱もできなくなっていた。
　良人《おっと》に——あの話を聞かされてからこっちは、軀の状態もあるだろうが神経過敏のような具合で、真昼でもとつぜん動悸《どうき》が高くなったり息の詰るような感じに襲われることがある。まして夜は寝つきも悪いし耳ばかり鋭くなって、ひと間おいた向うの部屋の話しごえや人の動くけはいに軀じゅう縛りつけられたようになってしまう。そう云ってもかくべつ変った事がある訳ではない。戸田五郎兵衛という客は一日じゅう部屋に籠《こも》りきりで、だるそうに寝ころんだりなにか書いたりしている。夜になって来る人たちもその頃は三人だけになったし、三日おき五日おきと足が遠のきだした。尤《もっと》も事の内容をまるで知らないのだから、それが事情の好転を示すのか悪化を意味するのか見当がつかない。詰るところお市の不安はその見当のつかないというところに懸《かか》っていたのかも知れないのである。……土用があけ立秋が過ぎて五六日した或る夜、いつもの部屋から高調子な話しごえが聞えてきた。もう十一時をまわった時刻だったが、今までにないことでかなりはっきり言葉がわかる。蚊帳《かや》の中にいたお市はわれ知らず身を起こした。なぜかというと、初めて聞くその高調子の声のなかに「星宿譜」ということが聞えたからである。春のころ里の母に呼ばれて見舞いにゆくとき、久之助から里の四番目の兄に伝言を頼まれたのがやはり星宿譜という耳馴《みみな》れないものであった。思いもつかないときに聞いてすぐ記憶をよびさまされたのは、伝言をしたときに弁之助から与えられた不安が、そのまま現在のものに繋《つな》がっていたからであろう、お市は息をひそめてその高声に聞き入った。

「この星宿譜はいけません、いけないどころかとんでもない物です」

「どうしてです」これは久之助の声だった、「これを作ったのは私の知人で、身分も当人もよく知っているたしかな人間なんですが」

「人間はたしかかも知れないが星宿譜はまったくいけません、もし御当人が知らずにこれを作ったとすると、その人は明らかに欺謀にかかっています」

「それには根拠があるのだろうが」戸田五郎兵衛という客の声である、「いったいどの点がいけないんだ、全然だめなのかね」
「いやそうじゃあない、いちおう筋は通っているんだ、けれども肝心なところに手がはいっていて、総合すると区別のつかないように作ってあるんだ、例えばこれとこれなぞは明らかな欺謀で、北斗どころか江戸では我われの最も信頼している人たちだよ」
「それは間違いのないことですか」久之助の声はけわしかった、「それが事実だとすると重大なことになりますが」
「間違いありません、とにかくできるだけ早くその奥村という人間を糺《ただ》してみる必要がありますね、その人間が通謀者でないにしても、こういう手を嚙《か》まされる以上こちらの内情が相当かれらに知られているとみなければなりませんよ」
「それは考え過しだろう、もしそんなことがあれば小原さんからなにか話が出る筈だ」戸田がその場の空気を緩めるようにこう云った、「陸田さんはいつも小原さんと連絡があるのでしょう」
「あることはあるが、小原さんはあのとおりの人だから……」
「いや考え過しじゃあない」高調子の声がこう云った、「ともあれ奥村という人間を調べる必要があるよ、殊に依《よ》るとこいつ手後《ておく》れになるかも知れない」

後になってわかったのであるが、その高調子の声のぬしは江戸屋敷から来た渡辺左馬助という者で、秋十月に藩主うねめのしょう氏英が帰国する、その先触れをしてきょう大垣に着き、夜になるのを待ってやはり裏から来たものであった。もちろんそのときのお市はそんなことは知らなかったし、会話の重大な意味もわからなかったが、星宿譜に次いで里の兄の名の出たことが頭の昏《くら》むほど彼女を愕《おどろ》かした。弁之助兄さんが、——あの兄がこの人たちと関《かか》わりを持っている、この人たちと同じ仕事をやっている、そしてどういう理由かわからないけれども、この人たちに不利なことをして調べられようとしている、こういう想《おも》いが昏乱《こんらん》した頭の中でくるくると渦《うず》を巻いた。

話しごえはそれからまた低くなり、間もなく誰かの立って出てゆくけはいがしたので、お市も夜具の中へ身をすべらせて眼を塞《ふさ》いだ。もう産み日も迫っているので暑さが軀にひどくこたえる。じっとしていても絞られるように汗が出るし、少しながく同じ姿勢で寝ていると下にした方が痺《しび》れたようになる、胎動が強くなってとつぜんぐんと蹴《け》るように動くから、うとうとしている時などは吃驚《びっくり》してわれ知らず声をあげることさえ珍しくない。こういうことだけでも安眠が妨げられ勝ちであるのに、次つぎと脅かされるような事が重なるのでまったく身も心も憔悴《しょうすい》する思いだった。——これではおなかの子に悪い影響を与えてしまう、良人は大丈夫なにごとも起こるまいと云っているのだし、私が心配したところで役に立つ訳でもない、もうもうなにも思うまい、可愛《かわい》くて丈夫な良いお子を産むのがおんなの役なんだから。そう考え詰めてようやく深い眠りにはいるのがこの頃は習慣のようになっていた。いつかまどろんでいたのだろう、肩へ手を当てられて眼をさますと、幮の外に良人が跼《かが》んでいた。

「どうした、眼がさめたか、――ひどく魘《うな》されているので起こしたんだよ、厭《いや》な夢でもみたのか」

「少しも存じませんでした」お市は衿《えり》をかき合せながら起上った、「もうおやすみになっていらしったんですか」

「いま寝るところなんだ、汗を拭くだろう、手拭を冷やして来てやろうかね」

「こんな汗ですの」お市は片手で胸のあたりを撫《な》でながらごく自然に枕元《まくらもと》の手拭を取った、「でも罰が当りはしませんでしょうか」

「産む苦労と差引になるさ」

お市は坐ったまま眼をつむって、あやされるような気持で井ぐちの水音を聞いた。そんなことは初めてであるし、それが特別な愛情の表現だとも思わないけれど、人眼のない夜半ふたりだけのこういう劬《いたわ》りはやっぱり嬉《うれ》しかった。……戻って来た信蔵は幮の中へはいって来た。

「汗を拭いたら横におなり、少し煽《あお》いでいてあげよう」彼はこう云って枕元の団扇《うちわ》を取りあげた、「――お市は痩《や》せたね」

「そうでございましょうか、自分では肥えるばかりのようできみが悪くってしようがないのですけれど」

「なにを喰《た》べても子供に取られてしまうし、この暑さで、おまけに心配が絶えないんだから無理もないだろうが」

「おんなというものは、甲斐《かい》のないものでございますね」お市はふと眼をそらした、「夫婦は一心同躰《どうたい》などということを申しますけれど、良人が大事な御奉公に苦しんでいるのを見ながら、ただおろおろと気を揉《も》むばかりで、訳もわからずお手助けもできません、おんなわらべとひと口に申されますけれど、やっぱりそのくらいのものなのでございましょうか」

「それは違うんだ、夫婦は一心同躰だけれどなにもかも同一じゃない、妻に話してもただ心配させるだけの事なら話さないのが本当だ、それはおんなわらべなどという気持ではなくて愛情だと思う、甲斐のないことどころか劬り護《まも》られることなんだよ」

「でもそういう劬りはおんなに力がなく、頼むに足りないというお考えから出るのではないでしょうか」

「ではこっちから訊《き》くがね」信蔵は努めて明るくこう云った、「私にはおまえの産が心配でならない、たぶん無事に済むだろうが重かったらどうなるだろう、こういう心配がいつもどこかに閊《つか》えている、けれども、それではといってお市といっしょに産む苦しみを分ける訳にはいかない、この場合お市にとって信蔵が頼むに足りない人間ということになるかね」

「あなたは話をよそへ持っていらっしゃるのですわ、わたくしがそんなことを申上げているのでないことは御存じでいらっしゃるのに」

「もうやめよう、ことをつきつめてゆけば夫婦が一心同躰だなどということも本当じゃあない、人間はどこまでいっても独りなんだよ、――だがこんな話はなんの役にもたちあしない、実は一つ頼みたいことがあるんだ」信蔵はごく軽くこう云った、「私の寝間の戸納《とだな》にね、左を明けた奥のところに包が置いてある、手をやれば暗がりでもわかるよ、その包はひじょうに大事なものなんだが、私の留守にもしなにか変ったことがあったらその始末をして貰いたいんだ」

「始末と申しますと、――」お市は軀が顫《ふる》えてくるのを感じた。

「どんな方法でもよい安全に隠して置いて貰いたいんだ、但《ただ》しこれには絶対に安全だという条件がある、なにを措《お》いてもこれだけはやって貰いたい、わかるね」

はいと頷《うなず》いたが声は出なかった。

「たぶんそんなことにはなるまいと思うけれど、万一ということがあるから頼んでおくよ、母上には心配させたくないし、辰弥は暢《のん》びりやだからね、——さあ、横にならないか」

「もう結構ですからおやすみ下さいまし、そんなこと勿体《もったい》のうございますわ」

「お市のため許りじゃないんだ、いいから横におなりよ、本心を云えばおなかの坊のためかも知れない、私だって親だからな」

お市は横になった。この親切はあたりまえではない、なにか非常な事が迫っている。良人はそれが口に出せないで、こういう劬りで代償しているのだ。戸納の中にある包の始末、つきつめてゆけば人間は独りだという、——そうだ、今夜が自分たち夫婦の最後の夜になるのだ、この家もこの家庭の明け昏《く》れも終るのだ、なにもかもおしまいになるのに違いない。お市は声を忍んで噎《むせ》びあげた。信蔵は黙って静かに団扇を動かしていた。

二の三

明くる朝、良人と久之助が前後して出仕したあと、米沢冲斎の妻女が軀を診に来て呉《く》れた。気の毒なほど太ったすが眼の陽気な婦人である。自分には子供が無いので猫《ねこ》を飼っているが、それが殖《ふ》えて十なん疋《ぴき》とかになり、人の顔さえ見れば猫を飼えとかかって押付けるが、それでも殖える許《ばか》りで困る、けれども可愛いもので、――などとしきりなしに猫の話をするのがいつもの癖であった。

「御養生がお宜《よろ》しいからでござんすね、どこに文句のつけようもないほど御順調でいらっしゃる」冲斎夫人は眼を細くしながらこう云って汗を拭いた、「それはもう間違いなしでござんすが、殊に依ると予定の日より早くお産れなさるかも知れませんですね、――申上げたのはたしか九月の四日でござんしたね、ふむ、まだはっきりとはわかりませんですが、とにかく少し日取が繰り上るものと思っておいで下さいまし、いいえ御懸念《ごけねん》には及びませんです、これもみんな御発育がお宜しいからでござんすよ」

続けさまの眠り不足と神経過敏で、たぶん軀に悪い影響があったろうとお市は考えていた、従って順調という保証よりも予定日の繰り上るという言葉のほうが頭に残って、やっぱりそうだったのかとみじめに心を塞がれるのだった。……その日は珍しく涼風が立って、庭の樹々や裏の女竹《めだけ》の藪《やぶ》などがしきりに鳴りそよいでいた。ゆうべの不眠と気疲れが出てなにをする元気もないお市は、午餉《ひるげ》が済んだあと居間へはいったが、窓から吹入って来る風がうっとりするほどこころよいので、萩《はぎ》の袖屏風《そでびょうぶ》をまわしたなりついそこへ横になった。眠る積りはなかったのであるが溜《た》まっていた疲労がいっぺんに出たのであろう、誰かが来て呼び起こすのを知っていながら、すぐには返辞もできないくらい熟睡してしまった。あね上、あね上、幾たびかこう呼ばれたのち、ようやくさめて起上ると、吃驚《びっくり》するほど近いところに久之助の顔があった。彼の顔は白っぽく血の気を失って歪《ゆが》み、眼ばかりぎらぎら光らせて、いま水から上ったように汗まみれで、激しく肩で喘《あえ》いでいた。

「あね上お驚きにならないで下さい」久之助は乾いている唇《くちびる》を頻《しき》りに舐《な》めた、「ちょっと手違いが出来て、此処《ここ》をたちのいて頂くのです、どうかお身まわりの物をぜひ必要な品だけ纏《まと》めて下さい、非常に急ぎますから」

「旦那《だんな》さまは」お市は眩暈《めまい》を感じながらこう云って立った、「旦那さまはどう遊ばしまして、御無事ですの」

「あとで話します、お支度《したく》を先になすって下さい、いま母が来ます」

走るように出てゆく久之助の袴《はかま》の後ろが、斜めに一尺ばかり切れているのをお市は見た。疑いもなく刀で切られたものだ。お市はがくがくと膝《ひざ》が震え、ほんの一瞬ではあるがあたりがまっ暗になった、そして幻視とでもいうのであろうか、そのまっ暗な空間に良人の微笑している顔がありありと見えた。それは現実より生なましい、手で触ることができるかと思うほど鮮やかなものであった。――良人は死んだ。お市はこう直感した、漠然《ばくぜん》とした感じではなく、ひじょうにたしかで疑う余地のない実感がこもっていた。そしてその直感と同時に彼女の心に思いもかけない変化が起こったのである、それは良人が死ぬのは当然の出来事で、初めからそうなるように定《きま》っていたことである、これまでの有《あら》ゆる事がここへ来るための約束であった。こういう気持が思考の表面へ浮き上ってきたのだ。これは極めて短い瞬間に起こったものであるが、決定的な作用をもってお市の感情に平衡を与えた。良人が死んだという最も大きい不幸の直感が、却《かえ》って彼女に力と勇気をよび起こしたのである。裏の女竹の藪をわたる風の音がさやさやと聞えはじめた。足はまだ震えているが頭も眼もはっきりと覚めてきた、気持もふしぎに平静である。お市は部屋の中を見まわして、萩の袖屛風を片付けながら「あれとあれを、――」などと呟《つぶや》いた。姑《しゅうとめ》の磯女であろう廊下をこちらへ小走りに来る足音がする。お市は忘れていたことを思いだしたように、ああと云いながら良人の寝間へはいっていった。

「市さん、市さん、どこにいらっしゃる」

「こちらでございます」お市は戸納の中から良人に頼まれた包を取出した、「唯今《ただいま》すぐまいりますお母さま」

立退《たちの》くとすれば此処に隠し場所はない、そう嵩《かさ》ばりもしないし重くもないからとにかく持って出よう、お市は包を胸に抱えながらこう思った。良人から頼まれたのはついゆうべの、それももう夜半すぎのことである、それから時間にしてどれだけも経《た》ってはいない、まさかこんなに早く破綻《はたん》が来ようとは良人も考えてはいなかったろう、自分も不幸な予感におそわれて絶望したけれどもこれほど急だとは思いもよらなかった。それとも良人には或る程度までわかっていたのかも知れない、そうだとするとどんな気持でいたことだろう。手拭を絞って呉れたり、自分が泣きだしてからも黙って煽いでいて呉れたときの気持はどんなだったろうか。お市はこう考えたとき初めて胸がいっぱいになり涙がつきあげて来た、——あなた、こう呟きながらお市は抱えている包にぎゅっと顔を押当てた。

それから家を出るまでの事はごたごたとなにもかもいちどきで、後で思いだそうとしても前後の判別がつかないくらい混沌《こんとん》としている。記憶に残っているのはひとりで家の中を縦横に走りまわっていた久之助の活潑《かっぱつ》な姿と、召使たちに指図をする磯女のいつもと変らないおちついた声と、どういう積りか袋に入った愛用の釣竿《つりざお》と魚籠《びく》を持った辰弥が、ぼんやり廊下に立っていた恰好《かっこう》などである、中でも辰弥の容子《ようす》は子供がまの切迫した空気とは遊び場を取られて途方にくれているとでもいう風で、そのときの切迫した空気とはまったくかけ離れたおおらかに暢びりしたものであった。お城から役人たちが来たのはお市が自分の物を包み終ったあとだろうか、それとも久之助が側《そば》にいて「そんなにたくさん持てやしません、半分にならないんですか」と叱《しか》りつけるように云っていたから、まだ包み終らないときだったかも知れない、とにかく玄関のほうで誰か大きな声で叫んだ者があり、久之助と戸田五郎兵衛とが刀を持って走っていった。たみという召使がおろおろ泣きだしたり、磯女が仏壇から位牌《いはい》や過去帳を取出して来たり、どこかで物干し棹《ざお》の落ちるような音がしたり、下僕の和吉という男が背負《しょ》い籠《ご》の紐《ひも》が解けないでまごまごしていたことなどを思いだす、またお市は嫁入り道具の中から金目な品をできるだけ多く持ってゆきたくって、自分で背負えばいいからと別に二つも包を拵《こしら》えたのであるが、それは庭で斬《き》り合《あい》が始まってからのようでもあるし、いちばん最初にしたことのようにも思えてたしかではない。「上意《じょうい》である」とか「手向いをするな」という言葉が玄関のほうで聞えていた。久之助の声で「手向いは致しません、支度をしているのですから待って下さい」こう云い返すのも聞えた。それから後だろうか同時だろうか、庭へ三人ばかり見知らない顔の侍たちがはいって来てなにか大きな声で叫んだ。当人たちが怯《おび》えているようなうわずった甲高《かんだか》な叫び方であった。人間の感覚というものは奇妙なもので、そのとき一疋の蜜蜂《みつばち》が部屋の中をぶうんぶうんと呻《うな》りながら飛び迷っていたのをお市はありありと覚えている。「こっちは引受けた」という戸田五郎兵衛の声や、「兄さんはいいからみんなを頼みます」という久之助の絶叫や、庭のほうでぎらっと刀が光ったことなどは、まるで夢か幻のように朧《おぼろ》げである。二つの包を両方の手に持って裏口へ出ようとしながら見ると、久之助が刀を振り廻しながら喉《のど》いっぱいになにかどなっていた。

　背負い籠に山ほども包を着けた和吉と、ほかに仁兵衛という老僕とたみが一緒だった、たみは途中で見えなくなり、仁兵衛は杭瀬《くいせ》川の堤のところで別れた。後で聞くと和吉のほかには誰も伴《つ》れていってはいけないし、和吉にもおちつく先の知れないように適当な処《ところ》で別れるということを久之助が念を押したのだそうである。仁兵衛に別れるとき彼の持っていた荷物を辰弥が受取った。それまでお市は辰弥がいっしょだということにはまるで気づかなかった。釣竿と魚籠を持って廊下にとぼんと立っていたのは覚えているが、それからあとはどこでなにをしていたのかまったく記憶にない。老僕から荷物を受取るのを見たときはそこに辰弥のいたことが余りにもとつぜんで、誇張して云うと殆《ほと》んど吃驚したくらいであった。

「向うに猫柳の茂っているところが見えるでしょうお母さん」四人になって堤を二丁

あまり下ってから、辰弥がこう云って川の一方を指さした、「あそこで大きな鯰《なまず》が割合い釣れるんですよ、そういつもじゃありませんけれどね」

「鯰だなんて厭いや」磯女は眉《まゆ》をひそめながらかぶりを振った、「聞くだけでもぞっとしますよ、鯰だなんて、――辰弥さん釣ったことがあるんですか」

「去年だったか手のここんところを切って帰ったことがあるでしょう、あれは鯰に切られたんですよ、あいつは顎《あご》に鉤《かぎ》みたいな物を持ってましてね、うっかりすると商売人でもけがをするんですってさ」

お市は唖然《あぜん》とした気持でこの問答を聞いていた。この人たちには神経というものがないのだろうか、なにか精神的に欠けたところがあるのではないかなどとまで想像したが、やがてくらくらするような腹立たしさにおそわれて道の上に立止った。磯女と辰弥とは四五間いってから気がつき、振返って姑だけ戻って来た。

「どうなすった、お加減でも悪いの」

「いいえ大丈夫でございます」

「もう少しがまんして下さい」辰弥が向うからこう云った、「もうちょっとゆくと日《ひ》蔭《かげ》がありますから、そこだと悠《ゆっ》くり休めますからもう少し歩いて下さい」

二の四

西に見える養老山系の山なみの上にぎらぎらと眼を射るような白い大きな雲の峰が立っていた。どっちを眺《なが》めても青あおとした稲田か蒲《がま》や蓮《はす》などの繁《しげ》った沼地つづきで、その青の中に水除《みずよ》けの樹をとりまわした農家がとびとびに見える。ちょうどやつの日ざかりといわれる時刻だったから田には人影がなく、川遊びをする子供の姿も見当らなかった。堤の上はまだ風があったけれど、堤を下りて道へ出ると田水のにえる温気《うんき》や草いきれで、腰から下を湯に浸《つ》けたような耐え難い暑さに包まれた。木蔭さえあれば休みながら、そんな道を曲り曲り一刻《とき》以上も歩いたろうか、幾つかの小さな村を通りぬけたのち揖斐《いび》川の岸の河戸という処へ着いた。そこは伊勢の桑名《くわな》へ通う舟の泊り場で、家数こそ少ないがちょっとした宿《しゅく》のようにみえ、旅籠《はたご》を兼ねて昼食を出す家なども二三軒あった。そのうちの他よりはややましな一軒を選んではいり、四人ははじめて足を洗ったり着物を寛《ひろ》げて汗を拭《ふ》いたりした。……和吉とはそこで別れたのである。ここから舟で桑名へ下るからおまえはもう帰ってもいい、いずれ大垣へ帰参するであろうが、そのときは知らせをやってまた奉公に来て貰《もら》う積りである、磯女がこう云い聞かせたうえなにがしかを包んで与えた。和吉は桑名までの供がかなわないならせめて舟を見送らせて頂きたいとせがんだが、人眼につくからと云いなだめ、酒をつけて食事をさせるとすぐ追い立てるように帰してやった。

桑名へ舟で下るというのはもちろん拵えごとであった。三人は少し日の傾くじぶんまで休んでから、和吉の背負って来た荷物だけそこへ預けて、再び杭瀬川のほうへ戻っていった。いったいどこへゆくのだろうか、辰弥も磯女もなんにも云わないのでお市には見当もつかない、日の短くなる季節だったから空はいつか茜色《あかねいろ》に昏《く》れはじめ、田の面《も》には夕風が立って来た。養老の山なみはもう黒ずんだ紫色に変って、裾《すそ》のあたりは濃い靄《もや》に隠れている、見る限りの稲田のさあさあと鳴りそよぐ音や、遠く遠く聞えて来る蜩蟬《ひぐらしぜみ》の声や、片明りの沼地にかなしいほど白く蓮の花の咲いているさまなど、ゆく先も知らずに歩いているお市には譬《たと》えようもなく心ぼそくやるせない気持を唆《そそ》られる許《ばか》りだった。

「あそこに川の流れの落合うところが見えるでしょう、あね上」背負ったり持ったりの荷で汗みずくの辰弥は、堤へ登ったときこう云ってお市を見た、「あのちょっと下からもう高須《たかす》の松平領になるんですよ、小笠《おがさ》村はその領分境のすれすれだもんだから、よもやというときなんぞは都合がいいんですってさ」

「ではわたくしたちそこへまいるんですね」

「そうですとも」彼は問い返されたことを訝《いぶか》るような眼をした、「久之助がそう云ったじゃありませんか、お聞きにならなかったんですか」

「誰も聞きあしません、辰弥さん独りで承知していたんですよ」磯女がこう云った、「それでそのなんとかいう村には久之助さんの知り人でもあるんですか」

「お母さんは暢びりしているなあ、あの爺さんの家ですよ、こんな時は少ししっかりして下さい」

「そんなことを云ったって知らないものをわかりようがないじゃないの、いったいその爺さんというのは久之助とどういう関《かか》わりのある方なんですか、貴方も御存じの方なんですか」

「丈助という人でございましょう」お市が脇《わき》から口を添えた、「いつも野菜を担《かつ》いで来るお百姓の、――」

「お母さんには世故というものがないからこんなことにも気がつかないんですよよ、そこを下りていきましょうあね上、あの小屋が渡し場です」

堤を下りると身の丈ほどもある葦原《あしはら》で、水のじくじくする細い径《みち》が川のほうへと延びていた。密生した葦の中はもう暗く、葉尖《はさき》だけが風に揺れながら光っている、結いつけの草履《ぞうり》へ水の滲《し》みてくるのがなんともきみが悪くて堪《たま》らないので、お市はなるべく葦の根の張ったところを選んで歩いたが、そのときふと腹部に異様な痛みを感じてどきっとした。河戸で休んだときにもちょっと痛むように思ったが、なが道でひどく汗をかいた後だから冷えたのだろうと思い、痛むというほどもなくすぐ止ったので気にもとめなかった。けれどもそのときの痛み方はこれまで経験したことのない、きりきりと全身へ糸を引くようなぶきみなものだった。――もしかすると産れるのではなかろうか、「予定の日より繰り上るかも知れない」こう云った冲斎夫人の言葉も思い合され、万一こんな処でもしものことがあったらどうしようと、お市は寒気だつように身を顫《ふる》わしながら呻《うめ》いた。幸い渡し場へ着くじぶんには痛みも止ったが、考えてみるともう長いこと胎動がないようである。産れる前には動かなくなるということを聞いているので、もう疑う余地はないと思い、渡し守の小屋へはいると堪りかねて磯女にそのことを訴えた。

「そんなことはないと思いますがねえ」姑もそう云いながらやはり顔色を変えた、「だってまだ八つきとちょっとでしょう、今日はあんな事があったし遠道で無理もしたりなすったから、それで調子がお悪いのじゃあないでしょうか」

「そうだと宜しいのですけれど、――小笠村というのはまだよほど遠いのでしょうか」

辰弥さん辰弥さんと呼びながら磯女は小屋の外へ出ていった。折あしく舟は向う岸へ渡した許りなので、辰弥はそれを呼びに岸のほうへいっていたのである。磯女はすぐ戻って来て、その村は舟を上って十町ばかりだと救われたような口ぶりで云った。

「そのくらいならひと跨《また》ぎですからね、初めては痛みの間が長いから、もしそうだとしてもゆき着くまでは大丈夫ですよ、――それからねえ市さん、あなたはお子を産むことのほかはなんにも考えてはいけませんよ、それだけがあなたのお役なんですから、気をしっかりと持って余計なことは忘れるんです、ようございますね」

「お母さまも――」お市はこう云って姑の眼を見た、「お母さまもやっぱり諦《あきら》めていらっしゃいますの、旦那さまはもう」

「わたしは諦めもどうもしません」磯女はお市の言葉をしずかに遮《さえぎ》った、「さむらいの御奉公は元もと命を捧《ささ》げたものですから、御先祖の名を汚《けが》さず武士の道さえ踏外さなかったらそれで充分です、あの人はきっとお役に立って呉《く》れたろうと信じますよ」

磯女の声はしずかだし、顔つきにも作ったところは見えなかった。思うことをありのままに云ったのであろうが、その淡々とした調子はお市の心を激しく突きとおした。ついさっき杭瀬川の堤を歩きながら、磯女と辰弥の問答を聞いてこの人たちには神経が無いのだろうかと腹立たしかった、こんな不幸のなかでよくそんな暢気《のんき》な話ができる、なにか精神的に欠陥でもあるのではないかなどとさえ考えた。それがどんなに間違いであったかということをお市は今はじめて知ったのである。そしてあの出来事が起こってから此処《ここ》へ来るまでの、自分のよろめき惑った姿やみれんにとりみだした気持がありありと眼にうかび、嗤《わら》われなければならないのは寧《むし》ろ自分のほうであったと思い、きっと唇を嚙《か》みながら頭を垂れた。――強くなろう、良人はさむらいの本分を尽して死んだのだ、大垣藩のために少しの躊《ため》らいもなく身を捧げたのだ、お市はそういう人の妻なのだ。

　舟で川を渡るとき二度めの陣痛がきた。初めのものより弱かったせいもあるが、お市の気持はふしぎなくらいおちついていた。晩秋のような寒ざむとした色に昏れてゆく川波を眺めながら、例え道草の上でそのときが来ようともりっぱに産んでみよう、三人も子をお産みになったお母さまはいるし辰弥さんも一緒だ、少しも心配なことはないではないか、こんなことを考えるほど心が据《すわ》ってきたのである。川を越してから風景はぐっと変ってきた。土地が高くなっているのだろうか、洪水《こうずい》の害を余りひどく受けないとみえて樹立《こだち》も多く、農家の聚落《しゅうらく》も大きくておちついた風がみえる。もう黄昏《たそがれ》になっていたので、道には田から帰る人たちが絶えず後になり先になり高ごえに話したり笑ったりしてゆくし、樹に囲まれた家からは炊《かし》ぎの煙が侘《わび》しいほど平安にたち昇っていた。――この人たちにはなんの憂《うれ》いもないのだ。一日の働きを終えて帰り、ゆあみをして汗や疲れを流して、親子夫婦がなごやかな食膳《しょくぜん》に集まるのだ、田や畑のこと家族のこと以外にはなんにも煩《わずら》わされず、一家をまもってつつましく満足して暮しているのだ。お市はこう思ってふと現在の自分の身の上にひき比べようとしたが、すぐに強くかぶりを振って重い歩みを続けた。辰弥は幾たびか訪ねて来たことがあるとみえ、桑畑のあいだの細い畦道《あぜみち》をぬけたり厩《うまや》の裏をまわったりして、思いのほか早くめざす家へ着いた。

後で考えると裏からはいったのである。もう色づき始めたのもみえる柿のたわわに生《な》った枝が左右から通路を塞《ふさ》いでいる。うっかりすると頭を打ちそうなくらい低くさし交わしている枝をくぐりくぐりゆくと、黒土のあらわな庭の上に老人がひとり立ってこちらを見ていた。このときお市は三度めの激しい陣痛におそわれたので、それが丈助老人であるということを認めたほかは、彼とどんな問答があったかどうやって家へはいったかはっきりした記憶がない。腹部の中央どころから起こったその痛みはまるで軀をひき裂くような鋭さで上と下とへ延び、腹腔《ふくこう》ぜんたいが激痛の波動と共にぎりぎりと絞めあげられた。くいしばった歯の間から呻き声がもれるのを、どうかして出すまいとするのだがそれができない。踞《かが》みこんでいたのを誰かに抱上げられたのだが、独りで歩いてゆけるからという言葉さえ出て来なかった。そしてその夜半すぎ未《ひつじ》の上刻にげんという丈助の妻女のとりあげで、お市は女の子を産んだ。

二の五

お百姓というより町家の隠居のようにみえるとお市の思っていたとおり、丈助はその小笠村でも富裕な地主のひとりであった。いま住んでいるのは隠居所で、家は本字《ほんあざ》のほうにある。ずっと昔は鷲栖《わしず》という姓をもっていたそうで、土地の豪族として栄えたこともあるような話だった。いつごろ誰が写して置いたものか平治物語からの抜き書が伝わっていて、そのなかに「さる程に義朝《よしとも》は大炊《おおい》がもとに在《おは》せしがかくて有べきにあらねばやがて立出《たちいで》たまふ鎌田を召して海道は宿宿とほり得がたし是《これ》より内海へ着かばやと思ふは如何《いかに》とのたまへば鷲栖玄光《くろみつ》と申すは大炊が弟なり隠れもなき強盗名誉の大剛の者にて候《さうらふ》ついてごらん候へ」——こういうことが書いてあるのを後になって読ませて貰ったことがある。土地が三千町歩ばかりに山林もかなり有るうえ、五棟の土蔵を持った家の構えも堂々としているが、純然たる農家造りで豪族の風を遺《のこ》しているようなところは無い。丈助老人はそういう伝説が嫌《きら》いだとみえて「なあにみんな作りごとですよ、小地主に成上った先祖の誰かが箔《はく》を付けるために拵えた仕事です」こう云って笑っている。系図なども平安末期から八百年ものあいだ一代も欠けがなく、しろうと考えにも信用し難いものであった。家の当主は門七といって妻女との仲に三児があり、田畑や山林はひと任せにして自分は古書を集めたり誹諧《はいかい》をやったりして暮している。丈助のほうは隠居してからも遊んでいるのが勿体《もったい》なくて、手作りの蔬菜《そさい》とか、柿、梨《なし》、などという季節の物を大垣まで担いでゆき、小遣ぐらいはけっこう稼《かせ》ぐという風だから、気も合わないのだろう殆んど親しい往《い》き来《き》がないようだった。稼ぐといえばげんという妻女もじっとしていない人で、畑や家の中のことはともかくお産の取上げとか治りにくい病人のある家などへ絶えず呼ばれてゆく。どちらも相当ひろく知られているらしくて、時には高須領のほうへ泊りがけで出掛けることもあった。年は丈助と同じ五十七だというけれども、十くらいは若くみえるだろう。髪毛も黒くたっぷりあるし頬《ほお》などはいつも赤みがさして艶《つや》つやしている。口数は多くないがはきはきとして笑う声などは娘のように張があった。「自慢じゃありませんがお産のほうなら誰にもひけはとりません、逆児《さかご》などで産科のお医者が投げたようなものもりっぱに取上げたことがあります、自分で産む積りになるというのがこつのようなものですが、なにか身に備わったものがあるのかも知れません」彼女はよくこんなことを云っていた。それから病人を治すほうは事のまぐれで、決して医術を知っているとか特別な呪禁《まじない》をするという訳ではない。病人が医者にみはなされたなどと聞くと気の毒で堪《たま》らず、頼まれもしないのに訪ねていって慰めてやるのが評判になったのである、「誰だって死にたくないのが人情です、けれども遅かれ早かれ人間はきっと死ぬんですから、将軍さまもお乞食《こじき》もいつかはみんな死ぬんですからね、お釈迦《しやか》さまだって死んでしまうんですから、医者がみはなしたって治る病気なら治るし、朝ぴんぴんしていた者が川へはまって死ぬし、寿命のことは寿命に任せるよりほかにしようがない、こんなことを二三日もいってゆっくり話すんですよ、お寺さまの御説法より気が安まるなんて云う人もありましたっけ、私はただ安心して穏やかな気持で死なせてあげたいと思うだけなんですが、時には病気が治ったりするもんですからね、——」こう云って笑ったが、仮に信じ難いとしてもいちおう鷲栖なにがしの伝統があり、かなりな地主の隠居でそういうことをすると、だいたいが世間の蔭口《かげぐち》の種になるものだ。然《しか》しこの夫婦の場合にはそんなことがまったくない許りか、親以上に慕い頼っている者がひじょうに多くて、他村の者でも途中で会ったりすると冠《かぶ》り物《もの》をとって挨拶《あいさつ》をするという風だった。これは丈助の家の格もあるだろうし、げんが決して礼物を受けないのにも依《よ》るだろうが、結局は二人のひとがらなのだということを、お市は間もなく了解したのである。

八つき児は育たないといわれているが、げんは自信ありげに「大丈夫きっとお育ちになります」と云って呉れた、「七つき児は投げても育つと申しましょう、それなら八つき児が育たない筈《はず》はございますまい、こんなにしっかりしていらっしゃるんですもの御心配はありませんですよ」慥《たし》かに月の足りない割にはしっかりしていた、それに貰った乳もよかったのであろう、霜の下りる頃《ころ》には驚くほど肉づいて、誰の眼にも月足らずとはみえないくらい発育がよくなった。お市の乳は初めから出が悪かった。げんの云うには月数の足りないだけ乳の出る腺《せん》も開いていない、吸わせているうちには出るようになるということだったが、貰い乳をするので吸う力が弱いためだろうか、これはついに乳口が明かずじまいで、他人の世話になり通してしまった。名前は姑《しゅうとめ》と相談して「信《のぶ》」と付けた。良人《おっと》のかしら字を貰ったのである。七夜《しちや》にその祝いをした後のことであるが、更《ふ》けてゆく灯《ひ》の仄《ほの》かな光の下で並んで寝ている赤児の顔を眺《なが》めながら、こみあげて来るさまざまな悲しい想《おも》いを抑えきれずにお市は泣いた。

俗に荒い風にも当てないとか蝶《ちょう》よ花よとか乳母日傘《おんばひがさ》とか、子供を大事にかけて育てる形容が色いろある。お市はそういう形容をぜんぶ集めたくらい大切にされて育った。あれが欲しいこれが欲しいとねだった覚えがないのは望まない物まで絶えず与えられたからである。両親や兄たちは云うまでもないが、家へ訪ねて来る人たち、こちらが訪ねてゆく先ざきで愛され、気遣われ、あやされ、あまやかされた。お市はそれを我が子のうえに思い比べるのだった、——なんという哀れなめぐりあわせの子であろう、まだおなかにいるうちから母は不安と疑惑の日を送った。そして世の中へ出るために必要なものを受取るべき最も大切な終りの五十余日を失ったうえ、母親を襲った大きな不幸の衝撃と過度の疲労とのなかに、見も知らぬ他人の家のひと間で、この世へ生れて来た。良人が死んだものとすれば、(なぜなら、彼女の直感とは別に磯女さえそう考えているようだから)これからさきの運命も決して平穏ではないだろう、現在すでに自分たちは追われているからだである。大垣城の人たちの眼から身を隠していなければならないのである。これがもし長く続くとしたら、ただ生きてゆくというだけでもなみたいていなことではない。——信さん、あなたはいったいどうなるの、お市は赤児の寝顔にこう呼びかけ、とめようのない嗚咽《おえつ》を姑に聞かれまいとして、掛け夜具の端をぎりぎり噛むのだった。七夜から数日のあいだこういう暗い塞がれた気持が続いた。お市の借りた部屋は丈助の使っていたもので、西南に面して四角い窓があり、東は深い土庇《つちびさし》の濡縁《ぬれえん》になっている、濡縁のほうは黒土のあらわなかなり広い庭と、その向うにある柿畑を透《とお》して青田や農家の屋根などを望むに過ぎないが、窓のほうは段登りに高くなる耕地や森や村の聚落を抱くようなかたちで、養老山の聳《そび》えた峰を眺めることができる。お市は幼いじぶんから山を眺めているとやるせないような哀《かな》しいような想いに胸が詰って、訳もなく独りで涙ぐむ癖があった。大垣の奥村の家からも遥《はる》かに不破《ふわ》の山やこの養老山が見えるのだが、自分にそういう癖があるのでひと頃はそっちへ眼の向かないように幼い苦心をしたことなどもあった。それがいま久しい年月を経てお市の心に還《かえ》ってきた。産褥《さんじょく》から眺めるその山は大垣で見たときとは違ってずっと近く、昼のうちは深森と梢《こずえ》をぬく樹立や風に波をうつ茅《かや》の斜面や、うねりうねり山腹を這《は》う道などがよく見える。朝あけの光をまともに受けて爽《さわ》やかな青緑に輝くような色も美しい、然し午《ひる》過ぎてから昏《く》れるまでの逆光になる時間は堪らなかった。日が峰を越すと間もなく山襞《やまひだ》や峡間《はざま》が鮮やかに明暗を描きだす。光の辷《すべ》るところは極めて明るく、蔭になる部分は重さを失くしたように暗い。これはほんの短い時間のことであるが、刻々と移ってゆくこの日脚の動きほど「時」というものを現実的に感じさせるものはなかった。——ああもう茅原が蔭になった。向うの杉林ももうあんなに暗い。お市は独りこう呟《つぶや》きながら、僅《わず》かなその時の間にどんな悲しみや悦《よろこ》びが人たちを笑わせたり泣かせたりすることだろうと思う、つい今まであの斜面の茅原を照らしていた日の光は再び見ることができない、それは永劫《えいごう》に消え去ってしまったのである。明日もその茅原は日を浴びるであろうが、今日お市が見たのとはまったく違うものだ。

人間の悲しみも悦びも、否《いな》いのちそのものさえ、刻々と移るその光と同じように過ぎ去ってやがて消えてしまう、なにもかもこうして過ぎ去ってしまうとすれば、人間のすることはすべて徒労なのではないだろうか。こんな想いがしつこく頭に絡《から》みつくのであった。黄昏になると山は青ずんだ紺色に変り、紫を帯びて、やがて麓《ふもと》から漂い昇る夕靄《ゆうもや》の中に黒い影絵となって眠る、なだらかな峰の上のまだけざやかに明るい夕空と、山蔭の病むような暗さとの対照は、どの時刻にもまして遥かな哀しさと愁《うれ》いを唆《そそ》る。そのときお市には山が自分を哀れんで哭《な》いて呉れるように思えた。――そうだ娘よ、おまえのほかにも何万なん十万という人間を見てきた、色いろな生活や出来事が繰り返された、おまえもやっぱりその一人なんだ、おまえの平和な生活や悦びや楽しい日は去ってしまった、おまえは他の何十万の人間がしたように暗い悲しい困難な日を送らなければならないだろう、それはもうちゃんと見えているんだ、可哀《かわい》そうな娘よ、誰も彼もない人間はみんな同じなんだ、哀れなお市よ。……それは言葉ではなくて輓歌《ばんか》のように啾々《しゅうしゅう》と彼女の胸へ吹きかようのであった。

もちろんそういう暗い考えが長く続いた訳ではない、間もなくお市は立直った。それは赤児をただ哀れだとみていた情が烈《はげ》しい愛着に変ったのと同時であった。それはとつぜんお市の心にわき起こって全身を占めた。この子を失うまい、この子を仕合せに育てよう、なにもかもこの子につぎこんでやろう、こういう気持が驚くほどちから強く暗い考えにうち克《か》った。「信さん、あなたにはお父さまも、お家も、財産もないのね、でも母さんがそれをみんなあなたにあげてよ、母さんは今まで仕合せ過ぎたから、これからの年月はみんな信さんに差上げるわ、丈夫に育って頂戴《ちょうだい》、そうしたらきっとあなたを誰よりも仕合せにしてあげることよ」そしてお市はそれが自分にでき得ると確信するのであった。……このあいだに大垣の事情がほんの僅かだけわかった。丈助は三日にいちどずつ城下町へ蔬菜物を売りに出るが、そのつど出入りの武家屋敷で噂《うわさ》を聞き集めて呉れたのである。尤《もっと》も老人の熱心な努力にも拘《かかわ》らず二三の点以外はまったく模糊《もこ》として摑《つか》みどころがなかった。伝えられたことを要約すると、戸田五郎兵衛が中辻《なかつじ》の道の上に斬死《ざんし》をしていたこと、老職の小原外記が謹慎を命ぜられ、他に侍で数名の者が家族もろとも大目付へ召喚され数名の者が闘争のうえ脱藩逃亡したことなどであった。陸田に就いては噂がまちまちで、家族ぜんぶが大目付へ拘禁されたともいうし、信蔵と久之助とは城中でとり詰められ二人とも斬死をしたという話もある。要するにこれらの内のどこまでが事実かということさえはっきりしない。なんのためにそれだけの事が起こったのかという理由は勿論《もちろん》すべてに厳重な秘密が守られているとみるほかはなかった。久之助が兄といっしょに城中で斬死をしたというのは、袴《はかま》を切られた姿で家へ帰ったから誤伝に違いない。あれからまた城へひき返すようなことは万々ないであろう、然し闘争のうえ脱藩という者のなかにいるとすれば、此処へ逃げることは彼が勧めたのだからもうとっくに尋ねて来なければならない筈である。此処へ逃げる途中で斬《き》られるか捉《つか》まるかしたか、それとも警戒が厳しくてまだ此処へ来られないでいるか、気懸《きがか》りなのはその点であるが結局これも時期を待つより仕方のないことであった。……以上のことは時期を待つとして、お市は良人たちがなにを為《な》そうとしたかという真相だけは知りたかった。御政治に関する事であるのは良人の口ぶりでもわかっているが、どういう内容でどういう組織なのか、良人たちが失敗した後は事情がどうなるのか、いつかわが子が成長したとき語ってやるためにも、これだけの事はどうかして知って置きたいと思ったのである。磯女に訊《たず》ねてもむだなことは察しがつく。辰弥もあのとおりの性質だが、男のことだからもしかすると聞いているかも知れない、こう考えてそれとなく口占《くちうら》をひいてみた。ところがこれはお市に輪をかけてなんにも知らなかった。隠しているのではないかという疑いさえ感じられないほどさっぱりしたもので、「わかる時が来ればみんなわかりますよ、心配するほどのことはないですよ」こう云うだけであった。

辰弥といえば赤児が生れてからまるでもう彼はたましいを奪われたかたちであった。

磯女は初孫《ういまご》のことで無理はないけれど、彼の可愛《かわい》がりようはちょっと桁外《けたはず》れで、見ていてもふきだすようなことが屡々《しばしば》あった。まだようやく十日ぐらいしか経《た》たないのに、枕元《まくらもと》へ坐《すわ》って「信さん、信さん、――」と色いろなことを話すのである、まだ眼も見えないんですからと云ってもてんで信じようとしない、「そんなことがあるもんですか、ちゃんと見えていますよ、ごらんなさい、私がこう動くと動いたほうを見るじゃありませんか」「それは物のあやめがわかるというのですわ、明るさ暗さに眼がひかれるだけなんですの」「普通はそうかも知れませんがね、信は生れるのが早いだけ知恵のつくのも早いんですよ、そら笑っているでしょう」こんな風で、黙っていると幾らでも赤児と話しこむのである。げんの注意であまり抱かないようにと云われていたが、霜の降る頃になってもう大丈夫という段になると、癖がついて悪いからと断わるのに骨を折るほど抱きたがった。尤もそのあと間もなく彼は丈助の手引で畑をやり始めたので、付いてはらはらする程ではなくなったけれど。……これはずっと後にわかったことであるが、辰弥はもう以前から侍として身を立てることを断念し、折があったら百姓になろうと考えていた。丈助が来るたびにひき留めて話したのもそういう望みが根にあったので、二人のあいだには或る程度まで辰弥の帰農の相談ができていたし、そのために彼は幾たびか此処へ土地を見に来たのだそうである。人生には偶然に救われるという例が珍しくない。辰弥が丈助と知合ったことはまったく偶然であろうが、そのためにげんという妻女の世話でお産も無事にでき、大垣からそれほど遠くない土地にも拘らず、大高舎人一派の手から遁《のが》れとおすこともできた、さらにそれから後のこともひっくるめて、すべての救いが此処へ来たことに懸っていたと云ってもよいくらい、その偶然は尊いものだったのである。その当時はまだ辰弥のきもちはわからなかった。子供をかまわれ過ぎるのが少なくなるだけほっとしたくらいであるが、その代り畑から帰ると、手を洗う暇も惜しそうな容子で抱きに来る、「淋《さび》しかったか信さん、ほうほう淋しかったか、そうかそうか」こんなことを云って眼尻《めじり》を下げるのである。

「いつ頃になったら歩きますかね、あね上、正月はまだちょっと無理ですかね」

「ちょっと無理どころですか」磯女が呆《あき》れてこう云う、「どんなに早くったってお誕生が来なければ歩けやあしませんよ」

「それあ普通はそうでしょうがね、信は五十日も早く生れて来たんだから」

「辰弥さんはよくそれを仰《おっ》しゃるが、本当はあべこべなんですよそれは、普通より早く生れた子はそれだけ育ちが遅れる順なんです、貴方《あなた》のは勘違いですよ」

「それあ世間はそうかも知れませんがね」

「こんな事には世間もなにもありゃしません、それより貴方ふところになにを持っていらっしゃるの、落ちそうになっていますよ」
こう云われて辰弥は慌《あわ》ててふところを押えたが、その手を滑って地面へ落ちた物がある。それは藁《わら》で編んで赤い緒をすげた可愛い小さな草履であった。

三の一

お市が島田村の美濃甚《みのじん》へかよいだしたのは明くる年の二月からであるが、思い立ったのはまだ中旬ころのことだった。まだようやく産褥《さんじょく》から起きだしたじぶん、なにか草のようなものを堆高《うずたか》く積んだ車がしきりに通るのを見かけて、稲ではなしなんだろうとげんに訊《き》いてみた。げんの話ではそれは藺《い》とも燈心草ともいうもので多く畳表にするのだが、あれは島田村の美濃甚という家で花筵《はなむしろ》を作るのに使うのだと説明して呉《く》れた。花筵というのは茣蓙《ござ》の一種であるが、藺を色に染めて紋様を織りだしたもので、特殊な機《はた》と技術が要るし材料の関係もあって、そうたやすく作れる物でない許《ばか》り当時はまだ珍しくて高価な品に数えられていた。お市も戸田壱岐《いき》という老職の家でいちど見たくらいだろう、これは二帖《じょう》敷きほどの大きさで周囲に卍《まんじ》くずしの繋《つな》ぎ紋様があり、まん中に牡丹《ぼたん》に似て牡丹ともいえない花と葉が織り出してあった。ぜんたいに線が粗《あら》かったり正確でなかったりして、美しいという感じがしなかったのを覚えている。「あれを織るといい手間になるんですが」そのときげんがそう云った、「なにしろ根《こん》仕事のうえに上手へたがあるそうで、この村からも雇われてゆくんですが長続きがしませんでねえ、――」独り言のような口ぶりで云ったのだが、お市はその言葉から一つの暗示を得た。なにか適当な仕事をみつけて生活を立ててゆこうとは早くから考えていた。良人《おっと》の生存に望みがもてない以上はもし陸田の家に帰参のかなう時が来るとしても、家名を継ぐのは久之助か辰弥かになるであろう、生れた子が男であれば別だけれども女子だからそれはもう定《きま》ったようなものだ、然《しか》もその帰参ということさえ果して希望がもてるかどうかわからないとすれば、ここはいちおうそういう事をきれいに忘れて、新しく自分で生きる方法を立てるのが本当だ。じっさい問題としては自分のような育ち方をした者に一家の暮しを立てるだけの能力があるかどうかという点だが、これもお市はさして困難だとは思っていなかった。里の奥村にいたじぶん父がよく人に「人間がこれだけはと思い切った事に十年しがみついていると大抵ものになるものだ」と云って話す例があった。それは奥村に仕えていた沢田なにがしという侍が、中年から絵を習い始めて誰の教えも受けずに殆《ほと》んど十年あまりも勉強した結果、とうとうものにしていちにんまえの絵師になった。間もなく奥村から暇を取って大阪で門戸を構えたが、しだいに名をあげて門人の数も多くなり、京都へ稽古所《けいこじょ》を兼ねて別墅《べっしょ》を造るほどになったという話である。親の代からの奥村の家士で、三十歳ころまでは自分の名も満足には書けないような、眼はしのきかない愚鈍な人間であった。絵を描くような勘のするどさとか器用さなどというものはまったくみられなかったし、習い始めからもそれがものになるだろうとは誰の眼にもみえなかったそうである。勿《もち》論《ろん》お市の生れるまえのことでその当時のようすは知らないが、毎年正月には大阪から挨拶《あいさつ》に来るので絵師になってからの風貌《ふうぼう》は屢々《しばしば》見ている。ごく口の少ない腰の低い肥えた老人で、お市が陸田へ持って来た六曲屛風《びょうぶ》の洛中《らくちゅう》四季の絵は彼の描いたものであった。これはと思い切った事に十年しがみついていれば、父の話にでるこの言葉は現実にその人を知っているだけお市に深い印象を与えた。三十歳ころまで自分の名もよく書けなかった人がひたむきになるとそれだけの事をやりとげる、こういう例は極めて稀《まれ》なものではあるだろうが、お市にはこれが自分を支えて呉れる一つのちからに思えたのである。

姑《しゅうとめ》の磯女はかなり難色をみせた。それほどのことをしなくともとなかなか好い返事をしなかった。辰弥もただ困ったような顔をするばかりでなんにも意見は云わなかったが、お市はできるだけ穏やかに自分の考えを話し、なお「そうすれば幾らか暗い気持も紛れるだろうから」と付け加えて頼むようにした。信が貰《もら》い乳《ぢち》で育っていることがこの場合にはなにより好都合で、磯女の承諾を得るとすぐげんに仲継《なかつぎ》を頼み、年が明けてからいちど仕事の容子を見に美濃甚へ伴《つ》れていって貰った。……島田村はそこから西北へ一里ばかりいった牧田川の岸にあり、烏江《からすえ》という舟着きを有している。そこは桑名を通じて京大阪と江戸をつなぐ舟便の発着所に当り、家数こそ余り多くはないが繁昌《はんじょう》な活きいきした土地であった。美濃甚はこちらからいって村の取つきにあり、古い柳の樹を柵《さく》のようにまわした五千坪ばかりの地所に三棟の建物を持っている大きな構えだった。総地所を取巻くような柳の樹の植え方も風変りであるが、建物は見つきも内部もそれ以上に異様で、茅葺《かやぶ》き合掌《がっしょう》造りの高い三階建ての母屋《おもや》は別として、他の二棟は大きな長細い箱に屋根と切窓を付けたような造り方である、「ずいぶん変った家ですこと」お市は眼を瞠《みは》るような気持で暫《しば》くあたりを眺《なが》めまわした、「ここの御主人はそれあ変った方で、家の造りもこんなですがお暮し振など吃驚《びっくり》するような事がたくさん有るという話でございますよ」げんはこんなことを云いながら、母屋のほうへ導いていった。……三尺角ほどの太い漆塗の柱が何本も立っている土間に沿って、黒光りのする広い式台のような板敷が二段になって奥まで続いている、最も入口に近い障子をはいったところは十二帖ほどの切炉のある部屋で、たぶん商用の客間というのであろう、お市はそこで手代の万吉老人と会い、それから仕事場を見せて貰った。初めに見た箱のような二棟の建物がそれで、一方は藺を染めるために使い、一方が機《はた》舎《や》になっている。染場は縦長で五十坪ほどあるのを二つに仕切って、片方はちょうど紺屋のように十幾つもの染料や薬液を容《い》れた瓶《かめ》が地面にいけてあり、仕切の向うは乾燥場になっていた。そこの左右の壁は寸厚みの杉戸の羽目であるが、轆轤《ろくろ》を廻すとその板の一枚一枚が羽根を立てるように斜めにずれて、どちらからでも自由に風を通す仕掛けになっている。また染場との仕切の壁に大きく立炉が造ってあり、雨期とか冬などは火気で乾燥するということであった。そのときも立炉の前に背の踞《かが》んだ老婆がいて、腕くらいもある太い薪《まき》を焚《た》いていたが、炉の火気はそのまま屋根へぬけるのでなく、床下の管を通って室を温ためたうえ反対側の壁の中をぬけて出る仕掛けだそうである。鴨居《かもい》の高さで横に桟《さん》をわたし、それへ隙《すき》もなく色染めした藺が掛け列《つら》ねてあったが草と染料との乾いてゆく甘酸っぱいような匂《にお》いと、足の下から蒸しあがるその温気《うんき》とで少し話を聞いているあいだに額へ汗がにじむくらい暑かった。——別棟の機場では五人の女たちが筵を織っていた。板敷の広びろした処《ところ》に機が十二台ある、然し動いているのは五台だけで、あとは織子が無いために休んでいるということだった。女たちの二人は若く、一人はまだ十四五で、あとの二人は中年の女房風であったが、お市の眼にはその少女だけが仕事に身を入れているので、あとの四人は気乗りもしないし精もないという風にみえた。ひとわたり眺めて出ようとすると、中年の女房の一人が嗄《しゃが》れ声をあげて、「山が焼ければ親鳥は逃げる、身ほど可愛いものはない、――」と唄《うた》った。母屋へ戻って、茶の接待を受けながら賃銀や勤めの刻限や休み日などを聞かされた。げんからそれとなく身の上の話でもあったのだろう、万吉老人の応対は慇《いん》懃《ぎん》で、そのうえぜひ来て貰いたいという懇望の口ぶりさえみせた。「少し事情があって今のところちょっと足踏みのかたちですが、ひとふんぱつすれば盛返す眼当がついているのです、なにしろこれからという仕事ですから」どこかしら丈助に似ている老手代は、眼だけに澄んだ力のある枯れしぼんだような小さな顔で気を計るようにお市を見ながらそんなことを云った。

単に機場ばかりでなく、美濃甚という家にはぜんたいに活気のない澱《よど》んだような雰《ふん》囲《い》気《き》があった。極めて漠然《ばくぜん》としたものだが、一種の頽廃《たいはい》のような匂いさえ感じられて不愉快だった。けれども織り上った品の種類を見ていて或る思案が浮んだのと、万吉老人の懇願をむげにしにくい気持もあって、それでも三日ばかり考えたのち雇われることにきめた。明日から通うという前夜には、こんなことを祝うのは不躾《ぶしつ》けかと思うがと断わって、丈助夫妻が赤飯を炊いたり焼干しのみごとな鮎《あゆ》を飴煮《あめに》にして呉れたりした。

「そうするとあね上は、明日から本当に花筵を織るわけですね」辰弥はこう云ってにこっと眼を細くした、「私が畑を作ってあね上が花筵を織るとなると、割かたこれは壮観じゃありませんか」

「いやですね辰弥さんは、こんなことは壮観などというものじゃありません、まるで反対ですよ」

「いいえお母さま」お市は微笑しながらこう云った、「辰弥さまの仰《おっ》しゃるとおりですわ、辰弥さまがひとかどのお百姓になり、わたくしが花筵の機場でも持つようになるとすれば、これはこれで壮観と申してもよいではございませんか、わたくし本当に機場の主《あるじ》に成る積りでいるのですから、――」

それもいいだろうけれど、磯女は呟《つぶや》くようにこう云って眼を伏せた。心なしか箸《はし》を持つ手が震えているようだった。お市には姑の考えていることがおよそ推察できる。磯女の感情に根を張っている武家生活の伝習、陸田の家名などというものが、ここまできても踏切るべきものに躊躇《ちゅうちょ》するのである。でもお母さまのこれまでの生活が真実だったとすれば、そこからぬけ出ることが困難であり苦しいのが本当なのに違いない、自分もこれほど若くなかったらこのように思い切ることはできなかったかも知れないのだ。お市はこんな風に思いやり、姑のそういう気持を変えてゆくには自分が明るくおおしく生きなければならないということを深く自覚するのであった。——そして新しい日々が始まった。

三の二

年が明けて春を送るまで、遽《あわただ》しくおちつかない生活が続いた。機に馴《な》れるまでの苦労は別として。——他の織子たちとの感情の不調和や、主人貞次郎との不安な交渉から、ずいぶん気持を疲らせたり不快な思いを忍ばなければならないことが多かった。機子たちのほうはお市よりも後から四人はいって来て、そこから少しずつ隔てがとれていったのであるが、まえからいた者のうち「山が焼ければ親鳥や逃げる」そう唄った女と、その仲間らしい一人の女房とはいつまでも白い眼でこちらを見、時には意地の悪いことをしたり、聞えがしに蔭口《かげぐち》を囁《ささや》いたりすることをやめなかった。原因はなにもある筈《はず》がない。お市の身についている武家の匂いに反感をもっているのと、主人の貞次郎や万吉老人がお市を大事にするのを不服に思っているのである。これは時が経てばわかるという気持になれたが、主人のほうとの関《かか》わりは反対に負担が重くなるばかりだった。——お市が機子になる決心をした理由の一つに、これまでにない柄模《がら》様の花筵を作るという望みがあった。初めて訪ねたとき見た製品は、彼女が戸田壱岐《いき》家《け》で見たものと殆んど違わない単純なものだった。お市はそれをもっとくふうして、柄や模様ばかりでなく織り方にも複雑な美しさを出してみたい、こういうことを考えていたのである。それで通い始めて三十日ほどしてから万吉老人にその望みを話し、他の女たちとは別に自分のくふう仕事をさせて貰うことにした。これは万吉から主人の貞次郎にも伝えられ、その仕事に掛りきりでやって欲しいとさえ云われたが、まだてんで眼鼻の見当もつかないことだし他の女たちの思惑もあろうと思い、当分は午後の一刻《いっとき》だけ別の機に坐ることにしたのであった。——三月にはいってからの或る日、前夜から降りだした雨が朝になってもやまず、いかにも春雨らしく霧粒の舞うように野山をけぶらせていたが、美濃甚の門をはいって機場のほうへゆこうとしたとき、傘《かさ》を傾《かし》げたお市は、ふと母屋の前に立っている人を見て「ああ」と声をあげた。足のほうからぞっとするような感覚が心臓のあたりへ衝上《つきあ》げ、そのまま呼吸が止りそうになった。良人が立っている、母屋の前に立ってこちらを見ているのは良人の信蔵である。眼の前に紫色の光暈《こううん》が閃《ひらめ》いた。そしてお市はそっちへ駆けだそうとしてがくっと膝《ひざ》を折った。のめりそうになって傘を飛ばすのといっしょに、母屋の前に立っていた人がこっちへ走って来た。「どうしたんだ」こう云って、お市の手を取って援《たす》け起こしたが、それはもちろん信蔵ではなかった。信蔵でなかったという許りでなく、まるで似もつかない男なのである。「躓《つまず》きでもしたのかね、痛くはしなかったか」男はこう云いながら、落ちている傘を拾って呉れたりした。三十四五になるだろうか、痩《や》せた蒼《あお》白《じろ》く沈んだ顔つきで、疲れ倦《う》んだような眸子《ひとみ》ときみの悪いほど細くて長い指が眼についた。それが美濃甚の主で貞次郎であった。どうして良人とまちがえたものだろう、いくら考えても現実には似ているところが少しもないのに、眼をつむってみると母屋の前に立っている姿はどうしても貞次郎ではなく信蔵である。そのうえ初めにそう思い違えた瞬間の、総身のひきつるような激しい感動がいつまでも身内に残っていて、ふとすると鼓動が激しくなり、頭が痺《しび》れるようなふしぎな感覚がわき起こったりしてその日は一日じゅうおちつかない不安定な気持で過した。

万吉が来て「主が会いたいと云っているから」と伝えたのは、それからほんの数日のちのことであった。お市はどういう訳かはっと胸がときめいた。どういう用事だろうかと訊《き》くと仕事のことで相談があるという、拒む理由もないので一緒に母屋のほうへいった。げんと初めて来たときのまま覗《のぞ》いたこともない母屋の、土間へはいると、このまえの時とは違うもう一つ奥の障子をあけ、広い中廊下をはいって階段の下へ出た。そこまではあたりまえの旧家といった風だったが、階段から上へ登るに従って、建物の見つきも飾りつけもひどく眼馴れないものに変っていった。暗い光線の中に底光りをみせている紅殻塗《べんがらぬ》りの手摺《てす》りの付いた広い大きな階段、それもまっすぐに登るのではなく、稲妻形に三段になっていて二つの踊り場の壁面には異国の花鳥草木を絵に織出した華麗な壁掛が掲げてある。下にあるほうは草木と花鳥であったが、上に掲げたものは、花咲く樹々のなかに異様な甲冑《かっちゅう》を着けた若者が、片手に裸身の少女を抱え片手に馬の轡《くつわ》を取っている図であった。いったいに渋いくすんだような色彩の中で、少女の軀《からだ》だけが白く活きいきと浮出ている。なめらかな、けれど張のある胸乳《むなぢ》の高まりや、豊かな腰のあからさまな曲線、片手を鎧《よろ》った若者の肩に置き、半ば曲げた片手の甲で、羞《は》じらうように唇《くちびる》を隠している。余りに生なましい肉躰《にくたい》のその姿勢を見て、お市は頰《ほお》が熱くなるような思いと動悸《どうき》の高まりを感じながら眼をそむけた。――登り詰めたところは六尺ほどの廊下で、その突当りに重そうな樫《かし》の引戸がある。左は連子《れんじ》に油障子のはまった高窓、右は壁で、ちょうど寺院の須弥壇《しゅみだん》裏といった感じである。万吉は引戸の前で中へ声をかけてから静かに明け、お市にはいれという手まねをした。お市はちょっと躊躇した。すべてが儀々しいほど重くるしく然《しか》も異様なので、不安に似たものが胸につかえ、なんとなくそこへはいってはいけないという警戒を感じたのである。そのとき主の貞次郎が出て来て、脇《わき》のほうへ眼を向けたまま「おはいり」と云ったので、お市は後ろに引戸の閉る重い音を聞きながら、意志を無くしたような足どりで中へ進み入った。

縦長の二十帖《じょう》ほどあるその部屋は、壁に縞更紗《しまざらさ》の布が貼《は》ってあり、床板の上へじかに緋色《ひいろ》の絨緞《じゅうたん》が敷かれてあった。胡桃《くるみ》材の大きいがっしりした置き戸納《とだな》の上には形も染付模様もまったく見慣れない壺《つぼ》や花瓶《かびん》や鉢《はち》などが並び、半尺の中には幾つかの玻璃《はり》の足高杯《あしたかつき》が沈んだ光を放っていた。長さ二間あまりで五段になった書棚《しょだな》の下二段に、綴《と》じ方も装幀《そうてい》もまったく違う異国の書物があり、最上段には素焼きに彩色をした人形が飾ってあった。低くて凭《もた》れの深い五つの榻《こしかけ》に囲まれた高机も、その上に置かれた青銅の枝付燭台《しょくだい》も、楣間《らんま》に掲げてある三面の絵額も、そして南に面した窓際《まどぎわ》に据えてある長椅子《ながいす》も、なにもかもが初めて見る珍しい品ばかりだった。

「そこへお掛けなさい」貞次郎はやはり脇へ眼を向けたまま榻の一つをすすめ、自分も腰をおろした、「楽にして下さい、少しも遠慮はないのですから、——どうぞ」

「どういう御用でございましょうか、仕事をしかけておりますから」

「その仕事のことなんですが」こう云いさして彼はふと眉《まゆ》を顰《ひそ》め、どこか痛みでもするように唇を歪《ゆが》めた、「——いつか万吉から聞いて、私のほうからもお頼みしたのだが、貴女《あなた》のくふうしている新しい筵ですね、織りかけの物も見せて貰っているし、失敗して捨てたのも見ました、それでいちど話してみたくなったんですが、だいたい貴女としてはどういう風にやってゆく積りなんですか」
「これまでの模様は角つなぎとか卍くずしなどの直《すぐ》な線が多うございますし、花や葉の織り方も粗く色も単調で、変化が無さすぎるように存じますので、わたくしもっと曲線を主にした模様とか、花鳥などの複雑な図柄を、色かずも多く織ってみたいと思いますの」
「見たところ縦にも藺《い》を使っていますね」
「はあ、図柄によって処どころ市松とか網代《あじろ》などに縦横の地織を紋柄のように出せたらばと思いまして」
「花筵などという物は」貞次郎は長い手指を絡《から》み合せながら、ちょっと間をおいて云った、「——単に敷物として多少の贅沢《ぜいたく》を加えたものに過ぎないし、どんなに精巧にしたところで美術品になるものではない、けれども例え敷物にしても、ただ役に立つだけのものより美しいほうがいいのは当然です、貴女は階段の壁に掛けてある織絵の布を見たでしょう」
「はい拝見いたしました」お市はちょっと眩《まぶ》しげに眼を伏せた、「初めて拝見しましたのですが、たいそう珍しいのと美しいので、びっくりいたしました」

「あれは和蘭陀《オランダ》から来た品で、壁へ掛けるだけの物なんだが、ああいう物を作り、ああいう物を室内に使う生活と、そうでない生活との違いを考えてみませんか、――人間の生き方にはいろいろある、人種や国の違いばかりでなく、我われの周囲にも貧富や境遇や好みに依《よ》って暮しぶりは一様ではありません、けれども総体にくすんで地味で変化に乏しいことだけはたしかです、貴女はそう思いませんか」

貞次郎の調子はしだいに熱を帯びてきた、蒼ずんだような額にも少し赤みがさし眼にも光が乗ってきた、「――この部屋のようすを見て、貴女はことによると異様に思われたかも知れない、これは家に伝わった物もあるし、私が苦心して買い集めた物もある、中には禁制の品もあります、どうしてこんな風な物を集め、こんな異様な部屋飾りをしたか、ひと口に云うと満足して生きたいからなんです、人間には視《み》る聴く味わう触れる嗅《か》ぐの五つの感覚がある、この五つを毎《いつ》も満足させるところに生きている証拠がある、その満足もできるだけ美しく、鋭く、あまく、酔えるものでなくてはいけない、一つの感覚をも休ませたり遊ばせたりしていては生きているとは云えない、――人間はいつか死んでしまう、金殿玉楼を建てても巨万の富を積んでも、大臣関白の栄爵《えいしゃく》にのぼっても、いつかは必ず死んでしまう、骨になって墓の下に朽ちてしまう、千年も経《た》てばなにもかも無くなってしまうんです、それならいのちのあるうちにできるだけ満足して生きなければならない、できるだけ満足して、一日も一時《いっとき》もむだにしないように、充分に五つの感覚を満足させて、その他に価値のあるものはなに一つない、そのためにはなにもかも投棄てふみにじっていいんです、なにもかも」

　そこまで云いかけて貞次郎はとつぜん蒼くなり、ひき歪んだ顔をひたと両手で押えながら俯伏《うつぶ》した。なにか病気の発作でも起こったという風である。お市の手もじっとりと汗が滲《にじ》んでいた。一種の胸のふるえ、高い断崖《きりぎし》の上から深い谷底を覗くときの、危険に惹《ひ》かれるおののきに似たものが軀をはしった。貞次郎はかなり長いあいだ同じ姿勢で黙っていたが、やがて静かに顔から手を離し、俯向いたままで次のように言葉を継いだ。

「貴女がもし考えているような花筵を作ろうとするなら、そういう物の作れるように生活の環境も変えてみたらどうか、私はそう思ったのです、階段にある壁掛はあれを織り出す生活があって初めて作り出された、或る物を生むためには、それを生むに相《ふさ》わしい生活が必要だと思う、そのことをお勧めしたかった訳なんです、貴女にもしその積りがあれば、私ができるだけの便宜を計りますがね」

「――――」お市はちょっと声が出なかった、「有難うございます、でも貴方は、わたくしがどんな身の上の者か御存じがないので」

「いやあらまし知っています、便宜を計ると云ったのはその意味なんです、此処《ここ》には参考になる品も少なくないと思うし、仕事をする時間のためにも、できるなら移って来て住まれたらよいと思うのだが」

お市は思わず眼を伏せた。そのときこちらを見た主の眼があまりに激しく、身内にふしぎな戦慄《せんりつ》が起こるようにさえ感じたからである。母にも相談し、また自分でも考えてみると答えて、間もなくその部屋を辞した。そして階段を途中まで下りたとき、彼女は殆《ほと》んど足を踏誤りそうになって立止った。——良人《おっと》の眼だ、いま自分を見まもった貞次郎の激しい視線、あの強い光を帯びた眸子《ひとみ》は良人の眼そのままである。いつか夜半の庭へ追って出て、袖垣《そでがき》のところで相抱いたとき、月光の中でじっと自分を瞶《みつ》めた、あの良人の眼をそっくり写したように似ていたのだ。お市はそのとき思い当ったのである、雨の日に母屋《おもや》の前に立っている彼を良人と見違えたのも、そのときの彼のまなざしによる錯覚だったということが、——お市は低く呻《うめ》いた。

三の三

姑《しゅうとめ》にも辰弥にもその話はしなかった。貞次郎には返辞をしないことが返辞であるという風に、なるべくさりげない容子で従前どおり家と機場とを往復した。彼のほうでもそれと察したのであろう、返辞を求めることもなく、それには触れようともしなかったが、遠くからかよわせるそれとない好意は段だん繁《しげ》くなるようになった。尤《もっと》もその好意はごく控えめであり仕事に関しているので、あの二人の女房を除いてはかくべつ気にする者もなかったのであるが、お市にとって気持の負担になることは避けられなかった。——主の性格には脆《もろ》くて弱よわしいところがあり然もそれがひどく傷められている。ひじょうに孤独で寂しそうだ。聞くところに依ると妻もあり子もあるのだが、もう三年も実家のほうへ帰っていて殆んど往《い》き来《き》がないという。万吉は「お二人の性が合わないので」と言葉を濁しているし、事実のところは推察しようもないが、お市にはそれが譬《たと》えようもなく同情された。「こちらへ移って来ないか」と誘ったのも半分はその孤独な寂しさのためだったに違いない。不幸な方なのだと同情しながら、その反面では本能的に警戒する気持が強く働いていた。それは彼の脆くて弱よわしい性格のうちに、衝動を抑制できない激情的な一面があるのと、異国風に飾った部屋の中で傷つけられた神経に酔い、ひたすら感覚の満足を追い求めつつそれが得られないために苦しんでいる容子などに、厭悪《えんお》と同じ量の強い誘惑を唆《そそ》られるからだった。こうした同情と警戒との二つの感情はひそかにかよわせてくる彼の好意といっしょに、お市の心をしだいに重苦しく苛立《いらだ》たせ、不安なおちつかない気分をかき立てた。

「人間にはそれぞれ責任がある」お市はその頃《ころ》よく良人のこう云った言葉を思いだした、「この世に生きている以上、人間はみな自分や自分の家族の他にも負わなければならない責任と義務がある、家族そろった平安な生活は誰にも大切だ、それを毀《こわ》したり失ったりすることは誰にも辛《つら》い、然しそれが大切であればあるほど、その秩序が紊《みだ》れたり破壊されたりする事は防がなければならないだろう、これはどんなに小さく見積っても人間ぜんたいの義務だ」良人はいつかこう云ったし、その言葉どおりに実行した、——たしかに、平安な生活が大切であればあるだけ、その平安を護立《もりた》てる責任は人間ぜんたいのものだ。陸田の家がこのような悲しいありさまになったとしても、それが人間としての責任に繋《つな》がる以上けっして無意味ではない、こう思うことは彼女の不安やおちつかない苛立たしい気持を鎮《しず》めて呉《く》れた。自分は良人の為《な》したことを信じて、脇見をせずに姑や信をまもりとおせばよいのだ。そしてできるだけ主貞次郎との交渉を避けようと努めるのだが、別のときにはこれが反対になり、貞次郎の生活に激しく惹《ひ》きつけられるのである。

「あの方には世間もなし、人間としての責任にも義務にも縛られていない、自分が満足して生きることだけを考えている、死ぬことを怖《おそ》れ、生きているうちに有《あら》ゆる感覚を満足させようともがいている、人間は必ず死ぬものであり、善悪とか正邪とか真実とか不義とか、責任や義務を果さぬとかいうことなど、千年も経てば凡て塵のように吹飛んでしまうと云っている、現実に自分が生きているということ以外にたしかなものはない、つねに美しく楽しく、深い大きな歓びで自分を満足させて生きる、そのために努力し苦しむのが人間らしい本当の生き方ではないだろうか」

こうした精神的な動揺のあいだにも仕事だけは少しずつはかどっていた。夏のかかりにはやや気に入った花筵《はなむしろ》が二枚だけ仕上りその一枚はかなり自信のもてるものだった。周囲に唐草模様を繋ぎ、中いっぱいに蘭《らん》の葉と花を散らした図柄で、色も十三種もちいてある、線のずれだけはまだ直せていないし、少し華麗すぎる嫌《きら》いはあったが、これまでの品とは段違いに美しい。意地の悪い女房の一人でさえ、「お振袖でも拵《こしら》える積りかえ」こう云って皮肉に嘲《あざけ》るのが精ぜいだった。万吉老人の喜んで呉れたのは云うまでもない。貞次郎にも予期した以上だったのだろう、「これは献上品だな」と呟《つぶや》いた。お市はいちど姑に見せたかったので、そう断わって家へ借りて帰った。

「やあどうも、これはどうも」辰弥は磯女の見ている後ろから覗いて、感に耐えたようにゆらゆらと首を振った、「なんともこれは、あれじゃありませんか、奇想天外なもんじゃありませんか」

「辰弥さんのは褒《ほ》めるのか貶《けな》すのかわからないのね」磯女はふきだしながら、「どうしてこれが奇想天外なんです、とても美しいじゃありませんか」

「だってこれが敷物だとは誰にだって想像もつきゃあしません、でも誤解があるといけないから云いますが、私はもちろん褒めているんですよあね上、だって褒めない理由がないじゃありませんか、甚大《じんだい》なもんですよ」

「どうしても貶すように聞えますね」磯女は笑いながら筵をそこへ拡《ひろ》げ、傍《かたわ》らに寝かせてあった信を抱き上げた、「ほら信さんも見てごらんなさい、貴女のお母さまがこんなにみごとな品をお作りなすったのよ、いままでに誰も作ったことのない、こんなに美しいみごとな花筵、これは信さんのお母さまの作ったものですよ、おお偉い偉い、お母さまのお偉いことね」

　姑のよろこんで呉れる気持がお市には温たかくじかに感じられた。雇われに出ることを厭《いと》い、寧《むし》ろ恥じていたらしい磯女であるが、これでそういう囚《とら》われた考えからぬけて貰《もら》えるかも知れない、美しさは凡てを善くするというから、――自分の仕事がともかくも慥《たし》かめられ、幾人かの人たちに感動を与えた、これほど人を力づけ勇気を与えるものはない、お市は殆んど感謝したいような心のはずみと、活きいきと緊張した気持でそのひと夜を送った。

　その翌日だったろう、機場へ出ると間もなく貞次郎に呼ばれて母屋へいった。あれ以来はじめて訪ねる訳だし、こころ咬られながら近づいてはならないと警戒していたのだが、ふしぎなくらい動揺も疑惧《ぎぐ》もなくおちついた気持であった。それは自分の仕事をたしかめた者の強さとでも云うのであろうか、貞次郎の神経にもこれが感じられたとみえ、応対のようすが明らかに違っていた。彼は花筵の出来をまじめに褒め、あの一枚は藩主戸田侯へ献上する積りだと云った。それから今後の仕事のためにもし参考にしたい物があるならいつでもこの部屋へ来てよいこと、それにはこれこれの品があるからと、書棚にある舶来の書冊の数かず、戸納や地袋にある染色も縞柄模様も珍しく美しい布地や絨緞などを見せ、「花筵というものは元もと南蛮から渡って来たのだから、こういう物から暗示を得ることは悪くないと思う」と云った。こういう態度には新しい仕事に対する期待がうかがわれるので、お市もすなおに聞くことができたし、よろこんで好意を受ける気持になった。そして今がいい機会だと思ったので、お梅という機子を自分に付けて貰えまいかと話してみた。お梅はまだ十五歳で追い廻しのような仕事しか与えられていないが、お市にはよくなついているのと、気はしが利《き》きもの覚えがよいのとで、こちらから頼みにするような娘だった。

「いいでしょう」貞次郎には異議はなかった、「貴女によかったらなんでも好きなようにして下さい、然しあんな小さな者では役に立たなくはありませんか、他に少しはましな腕のある者を使ったらいいと思うが」

「やはりあの子がいいと思います、腕のあるなしより、色いろな点でこの仕事は若くございませんと、——」

「ではそういう年ごろの者をもっと雇うことにしたらどうです、私には構わないから万吉と相談して、貴女の考えどおりやってみて下さい」

おいおいそうさせて貰うからと云って、お市は書棚から禁制でない本を一冊だけ借りて帰った。——もう大丈夫だ、機場へ戻る途中で彼女はこう呟いた、貞次郎との間にはっきりと隔てが出来た、仕事が始まったのである、貞次郎は同じ位置から動けないが、お市はずんずん進んでゆくだろう、二人の関《かか》わりもこれでおちつくに違いない、なにもかもよくなってゆくのだ……。

梅雨あけの爽《さわ》やかな風の日であったが、機場から帰りに信の玩具《おもちゃ》を買おうと思って烏江《からすえ》へまわった。船着き場に近い通りに角店で雑貨類を売っている家がある。まえにも記《しる》したとおり此処は桑名へくだる船の出るところで、旅客や荷物の出入りが多く繁《はん》昌《じょう》している。お市はその店へ寄って花輪の付いた風車と土焼きの這《はい》ずり人形などを選び、他に糸針を少し買って出ると、そこに旅装をした武家の婦人が待っていて「市さん」と呼びかけた。

「まあお母さま」お市は反射的にそう呼び返し、そっちへ駆け寄ろうとして突然はっと立ち竦《すく》んだ、「お母さま」

里の奥村の母だった。大きく眼をみはっている、肉付のいい豊かな頰《ほお》がふるえ、笑いかけているように唇《くちびる》があいて、鉄漿《かね》を付けた歯が見える。里の母だ、ああ逃げなくてはいけない、お市がこう思いつくより先に、母がこちらへ手をさし伸ばしながら寄って来た。

「ゆかないでお呉れ、市さん、話があるのだから、話さなければならないことがあるのだから、そこまで来てお呉れ」

「わたくし、——でも堪忍《かんにん》して下さいましお母さま」

「長い時間ではないのだよ、すぐ済むのだから」母はもうお市の手を握っていた、「決して貴女にむりじいはしません、ただ話だけ聞いて頂けばいいのですよ」

「心配しないでおいで」後ろでこう云う声がした、振返ってみるとやはり旅装をした弁之助であった、「大丈夫すぐ帰してあげるよ」

お市は自分が蒼《あお》くなるのを感じた。この兄は良人たちと同じ仕事をしていた。そしてその仲間から疑惑を持たれていた。自分にとっては味方だと信じていたし、仲間の疑惑がどういう種類のものかは知らないが、現在こうして無事でいるのはそれだけでなにごとかを証明するものに違いない。そしてこの兄がいては到底この場から逃げることはできないだろう。——お市は眼を伏せながら頷《うなず》いた。母と弁之助とは彼女を挟《はさ》んで歩きだし、「伊勢庄」と書き出した船宿へとはいっていった。

三の四

「では赤さんが生れたのね」母は坐《すわ》るのを待ちかねて、お市の手から風車や人形を取り、それが孫ででもあるように眼を細くして眺《なが》めやった、「もう三百日、そう……では這い這いもなさるのね、お乳は足りますか、女の子は育てよいというけれど、初めてではさぞねえ」

なにもかもいっぺんに訊《き》きながら、母はむすめの容子をつくづくと見ていた。髪かたち、貧しい着物や帯、爪尖《つまさき》がなにやら色に染まって皮膚の荒れた手指など、……お市はその母の眼の重さに身の竦むおもいで、うなだれたまま膝《ひざ》を固くしていた。やがて母は弁之助と二人で伊勢参宮のために出て来たのだと話しだした。これから夜舟で桑名へくだる積りであるが、都合でひと晩ここへ泊ってもよい、久方ぶりで寝ながら話したいとも思うがどうだろう、こんな風に云ってからやがて陸田のことに触れて来た。

「信蔵どのがどんな事をなすったか貴女はもちろん御承知でしょうね」

「わたくし存じません」お市はずっと俯向いたまま眼をあげずにいた、「陸田はなにも申しませんし、おんなの差出ることではないと思いますので、――」

「それでは一味徒党の御処分も知っておいでではないのね」一味徒党という言葉には誇張した響きがあった、「暴逆を企てたという、さむらいには最も重い科《とが》なんですよ」

お市はしずかに眼をあげて、そこに坐っている弁之助の顔を見た。彼は腕組みをして障子の明けてある窓から川のほうを眺めていたが、その横顔には悄然《しょうぜん》とした色があるように思えた。

「わたくしなんにも存じません」お市は再び眼を伏せた、「陸田がなにをしたかも知りませんし、それがどんな罪科に当るかも存じません、でもわたくし良人がどういう気質か、どういうことをする人かは知っております」

「そんな気楽なことを仰《おっ》しゃって、市さん、陸田が重科になれば貴女も罪を蒙《こうむ》らなければならないんですよ、ひいては奥村の家名にも瑕《きず》がつきかねないんですよ、お父上もわたしもそれを案じて、どんなに苦労して貴女のいどころを捜していたか知れやしません、帰ってお呉れ、市さん、奥村の家名はともかく、お父上やわたしの気持を察して帰ってお呉れ、あとの事はわたしたちでよいようにします、貴女はただ帰って来れば《つ》いいのだから」

「信を……子供は信といいますの」お市は膝を見下ろしたまま答えた、「――信を伴《つ》れてまいってもようございましょうか」

「いいでしょうとも女のお子ですもの、では帰ってお呉れなのね」

「家へいちど戻りまして、信を伴れたうえ、四五日うちには出てまいります」

「でもそれは本心でしょうね、気やすめを云ってお騙《だま》しなさるのじゃないでしょうね、市さん、お父上はおぐしがすっかり白くなるほど心配していらっしゃるんですよ」

「弁之助兄さまに家まで」お市はやはり眼を伏せたままこう云った、「――家までついて来て頂いてもようございます」

帰りが遅れては疑われるからと云って、お市は間もなく座を立った。これは手塞《てふさ》げになるからと風車や人形を母に預けたが、それはせめて信を抱いて貰う代りにという意味だったのである。母は余りにたやすく承知されたのが不安らしく、もう少し話してゆくようにとうるさく勧めたが、お市はそれ以上そこに坐《こ》っていたら恐らく自分は叫びだすに違いないと思い、できるだけさりげなく母の乞いを避けて別れを告げた。

――弁之助がついて来た。外はもう昏《く》れかけて、牧田川の上には濃い夕霧がながれ、岸辺の芦《あし》の茂みからははたはたと白鷺《しらさぎ》の舞い立つのが眺められた。島田の本村《ほんむら》へ曲る道をまっすぐに、そのまま堤へ出て暫《しばら》くいったとき、お市はふと立止って兄を見た、弁之助は白い無表情な顔で、ぼんやりとこちらを見かえしている。昔からあまり軀《からだ》の健康でない、眉間《みけん》にいつも皺《しわ》を寄せている陰気な顔だちだったが、今はそのうえに悄然として力のぬけた、どこか虚脱した人のような感じに掩《おお》われていた。

「弁之助兄さま、貴方《あなた》は陸田がなにをしようとしたか御存じですわね」お市は兄の眼をきっと瞶《みつ》めた、「暴逆などという罪ではなく、まるで反対な事をなさるお積りだったということも、貴方はよく御存じですわね、兄さま」

「私にはわからない、――」弁之助は罅《ひび》の入った器から水の漏るような、少しも感情のないだらだらした調子でこう云った、「なにが正しくてなにが不義なのか、世の中に真実があるのかないのかさえ、私にはまったくわからない、おまえにはわかるか、お市――」

「わたくしの知りたいのは陸田のことですわ、陸田や陸田のまわりの方たちがなにをなさろうとしたか、それがどうして暴逆などという重科を仰《おお》せつけられたか知りたいんです、陸田がどのような死に方をしたか、久之助さんはどうなすったか知りたいんですの」

「陸田さんは城中で取詰められた、勘定役所から焼火の間へゆく廊下のところで、だが――私は話に聞いたばかりで精《くわ》しくは知らない」
「それで、そのお廊下で」お市はがくがくと足が戦《おのの》いた、「そのお廊下で、死んだのでしょうか」
「斬《き》られたという者もある、捕えられたとも云うし、捉《つか》まって送られる途中で逃げたという話も聞いた、こんどの事ではなにがどこまで慥かなのかわからない、――斬り死にをしたのは戸田五郎兵衛の他に五人ほどあるが、久之助はその中にはいないようだ、大目付から牢舎《ろうしゃ》へまわされた者が十一人ある、江戸でも中老が二人謹慎になり五人ばかり牢にはいっているらしい、私の知っているのはこれだけだ」
「兄さま御自身にはなんのお咎《とが》めもなかったんですね」
「私が、――どうしてだ」弁之助は鈍い眼で妹を見た、「それはどういう意味なんだ」
「兄さまは星宿譜というものをお作りになった筈《はず》ですわ、いつかお市がおことづけにまいったことを覚えています、そしてあれは陸田たちの仕事に大切な役立ちをしたのだと」
「ばかげている」弁之助は唇で冷笑しながら手を振った、「あんなものはなんの意味もありゃしない、おれは道化さ、おれだけじゃない人間はみんな道化なのさ、不正をはたらいて富み栄える者も、力もないくせに正義だの真実だの騒ぎまわる者も、おしなべてみんな道化芝居さ、より強いやつが勝つ、それだけの話だ、——星宿譜だって、ふん、頼むからおれに赤い顔をさせないで呉れ」

お市は兄の顔をじっと見ていた。表情に少しも陰影の現われない、木彫りの面のような弁之助の顔、まるで身も心も粉砕され、ただ単に生きているだけの人間というような兄の顔を、——年が近いばかりでなく気性も自分といちばん合っていた、心のやさしい感情のこまやかな兄であったが、今はまったく人が違ってしまった。そして美濃甚の主とは別の意味で、この兄もまた後に残される人間になるだろう、お市はわれと我が心を励ますように「ここでお別れ申します」と会釈《えしやく》をした。

「じゃあ家へは帰らないんだね」

「父上やお母さまのことをお頼み申します、きっとお怒りなさるでしょうけれど、弁之助兄さまでさえお咎めを免《まぬが》れたのですから、お市のことが奥村の家名に関わるような心配はないでしょうと思います、どうぞお達者で」

弁之助は目礼しただけで、そこに立ったままお市を見送った。堤を下りて、田の畔《あぜ》の道を一町あまり来てから振返ると、黄昏《たそがれ》のしずんだ片明りのなかに、弁之助はまだこちらを見て影絵のように佇《たたず》んでいた。——良人はまだ生きているかも知れない、お市にとってはなにものにも代え難い知らせであった。生きている確証はないにしても、死んだという慥かな事実もないようだ、九分九厘まで諦《あきら》めていただけに、今また思い迷うのは堪《たま》らないことであるけれど、万一にもという望みの持てることは、やっぱりよろこびであった。それと同時に「暴逆を企て」たという重科の話には耐え難かった。政治の上の事で精しいゆくたては勿論《もちろん》わからないが、暴逆などという裁断が正しいとはどんなにしても考えられない。恐らく反対側の人たちがおのれたちの存在を護《まも》るために、握っている権力で事を始末したのであろう、弁之助もより強い者が勝つと云った、それは事実の善悪とは関係なしに、強い者が勝ったという状態を示す言葉である。「そんなことが許される筈はない」足もとも暗くなりかけた野道を、家のほうへ急ぎながらお市はこうかぶりを振った、「このままなにもかも終ってしまう筈はない、いえ終らせてしまってはいけない、家族を捨て自分の命も捨ててかかった良人の仕事が、人間としての責任を果す正しいことであったのなら、それが暴逆として葬《ほうむ》られるのを黙って見ていてはいけない、どんなことをしたって、どんな苦しいめに遭ったってきっと、きっと、――」

家へ帰るとすぐ、お市は丈助に来て貰って移転の相談をした。烏江で弁之助に会ったから、この付近を捜されるに相違ないという理由で、奥村の母の一緒だったことや良人や久之助の話にはまったく触れずにおいた。姑《しゅうとめ》も辰弥もさすがに緊張し丈助も困惑のようすだった。

「そういう訳だとすると、暫く高須領へでもお移りなさるのですな」老人はこう云って考えこんだ、「森島のさきにちょっと心当りがあるんですが、もと家で作男をしていた者で小さな百姓をやっているんですが、これならすぐ押掛けていっても文句はないんですがな、どうもあんまり汚ない家でして」

「こんな場合ですからただ雨かぜが凌《しの》げさえしましたら結構でございますわ、ねえお母さま」

「それはそうですけれど」磯女はちょっと眼をつむった、「――でも余りこちらの勝手ばかりお願いするようではね、これまでにもずいぶん迷惑をお掛けして来たんですから」

「それはもう仰しゃらぬことに致しましょう、そしてもし御不自由を辛抱して下さるのでしたら、私が今夜のうちに辰弥さまとお荷物だけでも運んで置きますがな」

「そうして頂けば」お市は姑に構わずこう頼んだ、「後のことは後として、とにかく一時でも早く移りとうございますから」

「どうも、なんだなあ、詰り一場の夢だったなあ」辰弥は途方にくれたというように軀を揺すりながらこう云った、「もうこれでおちつけると思ったがねえ、そういうことだとすると私の畑も、よもやおじゃんという訳だろう」

お市は荷造りをするために立った。

三の五

小笠村は高須藩との領分境に近いから、まさかの時なぞでは都合がいい、こう云った辰弥の言葉が事実になった。荷物はその夜のうちに運び、明くる早朝まだ暗いうち、お市は信を背負い姑の手を曳《ひ》いて丈助の住居を出た。他領へはいってしまえば表むき移住でない限りまずまず所在を知られる惧《おそ》れはない、……そしてお市のしたことは杞《き》憂《ゆう》ではなく、それから十余日にわたって笠松郷ぜんたいに厳しい捜索の手がまわり、丈助夫妻も幾たびか審問をうけたのであるが、ついに行方をつきとめられることなしに済んだのであった。

その年は梅雨も順調にあがり、日照りも申し分がなく、豊作はまちがいなしということで、どこの村でも夏祭りの催しに趣向を凝らす噂《うわさ》で賑《にぎ》わっていた。……森島は長良川に近く、俗に「千町田」といわれるくらいで、どちらを見ても稲と蓮田《はすだ》ばかりの低い土地だった。村のほぼまん中を長良川まで松並木のある堤がまっすぐに横切っているが、これは涸沢《かれさわ》といって洪水《こうずい》に備えて築《つ》き上げた一種の防水堤である。お市たちの身を寄せた茂左衛門の家は、その堤の南側に近いところにあり、家も土蔵も五尺ほど高く石を積んだ上に建てられていた。家族は茂左衛門夫婦に子供が一人、それで一町ほどの稲田を作り蓮田に鯉《こい》を飼っている、夫婦ともまるであいそっけのない、篤実《とくじつ》というより寧《むし》ろ愚直な、そして稼《かせ》ぐ他には喜びも楽しみも知らないといった人柄《ひとがら》だった。へいや、へいやと呼ばれるばかりで、本当の名の知れない五つになる子供は、顔かたちも気質もおかしいくらい夫婦に似て、野良《のら》へいっても家にいても、黙って独りでこつこつなにかしては遊んでいる。それがみな親たちのする百姓仕事のまねとか、木片を削って小さな鍬《くわ》や鋤《すき》を作るという風で、おまけにひとかど稼ぐといったくそまじめな容子をするのが面白かった。近所に喜市という七つばかしの子がいる、へいは誰といって親しい友達もない孤独な子であるが、喜市の姿を見ると必ず出ていって悪口をいう、「喜市の頭に禿《はげ》がある蠅《はえ》とまればちょっと滑る」というのである。すると喜市は定《きま》ってこっちへとんで来る、そして自分の頭をへいの前へつきだしてこう云う、「よく見てみろ、おらの頭に禿があるか、ねえだんべ」へいはよく見たうえで「うん、ねえ」と頷く。喜市は小さな肩をそびやかして、「おらにゃ禿はねえ、禿はおめえの頭にあんだ、わかったな」「うん」「禿はおめえだぞ」いいかと云って向うへゆく、するとへいはその後ろからまた悪口をうたう、「喜市の頭に禿がある蠅とまれば、——」

喜市は駆け戻って来る、そしてへいの頭をこつんと殴って、すばやくどこかへ走り去るのである。お市は借りている土蔵の部屋から、これを眺めてはよく笑わされた。そして姑までがいかにも可笑《おか》しそうに見ているのに気づくと、信が男の子であったらと思い、女の子に生れたことがなにやら不憫《ふびん》になって、寝ているのを抱上げて頰《ほお》ずりしたりしたものだ。

七月にはいってから間もなく、お市は雨の日を選んで島田村へでかけた。美濃甚へはあれっきり足を向けないので、断わりかたがたもう暫く遠のいているからと話す積りだったのである。わざわざ雨の日にしたのは幾らかでも姿が変えられるからで、草鞋《わらじ》ばきに蓑《みの》と笠《かさ》という男のような恰好《かっこう》で家を出た。……小笠村からゆくのとは倍に近い道のりだった。途中から南風が吹きだし雨も強くなったので、思いのほか時間をとったし、ゆきついたときには蓑をとおして肌衣《はだぎ》まで濡《ぬ》れていたが、機場へは寄らずにそのままで母屋を訪れた。

「これはまあ降るなかを」万吉老人は待ちかねた人のように下りて来て、笠を掛けたり蓑を脱がせたりした、「小笠村からあらまし知らせがありましたのでな、暫くはおいでのないものと思っておりましたが、お城からたいそうめでたいお達しがまいったものでな、――ああこれはいけない、すっかり濡れておしまいなすった」

「いいえそれ程でもございません、ちょっとお断わり申してすぐ戻りますから」

「これではお風邪をひいてしまいます、なにか着替えを捜させますから、これはお脱ぎになって乾かさせることに致しましょう」

乾燥場へ置けばすぐ乾くから、こう云って老人は奥へいったが、すぐに中年の下女に着替えや帯を持たせて戻って来た。風呂舎《ふろや》へいって濡れた軀を拭《ふ》いたり、着物を替えたりしているとき、外がすっかり荒模様に変り、風は軒をひきめくるほど烈《はげ》しく、雨は有《あら》ゆる物を叩《たた》いて飛沫《しぶき》の幕を張るほどの降りになったのに気づいた。この土地に育った者の習慣で、こんな天候になるとすぐ水のことが気になる、「出水《でみず》にならなければいいが」お市はこう呟《つぶや》きながら、暫く不安そうに戸外の吹降りを眺めやった。

——待っていた万吉はお市を貞次郎の居間へ案内した。主は不眠の後のような腫《は》れぼったい顔つきで、高机の上になにか書物を披《ひら》いていたが、お市を見るとその上に紙を載せて隠し、蒼白《あおじろ》い長い指でそれを押えながら会釈した。

「あの筵がたいそうなことになりました、大垣の殿様に献上するということは話した筈ですね」貞次郎はお市が榻《こしかけ》に掛けるとすぐこう云った、「あれからすぐ献上したんですが、五日ばかりまえにお召出しがありましてね、万吉をやったところ、殿様がたいへんお喜びで、どういう者が作ったかと精しいお訊《たず》ねがあったそうです」

「でもまさか私のことをお話しにはならなかったでしょうね」

「もちろん御身分のことは云いません、御老母と小さなお子を抱えた婦人で、誰の指導もうけずに独りでくふうして作った、こう申上げたそうですが、一昨日またお呼出しがありましてね、おめどおりを仰付けられるから出るようにというお達しが下ったんです」

お市ははっと息をひいた。身分もなにもない平《ひら》の領民が城主にめどおりを許されるというのは例の少ない名誉であるが、それと同時にこれを拒むなどということは絶対にできない。この場合にもしお市が謝辞するとすれば、美濃甚まで不敬の科《とが》を免れないのである。

「どう致しましょう」お市は我にもなく縋《すが》りつくような眼をあげた、「大垣へまいればわたくしが誰だかすぐにわかってしまいます、どうしてもお召をうける訳にはまいりませんですわ」

「私もそれは考えたのです、御承知のようにこれは辞退のならぬことですし、今後の仕事にはひじょうな便宜が得られるのですから、どうかしてお召を受けて貰いたいんですが、それにはひとつ貴女が顔かたちを変えてゆくという方法があるんですが、どうでしょう」

「顔かたちを変えると申しましても――」

「いやぐっと変えるんです、貴女にはお気の毒だが頬から鬢《びん》のほうへ色を塗って、火傷《やけど》の痕《あと》のようなものを拵《こしら》えるんです、髪の結い方も着物や帯も、そうしたら大丈夫だと思うんですがね」

お市は身ぶるいをしたが、そこまで佾《つく》ればわからないかもしれないとは思った。貞次郎はなお、おめどおりにはたぶん褒賞《ほうしょう》があるだろうということ、また新しい花筵の制作に就いての補助や、願い出てある備後《びんご》藺草《いぐさ》の移植の許しなども、すべてその折によい沙汰《さた》があるに違いないと語った。……このあいだにも風はますます吹き猛《たけ》り、きみの悪いほど暗くなった空から豪雨が銀の箭《や》束《たば》を縦横に飛ばしていた。お市は段だん不安が増してくるので、よく考えて二三日うちに来ると答え、間もなく帰るために立上った、主は窓から外を見て、「私はどこか毛物《けもの》のようなところがあるんですな」と妙なことを云った。

「こういう荒天になるとふしぎに元気がわいてくるんです、ふだんは実に退屈でけだるくていけないんだが、こういう風や雨を見ると鳥肌《とりはだ》の立つほど嬉《うれ》しくなる、すっ裸になって山へ駆込んで、笹原《ささはら》でも林でも岩だらけの谷でも、お構いなしに跳《は》ねまわったり転がったりしたくなるんですよ――貴女《あなた》の前ではぶしつけだが、美しいおんなを一人、手足の均整のとれた健康な軀のごく若いおんなを一人、これも裸にして、烈風や豪雨の咆《ほ》え狂う山のなかを好き勝手に暴れまわり、追い詰めたり、逃げたり、捉まえたり、いっしょに組み合って、石だらけの斜面を転げたり、――ああ私には見える、私には感じられる」貞次郎はこう叫んでくるっとこちらへ振向いた、そして血ばしったぎらぎら光る眼でお市を見据《みす》え、大きく前へ一歩出た、然しそのとたんに両手で面《おもて》を掩《おお》い、喉《のど》へなにか絡《から》まるような声で呻《うめ》いた、「――いって下さい、早く、向うへ、早くいって下さい」

お市は夢中で居間をとびだした。

借りた着物をそのまま、身支度《みじたく》をして美濃甚を出た。万吉がしきりに案じてもう少しようすをみるようにとか、せめて午餉《ひるげ》でも済ませてからと云って呉れたが、老人のそう云う口うらにも水の懸念《けねん》がありありと窺《うかが》われるので、挨拶《あいさつ》もそこそこに別れて出たのである。――ちょうど向い風になるので、二三町もゆくと肌まで濡れてしまった。まわりの稲田は怒濤《どとう》のように揺れ立ち、道傍《みちばた》の若木は吹倒されているものが多かった。蓑も笠も絶えずひき剝《む》かれ、千切れ飛ぶ木葉が頰や手足をぴしぴしと打った。姑がさぞ心配しているだろう、信が怯《おび》えてはいないか、こんなことを思いながら、頭のなかにはあの血ばしった貞次郎の大きな眼や、きみの悪い言葉やぞっとするような身振などがしつこく絡みついていて、後ろから追われているような恐ろしさが去らなかった。自分には毛物のようなところがある、こう云った時のどこやら勝誇ったような調子も忘れられないし、荒れ狂う風雨の山で裸になって転げまわるという表現も、じっさい自分で見たかのような鮮やかさで眼に描くことができた。……神経が傷んでいるだけでなく、たしかに異常な性格を持った人なのだ。感覚の満足ということをなにより大切にしていたが、結局のところ感覚に支配されることは毛物に近いということかも知れない。こんなことを思いながら大田切という処《ところ》まで来ると、蓑笠を衣《き》た男たちがもっこや天秤棒《てんびんぼう》を持って走りまわっていた、「堰《せき》をあけたか」「ぶち壊すだ」こういう切れぎれの叫びが聞え、俵へ土を坑《つ》める者、それを担《かつ》いでゆく者などで殺気だっている。堤が切れるのだ、――お市は足の竦《すく》むような思いで、真向《まっこう》から叩きつける雨と風の中をけんめいに走りだした。

四の一

それから一夜にわたる経験の細かい部分は殆《ほと》んどお市の記憶に残っていない。それは大垣の家を立退《たちの》くときと同じように、前後もふたしかであり印象もごく断片的なものだ。……お市が帰ったとき辰弥はいなかった。彼女を案じて半刻《はんとき》ほどまえに迎えに出たのだという、茂左衛門夫妻は動かせない家財を土蔵の二階へ移し、衣類や夜具などは車で高畑という処《ところ》へ運びだしていた、「まあたいてい大丈夫とは思いますが、私どもにも覚えのない荒れですから」茂左衛門は吃《ども》り吃りこう云った、「お大事な物があったら一緒に運びますからお出し下さい、身ひとつなら涸沢《かれさわ》を伝って楽に逃げられます、まあ大丈夫だとは思いますがな」水に敏感な土地びとの常で怖《おそ》れ過ぎもせず油断もない調子だった。磯女がそうするというので荷物を纏《まと》め、嵩張《かさば》る物は運んで貰《もら》うことにしたが、その時ふとお市はなにか大切な包があったことに気づいた、——非常の時には持って逃げなければならない、なにを措《お》いても持って逃げなければ。そういう大切な包があった筈《はず》だ、なんだったろう、どんな方法でもよい、——絶対に安全な。……こんな言葉がおぼろげに記憶のなかからうかんできた。然《しか》しそれがなんであったか思いだせず、姑と一緒に荷造りをしていると、茂左衛門の妻が来て信に乳を貰って来ようと云った。こちらへ来てからも近所で貰い乳をしていた、もう誕生に間もないので少しずつおまじりにしているが、日に二度は乳のあるほうが調子がよかったからである、「——今のうちにたっぷりあげて、要慎《ようじん》に少し搾《しぼ》って貰って来ましょう」こう云って妻女は信を抱いていった。荷物が出来ると茂左衛門がそれを車に積み、へいが後押しをして出ていった。握り飯を詰めた重箱、身のまわりの物を集めた包など、遽《あわただ》しく散らかった部屋の中はもう灯《ひ》のほしい暗さである。

「あれからこっち、荷物を拵《こしら》えては逃げ、拵えては逃げするばかりですね」磯女はこう云って笑った、「京から逐《お》われた平氏《へいじ》もこんな気持だったでしょうが、わたしはもう少しばかり飽きました」

お市は答えるのに困って、湯が沸いているのを幸い茶でも淹《い》れようと立上った。水屋の窓に嵌《は》めてある油障子の、ひとところ破れたのが風に鳴っていた。ぶうんぶうんと虫の唸《うな》るような音である、激しい暴風雨の響音のなかで、それは正しく蜂《はち》でも飛んでいるようなのどかなものに聞えた。そのときである、――障子が笛を吹いている、こう思ったとたん、お市の頭にはっきりと小さな包のことがうかび上ってきた。それは良人《おっと》から頼まれた物であった、どんな方法でも良い絶対に安全なところへ隠して置け、こう云って頼まれ、大垣の家から持って出た、あの小さな包だったのだ。

「どこへ納《しま》ったろう」お市は殆んど水屋からとび上った、「どこだったろう」

たいていの物はもう纏めて運びだした、残っている包の中に無いことは慥《たし》かである、いったいどこへ納ったか。どうかして思いだそうと焦《あせ》ったが焦れば焦るほど頭は紊《みだ》れるだけで、ついには眼がくらくらするような気持になった。覚えがない――然しもし有るとすればあの包の中だけだ、嫁入りのとき里の奥村から持ってきた高価な装身具があった、質素な陸田の家庭では使えずに納ってあったのを、なにかの役に立てる積りで大垣を立退くとき持って出たのがひと包ある、小笠村へ来てから出産やらなにやらの忙しさで、あの包の中へつい入れたまま忘れたのではなかろうか。こう考えるとそんな記憶があるようにも感じられた。それなら早く取返して来なければならない、良人からあれほど頼まれた物を自分の手から離して置いてはいけない。お市はすぐに土間へ下り、蓑《みの》と笠《かさ》をひきまとってとびだした、「お市さん」と姑《しゅうとめ》の呼ぶのを聞いたが、すぐ戻りますすと叫んだまま石段を走り下りた。辰弥がもう帰るじぶんである、姑は辰弥に任せられると思った、また高畑という処は方角だけしか知らないが、ひとすじ道ではあるし車を曳《ひ》いているのだから、そう遠くまでゆかずに追付けると信じたのである。……けれども昏《く》れかかる風雨のなかで、案内を知らない道をゆくことはたやすいことではなかった。ついすると脇《わき》へそれたり、幾たびも曲り角を間違えたりするが、訊《き》く人も家もないためにずいぶんむだな時間をとった、こうして車に追付いたときはもう高畑の村へはいるところだったのである。

もうすぐそこだからと云うのをむりに車を停《と》めて、こころ覚えの包を捜すまでのもどかしさ、ようやく捜し当てた包の中から目的の小さな包をみつけだしたときの喜び、これらは半ば夢のことのようで、お市はその場からすぐに引返した。「御一緒にまいりましょう、富益の堰《せき》が切れたそうですから」茂左衛門のそういう叫びをよく聞きもせず、お市は包をしっかり背に括《くく》り着けて道を戻った。良人から託された包はあった、今それを身につけている、この実感ほど彼女の心を満たしたものはない、それはお市の胸に忘れていた凡《すべ》てのことを思いださせた、夜なかに眼がさめて眠れなくなり悩ましい感情を制しきれずに良人の寝間へいったこと、そのとき初めて現実に信蔵が自分の良人であるということ、例えようもなく深い、身も心も消えるような肉躰《にくたい》のよろこびを知ったことなど、そしてその包のことを頼んだ夜、良人が自分の蚊《かや》の中へはいって、冷たく水で絞った手拭《てぬぐい》で汗を拭《ふ》いて呉《く》れたり、団扇《うちわ》で風を送って呉れたりしたときの、あやされるようにあまやかだった気持など、――その時どきの極めて些細《ささい》な感情や言葉や接触の微妙な感覚までが、現に経験しているかのように生なまと記憶によみがえってきた。それは躯《からだ》のうえに反射的な痙攣《けいれん》をよびおこしたほど、はっきりしたじかな感じだったのである。

「自分は良人を愛した、良人は自分を愛して呉れた」お市はこう呟いた、「あのとき良人は自分の諄《くど》い質問に対して、つきつめていえば夫婦が一心同躰だということも本当ではない、人間はどこまでいっても孤《ひと》りなんだと云った、ずいぶん冷たい考えのように思ったけれど、常にそれを知っていた良人の愛こそ、一心同躰などという曖昧《あいまい》なものでない慥かさと深さをもっていたのだ、どこまでいっても人間は孤独であるという、そのごまかしのない表現は良人が自分を人間として愛して呉れた証拠である、自分は本当に良人に愛されたのだ」

お市は酔うような歓びにうたれながら、背中の包をたしかめたしかめ走るような足どりで道を急いだ。この辺で曲るのだったと思うあたりへ来ると、そこはもう脛《すね》まで浸るほどの水になっていた。風は少しもゆるまないし雨も激しい、それにすっかり昏れてしまったので、迷うと却《かえ》って見当を誤ると思い、そのまま水の中へはいっていった。――それからの混沌《こんとん》とした時間をどう云ったらいいだろう、腰まで深い水に踏込んで流されそうになった、逃げ惑う人になんども道を訊いた、凄《すご》いほどの速度ではしる雲の間から時どき月が覗《のぞ》いたように思う、然もやはり雨はびしびし頬《ほお》を叩《たた》いていた。親を呼ぶ幼児の胸を裂かれるような声や、子を捜す母親の狂ったような声も忘れられない。「森島はもうだめだ」と云われ「みんな涸沢へ逃げた」ということを慥かめた。後でわかったのだが、地つきの古老でさえ予想もできない早さで長良川の堤が切れ、非常な量の濁水が大田切から下の郷村を呑《の》んだのだという。お市が涸沢へたどり着いたときには、堤の上は荷物と人でいっぱいだった、ここにも親を求め子を呼び良人を妻を呼び捜す声が、するどく悲しく烈風のなかに絶え間もなく聞えた。お市も叫んだ

「お母さま、——」そして叫びながら荷物と人の群のなかを走りまわった。長い時間の後であるか、それともほんの僅《わず》かなあいだであったかはっきりしないが、姑の答える声を聞き、その姿をみつけたときの感動は譬《たと》えようがない、磯女は大きい松の根本に、幾つかの包を置き、頭から莫蓙《ござ》を冠《かぶ》って信を抱いて坐《すわ》っていた。そこには茂左衛門の妻女や、近所の女房たちが二三人いたようだ。

「いったいどうなすったの」磯女は莫蓙の中へお市を入れながら、案外なくらいおちついた静かな調子でこう云った、「——わたしはともかく、信さんを置いてどこへいらしったの」

「旦那《だんな》さまからお預かりした物がございまして」お市はすぐに信を抱き取った、「どうしても身に付けて置かなければならない大切な物だったのを、ついあの荷の中へ入れて遣《や》ったものですから、それを取りにまいったんですの、もう辰弥さまが戻っていらっしゃると思いましたし、すぐ取って帰れると存じましたので」

「辰弥はまだ戻らないんですよ、暢《のん》びりやさんのことですからね」磯女は嫁といっしょになれた嬉《うれ》しさをそのまま声に示して云った、「殊《こと》に依《よ》ると島田までいったかも知れませんね、そうして帰って来られなくなって、割かたこれは大水だなんて云っていることでしょう」

それは辰弥そっくりな調子だった、お市は思わず笑いながら、着ていた蓑を信の上に掛けて抱緊《だきし》めた。茂左衛門の妻女に彼女の良人や子供と高畑で会ったこと、恐らく二人ともそこに留《とど》まっているだろうことなどを語り、姑のために重箱を開こうとしていた時だ、堤の上《かみ》のほうから異様な叫びとどよめきが伝わって来、地面がゆらゆらと揺れるように思った。そのときまで居まわりの群衆はひとまずおちついたという風で、時には笑いごえさえ交えて声高《こわだか》に語りあっていたが、その一瞬あらゆる声と動作が止り、咆《ほ》え狂う風雨の音がぞっとするほどはっきりと、然も決定的な圧力でこの群の上にのしかかり押包んだ。たしかに、その一瞬の沈黙ほど決定的に人々を圧倒したものはなかったろう、地面が揺れたときお市は信を抱緊めたが、余りそれが強かったとみえて信が泣きだした、その泣き声を聞きながら緊めつける腕をゆるめることにさえ気づかなかったほど、そのときの恐怖と絶望の惧《おそ》れは決定的であった。それに続いて回想するに耐えない、そして生涯《しょうがい》忘れるときがないであろう悲しい出来事が起こったのである。

四の二

涸沢の堤は高畑から貫名まで通じている、前にも記したようにそれは水除《みずよ》けであると同時に避難所でもあった。ところがそのときの洪水は大田切から西へ溢《あふ》れ込み高畑の下でこの堤に襲いかかってこれを衝《つ》き崩した。それはお市たちのいた処から十町あまり上に当るが、いちど欠潰《けっかい》した堤は端から洗い崩され、避難していた群衆はそのまま荷物もろとも水に掠《さら》われた。なだれをうって来る人の叫びで、なにが起こったかを知ったお市は、半ば無意識でそこにある荷包の麻縄《あさなわ》を解き、両端に姑と自分の軀を縛りつけた、「わたしはいいから信さんを——」磯女がそう云ったようだ、お市はそのとき信を下へ置いていた、信は泣いていた、暗闇《くらやみ》の中のことでわかる筈はないのだが、掛けてある蓑を蹴《け》り手足をばたばたさせて、声かぎり泣いている信の姿が、お市の眼には痛いほど鮮やかに残っている、姑と繋《つな》ぎあった麻縄を、どのようにしてその松へ絡《から》みつけたか、自分がそうしたのではなく偶然に絡みついたものかはっきり覚えがない、また姑と信とを比較して信を捨て姑を助ける気になったのでもない、ただ頭の中で「堪忍《かんにん》してお呉《く》れ、信さん、堪忍してお呉れ」こう悲鳴のように叫んでいたこと、絶えず背中の包に手をやってそこにあることを慥かめていたことは事実だ。「信さんを」磯女はなんどもそう云ったようだ、然し地面がわらわらと崩れ、それに代ってまっ黒い別な地面がもりあがって来たとき、お市は姑を抱いて松の木へしがみ付いた。それから後のことは悪夢のようにとりとめがない、水に呑まれて息が詰り、誰かの手がきっちり首へ巻付いた。なにかで激しく横腹を殴られ、髪毛を千切れるほどひき搔《むし》られた、軀ぜんたいをぐるぐる振廻されるように思い、幾たびも平手で顔を打たれた。なにもかもどす黒く弁別することのできない状態のなかで、お市はありありとひとつの唄《うた》ごえを聞いたのである、「——山が焼ければ親鳥や逃げる身ほど可愛《かわい》いものはない」然もそれは明らかに信の声であった、そしてお市は気を失った。

松の木にようやく麻縄で軀を絡みつかせたまま、梶田《かじた》という村の藪《やぶ》へ流れついていたところを、お市と姑とは危うく助けられた。村びとの介抱で人ごこちがついたのは三四日ものちのことだったろうが、初めて姑と顔を見合せ、お互いに生きていたと感じたとき、姑は手を伸ばしてお市の髪を撫《な》で、とめどもなく枕紙《まくらがみ》を涙で濡《ぬ》らした。ひと言も口には云わなかったけれど、姑の涙がなにを語っているかお市にはよくわかった。お市は泣かなかった、そして姑の手を取り、静かに眼で頷《うなず》きながらそれを撫でた、わかっていますお母さま、これが本当だったのです、信はもう可愛い仏さまになっているのですから、きっとこうしたことをよろこんで呉れるでしょう、……胸のなかでこう呟きながら、劬《いたわ》りを籠《こ》めて姑の手を撫でた。ふしぎなほど悲しいという気持はなかった、それよりも寧《むし》ろ耐え難かったのは、うつうつ眠っているときなどにあの唄声の聞えることである、自分が危うくなれば親鳥は逃げるという、あのむごい刺すような文句、雛鳥《ひなどり》を捨てても自分が助かろうとする、身ほど可愛いものはないという、あの残酷な嘲笑《ちょうしょう》のこもっている文句、それも明らかに信のうたうその声は耐え難いものであった。そんなことがある筈はない、それとこれとはまったく事情が違う、あの唄は美濃甚の意地の悪い女房がうたったので、仮にも信がそんなことを思う筈はない、みんな自分の妄想《もうそう》なのだ、こう打消すあとから、然しすぐにまたその唄が聞えるのであった。

起きられるようになってからお市が最初にしたことは、背中に括付《くくりつ》けて来た包を披《ひろ》げて干すことだった。それは五冊に分けて綴《と》じられ、その各冊に標題が付いていた。はじめは人の眼につかないように気を配るだけだったが、乾いてくるに従って標題を読み、つい誘われて内容まで覗《のぞ》いた。それは「秕政《ひせい》事実」「勘定要録」「諸氏党脈」「御継嗣謀策」「星宿譜」という五種類の調書で、大高国老を中心とした重臣たちの、十余年にわたる私曲と瀆職《とくしょく》の事実を記したものであった。お市を最も驚かせたのは、諸氏党脈にも御継嗣謀策にも明らかに里の父の名が出ていることだった。星宿譜は見覚えのある弁之助の手で書かれたもので、それだけにはみあたらなかったけれども、その他の書類には大なり小なり奥村斎所の名の記されていないものはなく、殊に藩家養嗣子の問題には領主戸田侯の意志を枉《ま》げる主謀者のひとりに挙げられていた。これらはお市をうちのめすほど驚かした。だがそれよりも遥《はる》かに強く烈《はげ》しく、この調書を作った人々の努力とそのみじめな結果とが、刺し貫かれるような鋭さで思いうかんだ。「暴逆を企て、——」という罪名、路上で斬《き》り死《じ》にをした人たち、城中で取詰められた良人、久之助の裂けていた袴《はかま》、そして今も牢舎《ろうしや》に押籠《おしこ》められている多くの家族、この五冊の書にはこれらの人々の血を吐くような叫びが充《み》たされている、ここに書かれてある事が凡て真実でないにしても、これを調べた人たちの心だけはまさしく真実である、藩政の正しい改革と領民の幸福をねがう、その心の清純さだけは動かすことができない、それは「暴逆」などという表現とはおよそ反対な事実を証明するものなのだ。お市はその書類を天下の人々に示し、事の真相がなんであるかを訴えなければならないと思った。そしてそう思ったとき、自分には藩主に会える機会があるということに気づいた。美濃甚の献上した花筵《はなむしろ》から御めどおりの破格な許しが出ている、もし運がよければその折に戸田侯へ訴えることができるかも知れない、……お市はしぜんと身が顫《ふる》えた。いや出来るかも知れないではない、しなければならないのだ、どういうかたちで謁《えつ》をたまわるかはわからないけれども、とにかく藩主の前に出られるのだから身を捨ててかかれば不可能なことはない、ただなにかひとつ藩主の注意を惹《ひ》きつけるくふうがあればいい、そのくふうさえあれば——。

災害のありさまが伝えられてきた。どこそこで家が何十軒流され、幾十人死んだとか、なにがしでは一郷まるまる潰《つぶ》れたとか、どの堰には何百人の死躰が上ったとか、田地がこれこれ埋まり畑がこれこれ流されたとか。この種の噂《うわさ》はたいてい末すぼまりなものであるが、こんどは日の経《た》つにつれて大きくなり、土地はどれほど家は幾ら、人は、家畜はと被害の数は増しに増して、もはや美濃一国は饑饉《ききん》をまぬかれないと云われるようになった。お市はこういう噂を、まるで無関心に聞きながしていた、彼女の頭はただ一つのことでいっぱいだった。微風もなく晴れあがった日が続き、ぎらぎらと照りつける太陽の下に、涯《はて》もなく茶色の泥《どろ》にまみれた田地が見える、白っぽく濁った水が巨大な湖水をつくっている、梢《こずえ》だけ水面に出ている林や、屋根だけで島を作っている村里が眺《なが》められる、然しこういう風景もお市にはよそよそしい無感興なものだった。現にその眼で眺めながら頭ではまるで別なことを考え続けていた。彼女たちが世話になっている蓆《むしろ》小屋には、およそ三十人ほどの被災者がいる、その村だけでもそういう蓆小屋が五つあるそうだ。田畑を失い家財を流された人たち、親に別れ子に死なれ、良人や妻と離れればなれになった人たち、救いようもなくうち拉《ひし》がれていることの人たちの悲嘆や絶望も、お市の心をうごかすことはできなかった。……夜になると小屋のそこ此処《ここ》に呻《うめ》き声や啜泣《すすりな》きが聞える、磯女もその例外ではなかった、囁《ささや》くようなこえで「信や、信や、――」と呼び、ながいこと寝息のように噎《むせ》びあげている、初めての孫を亡《な》くしたのだ、然も自分の代りに眼の前で母親にみすてられた、自分がいなかったら助かったかも知れないのだ、磯女のおもいはそこから離れることができないに違いない、孫の名を呼ぶ囁き声には聞く者の胸をひき裂くような響きがあった。お市にはそれがよくわかった、けれどもやはりそれだけのことにしか思えない、一滴の涙もこぼれないし心はしらじらと平らだった。

「御前へ出たとき、――」姑の噎びあげる声を聞きながら、お市はまっ暗な夜の空間をみつめてこう思う、「御前へ出たときどうしたら、どうしたら殿さまの御注意を惹くことができるだろう、どうしたら、――」

七日めの朝になってお市は高畑へでかけた。一里に足らない道だったが、水が溢れていたり、流れて来た土砂や木や、毀《こわ》れた家で塞《ふさ》がれたりしていて、幾たびも遠まわりをするのでずいぶん時間をとられた。高畑は水も浸《つか》らず、お救い小屋のある他は嘘《うそ》のように平穏な景色だった、四五たび尋ねてその家へゆくと茂左衛門とその子が庭にいるのをみつけた。へいは柿の木の下で蟻《あり》地獄を眺め、茂左衛門は前帯へ手を挿込《さしこ》んだまま茫然《ぼうぜん》と蜻蛉《とんぼ》の飛ぶのを見ていた。お市が声をかけると、彼はにたにたと無意味に笑った。然しその笑い顔は瞬時に蒼《あお》くなり、石のように硬《こわ》ばった。

「お繁は――」彼はおののくようにこう呟いた、「お繁はどうしていますか」

お市は黙って振返った。へいは柿の木の下に立ってこちらを見ていた。ものをねだるときのようなひたむきな大きな眼であった。お市は茂左衛門へ眼を返しながら「自分の荷物を出して貰《もら》いたい」と云った。そして彼の顔は見ずに柿の木のほうへゆき、身を跼《かが》めてへいを抱いた。子供はお市の胸を手で押しのけようとした、お市は踞んだ膝《ひざ》の上へ彼を横抱きにし、日にやけた固いその頬へ、自分のをそっとすりつけた。お母さんはすぐ帰って来る、こう云おうとしたのだが、舌も動かないし声も出なかった。子供は軀でいやいやをし、お市の腕をすりぬけて走っていった。

「森島はまだ水浸しでまだ帰れねえですよ」茂左衛門はとぼんとした声でこんな風に呟いた、「馬もどこかへいっちまったし、見たところじゃ蔵も潰れたらしいが、なにしろ水が早かったですからね、――もっとひどいところもあるんで、春井のほうでは山が崩れて」

お市は出された荷物の中から、自分のひと包を取ってあとをまた縛り、もう暫《しばら》く預かって呉《く》れるように頼んだ。茂左衛門は道までついて来た。愚直な顔はまだ白く硬ばったままで、節立った黒い手をあげては頻《しき》りにうしろ頸《くび》をこすった。

「すると、なんですね、――梶田にいらっしゃるんですね」別れるとき彼は地面を見ながらこう呟いた、「じゃあ御隠居さまにそう仰《おっ》しゃって下さい、荷物はたしかにお預かりしています、こっちは私も子供も無事ですから、どうかそうお願いします」

道を曲るとき突然うしろから「おばちゃん」と呼ばれた。振返るとそこの灌木《かんぼく》の蔭《かげ》からへいがこっちを覗いていた、「おばちゃん」もういちど彼はそう呼んだ。お市は頷いてみせ、なにか云おうとしたが、そのまま道を曲って歩きだした。

四の三

梶田へ帰る途中のことであるが、藩主戸田うねめのしょう氏英が水害地方を巡視しているという噂をお市は聞いた。たしかめてみると実際のことらしい、幾日にはどこそこへみえたし、なんの村にはお泊りになったという、現に行列を見て来たという者の精《くわ》しい話も聞いた。――島田村へもおいでになるに違いない。お市はこう思い、もしそうだとしたらそれが最善の機会ではないかと考えた。この大きな災害の後では、単に花筵《はなむしろ》のための賜謁《しえつ》などは延ばされるかも知れない、ともあれ一日も早くおめどおりするにはなによりの機会である、お市はそれから走るようにして梶田へ帰った。

「おや辰弥さんは――」磯女はお市を見るなりこう云った、「辰弥さんはごいっしょではなかったの」

「辰弥さまが、御無事だったのですか」

「だって貴女《あなた》が」こう云いかけて、姑はふと息をひきながら歪《ゆが》むように笑った、「まあばかな、――ごめんなさいよ夢でした、いまうとうとしていたんですね、ばかなことを云ってごめんなさい、貴女が辰弥といっしょに話しながらそこへ来たように思ったんですよ、それもありありと聞えたものですからね」

「わたくしこれからすぐ島田へまいりたいのですが」お市は姑の言葉をわざと聞きながした、「思いついたことがございますので、殊に依ると二日くらい戻れませんかとも思いますけれど、――小笠の丈助どのへも寄りたいと存じますし」

「わたしももういいのだけれどね、道がまだいけないだろうかしらん」

「もう暫くは御無理でございますわ、水もあり道も壊れていますし、――できるだけ急いで帰ってまいりますから」

　これまで例のないずばずばした口ぶりなのと、起《た》ち居《い》のようすが常になく暴《あら》あらしいので、磯女はそれ以上なにも云わず、不安そうに脇《わき》から眺めているだけだった。午《ひる》の施《せ》粥《がゆ》を待たずにお市は小屋をでかけた。――梶田から持って来た包には、釵《かんざし》や櫛《くし》笄《こうがい》や手鏡などの高価な道具が入っている、輿入《こしい》れのとき持って来たまま納《しま》って置いたのだが、それを金に替える積りで持ちだしたのである。秋めいた風が吹いていたけれど、ひざかりの日光は膚《はだ》を灼《や》くようだし、山から押出した赭土《あかつち》が乾いて、風の来るたびに蒙々《もうもう》と舞い立つので、眼口も耳も髪の根までも忽ち《たちま》埃《ほこり》まみれになった。ところどころに施粥の小屋があり、半ば裸姿の男女や子供たちが群れていた。疫病がはやり始めたとかで、「生水を飲むべからず」と仮名で書いた貼紙《はりがみ》が到《いた》るところにみえた。流されたものやまだ水浸しの田は別として、乾いた処《ところ》も稲はすっかり白茶けた泥にまみれ、風に揺られると鉋屑《かんなくず》でも揉《も》むような空《むな》しい音をたてた。お市はこうしたありさまをなんの感動もなく眺めて通った、どんなにいたましい情景を見ても眉《まゆ》ひとつ顰《しか》めず、顔色も変えなかった。そして冷やかなほど無表情に前を見つめたまま、埃立つ道をただ北へ北へと急いでいった。

美濃甚へゆき着いたのは夜の八時ころであった。もちろんそこも水に襲われたそうで、機場はみるかげもなく裸になり、柵《さく》になっている柳も半分以上は倒れたが母屋《おもや》は階下の畳を濡らしただけで助かっていた。万吉老人は襦袢《じゅばん》ひとつでなにかしていたが、はいって来るお市を見ると驚きの余り叫び、持っていた物を投げだして走り寄った。お市は挨拶《あいさつ》をしようとしたが、とつぜん眼の前がまっ暗になり、なにか捉《つか》まるものをと手を伸ばしかけてふらふらと倒れた。冷たい土間の土がこころよく頰にしみ、云いようもなく爽《さわ》やかな涼しい気持になったが、そのままどこかへ落ちてゆくように気を失った。

空腹と疲れと暑気にあたったので、その夜半には我にかえった。二十帖釣《じょうづ》りほどの大きい蝲《かや》の中で、枕もとには万吉が団扇《うちわ》を動かしていた。お市は脇に包のあるのを慥《たし》かめてから、静かに頭をめぐらせ、「御成りはまだですか」と訊いた。老人は訝《いぶか》るようにこちらを眺めた、うわごとでも云っていると思うらしい、お市はねばりつくような舌を舐《な》めながら、もういちどはっきりと訊《き》いた。

「まだ此処へは大垣から殿さまは、御成りにはならないのですか」

「まだでござります」老人は団扇で風を送りながらあやすような調子でこう答えた、「きょう御成りになる筈《はず》でしたが、お行列の都合で明日に延びたのでござります」

「ああそれは、――それはまあ」

運がよかったのだ、危ないところだった、お市はこう呟《つぶや》きながら、またひきいれられるように眠ってしまった。……朝になっても熱は下らず、起きると眼がくらくらした、用をたしにゆくにも下婢《かひ》に支えて貰わなければ歩けなかった。食欲もまるでなく、激しい頭痛と吐きけに悩まされた、然《しか》し気持は張っていて、貞次郎が見舞いに来るとすぐ「御成りになったらおめどおりのできるように」と頼んだ。彼がなにか云おうとするのを遮《さえぎ》って「一生にいちどのお願いです」とか「決してこちらに御迷惑はかけませんから」などと繰り返した。実をいうと美濃甚は戸田侯の休息所に宛《あ》てられており、数日まえから階下の奥にその準備ができていた、お市にはかねてそのお沙汰《さた》が下っているので、病気でさえなければむずかしいことではない、貞次郎が渋ったのはお市の軀《からだ》のことだった。やがて役人が来るであろうし、そのとき病人のいることなどが知れては咎《とが》められる、もうどこかへ移さなければと思っていたところなのだ。けれども彼はお市の懇願のようすが唯事《ただごと》でないのを察した、熱にうるみ充血した眼のけんめいな色は、拒むことをゆるさない必死のちからを湛《たた》えている。彼は万吉をかえりみて「暑いだろうが納戸《なんど》へ移すんだな」と命じ、立ちながらお市にはこう云った。

「たぶん午すぎになると思いますからそれまでよくやすんで置くんですね、起きられなければだめですから、――あとは私が然るべくやります」

「大丈夫でございます、わたくしきっと起きます」

お市はこう云いながらぎゅっと顔を歪めた、はげしい眩暈《めまい》と吐きけに襲われたのだ。そしてそれをがまんしようと思いながらまた気を失ってしまった。

それから御前へ出るまでのことは、絵巻の断欠を見るようにとびとびである。然しその時刻が近くなると起きて化粧料を出して貰い、下婢の手をかりて髪をあげ顔をつくった。実家へ去っているこの家の妻女の品なので、古くもあり乾いてもいたが、とにかく病衰の色だけは隠すことができた。それから茶色の絹の端切を求めていびつな菱形《ひしがた》を作り、右の頬へ糊《のり》で貼り付けた。こうして支度《したく》が終ってからまた横になったのだが、役人が来たらしいざわめきや、遽《あわただ》しい人の跫音《あしおと》などを聞いたばかりで、やはり痺《しび》れるように不安な仮睡を続けていた。貞次郎が万吉といっしょにはいって来たとき、お市はすぐに眼をあけた、そして眼をあけたと同じ自然さで身を起こした。

「むりをしちゃあいけない」こう云いながら貞次郎が寄って来た、彼は麻上下《あさかみしも》を着け白足袋を穿《は》いていた、「御前へ出るまでは無理をしないで、少し具合が悪いとだけ申上げてあるから大丈夫です」

「いいえ立てます」お市は袂《たもと》へ入れた書物の包をそっと抱え、人が違ったようにしっかりと立上った、「独りで歩いてまいれます、お側衆《そばしゅう》は大勢でいらっしゃいますか」

「御重役お一人の他に四人ばかりです」

「なんと仰しゃる方でしょうか、その御重役は」

「戸田主税《ちから》と仰しゃるそうです」

お市の唇《くちびる》の端にあるかなきかの微笑がうかんだ。万一にも父であったらどうしよう、それが最後に残る一つの惧《おそ》れだった、そのとき貞次郎の口から奥村喬所という名を聞いたら、お市はとうてい動けなかったに違いない、——彼女は貞次郎について静かに歩きだした。

躯の具合が悪いというので特に許されたのであろう、お市は庭でなく縁側でめどおりをした。家紋の幕をめぐらせた上座にその人は坐《すわ》っていた、左右に四五人の侍がみえた。貞次郎の披露《ひろう》が済むと面《おもて》をあげるようにという声があった。采女正《うねめのしょう》は面長《おもなが》で浅黒い窶《やつ》れたような顔の人だった、生麻の帷子《かたびら》に同じ袴《はかま》をつけ、黒い漆塗の鞘《さや》の質素な短刀を差している、時どきかなりはげしく乾いた咳《せき》をし、懐紙で唇をぬぐった。いつぞやの花筵のみごとさを賞され、ねぎらいの言葉のあとで、機のくふうに就《つ》いて訊《たず》ねられた。——お市は「お側まで申上げます」と断わって、面を伏せたまま問いに答えた。気持は静かだし声もはっきりと出る、初めて花筵を見たときの感じから、美濃甚に雇われて以来のこと、自分のくふうよりも主人や手代の熱心な援助のこと、機を適当に直し良質の藺草《いぐさ》を得ればもっと精巧な美しい品が数多く作れると思うこと、そのためにはお上《かみ》の御補助を願いたいことなど、なるべく簡単に述べたのち、「これにつきまして、わたくし思いつきました事を書きしたためたものがございます」こう云って袂から五冊の調書を包んだ物をとりだし、「格別のおぼしめしを以ておじきにごらん下さいまするよう——」

お市はそこで顔をあげ、頬に貼り付けてあった絹をひき剝《は》いで、采女正を見上げながら膝を進めた、「無礼者」という声と共に、戸田主税がうねめの正の前を塞ぎ、侍していた家臣がふたり立上った、お市はひたと采女正の眼をみつめながら「御家の大事でございます、お直《じき》にごらん下さいまし、お直に、お直に」こう叫んだ。立って来た二人の家臣が彼女をそこへひき据《す》えた、采女正は不快そうに顔を歪めたがお市がひき据えられたとき初めてそれを制止した。陪侍した重臣の戸田主税が政争渦中《かちゅう》の人でなかったことも幸運の一つで、もしそれが大高系の誰かであったとしたら、これほどたやすくはゆかなかったに違いない。お市の肩を押えた一人のほかは制止の声と共にみな手を控えた。

「みて遣《つか》わそう、持ってまいれ」

采女正が静かにこう云った。韻の深いたいそう若わかしい声であった。そして家臣の一人が包を取って差出すと、「放してやれ」と云いながら包をひらき、五冊の標題を一いち眺めその中をぱらぱらと見た、無関心な眼であり興も無いという手つきだった、それからすぐ元のように包んで脇へ置いた。

「直答《じきとう》をゆるす、そのほうなに者の家族だ」

「身分かるく名もなき者の妻にございます」

「これに書いてある事の仔細《しさい》を知っているか」采女正はどちらでもよいといいたげな、

ひどく事務的な調子でこう訊いた、「――また、なに者に教えられて余に訴え出たのか」

「事の仔細はおんなの身ゆえなにも存じませぬ、ただ御家のため御政治のため御領内の民百姓のために、命を捨ててと申しました良人《おっと》のまごころを妻としてうけ継ぎたいと存じたばかりでございます、何誰に教えられたのでもございません、おめどおりのお許しの下りましたときから、わたくし一存に思いきめたことでございます」

「もういちど訊くがなに者の妻だ」

「まことに軽き者でございます、おゆるしのほど、――」

言葉が切れてお市はくたりと俯伏しになった、「みて遣わせ」という声が聞え、誰かに抱起こされたようだ。然し彼女は自分がまっ黒な怒濤《どとう》の渦《うず》におちこみ、軀ごとぐるぐる振廻されるように感じた、ああ溺《おぼ》れてしまうと思い、信だけは助けなければと抱いている子供を水の面へ押上げようとした。覚えているのはそれだけである。支えられる限り支えていたちからが折れ、お市は昏倒《こんとう》した。

四の四

人ごこちのつくまで七日あまりもかかったそうである。見舞いに来て呉れた顔で初めに覚えているのは小笠村の丈助老人だった。げんは五日も付添って、ふた晩は寝ずに看病していったということだが、その後で代った姑《しゅうとめ》と印象がすっかり昏乱している、自分では気がつかないが頻りに櫛笄《くしこうがい》を売って欲しいと頼んだり、その代金を姑に届けて貰いたいとせがんだそうだ。その言葉から初めて磯女のことが気遣われ、森島の茂左衛門を経てこちらへひきとられたのだという。意識がはっきりとするまでに久之助は幾たびも来ているのだが記憶にあるのは辰弥だった、彼はあの肥えた膝をあぐらに組んで枕元《まくらもと》に坐り、いつもの暢《のん》びりした顔で笑いながら色いろなことを云った、「こんど屋根の上に畑を拵《こしら》えたんですがねえ、作物というやつは日光と風とおしが大切ですからね、そうしたらこんな大きな蕪《かぶ》が出来ましたよ、蕪と鯰《なまず》とは金気《かなけ》を嫌《きら》うもんですってよ」こんなことも云い、また「洪水《こうずい》のときには草履を穿くもんだって云いますよ、赤い鼻緒を付ければ割かた楽ですってさ、ここへ作って来ましたから穿いておいでなさい、信に作ったんだけど洪水だから構やしませんよ」そうかと思うと大きな紙袋を持って来て、「このとおり家じゅうの蚊をすっかり捕ってしまいました、もう大丈夫だから壁をぬいちまいましょう」などと云った。——枕元にいるのが磯女で、自分が美濃甚のひと間に寝ているのだとわかるようになったとき、お市がまっさきに口にしたのは辰弥のことだった。

「辰弥さまはやっぱり御無事でしたのね、ようございましたこと」

「久之助さんが来たのを知っておいでかえ」磯女はこう云って微笑した、「まっくろに日に焦《や》けて、肥えてしまって、まるでお百姓のようになっていたでしょう」

お市は眉間《みけん》に深い皺《しわ》をよせながら思いだそうとした。久之助、――見たようでもあるし、そうでないような気もする。磯女は云わでものことを云ってお市の頭を悩ませたことに気づき、額の濡《ぬ》れ手拭《てぬぐい》を絞り代えながら、自分の言葉をうち消すようにこう云った。

「さあさあお眠りなさい、貴女はまだ疲れておいでなのだから、なんにも考えないで安心してお眠りなさい、なにもかもよくなるんです、なんにも心配することはないのですよ」

磯女の姿がみえなくなり、代ってこの家の下婢か丈助の妻女のげんが枕元に坐るようになったのは、十二三日も経《た》ってからのことだと思う。万吉は日に幾たびも来た、貞次郎も時おり覗いたが、彼はいつもの蒼白《あおじろ》い精のない顔つきで、お市を見舞うというよりはなにか憂悶《ゆうもん》を訴えに来てそれが云いだせないもののように、ほんの暫《しば》く坐っては黙って立ってゆくという風だった。その頃《ころ》になってわかったのであるが、お市は「居宅監禁」という仰付《おおせつ》けで、隣室には代官所の役人が詰めているし一日おきにやはり代官所から医者が診察に来た。——このあいだに修理していた機場が出来、藩の補助で機も新しく六台はいった、このうち四台はお市のために用意されたもので、若い娘を三人、お市に付ける目的で雇ったということである。

「監禁という咎に仰付けられている身でそんなことができるだろうか」お市がこう不審をうつと、万吉はそれどころではないと首を振って、「お軀がすっかり治って機へお坐りになるようになったら、大垣から御家中のお嬢さま方も習いにおいでなさる筈でございます」と云った。

久之助が来たのはお市が少しずつ起きるようになってからの、秋めいた涼風のわたる宵《よい》のことであった。そのころ隣室の役人はもう昼だけでひきあげ、夜はもと仲の良かった機子たちが来ては話してゆくようになった、そのなかでもお梅という娘はひどくなついてしまって、お市が機にかかれるようになったら、誰がなんと云おうと自分が一番の弟子になるのだなどと力んでいた。——久之助は百姓とも商人ともつかない恰好《かっこう》をして、手に団扇を持ってはいって来た。日に焦けているし逞《たくま》しく肥えて、笑うと辰弥にそっくりなほど似てきた。

「そのままそのまま、どうぞ寝ていらしって下さい」彼はこう云いながら来て、窮屈そうに枕元へ坐った、「だいぶおよろしいそうですね、顔色もこのあいだとは見違えるようです、安心しました」
「貴方《あなた》もお肥えになりましたのね」
「自分でも驚いてるんです、死ぬか生きるかの境を歩いて来たのに、まるでこれは徒食惰眠を貪《むさぼ》っていたという態たらくですからね、いや尤《もっと》もあね上の御苦労に比べればそんなところかも知れません」こう云って彼は膝《ひざ》の上へ両手を置き、お市の眼をじっと見ながら頭を垂れた、「――口で云えることではありませんが、あね上、有難うございました」
「貴方こそ、久之助さま、よく御無事でいらしって下さいました、どんなに御苦労なすっていらっしゃるか、お察し申しておりましたわ」
「あね上、――いやこの話はまだいけません」久之助は卒然と顔をあげた、「――これはもっとおちついてから悠《ゆっ》くり話さなければならないことです、今日はごようすだけうかがって帰る積りだったんですが、また江戸までいって来なければならないもんですから」
「またというと、あれからずっと江戸のほうにいらっしゃいましたの」
「いや往《い》ったり来たりでした、なにしろ乞食《こじき》のまねまでしたんですから派手なもんです、小笠村へもゆく積りだったんですが、恐ろしく手配が厳しいんで近寄れなかったんですよ、こんどだって洪水さわぎがなければ未《ま》だお眼にはかかれなかったでしょう、ああ、洪水といえば、——」久之助はこう云いかけて急に狼狽《ろうばい》し、ひどく咳きこみながら手を振った、「そうそう、ひとつお詫《わ》びがあったんです、あれですよ、実はあの頃、あね上にずいぶん小遣をおねだりしましたね、あのことなんですがね」

「なにを仰《おっ》しゃいますの今ごろ」お市も久之助がなにを云おうとして止めたか気づいたので、さりげなく調子を合わせながら笑った、「そんなことを云いだして、またおねだりは猜《ずる》うございますすよ」

「いやそうじゃないんです、本当のことを申上げますがね、おねだりしたのは小遣ではなくって溜《た》めていたんです、——あね上に贈り物がしたかったからなんですよ」彼はてれたように赤くなって頸《くび》へ手をやった、「京町に紋八という小間物屋があったでしょう、あの店で堆朱《ついしゅ》に金の象眼《ぞうがん》をした手筐《てばこ》を売っていたんです、このくらいの大きさで朱と金の配合がなんともいえず美しいんですが、とても私の小遣を溜めたくらいじゃあ追付かない値段なんです、然しどうしてもあね上に贈って差上げたかったもんですから、窮余の一策としておねだりを始めた訳なんですよ」

「嬉《うれ》しいわ、お話だけでも、——」こう云ってお市は笑いながら睨《にら》んだ、「けれどそうすると、その手筐をわたくしが頂くまでには、わたくしがまだよほど資本を出さなければなりませんでしたのね」

「だいじょうぶ御安心を願います、私には残念ですがあの騒ぎのうちに手筐は売れてしまいました、手付けをやって置いたんですがね、なにしろ半年もよりつかなかったもんですから、――尤《もっと》もそのうちにきっとまた」

「いいえ結構ですわ」こんどはお市が本当に笑った、「おこころざしだけでたくさん、賜り物は御出世なすってからにして頂きますわ」

久之助は半刻ほどいて去った。良人のことが話に出るかと待っていたが出なかった、こちらからはみれんのようでもあり怖《おそ》ろしくもあって訊けなかった。ただ帰り際《ぎわ》にひと言だけ「どうやら情勢はうまく変りそうですから、――」こう云っていったのが、お市にとってはこの上もなく心づよい希望になったのである。辰弥に就いては諦《あきら》めが出ていた、病中にあれほどまざまざとその姿を見その言葉をはっきり聞いたので、かなり長いあいだ現実のことのように思いこんでいたのだが、姑の容子や丈助夫妻からなんの話もないことと、日の経つにつれて幻覚だったことが否《いな》めなくなり、やっぱりあの洪水の日どこかで不幸な結果になったのだろうと考えるより仕方がなかった。お市にとって堪《たま》らないのは、彼がお市を迎えに出て不幸に遭ったことだ、お市の身を気遣うあまり危険のほうへ近寄ったのではないか、そして遁《のが》れようのない水に取巻かれて、もういけないと知ったときどんなに絶望したことだろう、そのときを想像して最も耐え難いのは、辰弥の途方にくれたような顔である、暢びりした眼で、けれど多少うろたえながらまわりを眺《なが》めて「これはもう割かただめらしい」などと呟いている、その姿が見えるようで、お市はそのたびに息苦しく喘《あえ》ぐような気持になるのだった。

「お世継ぎの御披露があったそうでございますな」万吉が或る日こう話した、「上野《こうずけ》のくに館林《たてばやし》の松平さま、越智松平と申上げるそうですが、その御二男の栄之進と仰しゃる方が御養子に定ったということで、近ぢかにお見舞いのため大垣へおみえなさるという話でございます」

「お見舞いといいますと、殿さまは御病臥《ごびょうが》でもなすっておいでなのですか」

「水害地の御巡視がお軀に障ったのでしょうな、もう暫くおひき籠《こも》りだともいうし御重態などという噂《うわさ》もございます」

この話はお市に新しい不安を与えた。采女正が病臥して重態だとすると、あの五冊の調書に依《よ》る再審問がどうなるか、また館林から迎えられた養嗣子が味方の推薦する人ならよいが、もし大高国老の一派に依るものだとすると万事休すといわなければならない、どちらも運命を左右する問題なので、お市の不安はなみたいていなものではなかった。そしてその話があって間もなく、代官所から十数人の役人が来て警護するようになった。お市を監視するというよりも、美濃甚の屋敷内ぜんたいの警護をする風である。これも後でわかったことだが、このとき大垣城では大高派に対する問罪が開始されたので、采女正からお市の身辺を護衛するようにという命令が出たのだそうである、——こうして八月中旬となり、季節はまさしく秋に入った。

四の五

すっかり恢復《かいふく》したお市は、床上げをするとすぐ機へ掛った。もう少し養生してからと止められたけれど、機に向っているうちは不安も忘れるので、梅や新しく雇った娘たちに教えながら、少しずつ筵《むしろ》を織り始めたのである。役人が厳しく出入りを警戒しているので、外との往来は殆《ほと》んどなかった、丈助夫妻にも久しく会う折がないから、姑がどうしているかさえわからなかった。——ともかくできるだけの事はした、よかれあしかれもうじたばたすることはないのだ。こう考えてただ仕事に没頭していた。すると九月にはいって間もなく大垣から「貞次郎つきそいのうえ出頭するように」という使者が来た。警護の人数が三十人もいるし乗物が用意されてあった、お市はその人数の半分が火縄《ひなわ》をかけた銃を持っているのを見て、吉か凶かまったく判断に迷い、支度《したく》をしながら恥ずかしいほど身が震えた。

「たぶんすぐ戻れると思うけれど」お市は機場の娘たちと別れるとき、こう云いながら一人ひとりの顔をじっと見まもった、「もしわたくしが戻れないとしても、教えてあげたことを元にくふうすれば貴女《あなた》がたにもりっぱな花筵が織れる筈《はず》です、良い物を作ろうという気持と根気がなにより大切ですからね、どうか飽きないでお互いに助けあってやって下さい、――梅さんはまだ年が若いけれど、仕事はいちばん慣れておいでだから、皆さんのお役に立つようになさらなければね、お願いしますよ」

少し誇張して云えば半ば遺言でもするような気持だったのである。みんな門まで送って来た、道へ出て前掛で頻《しき》りに頰《ほお》を拭《ふ》いている梅の姿が、ながいことお市の眼にのこった。――烏江から田勢へ渡るとき、遠く杭瀬川の流れと長い堤とが見えた。一年まえに姑と辰弥と三人でその堤の上を歩いていった、そのときの追われるような遽《あわただ》しさ、身の氷《こお》るような寂しい心もとない気持が、昨日のことのようにまざまざしく思いかえされる。眼をつむると暢びり鯰のことなど話していた辰弥の姿がみえる、お市はこみあげてくる涙を拭《ぬぐ》いながら、口の内でそっと唱名《しょうみょう》をとなえるのだった。三里あまりの道を二刻かかって、大垣へは午後四時まえに着いた。巽門《たつみもん》から入ると、そこに三人の侍が待っていて貞次郎とお市をひき継ぎ、信田郭《ぐるわ》の遠侍のような処《ところ》へ導かれ、支度を直して暫く待ったのち本丸へ伴《つ》れてゆかれた。城へはいってからの扱いは決して咎を蒙《こうむ》る人のものではない、武家に育ったお市にはそれがわかるので、胸を塞《ふさ》いでいた不安や疑《ぎ》惧《ぐ》がようやく薄れ、ほっと息をつくと共に自分でも眉の晴れるのが感じられた。

書院の庭さきに蓆《むしろ》が設けてあった。二人がそこへ坐ると左右に二人ずつ役人がつくばった。残暑の夕日が御殿の廂《ひさし》を染め、赤蜻蛉《あかとんぼ》が大きな沓脱《くつぬぎ》石の上に翅《はね》を休めていた、それはさも昏《く》れてゆく日を惜しんで身を暖ためているという風にみえ、秋もたけなわなのだという侘《わび》しくはかない思いを唆《そそ》られた。――廊下を足早に来る人のけはいで、お市と貞次郎は頭を垂れた、座に就《つ》いたようすでは三人らしい、すぐにその内の一人が貞次郎とお市の名を呼び、答えるのを待って別の一人がしずかに紙の音をさせた。

「御領内養老郡島田村居住、美濃屋貞次郎かかりうどお市、――」その人はこう読上げた、「そのほう不慮の事によって良人と別れて以来、世間を憚《はばか》るべき仔細ありながら、よく艱難《かんなん》に耐えて姑に孝養をつくし候《そうろう》ことならびに、――」

美濃甚に雇われてから経験の浅い身でよく努力くふうし、従来にないみごとな花筵を作りだしたこと、こう読みあげる声を聞きながら、お市はひじょうな驚きのために軀も心もおののいてきた、その声のちからある静かな調子も、特徴のあるはっきりした抑揚も良人のものである、まえよりは幾らか嗄《しゃが》れたようでもあり陰翳《いんえい》が深くなっているようだ、然しその変化した感じこそまちがいなく良人の声だという証明のように思え、平伏している両の手がわなわなと震えた。

「また去る七月洪水のおりは、危急のなかに愛児をかえりみず、身を以《もっ》て老年の姑を救い候こと、義理とは申しながら神妙の心懸《こころが》け格別あわれにおぼしめされ候、依って白銀十枚、時服ひと襲《かさね》下し置かせられ候、――側御用《そばごよう》、陸田信蔵」

ああと息のとまる思いでお市は顔をあげた、良人であった。縁側に坐って、達し文を巻きながら、良人がじっとこちらを見ていた、麻上下の端然たる肩つき、生え際《はぎわ》のはっきりしたひろい額、感情の豊かさを示している唇《くち》つき、――お市の全身はそのまとびついてゆきそうな激しい情熱のために痙攣《ひきつ》った。信蔵はおちついた声で、「今宵《こよい》は城下の家に泊ってゆくように」と付加えたのち、貞次郎に向って口頭でその功を賞した。お市の世話をよくみた事、他国に類のない花筵を作りだしたこと、今後も努めてそのわざに励み、領内の産業として発展さすべきこと、これに依ってしかじかの恩賞を賜わることなど、――お市はその一語一語をあらゆる感覚と神経で吸いとるように聞きいった、言葉の意味などはわからなかった、声そのものを余さず聞きとり吸収してしまいたい、そのなかに身も心も溶けこましたいと思うだけでいっぱいだった。

城下のなつかしい家へ帰ったのは黄昏《たそがれ》の色濃くなる時刻だった。なつかしい門をはいり、玄関へ歩み寄ると弥五兵衛が迎えた、まあおまえ戻っていたの、こう云おうとしたとき磯女が走るように出て来た、「お母さま」お市は手を差伸ばしながらそちらへ駆け寄った。

「ようようお帰りだことね」磯女は嫁の手をとりながら微笑した、「どんなに待遠しかったでしょう、お軀はもうすっかり宜《よろ》しいの、少しお痩《や》せなすったようにみえるけれど」

「いいえ却《かえ》って肥えましたわ」姑と手をとり合ったまま廊下へはいった、「どうきつく締めても帯がこんなに上へきますの、このへんが娘のようになって、恥ずかしゅうございますわ、――弥五兵衛が戻りましたのね」

「ええ和吉も平助も、お花もみんな戻っています、久之助さんも月の末には帰るそうですよ」

茶の間へはいって坐ると、召使たちが揃《そろ》って挨拶《あいさつ》に来た、そしてかれらが退《さが》ると間もなく信蔵が帰った。――下僕の声を聞いて反射的に座を立ったお市は、自分の動作があの出来事の以前と些《いささ》かも変らず、一年余日の時間を空白にして、なにごとも無かったかのようにごく自然に繋《つな》がっているのを知って驚きを感じた。玄関で刀を受取るときも、良人について居間へゆきながらも、「元のままだ、みんな元のままだ」と心のうちに呟いた、なにもかも元のとおりにおちつくのだ、嵐《あらし》は終ったのだと。

行燈《あんどん》へ火をいれ、茶を持ってゆくと、信蔵はそこへお坐りと云ってこちらの眼を見た。お市も初めて眼をあげた、厨《くりや》のほうでお花になにか命じている姑の声のほか、あたりは森としたひそまりに沈んでいた。信蔵は温かな眼でながいこと妻の顔をみつめたのち、そっと頭を垂れながら「たいへん苦労をかけて済まなかった」と低い声で呟くように云った。

「陸田のことは別として、礼を云わなければならないのはじき訴訟をして呉れたことだ、私たちもできるだけの事はしていた、御養子の件もほぼ我われの期待したほうへ傾きかけてきた、然しあの調書がお上の御手に届かなかったら、同志の人たちから更に多くの犠牲を出したであろうし、紛諍《ふんそう》はなお続いていたに違いない、――あの時期に、お上の御手へあの調書の届いたことは、なにものにも代えられない大きな救いだった、この事のために死んだ者、獄につながれていた者たち、世を忍んで砕身のはたらきをして来た多くの者に代って礼を云う、お市、――有難う」

膝へ手を重ねて俯向《うつむ》いたまま、お市はすなおにその言葉を受けた。信蔵はそこで口を噤《つぐ》み、懐紙を出してそっと眼を拭った。

「そのほか細ごましたことや、母に就いてはなにも云わないが、どう思っているかはわかって呉れるだろう、ただひとつ、お信のことだけは――」

信蔵はこう云いかけて、つと膝を寄せながら妻の手を取った。お市はくらくらと眩暈《めまい》におそわれ、熱湯のようなものが胸へつきあげてくると感じたまま、良人の膝へ烈《はげ》しく泣きながらうち伏した。わが子を喪《うしな》ったという事実が、初めて現実に彼女をうちのめしたのだ、これまでは無意識のうちに思うことを避け、絶えずよそへ外《そ》らしていたのであるが、訴えるべき人に逢《あ》い、本当にかなしみを分かつことができるとわかって、殆んど堰《せき》を破る奔流のように慟哭《どうこく》が喉《のど》をひき裂いたのだ。

「いちどでもいい、顔が見たかった」

「あの子も、どんなに、どんなに信もそれが心のこりだったでしょう」

「おまえはまだいい、私は――」

「あなた、あなた」

「私は抱いてやることもできなかった」

お市は良人の膝の上で良人の手に頰をすりつけながら泣いた。はしたないとも、ふたしなみだとも思わなかった、泣けるだけ泣いていいと思った、それが信のためにたった一つの供養《くよう》のようにさえ感じられたのである。――信さん、ここへ帰っておいで、お父さまとお母さまのあいだへ帰っておいで、さあここへ、これが父さまのお膝ですよ。

物語を終るにはなお二三の事を付加えなければならないようだ。大高国老とその一派の処置、奥村家の始末、久之助の帰郷や、采女正の逝去《せいきょ》につぐ養嗣子の襲封、新しい政治の出発など、――然しそれらは凡《すべ》て読者の想像に任せてよいと思う、筆者の目的はお市を語ることにあったのだから。

(昭和二十三年四月労働文化社刊)

ちいさこべ

一

茂次《しげじ》は川越《かわごえ》へ出仕事にいっていたので、その火事のことを知ったのは翌日の夕方であった。当日の晩にもちょっと耳にした。川越侯（松平直温《なおあつ》）が在城なので、江戸邸《やしき》から急報があったのだろう、かなり大きく焼けているというはなしだった。江戸で育った人間は火事には馴《な》れているし、まだ九月になったばかりなので、かくべつ気にもとめなかった。

「九月の火事じゃあたいしたこたあねえ」と正吉が云った、「もっともおれの留守に大きな火事がある筈《はず》はねえんだ」

いっしょに伴《つ》れて来た三人の中で、二十歳になる正吉は火事きちがいといわれていた。彼も「大留《だいとめ》」の子飼いの弟子《でし》であるが、十三四のじぶんから火事が好きで、半鐘の音を聞くとすぐにとびだしてゆく。大留の店は神田の岩井町にあるが、遠近にお構いなしで、いちどは千住大橋の向うまでとんでゆき、明くる日の九時ごろに帰ったことがあった。

――火事があれば大工は儲《もう》かる、火事は大工の守り神だ。

などと云《い》って、親方の留造《とめぞう》に殴られたこともあった。

その翌日のひる過ぎ、ちょうど弁当をたべ終ったところへ、十八になるくろがとびこんで来た。本名は九郎助であるし、べつに色が黒いわけではないが、初めからくろと呼ばれている。彼は乗り継ぎの早駕籠《はやかご》で来たのだそうで、「若棟梁《わかとうりょう》にすぐ帰ってもらいたい」と、助二郎の伝言を告げた。

「仕事なかばに帰れるか」と茂次は云った、「いったいなんの用だ」

くろは言葉をにごした。

茂次は父の留造の名代《みょうだい》で来ている。この土地の「波津音《はつね》」という料理茶屋の普請《ふしん》で、大留がいっさいを請負った。左官、屋根屋、建具屋なども江戸から呼んだし、ほかに土地の職人や追廻しを十四五人使っている。茂次の伴れて来た三人のうち、大六は三十一歳になり、茂次の後見のような立場にいるが、これだけの仕事を大六に押しつけて帰るわけにはいかない。いったいなんの用だと訊《き》き直そうとして、茂次はふと、昨日の火事のことを思いだした。

「おい」と茂次が云った、「うちが焼けでもしたのか」

くろはあいまいに頷《うなず》いた。

「うちが焼けたのか」と茂次は声を高くした、「おやじやおふくろは無事か」

くろは黙って頭を垂れた。茂次は蒼《あお》くなって大六を見た。大六が立って来た。

「くろ」と大六が云った、「どうしたんだ、棟梁やおかみさんは無事なんだろう」

するとくろが泣きだした。

茂次がとびかかろうとし、大六が危なく抱きとめた。くろは腕で顔を掩《おお》い、子供のように声をあげて泣きだした。秋のまひるの、静かな普請場にひびくくろの泣き声は、そのまことの重大さを示すようで、みんな激しく圧倒され、すぐには身動きをする者もなかった。

「正吉、若棟梁を頼むぞ」と大六が穏やかに云った、「くろ、こっちへ来い」

大六はくろを脇《わき》のほうへ伴れていった。茂次は木小屋の前の材木に腰をかけた。彼の角張った逞《たくま》しい顔は、放心したように力を失い、眼はぼんやりとして、白く乾いた地面を眺《なが》めるともなく眺めていた。おやじは死んだな、と茂次は心の中で思った。父の留造はその年の四月に倒れ、寝たり起きたりという状態が続いていた。病気はごく軽い卒中で、冬までには必ず全快すると、三人の医者が云った。

――火を見て二度めが来たんだろう。

激しい動作や心労が、二度めの発作を起こしやすいことはわかっていた。おそらく二度めが来たのであろう。おふくろはさぞ吃驚《びっくり》したろうな、と彼は思った。情には脆《もろ》いが、気の勝っていた母は、四月に良人《おっと》が倒れたときすっかり動顛《どうてん》してしまい、それ以来ひとが変ったように、引込み思案な、おどろきやすい性分になった。茂次が川越へ出仕事に来るときも、留守になにかあったらどうしようかと、いかにも心ぼそそうにしていた姿が眼に残っている。

——帰らなくちゃあならない。

母のためにもすぐ帰ることにしよう、茂次がそう思っていると、大六が戻って来た。

「若棟梁、あっしは江戸へいって来ます」と大六が云った、「いや、あっしのほうがいい、若棟梁は残っておくんなさい」

「どういうことなんだ」

「詳しい事情はわからねえが、おまえさんのことだからはっきり云っちまう」と大六はまともに茂次をみつめながら云った、「——棟梁もおかみさんも、いけなかったらしい」

茂次はぼんやりと大六を見、それから、舌がきかなくなりでもしたような口ぶりで、「おふくろも」と訊き返した。

「なんと云いようもねえが」と大六は眼を伏せた、「そういうわけだから、ここはあっしがいくほうがいいと思う。若棟梁はそれからにしたほうがいいと思うんだが」

茂次は黙っていた。大六は暫《しばら》く待っていたが、茂次は身動きもしなかった。

「若棟梁」と大六が呼びかけた。

茂次は黙っていた。

「若棟梁」と大六は云った、「おまえさんしっかりしてくれなくちゃあ困りますぜ」

すると茂次は、とつぜん顔をあげて、どなった、「うるせえ、てめえこそしっかりしろ、おやじもおふくろも死んだとすれば、あと始末に手ぬかりがあると大留の名にかかわるぞ、そいつを忘れずにしっかりやって来い」

「へえ」と大六は頭を垂れた。

茂次は立ちあがって、「仕事にかかるぜ」と職人たちのほうへどなった。

大六はくろといっしょに江戸へゆき、五日めに戻って来て、茂次に仔細《しさい》を告げた。

火事の起こったのは九月七日の午前十時。湯島天神《ゆしまてんじん》の裏門前にある、牡丹《ぼたん》長屋から出火し、北西の風で三組町から神田明神《みようじん》へ延焼した。そのころから風勢が強くなり、そのまま神田をひとなめにして日本橋まで焼け、一方は東に延びて、堀江町、小網《こあみ》町《ちょう》、葺屋町《ふきやちょう》の両芝居から、馬喰町《ばくろちょう》、浜町《はまちょう》、そこで飛火をして深川の熊井町、相川町、八幡宮の一の鳥居を焼き、仲町辺まで一帯を灰にした。季節はずれなので大きくしてしまったらしい、死傷者の数もかなり多いようである。そう語ってきて、大六はちょっと言葉を切った。次に云いだすことで、どう云おうかと迷ったのであろう、茂次はすぐにそれと察した。

「こっちから訊くから、訊いたことだけ答えてくれ」と茂次は云った、「二人は火で死んだのか」

大六は「そうです」と答えた。

「いっしょにか」と茂次が訊いた、「それともべつべつか」

「いっしょだったそうです、おかみさんが棟梁を抱くような恰好《かっこう》で」

「わかった、もう云うな」と茂次は顔をそむけながら云った、「おやじとおふくろのことは二度とおれに聞かせないでくれ」

大六は頷いて、葬式は茂次が帰ってからする手筈にしてきたと云った。

二

大六はそれから三度、江戸のようすを見にいって来た。

町内では質両替商の「福田屋」が焼け残った。あるじの久兵衛は五人組を勤めているし、資産の点でも人望の点でも、神田では指折りであった。長男の利吉は茂次と同年の二十三で、その下におゆうという十七になる妹がいる。二人とも茂次とは幼な馴《な》染《じみ》であり、いまでも親しいつきあいが続いていた。店は角地で、土蔵が三棟あるし、前が掘割の土堤《どて》、北側が道を隔てて武家の小屋敷になっている。そういう地の利が幸いしたのかもしれないが、その隣り町の小屋敷の一画と、福田屋だけは焼け残った。

「いちめんの焼け跡で不用心だからと、奥の人たちはまだ目白の親類のほうにいるそうですが、店はもうあけていました」

「そいつはよかった」と茂次は云った。

大留も焼け跡へ小屋を建てていた。

火事では留造夫婦といっしょに、倉太、銀二という二人の弟子が死んだが、くろは助二郎の家へ手伝いにいっていて助かった。助二郎はかよいで大留の帳場をしており、年は四十五歳、妻のおろくとのあいだに子供が三人ある。家は下谷の御徒町《おかちまち》で、くろはその家の勝手口を直すために、泊りこんでいたのだという。——出入りの職人にも二人ばかり焼死者があったが、ほかの者はすぐに駆けつけて来、木場の「和七」と相談のうえ、大留の再建にかかった。

和七の先代のあるじは和泉屋七兵衛といって、死んだ留造のために、潰《つぶ》れかかった木場の店を二度も救われたことがあり、生涯《しょうがい》それを深く恩にきていた。いまの七兵衛はその子であるが、父親の遺志を継ぐ気持だろう、自分でやって来て「材木のほうは手を打った、必要なら幾らでもまわす」と云い、とりあえず仮小屋を建てることになった、ということである。

三度めにいって来た大六は、普請の注文が三つあり、助二郎が采配《さいはい》を振って、すでに職人や木の割当てをつけたと語った。それから、仮小屋にはくろのほかに、焼けだされた弟子筋の職人が三人、仕事の関係で泊りこんでいること、その世話をするために、女を一人雇ったことなどを告げた。茂次はうんうんと聞くだけだったが、大六はそこで、ちょっと頭を掻《か》きながら口ごもった。

「なんだ」と不審そうに茂次が訊いた。

「おりつっていう娘を知ってますか」と大六が云った、「炭屋の裏長屋にいて、おふくろがうちの店へ手伝いに来ていた」

「知ってるよ」と茂次が云った。

「雇ったのはあの娘なんだ」

茂次は大六の顔を見た、「――あれは、どこかの茶屋奉公に出てたんじゃないのか」

「並木町の天川だったそうだが」と大六は答えた、「それがじつは、おふくろが、やっぱりあの火事で焼け死んじまったそうで、すっかり途方にくれてるような按配《あんばい》だったもんだから」

「おいくも焼け死んだって――」茂次は遠くを見るような眼つきをした、

「そいつは可哀《かわい》そうに」

「それでもう、茶屋奉公をするはりあいもないし、できるなら生れた町内で堅気なくらしがしたい、みなさんの食事ごしらえや洗濯《せんたく》なんか引受けるから、と云うもんでね」

「わかった、おりつならいいだろう」

「あっしもそう思ったんだが」

茂次はまた大六の顔を見た、「――なにを云いそびれてるんだ」

「べつに云いそびれてるわけじゃあねえが」と大六はまた頭を掻いた、「じつは、こんどいってみると、あの娘が子供を集めて面倒をみているんだ、火事にあって、親きょうだいをなくした子供たちなんだが」

「それで」と茂次がじれったそうに促した。

「それでつまり、一人や二人ならいいけれども、十二三人にもなっちまってるんで」

「だめだ」と茂次は首を振った、「そんなばかなことができるもんか、追いだしちまえ」

大六は困惑したようすで、それがそうはいかない、娘が理屈を云って、どうしても承知しないのだと云った。

「あいつは昔からおせっかいなやつだった」と茂次が云った、「よし、うっちゃっとけ、おれが帰ったら片づけてやる」

　波津音の普請は十月はじめに終った。

　このあいだに二人、高輪《たかなわ》の「大伊《だいい》」と浅草あべ川町の兼六が川越まで弔問に来た。大伊の伊吉は亡《な》き留造の弟分で、茂次は小さいじぶんから「高輪のおじさん」と呼んでいた。兼六は「大留」から出た人間で、弟子筋ではいちばん古参であり、年ももう六十にちかかった。二人とも留造夫婦の死にくやみを述べ、茂次が仕事場からはなれなかったことを褒《ほ》めた。それから、葬式のことや、大留の再建について相談にのろうと云った。茂次はふだんから口がへたで、なにか云うにしても、まるで枯枝でも折るような、ぶっきらぼうなことしか云えなかったが、そのときもいつもの伝で、弔問には礼を述べたが、相談にのろうというはなしは断わった。

「葬式は当分ださないつもりです」と茂次は云った、「そんな金もないし、あれば仕事のほうへまわすのが先です」

「だからその相談をしようと思って来たんだ、金のことならなんとでもするから」

「いや、葬式は当分だしません」と茂次は頑固《がんこ》に首を振った、「それに、大留をたて直すにしても自分の腕でやってみるつもりです、どうか私のことはうっちゃっといて下さい」

二人は茂次の性分を知っているので、それでは江戸でまた改めて話すことにしよう、と云って帰った。大六はこの問答をはらはらしながら聞いていたが、二人が去るとすぐに、あんな挨拶《あいさつ》はないと怒った。

「相手にもよりけりだ、高輪とあべ川町は親類も同様ですぜ、わざわざこんな川越くんだりまで来てくれて、ゆくさき力になろうと云うのはあだやおろそかなことじゃあねえ、それをあんな」

「うるせえ」と茂次が遮《さえぎ》った、「おれにはおれの思案があるんだ、はっきり云っとくが、これからは仕事のこと以外によけいな口だしはしねえでくれ」

大六は黙って頭を垂れた。

「わかったのか」と茂次が云った。

「わかりました」と大六は答えた。

普請がすっかり終り、茂次はみんなを伴れて江戸へ帰った。

板橋で日が暮れ、本郷台を外神田へくだるときは、もう暗くて眺望《ちょうぼう》はきかなかったが、湯島から下はいちめんに黒く、灯《ひ》もごくまばらで、いかにも荒涼としたけしきだった。和泉橋を渡って岩井町へ着くまで、どちらを見ても焼け跡ばかりだったし、表通りだけぽつぽつ建っている家も、みんな仮小屋か、それにちかいざつな建物であった。

大留の店は元の場所だが、本普請をする地面をよけて、二丁目のほうへ寄った端に建ててあった。板を打付けて作ったまったくの仮小屋で、横に長く、佐久間町のほうへ向って戸口があり、「大留」と書いた提灯《ちょうちん》が、まわりの焼け跡に明るく光りを投げていた。松三の先触れで、戸口の前に立っていた出迎えの者たちが、われ勝ちに挨拶するのを聞きながら、茂次は口の中でそっと呟《つぶや》いた。

「お父っつぁんおっ母さん、いま帰りました」

三

明くる朝、茂次は子供たちの騒ぐ声で眼をさました。

横に長いその小屋は三つに区切られていた。東の端が茂次、西の端がおりつの部屋で、勝手が付いている。そのまん中が職人たちのもので、十二帖《じょう》ばかりの広さだった。

——まえの晩はそこで酒盛りをしたのだが、子供たちの姿は見えなかった。おりつも酒や肴《さかな》をはこんだりさげたりするだけで、少しも席におちついていず、しぜん話をする機会もなかった。そのため子供たちのことはすっかり忘れていたのであるが、その騒ぎで眼をさますと、いきなりはね起き、障子をあけて「うるせえ」とどなった。

　そこは板敷で、うすべりを敷いた上に、夜具を並べて寝るようになっている。切り窓の障子が明るんでいて、隅《すみ》のほうにくろが一人、掛《か》け蒲団《ぶとん》を頭までかぶって寝ており、まん中の広いところでは、十幾人かの子供たちが、もちゃくちゃにした夜具の上で暴れていた。

　高いどなり声と、茂次の姿を見て、子供たちは組打ちをやめ、ぴたっと沈黙した。

「原っぱじゃあねえ、静かにしろ」と茂次はまたどなった。

　そこへ、向うの障子をあけて、前掛で手を拭《ふ》きながら、おりつが出て来た。頭に手《て》拭《ぬぐい》をかぶり、襷《たすき》を掛けていて、茂次に目礼しながら、子供たちを叱《しか》った。茂次は子供たちを見た。十三歳くらいになるのが一人、小さいほうは五つくらいだろう、数えてみると十二人いた。

「話があるから来てくれ」と茂次がおりつに云い、そしてくろに向ってどなった、

「いつまで寝ているんだくろ、起きろ」

　正吉と松三はみえなかった。ゆうべ酒盛りのあとで遊びにでかけたのだろう。倉太と銀二もいない、と思ったが、すぐに、二人が焼け死んだことに気づき、胸を緊《し》めら

れるように感じながら眼をそらした。

「いま御飯の支度《したく》をしているんですけれど」

とおりつが云っていた、「朝御飯のあとじゃいけないでしょうか」

茂次は頷いて障子を閉めた。彼が着替えをしていると、おりつが来て夜具をたたみながら、井戸端に支度がしてあると云った。茂次は裏へ出ていった。まえには内井戸だったのが、家が焼けたのでいまは外になっている。井戸端も新しく、流しも新しい。彼は水の汲《く》んである半挿《はんぞう》を置き直し、房楊子《ふさようじ》を使いながら、ここが勝手の土間だったと思い、慌《あわ》てて首を振り、眼をそむけた。

「おい」と茂次は自分に云った、「こんなことは二度と考えるなよ」

焼け跡の端に「福田屋」が見えた。植込の松の枝や、黒板塀《くろいたべい》の一部は焦《こ》げているが、二階造りの住居も、三棟の土蔵も元のままであった。よく残りゃあがった、茂次はそう思いながら、口の中でそっと呟いた。

「すぐに追いついてみせるぜ」

茂次の部屋には、仮の仏壇が作ってあり、晒《さら》し木綿で包んだ遺骨の壺《つぼ》が、その中に二つ安置してあった。蠟燭立《ろうそくたて》、鉦《かね》、線香立、花立なども、安物だがひととおり揃《そろ》っていた。しかし茂次はそれらの仏具をすっかりとりのけてしまった。ちょうど盛物を持って来たおりつが、それを見て不審そうに云った。

「それは源心寺のお住持さんが持って来てくれたんですけれど」

茂次は「みんな返してくれ」と云った。それからおりつの持っている盛物を受取り、自分で仏壇に供え、明日からは自分がするから、仏壇のことに手を出さないでくれ、と云った。

「若棟梁のお膳《ぜん》はいま持って来ます」とおりつが云った、「あっちはごたごたしてますからこちらであがって下さい」

茂次はふきげんに頷いた。おりつになにか云われたのだろう、子供たちは静かにしていた。茂次の食事が終りかけたとき、正吉と松三が帰ったようすで、くろとこそこそ話すのが聞え、それから障子の向うへ来て、三人で朝の挨拶をした。茂次は茶を啜《すす》ると、すぐに立って外へ出た。

町内をぐるっと見てから、堀を越して白かね町、本町、一石橋のほうまでゆき、戻って来て福田屋へ寄った。まだ店はあいていず、住居のほうを覗《のぞ》くと、息子の利吉が庭を掃いていた。

「いまひと廻りして来たんだ」と茂次が云った、「知っているうちはみんなやられちやったな」

「一石橋の枡屋《ますや》へいったか」

「土蔵まで焼け落ちてた」

「大野屋がやられ、新石町がやられた」と利吉が云った、「友達のところはみんな焼けてうちだけ残ったもんだから、なんだか悪いことでもしたようで、肩身がせまくっていけないよ」

そして、焼けた友人たちはみな立退《たちの》いてしまい、残っているのはこの二人だけらしい。ほかの者はもう戻っては来ないようだ、と付け加えた。

茂次が訊いた、「おばさんたちはまだ目白のほうか」

「まわりがこのとおりで物騒だからね」

「うん」と茂次は頷き、ちょっと口ごもってから、「おめえに断わることがあって来たんだ」と云った、「おれはこれから、やり直さなくちゃあならない、それで、大留がすっかり立直るまで、いっさいのつきあいをやめるつもりだ」

「それはおかしいよ、こんなときにこそつきあいが役に立つんじゃあないのか」

「つきあいは対等でやりたいんだ」と茂次は云った、「いこじかもしれないが、性分だからしようがねえ、頼むよ」

利吉は口をつぐんだ。

「おやじやおふくろのことを云わずにいてくれて、——」と茂次が云った、「有難う」

そしてさっさとそこを去った。

帰ってゆくと、小屋のうしろの空地で、子供たちが遊んでい、茂次を見て、急にみんなしんとなった。みんな遊びをやめ、軀《からだ》を固くして、じっと茂次のほうを見まもった。どの顔にも怖《おそ》れと不安の色が、はっきりとあらわれていた。茂次は立停《たちどま》ってかれらを見た。大きいほうの子供たちは眼をそらし、じりじりとうしろへさがった。茂次がなおみつめていると、五つばかりになる男の子が、そばにいるもっと小さい女の子を抱きよせ、泣きべそのような笑顔をつくりながら、

「棟梁のおじさん」と呼びかけた。

「棟梁のおじさん、この子あっちゃんていうんだよ」

女の子を抱きよせた恰好が、まるで茂次からなにかされるのを防ぐようにみえたし、泣きべそよりみじめなつくり笑いは、殆《ほと》んど正視するに耐えないものであった。彼は眼をそらし、戸口のほうへまわってゆくと、おりつが表を掃いていて、「お帰りなさい」と云った。

「ちょっと来てくれ」

と云って茂次はうちへはいった。

四

茂次の部屋で、おりつは話した。

大きな火事のあとには、多かれ少なかれ孤児ができる。親類や田舎のあるものはそっちへ引取られるが、他の者は救助小屋に集め、やがて元の町内に預けられる。たいていはそれで片づくのだが、条件が悪いとか、他人の厄介《やっかい》になるのを嫌《きら》う者は、浮浪児になってしまう。いまうちにいるのもそういう子供たちで、元の住所のわかっている子は、みなおりつがその町内へいってみた。しかし子供は「死んだってあんな処《ところ》へは帰らない」と云うし、町内でも引取りたがらない。中には「あんながきはまっぴらだ」などと云う者さえあった。

話を聞きながら、茂次はおりつのようすを見ていた。

彼女は十八になる。父親の平六は左官の手間取だったが、おりつが七つの年に仕事先で梯子《はしご》から落ち、背骨を挫《くじ》いて寝ついたまま、まる八年も病んで死んだ。そのあいだ、母親のおいくはあらゆることをして稼《かせ》いだ。人夫までやったそうで、平六が死んだあとは、彼女もまたすっかり弱っていた。それを茂次の母が聞いて、勝手仕事の手伝いに雇ったのであるが、そのちょっとまえに、おりつは茶屋奉公に出ていた。医薬代が溜《た》まっていて、ふつうの内職などでは片づかなかったからであろう、浅草並木町の「天川」という、かなり大きな料理茶屋へ住込みではいった。——茂次はずっとまえからおりつを知っていた。小さいころは瘦《や》せた小柄《こがら》な軀つきで、色があさぐろく、眼が大きかった。たぐい稀《まれ》な勝ち気で、男の子とよくつかみあいの喧嘩《けんか》をし、多くの場合おりつが勝った。負けても泣くことなどはない、涙をこぼしながら歯をくいしばっている、というふうであった。

——炭屋の裏の鬼っ子。

などと、近所の男の子たちはからかったものである。けれども、弱い子や貧乏な家の子などは、よく庇《かば》ってやり、面倒をみてやるので、町内の親たちの評判はよかった。

——すっかり女らしくなったな。

と茂次は思った。十八という年より、いまのおりつは二つほどふけてみえる。小柄な軀つきや、あさぐろい肌《はだ》や、眼の大きなところは昔のままのようであるが、ぜんたいに柔軟なまるみと艶《つや》があらわれているし、なにげない身のこなしや眼もとなどに、いきいきとしたいろけが感じられた。

「あら」とおりつが急に云った、「聞いていらっしゃらないんですか」

茂次は眼をそらしながら、「聞いたよ」と云った。

「わけはわかったが、むりだ」と彼はぶっきらぼうに続けた、「おれはこのとおり裸になっちまったし、うちをやり直すだけで手いっぱいだ、おめえだって子を持ったこともないのに、あれだけの者を育てるなんてむりなはなしだ」

「だってそんなに手はかかりゃしませんよ、現に今日までやってこられたんですもの」

「これまではな」と茂次は遮った、「しかしこれからは人数がふえる、おれや職人たちの世話をするだけだって、おめえ一人じゃあ手がたりなくなるぜ」

「じゃあ、どうしたらいいんですか」

「おれにはわからねえ、町役にでも話せばなんとかしてくれるだろう」と茂次はむっとした口ぶりで云った、「こういうことはお上《かみ》の仕事だ、そのためにこっちは高い運上《じょう》を払ってるんだから」

おりつは唇《くちびる》を嚙《か》んだ。

「わかりました」とやがておりつは云った、「ではそうしますけれど、話がきまるまで待って下さいますか」

「いいよ」と茂次は頷《うなず》いた。

おりつは立ちあがって、なにか云おうとしたが、口をつぐんだ。

「なんだ」と茂次が訊《き》いた。

「なんでもありません」とおりつは首を振り、顔をそむけながら出ていった。

それから四五日、茂次は仕事の手順をつけるのに追われた。彼は大六を伴《つ》れて木場の「和七」を訪ね、普請場をまわった。一つは神田明神下の酒問屋、一つは岩槻町《いわつきまち》の呉服屋、他の一つは日本橋吉川町の「魚万」という料理茶屋で、これらを巳之八《みのはち》、藤造の二人でやっていた。どちらも大留はえぬきの職人であり、使っている大工もずっと大留の息のかかっている者ばかりであった。——しかし左官、屋根屋、建具屋などは、大きな火事のあとは仕事が多いから、銀《かね》でたたかなければなかなか思うように動かない。川越の仕事ではいったものや、請負った普請の手付なども、たちまち底をつくことはわかっていた。

「どうします」と帳場の助二郎が二度ばかり訊いた、「いまのうちに手を打っておきたいんですが、高輪へ伺っちゃあいけませんか」

「高輪もあべ川町もだめだ」と茂次は首を振った、「おれがなんとかするからいい」

大六がそばにいて訊いた、「なんとかするってどうするんです」

「見ていりゃあわかる、おめえたちに迷惑はかけねえ」

或る日、その高輪の伊吉が、あべ川町の兼六とそろって来た。夕飯にかかるまえで、茂次が湯から帰ってみると、大六と助二郎が二人の相手をしていた。茂次は二人に挨《あい》拶《さつ》をしながら、立とうとする大六と助二郎に「おまえたちもいてくれ」と云い、二人はまた坐った。

「年役だからあっしが話そう」と高輪の伊吉が口を切った、「仕事のこともあるが、それはあとにして、まず亡くなった人の葬式について相談なんだが」

「そいつは川越で云った筈です」と茂次は遮った、「私は諄《くど》いことは嫌いだが、もういちど云います、葬式は当分だしませんし、どうか私のことはうっちゃっといて下さい」

「そうはいかねえ」と伊吉が云った、「おまえさんの性分はわかってるし、なにかこうとめどを押えているんだろうが、世間には世間のしきたりがある、おまえさんが構うなと云ったって、そうかと引込んでいられるものじゃあねえ、世間に対する義理だけでもそれじゃあ済まねえ」

そして大留と自分たちとの関係、棟梁なかまのつきあい、などについて説明しようとした。だが茂次はまた、「そういうことは聞きたくない」と遮った。

「私のほうで頼むんだから、おじさんやあべ川町が義理を苦にすることはないでしょう」と茂次は云った、「世間でもし蔭口《かげぐち》なんかきく者があったらはっきりそう云ってやって下さい、私は自分がいい子になろうなんてちっとも思ってやしないんだから」

兼六が伊吉を抑えた。伊吉の顔色が変ったのである。助二郎と大六もおどろいて、茂次をたしなめにかかったが、逆に茂次は二人に向って云った。

「いまおれの云ったことを覚えててくれ、おれたちは誰にも頼らねえ、この腕一本で大留を立て直すんだ、おれたちだけでだ、わかったか」

五

大六と助二郎は途方にくれたように、黙って頭を垂れた。

「そういうことならひきさがろう」と兼六が云った、「だが茂さん、もうすぐに亡くなった人の三十五日だ、法事だけはするんだろうが、そのときは知らせてもらえるだろうね」

「いや法事もやりません」

「法事もしねえって」と伊吉が云った、「じゃあその」と伊吉は仏壇へ顎《あご》をしゃくった、「仏のお骨はどうするんだ」

「このままですよ」と茂次が答えた、「寺へ預けりゃあ経料だのなんだのって金ばかりかかりますからね、源心寺の坊主は妾《めかけ》を抱えて、毎晩なまぐさもので酒をくらってますぜ、坊主なんてたいていえそんなもんだ、そんな坊主に経をあげてもらったって仏の供養《くよう》にゃあならねえし、妾の手当や酒代をこっちで持ついわれはありませんからね、骨は当分このままにしておくつもりです」

伊吉はものも云わずに立ちあがった。

大六と助二郎が、二人を外まで送っていった。おそらく詫《わ》び言《ごと》を云いにいったのだろう、茂次はおりつを呼んで「飯にしてくれ」と云った。おりつは泣いていたとみえ、眼のまわりと鼻の頭が赤くなっていた。大六と助二郎は戻って来たが、二人ともなにも云わずに、挨拶だけして自分たちの家へ帰っていった。

そのすぐ次の日、茂次は木場の「和七」へでかけていった。川越から帰って訪ねたとき、金のことを頼んだのである。大六は気づかなかったろうが、岩井町に持っている地所三百坪あまりを抵当にした。七兵衛は抵当も証文も不要だと拒み、金は必ず都合すると引受けたのである。いってみると約束どおりの金ができてい、茂次は地所を抵当にして証文とひきかえに受取った。七兵衛はこんなものは受取れないと云ったが、茂次もそれなら金は借りないと云い張り、ついに七兵衛のほうでかぶとをぬいだ。

岩井町へ帰った茂次が、助二郎に金を渡し、大六の来るのを待っていると、福田屋久兵衛と町内のかしらの勘助が、町方同心の中島市蔵というのを案内して来た。——久兵衛はまず不幸のくやみを述べ、同心をひきあわせてから、用件をきりだした。つづめていえば、孤児を大勢やしなっているのは不法だ、というのである。災害による孤児の始末はきまっていて、個人がこんなふうに多勢を集めてやしなう、などということは間違いだ。元の町内へ引取らせるか、お役人に任せるかどちらかにしなければならない。このままではお上にも憚《はばか》りであるし、町内の迷惑にもなる、というのであった。そのときおりつがとびだして来て、「それはあたしが話します」と云った。しかし茂次はおりつを押しやった。

「仰《おっ》しゃることはわかりました」と茂次は久兵衛に云った、「私もそうするつもりでいたんですが、いま、町内の迷惑になると仰しゃいましたね、それはどういうことなんですか」

「ひとくちに云うと、子供たちがあくたれすぎるようだ」と久兵衛が云った、「私もたびたびみかけたけれど、ここにいる子供はたちが悪い、なにもしない子を殴る、よその塀を毀《こわ》す、家の中へ石を投げこむ、店先の物をかっぱらう、そんな苦情を絶えずもちこまれるんだ」

「それは違います、いいえ違います」とおりつは云い返した、「うちにいる子がいい子ばかりだとは云いません、でも町内の子供たちがからかいさえしなければ、決してそんな悪いことなんかしやしないんです」
「町内の子がからかうって」
「あたしはあの子たちを裏の空地で遊ぶようにさせています、なるべくよそへゆかないようにさせているんですが、町内の子供たちがやって来て、のら犬だとか、親なしっ子だとか、どろぼうだとか云って、さんざん悪態をついたり物を投げたりするんです」
「すると、——」と同心の中島が訊いた、「おまえはこの町内のほうが悪いというんだな」
「あたしはこの土地の者です」とおりつは答えた、「あたしはこの町内で生れこの町内でそだちました、火事からこっちずいぶん人が変りましたけれど、昔から住んでる人はみんな知ってます、ですから町内を悪く云う気持なんかこれっぽっちもありゃしません、それに、子供のことですから、よそ者を見ればからかったりいじめたりしたくなるのは、どこでも同じことでしょう、だから町内の子たちが悪いと云うんじゃあないんです、ただ——」とおりつはちょっと絶句し、すぐにまた続けた、「ただうちにいる子供たちは、預けられたさきで、厄介者扱いにされたりこき使われたり、いろいろなことがあっていたたまれなかった、どこへいっても親無しっ子、どろぼう、のら犬ってからかわれたり、いじめられたりして来たんです、あたしも、火事でおっ母さんに死なれました、両親もきょうだいもないし親類もありません、ですからあの子たちの気持がよくわかるんです、あの子たちがなにより欲しがっているのは人の愛情なんです、人の愛情だけがあの子たちの生きる頼りなんです、それなのに、人から憎まれるようなことをすすんでやるでしょうか」

みんなはちょっと沈黙した。

「おまえさんの云うことはわかったよ」と久兵衛が云った、「しかしね、こんなことも子供たちを此処《ここ》へ置くから起ることなんで、お上のお指図どおりにすればいいんだから」

「旦那《だんな》にうかがいますが」と茂次が久兵衛を遮《さえぎ》って中島市蔵に話しかけた、「あの子供たちをうちでやしなうのは御法度《ごはっと》ですか」

「法度ということはないが」と中島が答えた、「これまでに例もなし、十余人という子供をやしなうには、それだけの力と条件がそろわなければなるまい」

「条件とはどういう」

「居場所が充分にあるかどうか、衣食が不足なく賄《まかな》えるかどうか、ちゃんとした躾《しつけ》ができるかどうかだ」

「うちは大工だから」と茂次が云った、「場所が狭ければ建て増しをします、衣食だって金持ちのようにはいかねえが、世間なみのことぐらいできるつもりです」

おりつはちらっと茂次を見、両の頰《ほお》を赤くしながら、「世話はあたしがします」と云った。

「むりだ」と中島は首を振った、「十幾人もの子供たちに食わせて着せて、おまけに躾もしなければならない、おまえにはこのうちの仕事もあるんだろう」

「でも今日までずっとやって来たんですから」

「むりだ、そんなことがいつまで続けられるものではない、それはむりだ」

すると外から娘が一人はいって来て、「あたしが手伝いますわ」と云った。みんなそっちを見、久兵衛が眼をみはった。

「おゆう、おまえなにを云うんだ」

それは福田屋久兵衛の娘、利吉の妹のおゆうであった。おりつより年は一つ下であるが、商家そだちに似あわず、きかない気性と縹緻《きりよう》よしとで、以前から町内ではめだつ娘であった。

六

「あたしは一日じゅう手があいてますから、昼間だけここへかよって来ます」とおゆうは父に構わず続けた、「それでも不足なときは下女だっていますし、自慢のように聞えては困るけれど、読み書きぐらい教えられますから」

　脇《わき》にいたかしらの勘助は「よう」とでも声をかけたそうな顔をした。

「いや」と茂次が首を振った、「おゆうちゃんにそんなことをしてもらわなくっても、手が足りなければこっちで人を雇うよ」

「恩にきせるとでも思うの」とおゆうは茂次を見あげた、「あたしは罪ほろぼしのつもりよ」

「おゆう」と久兵衛が云った。

「この町内で焼け残ったのはうち一軒よ、塀をちょっと焦がしただけで、うちはまるまる焼け残ったし人もみんな無事だったわ、おまけに父は町役を勤めているんですもの、本当ならそういう子供たちはうちで引受けるのがあたりまえよ」

　おりつの、眼尻《めじり》があがった。茂次がなにか云いかけたが、同心の中島がさきに「福田屋」と云って久兵衛を見た。

「云いだしたらきかないんで」と久兵衛が云った、「もしそんなことでよかったら、娘に手伝わせてもいいと思いますが」

「いちおうお係りと相談してみるが」と中島が云った、「とにかく人別《にんべつ》をきちんとしておいてくれ、いいとなったらお手当のさがるようにはからってみよう」

「おゆうさん」とかしらの勘助が初めて口をいれた、「お手柄でしたね」

そしてみんな出てゆき、おゆうだけあとに残った。おりつはくるっと振向いて、足早に勝手のほうへ去り、おゆうは茂次にくやみを述べた。それを聞くのがいやなのだろう、茂次は「いつこっちへ帰ったのか」と話をそらした。そこへ、おりつが引返して来て、子供が五人逃げた、と告げた。

「逃げたって」と茂次は振返った。

「いまの話を聞いたんでしょ」とおりつが吃《ども》りながら云った、「途中まで聞いて伴れ戻されると思ったんでしょう、もうちょっとまえに五人で逃げたんですって」

茂次は奥へとんでいった。おりつが続き、おゆうもあがって来た。いってみると、勝手口の外に子供が八人、互いに倚《よ》りかたまって、怯《おび》えたような顔で立っていた。いつか茂次に呼びかけた子は、あのときのあっちゃんという女の子を、あのときと同じように抱きよせていた。

「五人逃げたというのは本当か」と茂次が訊いた、「どこかに隠れてるんじゃないのか」

するとすると十一か二くらいになる、いちばん年嵩《としかさ》の子が、「逃げたのだ」と答えた。「じっ平と忠がみんなに逃げようと云ったんだ、じっ平も忠もかっぱらいなんかしたことがあるんで、それでおっかなくなったもんだから」とその子は云った、「――おらあよせってとめたんだけれど、とうとう三人付いていっちまったんだ」

茂次は頷いて云った、「安心しな、おめえたちみんな此処にいていいんだ、役人が許してくれたし、おれもこれから仲良しになるぜ、それから、ここにいるのはおゆうさんといって、みんなの世話を手伝ってくれる人だ」

「こんちは」とおゆうが頬笑《ほほえ》みかけた、「あたしのこと姉さんって呼んでね」

「ねえちゃん」と小さなあっちゃんがすぐ呼び、赤くなって顔を隠した。おりつの眼尻がまたあがり、ついできゅっと唇を噛んだ。

大六が来たので、茂次は普請場の見廻りにでかけた。人別書を作っておくようにと、おりつとおゆうに頼んだが、おりつの怒っている顔が、一日じゅう眼について困った。

その夜、――夕飯のあとで、茂次は子供たちと初めて話をした。おゆうの書いた人別書を見ながら、一人ずつ呼びかけ、火事のことにはいっさい触れず、これからどううまくやってゆくか、ということについて話した。口がへたなうえに、ぶっきらぼうな話しかたであるが、子供たちには却《かえ》って気持がつうじるようであった。

菊二、十一歳、しらかべ町
六、九歳、あいおい町
重吉、九歳、同町代地
又、八歳、としま町
梅、八歳、さくま町
伝次、七歳、りゅうかん町
市、六歳、おしょろさんの裏
あつ、四歳、同所

人別書には右のように書いてあり、その住所はおりつがいちおう慥《たし》かめたと云った。逃げた五人の中には、住所を偽った者や、はっきり云わない者もいたが、残った者は正直に云っているという。茂次は「おしょろさんの裏」というのがわからなかった。おりつもそれだけはわからない、市はそれだけしか覚えていないし、あっちゃんとは近所同志らしいが、あっちゃんも「おんなじとこ」と云うだけだそうで、おぼろげな記憶を訊きだしてみると、どうやら大川の向うのような感じがする、とおりつは云った。

「それならいちど伴《つ》れていってみるんだな」と茂次が云った、「そうすれば思いだすかもしれないし、ことによると生き残っている者があるかもしれない」

おりつは強く首を振り、めくばせをして彼を黙らせた。茂次はまごついて口をつぐみ、それから、今夜はもう寝よう、と云って立ちあがった。

茂次は自分の部屋で、くろを相手に将棋をさし始めた。正吉と松三は夕飯のあとで遊びにでかけ、くろは置いてゆかれたのですっかりむくれていた。将棋もやる気がないとみえ、ばかげた手ばかりさすので、茂次は駒《こま》を投げだして「寝ちまえ」とどなりつけた。くろが出てゆくとまもなく、おりつが茶と菓子を持って来て、市とあっちゃんのことを話した。二人は自分たちのうちのことを恐れている、理由はなにも云わないが、元のうちのことを訊くだけでも怯えたような顔になる、ということであった。

茂次は眉《まゆ》をしかめて「うん」と低く唸《うな》った。

「ほかの子たちも元の町内のことは云いたがりません」とおりつが云った、「ずいぶんひどいめにあっているようで、思いだすのもいやなようですから、どうかそういう話には触れないでやって下さい」

茂次は頷いた。おりつは茶を淹《い》れ、菓子《かし》鉢《ばち》の蓋《ふた》を取ってすすめながら、「それから」

と云いかけて、そのまま黙った。茂次は茶を啜《すす》りながら、おりつを見た。

「なんだ」と茂次が訊《き》いた。

「お礼が云いたかったんです」とおりつは俯向《うつむ》いて云った、「あの子たちを置いて下さると聞いたとき、あたしうれしくって」

「わかったよ」と茂次は乱暴に遮った、「そんなことより、もっとほかに話があるんじゃあないのか」

おりつは眼をあげて茂次を見た。

「ねえのか」と茂次が云った。

七

おりつは「おゆうさんのことですか」と訊き返し、茂次が黙っているのを見て、きっぱりとかぶりを振った。

「ほかのことはともかく」とおりつは云った、「あたしは明きめくらだし、行儀作法もよくは知らないんですから、そのほうはおゆうさんにやってもらいたいと思うんです」

「ほんとだな」と茂次がだめを押した。

れ」
「そんならいい」と茂次は頷いた、「――もしうまくいかなかったら、そう云ってく
「ほんとうです」

二人が顔を合わせたときから、こいつはまずいぞ、と茂次は思った。おゆうはさりげなくふるまっていたが、おりつの表情には反感とねたみがはっきりあらわれた。気の強い点では負けず劣らずだが、そだちや教養では格段に違うから、おりつがそれをひけめに感じ、反感やねたみを唆《そそ》られるのはやむを得まい。ことに三十余日のあいだ、馴《な》れない手で面倒をみてきて、ようやく子供たちがなついたところである。どうかするとおゆうに子供たちを横取りされる、という気持も起こるだろう。いずれにしてもうまくはゆくまいと、思ったのであるが、日が経《た》っても、そんなようすはみえなかった。茂次は月に二度の休み以外、ひるまはうちにいないので、おゆうと会う機会は殆《ほと》んどない。けれども、毎晩おりつが話すから、その日あったことはおよそ知ることができた。おりつの話はおゆうのことが中心であり、それがたいていおゆうを褒《ほ》め、おゆうについて感心したことばかりであった。
「あたしおゆうさんに字を教えてもらおうと思うの」と或る夜おりつが云った、「明日っから子供たちといっしょに始めるつもりよ」

茂次は信じかねるようにおりつを見た。

「人間は学問が大切だって、あたしつくづくそう思ったのよ」とおりつは茂次を見返して云った、「若棟梁はちいさこべって知ってるわね」

「なんのこった」

「ちいさこべよ、知ってるんでしょ」

茂次は黙って首を振った。

「うそ」とおりつが云った、「ほら、ずっとむかしのなんとかっていう天皇のときに、よその子をたくさん集めてきた人がいるじゃないの」

「それがどうしたんだ」

「それがちいさこべよ、知ってるんじゃないの」

「どうしてそれがちいさこべなんだ」

「天皇はね、お蚕《こ》さまを集めて来いって仰《おっ》しゃったんですって、天皇だからさまは付けないで、ただこって呼びすてにするでしょ、おかいこがしたかったので、こを集めて来いって仰しゃったら、その人よその子をうんとこさ集めて来たのよ、それで天皇が笑って、ちいさこべのすがる、っていう名をお付けになったんですって、そうでしょ」とおりつが云った、「だからここのうちもちいさこべだって、おゆうさんが云うの、いっそちいさこ部屋って呼べばいいって、——そんな大昔の話がすぐ出てくるんですもの、やっぱり学問がなければだめだって思っちゃったわ」

「仮名の読み書きぐらいできるほうがいいが」と茂次が云った、「学問まですることはねえさ」

「あら、読み書きと学問は違うの」

「誰か泣いてるぜ」と茂次が云った、「あつぼうじゃねえのか」

おりつは首をかしげ、「あっちゃんらしいわ」と云いながら立っていった。

十一月の中旬に、うちの建て増しをした。仕事の関係で、泊り込む職人が二人ふえたし、そうでなくとも子供たちといっしょでは、どっちのためにも具合が悪いからである。おりつのいる勝手と四帖半《じょうはん》も少しひろげ、子供たちの部屋は十二帖にし、次に職人たちのために六帖を二つ、端の茂次の部屋も八帖にした。これがひとかわに横に並び、南側に縁側をとおした。大六と助二郎は「本普請にしたらどうか」とすすめたが、茂次はとりあわなかった。——すると、その建て増しを待ってでもいたように、じっ平にさそわれて逃げた子供のうち、富と広治という二人が戻って来た。富は九歳、広治は八歳で、二人とも乞食のような姿をしており、垢《あか》だらけで、虱《しらみ》がたかっていた。かれらは暗くなってから、空地に佇《たたず》んでいるのをおりつにみつけられ、おりつがびっくりして呼びかけると、かれらはおりつにとびつき「ごめんなさい」と云って泣きだした。

「あたしわれ知らずぶっちゃったわ」とおりつは茂次にそう云った、「二人のお尻のところをぴしゃぴしゃって、――うれしいようなくやしいような、自分でもわけのわからない気持で、ただもうかっとなっちゃったのよ」

茂次は頷《うなず》いた。

「わるいわね」とおりつがそっと茂次を見ながら云った、「また厄介者《やっかいもの》がふえちゃって」

「建て増しといてよかった」と茂次は云った、「当分たべ物に気をつけるんだな、飢えていた人間にいきなり腹いっぱい食わせると、軀《からだ》をこわすっていうぜ」

「ええ」とおりつは頷いた、「二人とも手足が竹ぼっ杭《くい》みたいで、おなかばかり蛙《かえる》のようにふくらんでるの」

「竹ぼっ杭だって」

おりつはすぐに気づいて、まあと恥ずかしそうに笑った、「あれは焼けぼっ杭か」

「ちょっと訊くが」と茂次がおりつを見ながら云った、「おゆうさんとはうまくいってるのか」

おりつは微笑した。

「あたしもういろはを半分も書けるわ、どうしてそんなこと訊くの」

「こないだ晩飯のときに、子供たちの誰かがおまえに悪態をついてた、はっきり聞えたわけじゃあないが、おりつなんかいなくってもおゆうさんのねえさんがいるからいいって、そう云うのが聞えたんだ」

「重吉でしょ」とおりつはあっさり云った、「子供ってすぐあんなことを云いたいのね、しょっちゅうだけれど、しんからそう思って云うわけじゃないのよ」

「それならいいんだ」と茂次は頷いた、「それがわかっていればいいんだ」

おりつは立とうとしたがまた坐って、「ねえ」と声を低くした。

「あたし困ってることがあるの」

茂次は黙ってあとを待った。

「こんなこと云いたくないんだけれど」

「おゆうさんか」

おりつは強くかぶりを振って、「菊二のことなの」と云った。茂次は訝《いぶか》しそうに、おりつの顔を見た。おりつは赤くなって、菊二という子がいやらしいそぶりをすると話した。洗濯《せんたく》をしていると向うからみつめるし、干し物をするときなど腋《わき》の下を見たりするようである。朝早く、おりつが着替えをしているさいちゅうに「お早う」と云っていきなり障子をあけることもあるし、とにかくいつもどこからかおりつを見まもっており、それが子供らしい感じはなく、みだらなおとなの眼つきのように思える、というのであった。

「菊二っていうのはいちばん大きな子だな」と茂次が訊いた、「年は幾つだっけ」

「十一って云ってるけれど、本当は十二か三くらいになるんじゃないかと思うわ」

八

「十二か三だって」

「話を聞いてるとそうじゃないかと思うの、丑年《うしどし》の火事のことを知っていて、そのときおっ母さんと逃げた話をしたのよ、あの火事はいまから五年まえでしょ、そのとき八つだったって、口をすべらせたことがあるのよ」

「うん」と茂次は溜息《ためいき》をついた、「うちはどんな暮しをしていたんだ」

「おっ母さんが長患《ながわずら》いをしていた、っていうことだけは聞いたけれど、ほかのことはなんにも云わないんです」

「もしそうだとすれば」茂次はそこで口をつぐみ、やや暫《しばら》く考えていて、それから眼をあげて続けた、「もしも十二か三になるとすれば、気をつけなくちゃならないのはおまえのほうだぜ」

　おりつはけげんそうな眼をした。「おれにだって、恥ずかしいが、覚えがある」と茂次は吃《ども》りながら云った、「自分じゃあどういうことかわからない、どうしてそんな気持になるかと、てめえでめんくらったり恥ずかしくなったりするが、女のからだというものがふしぎに眼につくんだ、自分ではなんの考えもないのに、その菊二と同じこった、だらしのない恰好《かっこう》で洗濯をしているかみさんとか、戸板で囲っただけで行水を使ってる娘とか、双肌《もろはだ》ぬぎになって髪を洗ってる女なんかにぶつかると、どうしても眼をやらずにはいられなくなる、あとで自分をいやらしい野郎だと思い、死にたいほど恥ずかしくなるが、そのときはどうすることもできないんだ」

「あたし」とおりつはさらに赤くなった顔をそむけながら、云った、「あたしそんな、だらしのない恰好で洗濯なんかしやあしないわ」

「おめえのことじゃあねえ、子供のことを云ってるんだ」と茂次が云った、「子供にはそういう年ごろがある、中にはそんなことに気のつかない者もいるだろうが、たいてえな者は覚えがある筈《はず》だ、そうして、当人は決してみだらな気持なんかもってやしない、自分でどうしようもなく、しぜんとそうなってしまう、みだらだと思うのはおとなのほうだ、自分にみだらな気持があるから、子供の眼がみだらなように見えるんだ」

「あたしのほうがみだらですって」おりつの眼が屹《きつ》となった。

「おれは子供のことを話してるって云ったろう」と茂次は乱暴に遮った、「おめえがどうのこうのと云うんじゃあねえ、子供にはそういう年ごろがあり、それがむずかしいときなんだから、こっちで気をつけなくっちゃいけねえと云ってるんだ、わからねえのか」おりつはひょいと身をそらした。わからねえのかとどなった声と、茂次の赤くなった顔つきで、ぶたれでもするように感じたらしい。茂次もおりつの身振を見て、逆にどきっとし、「もういい」と顔をそむけた。

「ああおどろいた」とおりつが云った、「こわい声だこと、ぶたれるかと思っちゃったわ」

「つまらねえことを」

「小さいときぶたれたことがあるんですもの」

「つまらねえことを云うな、おれはくさったって女の子なんかぶちゃあしねえ」

「あたしはぶたれたのよ、七つの年だったわ、いまでもちゃんと覚えてるわ」とおりつはからかうように云った、「横町の豆腐屋の前のところよ、いきなりぴしゃって、頬《ほっ》ぺたをぶったじゃないの」

「おまえが七つならおれは十二だろう、そんな年で女の子をぶつなんてことが、――」そこで茂次はあとが続かなくなった。

「ね」とおりつが眼で笑った、「思いだしたでしょ」

彼は思いだした。彼を見かけるたびにおりつがからかう、どうからかわれたかはもう忘れたが、度たびからかわれるので、いちど、捉《つか》まえてぶったことがあった。そうだ、あのときこいつは涙をこぼした、と茂次は思った。手向いもせずに、大きな眼でこっちを見て、その眼から涙をぽろぽろこぼした。

「あれは」と茂次は気まずそうに云った、「あれはおめえが悪いんだ、おれの顔を見るたびにからかったからだ」

「覚えてるわ」とおりつが云った、「あたしあんたのこと、若棟梁のこと好きだったのよ、それで、あんたにかまってもらいたくってわる口を云ったらしいの、だから、そのあとわる口なんか云ったことはなかったでしょ」

「子供ってやつはむずかしいもんだ」

「そうね」とおりつが云った、「菊二のことも気をつけるわ」

その月の十五日の休みに、子供たちを伴れて道灌山《どうかんやま》へ遊びにいった。おりつとおゆうとで握り飯や海苔巻《のりまき》をつくり、お菜の重詰めも拵《こしら》えた。片道一里半ちかくあるので、くろもいっしょに伴れてゆき、あっちゃん始め、市や伝など、小さいのが疲れると、茂次とくろとで背負ってやった。くろはもう兄弟子たちといっしょに遊びたい年なので、往《い》きも帰りもふくれっぱなしだった。――そのとき初めて、おゆうと子供たちのようすを、茂次は見た。子供たちのおゆうに対する態度は、おりつに対するのとまったく違っていた。かれらはおゆうの身妝《みなり》や、美しさや賢いことに、なかばおそれながら、尊敬とあこがれを感じているようにみえた。おりつには口答えをしても、おゆうの云うことはよくきくし、いたずらを叱《しか》られるとすぐによした。かれらはおゆうの顔色を敏感によみとって、あまえたりふざけたり、急におとなしくなったりする。おゆうはあまり叱らないが、黙っていても、ぴりっとするものを子供たちに感じさせるようであった。ただその中で一人、菊二だけはおりつからはなれなかった。みんながおゆうを取巻いて騒いでいても、彼はおりつのそばにいて、なにかおりつの役に立とうとする。おりつがうるさそうに追いたてると、そばをはなれはするが、おりつから眼をはなそうとはしないのであった。

――わるくすると間違いが起こるな。と茂次は思った。菊二はひたむきに慕っているようだ、その気持をはねつけずに、いいほうへ向ければなんのことはない。だがもしおりつが「いやらしい」という感じをもち、彼を拒絶する態度に出れば、菊二はみずから傷つき、場合によればやけにもなるかもしれない。むずかしいし、危ないところだ、と茂次は思った。

帰るときに茂次は、おゆうに向って駕籠《かご》でゆけとすすめた。しかしおゆうは笑って受けつけず、神田までいっしょに歩いて帰った。——その夜、普請場《ふしんば》の一つが火事で焼けた。

九

焼けたのは日本橋吉川町の「魚万」で、殆んど普請が終りかかっていたのを、きれいに、焼けてしまったのである。これは「大留」にとって大きな痛手だった。料理茶屋だからというだけでなく、客筋とあるじ万兵衛の好みとで、木口はもちろん、すべてに高価な材料が使ってあった。それがすっかり灰になった。出来あがって引渡してからならべつだが、まだこっちの手をはなれていないから、損害は「大留」が負担しなければならない。屋根屋、左官、建具屋などにも、払うものは「大留」が払わなければならないのである。

そこの宰領をしていたのは藤造で、茂次たちといっしょに焼け跡を見廻りながら、

「どうしよう」と、まるでのぼせあがったようになっていた。

「もらい火でよかった」と茂次は云った、「自火なら手がうしろへまわるところだ」

そして「魚万」を訪ねた。これは通りの向うの仮小屋で、幸い焼けずに残っていたが、茂次は万兵衛に会って、すぐ再普請にかかると云った。藤造の脇《わき》にいた大六と助二郎は、あっという顔で茂次を見たし、万兵衛も意外だったらしく、それはちょっと無理ではないか、と云いかけたが、茂次は大丈夫やると、あっさり云った。

「但《ただ》し一つお願いがあります」と茂次は続けた、「正直に云いますが、これまで手いっぱいにやって来ましたから、材料を吟味するゆとりがありません、大留が立ち直ったら、改めて普請を仕直すということにして、お気にいらないところがあっても、こんどは眼をつぶってもらいたいんです」

「私のほうはむろんそれでいいが」と万兵衛はまだ信じきれないようすで云った、「しかし本当にむりじゃあないのかい」

茂次はそれにには答えずに、「お願いします」と云った。

うちへ帰る途中、大六たちはなにか囁《ささや》きあっていたが、帰るなり、三人で「話がある」ときりだした。茂次は聞くまでもない、よけいなことは云うなと云った。だが、三人は再普請が不可能なことを、代る代る主張した。こっちが火災でやられたあとであるし、魚万でもその事情は知っている。ここは手付の金を返してあやまるほうがいい。それが順当だと云った。

茂次は「おやじもそうするか」とかれらに訊《き》き返した。

「しかし」と大六が云った、「いまは棟梁の代じゃあない、棟梁はもう亡《な》くなった人だし、若棟梁は高輪やあべ川町はじめ、同業のつきあいまで断わんなすった、助け手といったら木場の和七ぐらいなもので、それで棟梁の代と同じようにやってけると思うんですか」

「おれはそんなこたあ云わねえ、ただ、こういう場合におやじもあやまるかどうか、って訊いてるんだ、あやまると思うか」

「そりゃ、けれども事情てえものがまるで違うから」

「そんならどうして普請を請負った」と茂次は云った、「火事でまる焼けになりおやじも死んだ、そんな中で三つも大きな普請を請負うなんて、初めからむりなこった、おれに云ってくれれば断わったんだ、高輪なりあべ川町なりに肩替りをしてもらい、まずひとおちつきしてからのことにしただろう、けれども、――留守のおめえたちは大留を立て直す一心で請負った、その気持がわかるからむりだとは思ったがなんにも云わなかったんだ」

三人は頭を垂れた。

「これこれの家を建てますと請負ったら、約定《やくじょう》どおり家を建てて、普請ぬしに引渡すのが棟梁の仕事だ」と茂次は云った、「こっちが手詰りになったからといって途中であやまるなんてまねは、おやじは一遍だってやったこたありゃあしねえ、おれはまだ若ぞうだがおやじの伜《せがれ》だ、べらぼうめ、このくらいのこって音をあげてたまるか」

そしてすぐに、「ついでだから云っておこう」と調子を変え、高輪やあべ川町、同業なかまから町内の義理づきあいを断ったのは、単にかた意地ではなく、みんなの厄介になりたくないためである、と云った。「大留」時代の古い関係をそのまま続けていれば、かれらは義理でも助力しなくてはなるまい。それはかれらにとっても軽い負担ではないだろうし、こっちにとっては一生の荷になる。他人の助力で立ち直るなどということは、死んだおやじもよろこぶまいし、自分たちだって恥ずかしい。つきあいを断わったのはこういうわけだから、覚えていてくれ、と茂次は云った。

三人は顔を見あわせた。かれらの顔はいま冷たい水で洗ったばかりのような、すがすがしい色をしており、藤造は微笑さえうかべていた。

「もう一つよけいなことを訊きますが」と大六が云った、「金のくめんはどうします」

「そんなことを気にするな」

「あっしどもでなにかすることはありませんか」

「仕事のほうを頼む」と茂次が云った、「金のほうは大丈夫だ」

それから、火事でいっしょに死んだ二人の職人、銀二と倉太の七十五日をしてやりたいから、かれらの親元をしらべておくように、と助二郎に云った。

その日、夕飯のあとで、茂次は福田屋を訪ねた。仮に庇《ひさし》へあげておいた「大留」の看板を包んで持ち、店のほうからはいって、あるじの久兵衛に会いたいと云った。店には番頭の伊助がいて、いま奥では食事ちゅうだが、こんなところから来ずに奥へじかにいってくれ、と云った。だが茂次は「今夜は店の客なんだ」と答え、店の次にある小部屋、——そこはほかの客と顔の合うのを嫌《きら》う者のために使うのだが、その小部屋へとおって待った。小僧が知らせたのだろう、まもなくおゆうが茶を持って来た。

「いらっしゃい、どうしてこんなところに頑張《がんば》ってるの」

「旦那《だんな》に用があるんだ」

「旦那だなんて、いやな人」とおゆうはにらんだ、「いったいどうしたの、なぜこんな他人行儀なことをするのよ」

茂次はむっとした顔でおゆうを見た。おゆうは唇《くちびる》で微笑しながら頷《うなず》いた。

「いいわよ」と彼女は立ちあがった、「あんたってずいぶん我が強いのね」

茂次はなにも云わなかった。おゆうが出ていって暫くすると、自分の茶呑《ちゃの》み茶碗《ぢゃわん》を持って久兵衛が来、そこへ坐りながら、「吉川町の普請場が焼けたそうだな」と云った。

「そのことで頼みがあって来たんです」そう云って、茂次はきちんとかしこまった。

十

彼はいつものぶっきらぼうな調子で、だがすべてを隠さずに話した。それから包を解いて「大留」の看板を出し、これで五百両貸してもらいたいと云った。久兵衛は黙って聞いていて、聞き終ってからもゆっくりと茶を啜《すす》りながら、茂次の話を吟味するかのように、かなり長いこと考えていた。

「一つ訊くが」とやがて久兵衛が云った、「高輪やあべ川町とのことはわかったが、私のところへ来たのはどういう気持なんだね」

「こちらは質屋でしょう」と茂次は云った、「あっしはこれをかたに金を借りる、旦那はこれをかたに金を貸す、――むろん貸してくれてのはなしだが、この貸し借りはしょうばいだから、はっきりけじめがつくと思うんです」

まるで「大留」の看板が、どこでも五百両のかたになる、と信じきっているような口ぶりであった。

「いいだろう、御用立てしましょう」と久兵衛は云った、「だが茂次さん、この金には利息が付きますよ」

「もちろんそのつもりです」

久兵衛は立っていった。

明くる朝、助二郎が出て来ると、茂次は五百両の金を渡し、二人で必要な入費の割振りをした。そして大六が来るとすぐに、吉川町の手配をするように云い、自分は二百両持って、木場の「和七」へでかけていった。こうして三日後には吉川町の再普請を始めたが、それから十日あまり、茂次は弁当持ちで普請場へゆき、手が足りないとみると自分でも鑿《のみ》や鉋《かんな》を持ったし、材木を動かすのに肩を貸したりした。また、このあいだに倉太と銀二の法事もやった。ほんのかたちだけの七十五日だったが、二人の親たちを招き、精進料理で酒を出し、経料として二両ずつ包んで渡した。――茂次は二人を自分の両親と共死にさせたことを詫《わ》び、かれらはまた、親方の葬式も済まないのに自分たちの伜の法事をしてもらったことをよろこび、くり返し礼を述べた。

その夜のことであるが、夜具をのべに来たおりつが、ひどくつんけんしているし、顔も蒼白《あおじろ》く硬《こわ》ばってみえるので、茂次は不審に思い、どうしたのか、と訊いた。

「なにがです」とおりつはたいそうな切り口上で云った、「あたしがどうかしたんですか」

茂次はかっとなり、立ちあがってゆくと、いきなりおりつに平手打ちをくれた。おりつの頬《ほお》で高い音がし、茂次が云った。

「なんでもねえならそんなふくれっ面《つら》をするな」

おりつは打たれた頬へ手をやりながら、口をあけて茂次を見た。その大きくみはられた眼を見ると、茂次は急に、自分が殴られでもしたような、びっくりした顔になり、

「わるかった」と云いながら脇へそむいた。

「済まなかった、気が立ってたんだ」と彼はぶきように云った、「いろいろ事が重なっているもんだから、――勘弁してくれ」

「あたしにあやまることはないわ」とおりつがふるえながら云った、「あやまるんなら、仏さまにあやまってちょうだい」

茂次はゆっくりとおりつを見た。

「仏に、――どうしろって」

「あんたを、棟梁を怒らせたのはあたしよ、ぶたれるのはあたりまえだからなんとも思やしないわ、でも、――」おりつは前掛で顔を掩《おお》い、そこへ坐《すわ》りながら云った、

「倉さんや銀さんの法事をしてあげるのに、どうして親方やおかみさんをあのままにしておくんですか」

茂次は「そのことは云うな」と云いながら、のべてある夜具の脇へ坐った。

「いいえ云います」とおりつは前掛を膝《ひざ》の上へおろしながら云った、「あなたは仏壇に構うなと云って閉めたまま、お線香も水もあげないし、命日が来ても供養もしない、そんなことってありますか、あの仏壇の中にあるのは、あなたのふた親のお骨ですよ、葬式も出さず、お寺へも預けないんなら、せめてお盛物をあげるとか、燈明やお線香ぐらいあげるのがあたりまえじゃないの、——それさえもしないでいて、倉さんや銀さんの法事をするなんてあんまりだわ、それじゃあお父さんやおっ母さんに対してあんまりじゃないの」

おりつはまた前掛で顔を掩い、肩をふるわせて嗚咽《おえつ》した。茂次は頭を垂れ、暫《しばら》くおりつのすすり泣く声を聞いていた。

「これだけは黙っているつもりだったが、云っちまおう」とやがて茂次が低い声で云った、「おれが仏壇を閉めたままにして置くのは、おやじやおふくろを仏あつかいにしたくないからだ」

おりつの嗚咽が止った。

「ばかげた子供っぽい考えかたかもしれないが、おれにはどうしても、おやじやおふくろが死んだものとは思えない、あそこに骨壺《こつつぼ》が二つあるからには、死んだことに紛れはないだろう、生きているとは思わないが、仏になってもらいたくはないんだ、おれが大留を立て直すまで、元のおやじとおふくろのままで、あそこからおれを見ていてもらいたいんだ、――こんなことは世間にはとおらないだろう、仏をそまつにすると云われるだろうが、誰になんと云われてもいい、おれはそのときがくるまで、決して二人を仏あつかいにはしないつもりだ」

　おりつはうっと喉《のど》を詰らせ、けんめいに泣くのをこらえながら、「ごめんなさい」とよろめくように云った。

「よけえなことを云ってごめんなさい、あたしなんにも知らなかったもんだから」

「わかればいいんだ」と茂次が遮《さえぎ》った、「しかしこれだけは決して饒舌《しゃべ》らねえでくれ」

「ええ」とおりつは頷き、前掛で眼を拭《ふ》きながら云った、「――でも、そういうわけだったら、なにもお住持さんのわるくちを云うことはなかったじゃありませんか」

「口の悪いのは生れつきだ」と云って茂次はおりつを見た、「殴ったりしてわるかった、勘弁してくれ」

　おりつは泣いて腫《は》れぼったくなった眼で彼に頰笑み、それから云った、「――これで二度めよ」

十二月にはいると、まず明神下の酒問屋の普請があがり、ついで岩槻町のほうも仕上った。そのまえに魚万の再普請の話が伝わったためだろう、普請の申込が次から次と来たが、茂次は七軒長屋五つ棟と、小島町の紙問屋と二つの普請だけ請負った。長屋のほうはすぐ近くの松枝町で「大留」の仕事ではないと、大六たちに反対されたが、家がなくて困るのは長屋に住む人間だ、と茂次ははねつけた。

明神下と岩槻町があがるとすぐに、茂次は二百両持って「福田屋」へゆき、借りた内金に入れてくれと云った。久兵衛は受取らなかった。そういそぐ必要はないし、返すなら五百両そろえて返してくれ、と久兵衛は云った。茂次はちょっと考えていたが、預けた看板の包を出してもらい、その中へ二百両を包んで「このまま預かっておいて下さい」と云って渡した。

「だが、――」と久兵衛は不審そうに訊いた、「当分はまだ金が必要じゃあないのかい」

「気がゆるむといけねえから」と茂次が云った、「まあ、緊《し》めてやってゆくつもりです」

そして、茂次はてれくさそうに、立ちあがった。

十一

大晦日《おおみそか》と三ガ日を休んだだけで「大留」には暮も正月もないようであった。吉川町の普請はできる限り手を集めてやったが、暮いっぱいには仕上らず、そのため茂次は元旦に休んだだけで、二日から正吉と松三を伴れて普請場へかよった。大六や助二郎たちは知らなかったろうが、左官屋や建具屋などの仕事で、自分たちに手伝えることをなんでもやった。

「この仕事があがったら休みをやるからな」と茂次は二人に云った、「せっかくの正月だががまんしてくれ」

くろは父親が病気だそうで、暮の二十八日から、本所にある自分の家へ帰っていた。親の病気というのは口実で、もう「大留」へ戻るつもりはないらしい。いつまでもちにんまえの扱いをしてもらえないので、自分で手間取りでも始める気になったのだろう。茂次は「ばかな野郎だ」と云っただけであった。

二十日に「魚万」の普請が仕上った。茂次は万兵衛から祝いの席へ招かれたが、大六を代りにやり、正吉と松三には七日間の休みをやった。そしておりつに、おまえも芝居にでもいって来たらどうだ、とすすめたが、おりつは相手にしないで、棟梁こそ息抜きにでかけるがいいと云った。

「仕事に追われづめ、うちにいづめでは軀《からだ》に障ってよ、気ばらしにどこかへいってらっしゃいな」

「年寄りみてえに云やあがる」と茂次は云った、「おれはうちで寝正月だ」

それこそ年寄りみたようだ、とおりつは云ったが、顔にはそれをよろこんでいる気持があらわれていた。——茂次は云ったとおり、まる二日うちにこもっていた。部屋に夜具を敷いたままで、食休みをするとすぐ横になり、合巻本《ごうかんぼん》を読んだり、眠ったりした。


二日めの夕方、うとうとしていると、戸口で高い人声がするので眼をさました。子供の泣き声もするし、男のしゃがれた太い声で、「ぬすっと」と云うのも聞えた。茂次は起きあがり、平ぐけをしめ直して出ていった。入口の土間に男が三人、重吉はその一人に捉《つか》まえられて泣いており、おりつがしきりにあやまっていた。男の一人は二丁目の八百徳、一人は自身番の平助、一人は商人ふうの中年者で、これは知らない顔だった。

茂次はそこへいって、どうしたんだ、とわけを訊いた。重吉が八百徳の店先で蜜柑《みかん》を取ったのだ、とおりつが答えた。

「私が証人です」と商人ふうの男が云った、「とおりがかりに見ると、この子が蜜柑をぬすんでいるものだから、私が捉まえたんですよ」

茂次は詫びを云った。八百屋の徳二郎は茂次より一つ年上で二年まえに嫁を貰《もら》い、もう女の子が一人あるが、小さいじぶんはよく遊んだし、喧嘩《けんか》もしたものである。稼《か》業《ぎょう》が違うから親しいつきあいはないが、いまでも会えば立ち話くらいはするあいだがらであった。——だが茂次はいま言葉に折り目をつけて詫びた。自分たちの躾《しつけ》がゆき届かなかった、むろん蜜柑の代は払うし、これからはよく気をつける。そうあやまっていると、徳二郎が遮った。

「棟梁のおめえにあやまられてもしようがない」と徳二郎は云った、「おめえの子というわけじゃあなし、それに一度や二度じゃあないらしいんだ、こういうがきはたちが悪くってていけねえから、おらあもう自身番に任せることにしたんだ」

茂次は平助に振向いて、「子供を放せ」と云った。重吉を捉まえていた平助は、困ったように徳二郎を見た。茂次はまた「放せ」と云い、平助が手を放すと、おりつに「あっちへ伴れてゆけ」と云った。重吉は泣きじゃくりをしながら、おりつといっしよに奥へ去り、上り框《がまち》に蜜柑が二つ残った。

「いま誰かぬすっとって云ったな」と茂次は三人の顔を見比べた、「——誰だ」

平助が口の中で不明瞭《ふめいりょう》になにか呟《つぶや》いた。自分が云ったというのであろう、茂次は彼を無視して徳二郎を見た。

「おい徳さん、おめえいまこういうがきはたちが悪いと云ったが、子供はみんな同じこったぜ」と茂次はつかえつかえ云った、「おれだって小さいじぶんには、火鉢《ひばち》の抽出《ひきだし》からおふくろの小銭をくすねたことがある、土堤前にあった絵草紙屋の店で絵本をぬすんだこともあった、大なり小なり、なかまはたいてえやった、おめえだってそんな覚えが二度や三度ねえこたあねえだろう、それとも忘れてるんなら、おれが思いださせてやってもいいぜ、どうだ、そんなことは一度もなかったか」

徳二郎はむっとしてやり返した、「それとこれとは話が違うだろう」

「たしかに違う」と茂次が頷いた、「おれたちには親もあり家もあった、だから一度だってぬすっとなんて云われたことはない、この子供たちは家を焼かれ、親きょうだいにも死に別れて、他人のおれの手にかかってる、それだけの違いはあるが、子供ということに変りはねえし、子供はたいてえいちどはこういう年ごろをとおるんだ、おらあ口がへただからうまく云えねえが」茂次はもどかしさのあまり赤くなった、「自分が不自由していなくっても、ひょいと人の物に手を出してみたくなる、そういう年ごろが子供にはあるんだ、誰にだって二度や三度は覚えのあるこった、もちろん、それだからいいとは云やあしねえが、ぬすっとだとか自身番へ渡すなんていうのはあんまりだ、あんまり人情がなさすぎるとは思わねえか」

三人はなにも云わなかった。

「こう云ってても承知できねえんならおれが出よう」と茂次は云った、「躾がゆき届かなかったのはおれの責任だ、自身番でもどこへでもおれを突き出してくれ、だが子供は渡さねえ、誰が来たって、子供だけは渡しゃあしねえから」

「わかったよ」と徳二郎が云った、「おめえがそういう気持ならいいんだ、おらあただ、子供のためにもと思ったもんだから」

「わかってくれりゃあいいんだ、つまらねえおだをあげて済まなかった」と茂次は穏やかに云った、「蜜柑の銭はすぐに届けるから勘弁してやってくれ」

済まなかった、と茂次はくり返し、三人は出ていった。番太の平助は気まずそうに、口の中でもごもご云い、片手で頭を押えながらとびだし、商人ふうの中年者は眼をそむけたまま、逃げるように出ていった。

かれらを見送ってから、茂次は子供部屋の障子をあけた。すぐそこにおりつが立っており、暗くなった向うの隅《すみ》に子供たちがかたまっていた。

「ごめんなさい」とおりつが彼の眼をみながら囁《ささや》いた、「あたしが悪かったのよ」

茂次は子供たちのほうへいった。子供たちは互いに倚《よ》りかたまって、怯《おび》えたように茂次を見あげた。あっちゃんは市に肩を抱かれ、重吉は蒼白くひきつった顔で、ほかの者もみな硬ばった顔つきで茂次を見あげ、かたずをのんでいた。

十二

茂次は重吉のそばへゆき、つとめてやさしく頬笑みかけた。

「重公」と彼は云った、「懲《こ》りたか」

重吉はふるえながら、「ごめんなさい」と云って泣きだした。茂次は重吉の肩へ手をやり、軽く二三度叩《たた》いてやった。

「泣くな、男だろう」と茂次は云った、「悪かったと思ったら二度としなければいいんだ、みんなもそうだぞ、わかったろうな」

子供たちが一斉《いっせい》に頷き、重吉は激しく泣いた。おりつが駆けよって来て、重吉を抱いてやり、重吉は泣きながら、もうしません、ごめんなさいと叫んだ。すると、あっちゃんが市の腕の中で、「ごめんなさい」と云って泣きだしたので、茂次は途方にくれたようにおりつを見た。

「いって下さい」とおりつはめまぜをしながら云った、「すぐに御飯を持っていきます」

茂次は廊下へ出ていった。

夕飯の膳《ぜん》を持って来たとき、おりつは「蜜柑の代を払った」と告げた。徳二郎が受取らないので、ちょうどなくなっていたから蜜柑を二た箱買った。重吉が取ったのは二つだから、おつりがくるくらいだと思う、とおりつは云った。

「その話はよせ」と茂次は乱暴に云った、「それから、今日のことは二度と口にするなって子供たちによく云っといてくれ」

そして箸《はし》を取ったが、ふと思いだしたように、彼はおりつを見た。

「あのときおめえなにを云おうとしたんだ」

「あのときって」

「子供たちのことで初めて話したときよ、おれが子供たちは置けねえと云ったとき、おめえはなにか云いかけた、おれのことを睨《にら》んでなにか云おうとして、云うのをやめて立っていったことがある、忘れたか」

「おどろいた」とおりつが眼をみはった、「ずいぶんもの覚えがいいのね」

「なにを云おうとしたんだ」

「さあ、なんだったかしら」おりつはかぶりを振った、「覚えていないようよ、でも、どうしてそんなこと気になさるの」

「こう云おうとしたんじゃあないのか」と茂次が云った、「おれがあの子供たちでなくってよかったって、――そうだろう」

「まさか、いくらなんだって」とおりつは眼をそらしながら云った、「あたしそんなことを云えやしませんわ」

「だから云わずに立っていったんだ」

「まさかそんな」とおりつは眩《まぶ》しそうな眼で茂次を見た、「――でもどうして、いまになってそんな古いことを云いだすんですか」

「古かねえさ」と茂次が云った。

古いことではない、いまでもその言葉が耳についている、という顔つきで、茂次は飯をたべ始めた。

それから五六日、おりつは心たのしい時をすごした。茂次に云われて思いだしたのであるが、あのとき彼女はそう云おうとしたのである。言葉はそのままではなかったろう、口に出さなかったのだからわからないが、茂次の頑固《がんこ》さに肚《はら》が立って、そんなようなことを云ってやりたかった。

――そうよ、そんなふうなことを云ってやりたかったのよ。とおりつは思った。でもよく覚えていたものだ、こっちで云いもしないことを、あんなふうに覚えているなんてふしぎだ。小さいじぶんあたしをぶったこともちゃんと覚えていてくれたし、いつか重吉があたしに悪態をついたのを聞いて、心配してくれたこともある。そうだ、「おゆうさんとうまくいかなかったらそう云ってくれ」と云ったこともあった。そのほかにもいちいちは数えられないが、自分に対してこまかく気を遣ってくれる。口は重いしぶっきらぼうだけれど、やさしい劬《いたわ》りがそのはしはしに感じられる。

——本当はおゆうちゃんよりもあたしのほうが好きなのかもしれないわ。

そう思うなりおりつは首を振った。好きにもいろいろある、ばかなことを考えるものではない。茂次の嫁はおゆうにきまっているのだ。育ちでも教養でも縹緻《きりよう》でも、おゆうこそ「大留」の主婦にふさわしい、自分なんかが逆立ちをしたって及ぶものではない。うそにもそんなことを思ってはいけない、とおりつは自分をたしなめるのであった。

或る夜、——寝床の中へはいってから、おりつは同じようなことを考え、あやされるような、かなしいような気分にひたりながら、おゆうが嫁に来たら、自分はこの家を出てゆくのだ、などと気負った想像で自分をあまやかしていたが、まもなく、廊下にかすかなもの音がするのを聞いて、どきっとし、息をひそめた。

時刻は十一時にちかいだろう、みんな寝しずまっているから、ずいぶん足音を忍ばせているらしいが、廊下をこちらへ、誰かの歩みよって来るのがよくわかった。

十三

またださ、きっとまたあの子だ。おりつはじっと耳をすました。

いつか茂次に云われたことがあるので、彼にはなにも告げなかったが、少しまえからときどきそんなことがある。おりつが寝床へはいって暫くすると、そっと廊下を忍んで来て、障子の外から中のようすをうかがっているらしい。まもなくまた忍び足で去ってゆくのだが、子供部屋の障子を閉める音が聞えるので、子供たちの誰かだということ、とすれば菊二だろうと見当がついていた。

——いやらしい。

おりつは心の中で呟きながら、このごろ目立って背丈の伸びた、菊二のようすを思いうかべた。

足音は障子の外で止った。いつものようにこちらの寝息をうかがっているのだろう。おりつもじっと息をひそめた。すると障子がことりと音をたて、ついで静かに、極めて静かに、障子をあけるのが聞えた。おりつはぞっと総毛立った。手足がしぜんとちぢまり、呼吸が喉に詰った。

——障子をあけた、どうする気だろう。

おりつはぎゅっと眼をつむった。不安というよりも殆《ほと》んど恐怖のために、全身が硬ばり、そして、硬ばったままでふるえだした。そのとき囁く声が聞えた。かすれた、低い喉声で、けれども緊張のためするどくなっているおりつの耳に、はっきりと聞えた。

「おっ母さん」とその声が囁いた、「——おやすみなさい」

そうしてまたごく静かに、そろそろと障子が閉り、忍び足の音が廊下をゆっくりと去っていった。おりつはもうその足音も子供部屋の障子の音も聞こうとはしなかった。彼女は大きく眼をみはり、行燈《あんどん》を暗くしてある部屋のひとところを見まもったまま、かなり長いあいだ身動きもしずにいた。そのうちに、大きくみはった眼から涙があふれだし、喉へ嗚咽《おえつ》がこみあげてきた。おりつは啜《すす》り泣きをしながら起き、行燈に掛けてあった半纏《はんてん》を取ると、寝衣《ねまき》の上からひっかけて廊下へ出た。おりつは忍び足で廊下をゆき、茂次の部屋へはいった。そして、そこへ坐って、両手で顔を掩《おお》って啜り泣いた。

茂次は眼をさましていた。おりつのはいって来たときに眼をさまし、不審に思いな

がら、そっとようすをみていた。しかしおりつが泣いているのを聞いて、寝たままで、

「なんだ」と呼びかけた。

「あたし」とおりつが囁いた、「明日おひまをもらいます」

　茂次は起き直った、「なんだって」

「あたしが子供を育てるなんて間違いです、あたしは学問もないばかだし、それに」

とおりつは喉を詰らせて云った、「それに、心も卑《いや》しいいやな女なんです」

「ちょっと待て」と茂次が遮《さえぎ》った、「こんなよるの夜中にやって来て、いきなりそんなことを云われたってわけがわからねえ、いったいどうしたっていうんだ」

　おりつはいまの出来事を話した。嗚咽にさまたげられて、途切れたり云いそこなったりしたが、あったことを正直に話し、いつか茂次に云われたとおり、「みだらなのは自分のほうだ」ということに気がついたと云った。

「あの子がいつもあたしにつきまとって、いつもなにか用をしたがったり、じっとみつめたりしていたのは、あたしを自分のおっ母さんだと思いたかったのよ」と云っておりつはまた啜り泣いた、「それをただいやらしいと思うばかりで、今日までそうと気がつかなかったのはなさけないわ、こんなことで子供たちが育てられる道理がないわ」

「ちょっと待て」と茂次が云った、「まあおれの云うことを聞け」

彼は立ちあがり、おりつの前へ来て坐った。「そう自分ばかり責めるな、おまえはまだ娘なんだ、みだらな気持があるなしにかかわらず、些《さ》細《さい》なことにも自分の身をまもろうとするのは、娘として当然なことじゃないか、当然なことだろうとおれは思う」と茂次は云った、「だから、こんなときに云うのはおかしいが、おまえが亭主を持ち、子の親になれば、そういう思いちがいも、しなくなり、子供たちともうまくゆくんじゃあないだろうか」

おりつは茂次を見た。

「こんなときに云いだすのはおかしいが」と茂次は同じことをくり返し、ひどくぶきように云った、「いや、こういう話が出たから云うんだ、おまえはどう思ってるかわからねえが、おれは、おまえにこのうちをやっていってもらいたいんだ」

おりつは「あ」というふうに口をあけた。声は出さなかったが、口をあけて、あっけにとられたように茂次を見た。

「いやか」茂次は怒ったように云った、「子供たちにもそのほうがいいし、おれはおまえといっしょになりたいんだ、ずっとまえから、いつ云いだそうかと迷っていたんだが、おまえはいやか」

おりつの顔が歪《ゆが》んだ。彼女は涙の溜《た》まった眼で彼をみつめながら、「棟梁には利息がついてるじゃないの」と云った。

「利息だって」と茂次は訊《き》き返した、「利息とはなんのことだ」

「ごめんなさい、口が辷《すべ》っちゃったのよ」とおりつは狼狽《ろうばい》して云った、「そういうふうに聞いたし、みんなも知ってることだし、棟梁だってそのつもりで」

「いや」と茂次は首を振って遮った、「はっきり云ってくれ、利息とはどういうことった」

おりつが答えた、「おゆうさんよ」

「おゆう――」と茂次はけげんそうな眼でおりつを見た。

おりつは云った。この近所ではまえから、茂次とおゆうが夫婦になるものときめていたようだ。自分もそう思っていたが、十二月に出入りの米屋が話すのを聞いた。「魚万」の再普請に当って、茂次が金を借りたとき、福田屋の久兵衛がこの金には利息が付くと云った。それは金利のことではなく、おゆうを嫁にやるということ、つまり「おゆうが付く」という意味で、今年の秋あたりはそういうはこびになるだろう、というように聞いた、とおりつは云った。

茂次は軀《からだ》のどこかに痛みでも起こったような顔つきで、じっとおりつの眼をみつめた。おりつは自分がへまなことを云ったとでも感じたのだろう、しりごみをするような調子で、「こんなことを云って悪かったかしら」と云った。

「ばかなやつだ」と茂次は静かに首を振った、「おれが福田屋で金を借りたことは事実だ、そのとき利息が付くよと断わられたのも事実だ、しかし利息というものは借りた金に対してこっちで払うもんだぜ、金を貸したうえに娘を利息につけるなんて、ばかな話があってたまるか」

「でもそこを、福田屋さんが洒落《しゃれ》て」と云いかけたが、おりつは茂次の顔色を見て、慌《あわ》てて口をつぐんだ。

「おい、よく聞け」と茂次がゆっくりと云った、「おれはうちの看板を質においで金を借りた、福田屋は質屋だから、返すときには金に利息をつける、これ以上はっきりしたことがあるか、また、おゆうさんが片輪とかばかとかいうんならともかく、そうでもねえのに福田屋がそんな手の混んだまねをするわけがねえじゃねえか、そうだろう」

「だって棟梁はあのひとのこと好きなんでしょ」

「好きだよ」と茂次は頷《うなず》いた。

「あのひとだって棟梁が好きなのよ」

「おい、よく聞け」と茂次はまた云った、「おれはおゆうさんが好きだ、けれども女房にするのと、好きだということはべつだ、それとも、ええ面倒くせえ」彼はじれったそうに立ちあがり、夜具の上へいって仰向けに寝ころんだ、「もういいからいって寝ちまえ」

おりつは黙って、うなだれたまま坐っていた。そして、かなり経《た》ってから、低いやわらかな声で囁いた。

「あたしねえ、仮名ならもうすっかり読めるし、書くこともできるのよ」

茂次はなにも云わなかった。おりつはなお暫《しばら》く坐っていたが、やがてそっと立ちあがると、仮の仏壇の前へゆき、合掌し頭を垂れた。茂次がうす眼をあけて見ていると、おりつは仏壇に向っておじぎをし、口の中でなにか囁きかけていた。茂次にはお願いしますという言葉だけが聞えた。そうして、おりつは忍び足で出ていった。

（「講談倶楽部」昭和三十二年十一月号）

ちくしょう谷

一

朝田隼人《はやと》が江戸から帰るとすぐに、小池帯刀《たてわき》が訪ねて来た。

「こんどの事はまことに気の毒だ」と帯刀は挨拶《あいさつ》のあとで云《い》った、「しかし織部《おりべ》どのと西沢とのはたしあいは、斎藤又兵衛《またべえ》の立会いでおこなわれ、正当なものと認められたし、西沢は三年間の木戸詰《きどづめ》に仰《おお》せつけられて山へいった、事ははっきり始末がついたのだから、どうか騒ぎを起こすようなことはしないでくれ」

隼人は伏し眼《め》のまま黙っていた。

「丹後さま騒動がおさまって五年にしかならない」と帯刀はまた云った、「それも本当に平静をとりもどしたのは、丹後さまの亡《な》くなった去年からだ、そこをよく考えて、家中《かちゅう》ぜんたいのために堪忍《かんにん》してくれ」

隼人が静かに眼をあげた、「はたしあいのあったのは、六月十七日だったそうだな」

「十七日の午後、北の馬場でだ」

「おれは江戸で兄から手紙をもらったが、その日付は六月十二日になっていた」

帯刀が訊《き》いた、「どういう手紙だ」

「おれは騒ぎを起こすつもりはない」

「こんどの事に関係のある手紙か」

「それは二度と訊かないでくれ」と隼人が云った、「これからは後見として、甥《おい》の小一郎を育ててゆかなければならない、それがせめてもの兄への供養《くよう》だと思う」

帯刀は頷《うなず》いた、「どうかそうあってもらいたい、わかってくれて有難う」

隼人は黙って会釈《えしゃく》を返した。

兄の織部の死は江戸で聞いた。兄は勘定奉行《かんじょうぶぎょう》を勤めていたが、部下の西沢半四郎という者と決闘をして即死した。納戸方《なんどがた》の斎藤又兵衛という者が立会い人で、西沢と共に与田滝三郎になのって出、ありのままに事実を申し述べた。与田は中老の筆頭で、すぐ小池帯刀に連絡し、北の馬場へいって現場の検視をし、織部の遺骸《いたい》を朝田家へ運んだうえ、妻のきいい女に仔細《しさい》を告げた。遺躰には突き傷が二カ所あり、その一が心臓を貫いていた。――この藩では、立会い人の付いた決闘は正当なものと認められており、たとえ死者が出ても、法的に罪に問われることはなかった。但《ただ》しこの場合には織部が温和な性格で、これまで人と争った例が殆《ほと》んどなく、知友のあいだでもっとも信頼されていたため、どうして決闘などをしたかというその原因が疑われた。当の西沢は訊問《じんもん》に対して、侍のいちぶんが立たないから決闘したのであり、理由は故人の名誉にかかわるから云えない、と答えるだけであった。また斎藤又兵衛は、二人に頼まれてやむなく立会い人になったので、決闘の理由はなにも知らない、ということであった。

――故人の名誉にかかわるから云えない。

西沢半四郎はそう答えたが、織部の後任を命ぜられた野口助左衛門《すけざえもん》は、事務引継ぎに当って帳簿の不正操作を発見し、出納会計《すいとう》から五百両ちかい金が、織部の印判によって引出されていることをつきとめた。そこで、与田滝三郎は西沢を呼び出したうえ、決闘の理由がその点にあったのかどうか、と訊問したところ、西沢はやはり返答を拒み、「自分としては故人の名誉のためになにも云えない」と云い張った。

朝田家は大目付によって調査され、故人の妻きいや、家士《かし》、召使たちも訊問された。しかし五百両という金額がいかに使われたか、ということはついにわからず、老臣協議の結果、「家禄《かろく》を半減して返済に当てる」ということになった。これは織部の人柄《ひとがら》と、それまでの勤めぶりを考慮された寛大な沙汰《さた》で、本来なら遺族は改易追放をまぬかれなかったであろう。以上のことを隼人は江戸で知った。そして織部の遺児、小一郎のうしろみをするようにと、帰国を命ぜられたのであった。

朝田の家禄は二百三十石《こく》で、役料とも二百五十石だったが、役料は家禄ではないから、半減というと百十石になる。そのころ米価は米一俵（四斗四升）が一分と六十匁《もんめ》から七八十匁に当っていたので、五百両を返済するには、概算して約八年ちかくかかる。米価は年によって高低があるけれども、八年より早く済むという望みはまずなかった。——幸い住居はそのままでよいことになったものの、家士、召使たちは減らさなければならない。家士は村井勘兵衛《かんべえ》という老人夫妻、召使は下女一人にしたので、家や庭の掃除だけでもなかなか手がまわりかねる。召使は二人にしてもいいだろうと、隼人はすすめたが、きいは少しでも節約して返済に当てたいから、と云ってきかなかった。

別棟の長屋にいた村井夫妻を母屋《おもや》へ移し、かれらのあとへ隼人がはいった。あによめのきいが二十五歳、彼は二十七歳なので、同じ屋内に住むことを避けたのである。あによめのきいは小池帯刀の妹に当り、十七歳で朝田へ嫁《か》して来た。隼人とは幼いころから知っていたため、いまさらそんな行儀にこだわる必要はないと思ったが、隼人にはその年の春、梅原家の二女と婚約の内談があったので、そちらへ遠慮しているのかもしれないと考えた。

九月にはいるとまもなく、帯刀の奔走によって隼人は二人扶持《ぶち》で藩校の剣道助教の席が与えられた。彼はもとその道場で助教を勤めていたが、教頭の後任となるため、柳生《やぎゅう》家から免許を取ることになり、二年の予定で江戸屋敷へいっていたもので、兄の死によって免許は取れなかったが教授の腕は充分にあった。こうして、隼人の国許《くにもと》での生活が始まった。

朝四時に起床、六時に藩校の道場へ出る。稽古《けいこ》は午前ちゅうで終るが、特に希望する者たちを午後三時まで教え、午後五時に退出する。道場は大手門の外にあり、北屋敷にある朝田家とは約十町しかはなれていないので、往復にひまをとられることはなく、帰るとすぐ、夕食まで甥の小一郎に素読を教えた。小一郎は五歳になる。躯《からだ》つきは小さいが、利巧《りこう》で、たいへんな暴れん坊だった。その点は父の織部よりも、隼人の幼時に似ているらしい、知人からよく昔の隼人にそっくりだと云われた。

十月になってから、隼人は梅原家へ訪ねてゆき、内談のあった婚約を解消してもらった。梅原頼母《たのも》は五百三十石の寄合《よりあい》役肝入《きもいり》で、小池帯刀の上役に当るが、隼人の口上にはいちおう反対し、こちらは待ってもよいと云った。隼人は小一郎が十五歳になるまで結婚はしないつもりであるし、十年も待ってもらうのは自分として耐えられないからと云い、梅原でもようやく承知した。――そのすぐあとのことである。稽古が終って道場から帰る途中、斎藤又兵衛に呼びとめられた。それまでつきあいもなく、もちろん口をきいたこともなかったが、顔だけは知っていたので、又兵衛だということはすぐにわかった。

「知っています」相手がなのるのを聞いてから、隼人は云った、「なにか用ですか」

隼人の眼には、両親のない乳呑《ちの》み子《ご》を見るような、やさしく深い色が湛《たた》えられた。

「歩きながら話しましょう」と斎藤は云った、「北の馬場までいってくれませんか」

「いや」と隼人は穏やかに拒んだ、「私は帰って甥の勉強をみなければなりません、話があるならここで聞きましょう」

「歩いて下さい」と斎藤が云った、「――じつは貴方《あなた》が訪ねていらっしゃるだろうと思って、待っていたのです」

隼人は歩いてゆきながら、正面を見たまま「どうして」と反問した。

「あのはたしあいのことで」と斎藤が口ごもりながら云った、「私になにか訊きたいことがあるのじゃあありませんか」

隼人は三歩ほど歩いてから云った、「あの事ははっきり始末がついていると聞きました、そうではなかったんですか」

「それはそうですが、しかし、――」斎藤はおちつかないようすで、咳《せき》をした、「そうすると貴方は、あのはたしあいについて疑念を持ってはいないんですね」

隼人は振向いて相手を見た。その眼はやはりやさしそうな深い色を湛えていた。

「疑念を残すようなことがあったのですか」と隼人が訊き返した。

「いや、そうではない、そういう意味ではありませんが」と斎藤は唇《くちびる》をひき緊《し》め、それから続けた、「私は立会い人でしたから、その責任の上からも、あのときのようすをはっきり話しておきたいと思ったのです」

「それは与田老職に話されたのでしょう」

「そうです」斎藤の額に汗がにじみ出た、「仔細を申上げたうえ、北の馬場へいって実地の検視もしてもらいました、そうそう、そのときは小池さんも同道されたのです」

「それでもまだ、なにか話したいことがあるんですか」

「いや、そうではありません、私はただ」斎藤の額から汗がしたたり落ちた、「もしかして貴方が、なにか疑念を持っているのではないかと思ったのです、それでいちど貴方にも、その場のようすを話しておきたかったものですから」

「わかりました」と隼人は云った、「——用はそれだけですか」

「それだけですが」と斎藤は口ごもるように云った、「私にも納得のいかないことは、どうしてはたしあいをしなければならなかったかという点です、朝田さんはなにも仰《おっ》しゃらなかったし、西沢も固く口をつぐんでいるものですから」

隼人は黙っていた。まだ斎藤の言葉が続くものと思ったのだろう、しかし斎藤はまた、隼人がなにか云うのを期待するようすで、ごく短いあいだだったが、ばつの悪い沈黙が挟《はさ》まり、斎藤又兵衛の顔にばつの悪そうな表情がうかんだ。

「まだなにかありますか」と隼人が訊いた。

「いや、どうぞ」と斎藤は慌《あわ》てて会釈した、「お暇をとらせて失礼しました」

二

日の経《た》つにしたがって、家中の人たちは隼人の性格の変ったことに気づいた。彼の少年時代は短気な暴れ者だったし、二十三歳で剣術道場の助教になってからも、稽古ぶりは烈《はげ》しく容赦のないやりかたで、本心からその道をまなぼうとする者でない限り、とうていついてゆけるものではなかった。教頭の横淵《よこぶち》十九郎が彼を自分の後任に推し、柳生家で免許を取るように、江戸へゆく段取をつけたのは、腕の修業よりも、性格の陶冶《とうや》が目的であったらしい。もしそうだとすれば、僅《わず》か一年余日でその目的は達せられたといえるし、むしろ予期以上だったということができるだろう。

――朝田は顔つきまで変った。

家中の人たちはそう評しあうようになった。

道場での稽古ぶりもずっと穏やかになり、上手な者よりも下手な者のほうに時間をかけ、手を取って教えるというふうな、入念なやりかたに変った。するとしぜんに、周囲の事情も少しずつ変化が起こり、以前には敬遠していたような人たちまでが、彼に近づいて来はじめ、道場の門人などをいれると五人から十人くらいの者が、毎晩のように隼人の住居へ集まって来た。――酒を飲んで気焔《きえん》をあげるとか、剣法について講話をするというわけではない。茶を啜《すす》り菓子をつまみながら、話したい者は勝手に話すし、聞きたい者は聞いていればいい、議論の始まることもあるし、それが昂《こう》じて喧嘩《けんか》になりかかる場合もある。しかし隼人がひと言なにか云うと、それだけで議論にけりがつき、座はまたなごやかな空気に戻る、というぐあいであった。

両親のない乳呑み子を見るような、やわらかな温かみのある隼人の眼を見、口数少なにゆっくりと話す隼人の声を聞き、静かな力感のあふれた隼人の軀を身近くに感じていれば、それでかれらは満足するもののようであった。

年があけて二月になった或る夜、これらの者が帰ったあとに、根岸伊平次という若侍が残った。根岸は二十一歳、道場の門人であるが、家は八百石の老臣格で、すでに家督をし、妻と二歳になる子があった。

「じつはまえからいちどお耳にいれようと思っていたのですが」と伊平次は低い声で

云った、「織部どのと西沢とのはたしあいには不審な点があるのです」

隼人は伏し眼になり、ぐっと顎《あご》をひき緊めたが、なにも云わなかった。

「検視のときに医師も立会ったのです」と伊平次は続けた、「堤町の安岡宗庵《そうあん》ですが、その話によると織部どのの傷のうち、心臓を突きぬいた一刀はうしろからやったもので、傷口は背中から胸へ貫いていたというのです」

「それで」と隼人は眼をあげた、「――なにが不審だというのですか」

その反問は意外だったのだろう、伊平次はちょっと口ごもった、「なにがと云って、真剣勝負にうしろ傷ということがあるでしょうか」

「ごく稀《まれ》だろうけれども、絶対にないとは云えないでしょう」と隼人が云った、「それよりも、あの件は御老臣がたの吟味によって始末がついている、動かない証拠があればともかく、疑わしいという程度の理由で、騒ぎをむし返すようなことは慎んで下さい」

「わかりました」と伊平次は頷いた、「ほかにも不審なことがあるのだが、そういう御意見ならなにも云わないことにします」

若いためにこらえ性がないのだろう、伊平次の顔に不満の色があらわれるのを、隼人は認めた。

「丹後さまの騒ぎを覚えていますか」と隼人は静かな口ぶりで訊いた、「――あのとき萱野《かやの》大学どのが詰腹を切らされ、貴方のお父上も百日の閉門を仰せつけられたでしょう」

「ええ知っています」

八年まえ、藩主和泉守信容《いずみのかみのぶかた》の叔父に当る丹後信温《のぶやす》という人が、江戸家老と組んで藩の政治を紊《みだ》し、危うく幕府の譴責《けんせき》をかいそうになった。そのとき信温らに対抗しようとした人たちのうち国家老の萱野大学は詰腹を切らされ、ほかに五人の重職が罷免《ひめん》されたり罰せられたりした。三年のち、丹後が軽い卒中で倒れたのを機会に、事があらわれて丹後は隠居、処罰された人々は無実の罪であることが明白になって、それぞれ旧禄を恢復《かいふく》されたうえ、和泉守から慰労の沙汰があった。同時に、信温に荷担した老臣二人と重職三人には、切腹、追放、重謹慎などの罪が科されたが、中にはそれを不服として、「幕府老中へ訴える」などと云う者があり、それははたされなかったけれども、家中にはかなりのちまで、不穏な空気が残っていた。

「事があらわれて丹後さま一味は処罰され、一味によって無実の罪に問われた人々は元の身分を恢復しました、しかし、詰腹を切らされた萱野大学どのを生き返らせることはできないでしょう」と隼人は云った、「――人間のしたことは、善悪にかかわらずたいていいつかはあらわれるものです、ながい眼で見ていると、世の中のことはふしぎなくらい公平に配分が保たれてゆくようです」

「話してくれた好意には感謝するが、決闘のことは忘れてもらいたい」

隼人はそう云って、なだめるように伊平次を見た。伊平次は納得して帰っていった。

その月の下旬に、小池帯刀が訪ねて来た。五人ばかり若侍たちが集まっていたが、帯刀はかれらに向って、要談があるから帰ってくれと云い、若侍たちはすぐに立ちあがった。帯刀はきつい表情になっていて、二人だけになってもすぐには話をきりださなかった。隼人はなにも感じないように、黙ったまま帯刀のために茶を注《つ》ぎ、相手が話しだすのを黙って待っていた。

「いつかの約束を覚えているか」とやがて帯刀が口をきった、「織部どのと西沢との事は始末がついた、なにも詮索《せんさく》はしないと約束した筈《はず》だ」

「詮索などという言葉はなかったようだが、約束したことは覚えている」

「それなら約束は守ってもらいたいな」

「これ以上にか」

「山の木戸を調べさせているのはどういうわけだ」と帯刀が云った、「おれは柳田重《じゅう》太夫《だゆう》から聞いた、十二月以来、手をまわして木戸のことを調べているそうではないか」

「調べているのは流人《るにん》村だ」

「あの部落は木戸の支配だし、木戸には西沢半四郎がいる」

隼人はやわらかに咳をして、それから云った、「おれはずっと昔から流人村に興味を持っていた、あの部落がちくしょう谷と呼ばれること、住民たちが農耕を知らず、文盲でけもののような生活をしていること、いまでも木戸の番士によって、罪人同様に監視されていることなど、――どこまでが事実かは知らないが、古い物語でも聞くように、半ば哀れで半ば恐ろしいような印象が残っている」

こんど江戸へいっているあいだに、その部落のことを思いだした。帰国したらぜひいちど調べてみようと考え、他藩にそういうことがあるかどうか、手蔓《てづる》を求めて捜してみたところ、二三の藩で似たような例のあること、また現在それがどう扱われているかということもわかった。

「この藩では約三十年まえから、流人村へは流人を送っていない」と隼人は続けた、「とすれば、現在そこに住んでいるのは罪人ではなく、その子か子孫ということになる、それらがいまだに流人村にとじこめられて、けもののような生活をしているとすれば、それが事実だとすれば捨ててはおけないだろう」

「そのことはおれも知らない」帯刀は疑いを解いたように肩をゆすり、「――だがそれは」と念を押すように云った、「本当に西沢とは関係がないのだろうな」

「みていればわかる」と云って隼人は微笑した、「彼とはまったく関係のないことだよ」

帯刀は義弟の顔をみつめた。それから頷いて、きいに酒の支度《したく》をさせてあるから、久しぶりに一杯つきあわないか、と云った。隼人は「そうだな」と口ごもった。気のすすまないようすだったが、それでも帯刀が立つと、いっしょに立ちあがって、母屋のほうへいった。――焼いた干物になます、菜の浸し物に野菜の甘煮《うまに》、椀《わん》は落し卵の吸物に、凍豆腐《こおりどうふ》の味噌《みそ》汁《しる》というつつましいものであったが、給仕に坐《すわ》ったきいは薄化粧をしていた。隼人は盃《さかずき》に二つか三つしか飲まなかった。酒には強いほうなので、きいが幾たびかすすめたが、薄化粧をしたあによめの姿が眩《まぶ》しいとでもいうように、隼人は眼をそらしながら穏やかに辞退した。――帯刀は少し酔うと高ごえになる癖があり、その声を聞きつけたのだろう、小一郎が寝衣《ねまき》のまま起きて来、襖《ふすま》をあけて覗《のぞ》いた。

「やあい」と小一郎は云った、「小池の伯父さんが酔っぱらってらあ」

きいが驚いて振返り、「小一郎さん」と叱《しか》ろうとしたが、帯刀はいい機嫌《きげん》で、あぐらをかきながら手招きをした。

「起きていたのか坊主」帯刀はあぐらに坐った膝《ひざ》を叩《たた》いた、「こっちへ来い、抱いてやるぞ」

きいが制止するより早く、小一郎はとんで来て、帯刀の膝へ腰をおろし、すばやい眼つきで隼人の顔を見た。きいも同じように隼人を見、隼人は「いいよ」というふうに頷いてみせた。すると、小一郎は急に帯刀の膝から立ちあがり、伯父さんは酒臭いからいやだと云って、隼人の膝へ跨《また》がった。

「小一郎さん」ときいが睨《にら》んだ。

「叱るな」と帯刀が云った、「たまには男の膝が欲しくなるだろう」そして、抱かれた小一郎と抱いている隼人を眺《なが》めながら、涙ぐんだような眼になり、満足そうに頷いた、「うん、よし、これで酒がうまくなった」

三

三月はじめに山の木戸から使いがあって、木戸番頭《きどばんがしら》の生田伝九郎《いくたでんくろう》が変死した、ということを告げた。御用林を見廻りに出た途中、雪解《ゆきどけ》の崖道《がけみち》から落ちて即死した。死躰《したい》は山で茶毘《だび》にしておろすから、遺族を山へ同行したい、ということであった。隼人はこれを聞くとすぐに、早の飛脚を江戸屋敷へやった。

木戸の番頭が死んだので、その後任を選ぶことになり、重職のあいだで人選が始まった。それはちょっとした難題であった。山の木戸詰に仰《おお》せつけられるのは、不行跡とか職務上の失策などのあった者で、明らかに「左遷」の意味が含まれていた。そういう該当者のない場合には、重職で人を選むのであるが、木戸詰は島流しも同様のひどい生活であり、ほかにも悪い条件が多いため、選ばれる者よりも、却《かえ》って選ぶ人たちのほうが当惑するくらいであった。

三月十七日に、江戸から隼人への返書があった。彼はそれを読むとすぐに、教頭の横淵十九郎を訪ねて自分の望みをうちあけた。横淵はおどろいたようすで、隼人の顔を暫《しばら》く見まもっていたが、やがて、任期が終ったら道場へ戻るか、と訊《き》き、隼人がそのつもりだと答えると、ではそうするがよいと承諾した。――老臣に達しのあったのは十九日で、その日の午後、明日登城するように、と重職から使いがあり、家へ帰ると小池帯刀が待っていた。彼は怒ったような顔つきで、向うへゆこうと云い、すぐに隼人の住居のほうへいった。

「あした城中へ呼ばれるが」と帯刀は坐るのももどかしげに云った、「どういうお沙《さ》汰《た》があるかわかっているか」

隼人はうんといった。

「辞退するだろうな」と帯刀が訊いた。

隼人は首を振った。

「辞退しない」と帯刀が云った、「お沙汰は山の木戸の番頭だぞ」

「おれが殿に願い出たんだ」

帯刀は口笛でも吹くように口をすぼめ、それをぐっと一文字にしながら、尖《とが》った眼つきで隼人を睨んだ。

「めあては西沢だな」

「いや」と隼人は首を振った。

「改めて云うが、番頭は辞退してくれ」と帯刀が云った、「朝田家はお咎《とが》めを受けているが、押して道場の助教に採用してもらった、その義理を考えても、いまの席をはなれることはできない筈だぞ」

「横淵先生からはもう許しが得てある」

帯刀は息を詰め、それから云った、「おれをだしぬいたわけか」

「云えば反対しただろう」隼人はゆっくりと云った、「しかしおれが木戸へゆくのは西沢のためではない、どうか同じことを何度も約束させないでくれ」

「理由も云わずにか」

「まえにちょっと話したが、流人村をなんとかしたいのだ」

「なんとかするとは」

「いってみなければわからない」隼人は左の手で右の肩を揉《も》みながら云った、「これまで調べたところでは、あの部落のことはまるで投げやりになっている、記録は七年まえのものが最後で、そのときの住民は二十七家族で七十四人、男三十八人、女三十六人となっていた、ところが、それさえも十年まえの記録と同一で、実際の調べとは思えないんだ」

「あの部落の話は聞きたくないね、胸が悪くなる」

「そうらしいな」と少し皮肉な口ぶりで隼人は云った、「みんなそうらしい」

「本当にちくしょう谷のことなんかで山へゆくのだとすると、云っておかなければならないと思うが」帯刀はちょっと云いよどんだ、「――これはじつはほかにすすめる人があるんだが、隼人にきいといっしょになってもらってはどうか、という話があるんだ」

　隼人は自分の手をうち返し眺めていた。

「もちろんいそぎはしない」帯刀はまた怒ったような調子になった、「隼人は小一郎が十五歳になるまで結婚はしないと云ったそうだ、本心からそうするつもりかもしれないが、それは不自然でもあるし無理なことだ、またきいのほうも二十六歳で、これはむろんよそへ再婚するというわけにはいかない、——なにを笑うんだ」

「笑やあしない」隼人は静かに眼をあげた、「いずれその話は出るだろうと思っていた、世間ではよくそんなふうに纏《まと》まるようだからな、ああ、考えておくよ」

「あれが嫌《きら》いなら話はべつだぞ」

「嫌いなことはない」と隼人は答えた、「小さいじぶんからよく知っているし、兄と婚約がきまったときはがっかりしたくらいだ、——しかし、まあいい、考えておくよ」

その翌日、隼人は登城して家老に会い、江戸から使者があったこと、彼に木戸の番頭を命ずるという沙汰であること、などを告げられた。家老の樋口《ひぐち》門左衛門がそれを伝え、隼人はお受けをした。そこには年寄役の林兵右衛門、中立庄太夫《しょうだゆう》、また中老の与田滝三郎らが列席してい、与田が隼人に質問した。

「そのほうは自分からこの役を願い出たということだが、それは事実か」

隼人は事実であると答えた。

「仰せつけられる役目に差別があってはならないが」と与田は云った、「この役だけは誰にも嫌われている、この役が嫌われていることはそのほうも知っているであろう」

隼人は顔をあげて訊き返した、「そのお沙汰には、流人村についてなにか、御指示があると存じますが」

「私の問いに答えてくれ」

「それが私の答えです」と隼人は云った、「それとも御指示はございませんか」

「流人村の件について」と家老の樋口が云った、「そのほうの望みをかなえてやれ、という意味のことが書き添えてある」

隼人はそこで、小池帯刀に云ったとおりのことを語った。その土地へいって、実際の状態を調べたうえで、改廃すべきことがあったらやってみたい。いずれにしても、このまま放置されていてよい問題ではないと思う、と云った。老職たちは低い声で、二三のことを相談しあったのち、こんども与田滝三郎が隼人に云った。

「木戸には西沢半四郎がいる」与田はさぐるような眼で隼人をみつめた、「この役目を願い出た本心が、まことにいま申したとおりであるか、それとも、西沢のいるためであるかどうか、その点についてわれわれには疑念があるのだ」

隼人は黙っていた。かれらが疑念を持ったとしても、こちらの責任ではない、といったような顔つきであった。

「そのほうはどう思う」と与田が訊いた。

「私の所存は申上げたとおりです」と隼人は答えた、「ほかに申上げることはございません」

与田は家老を見た。

「では、――」と樋口が云った、「両三日うちに沙汰をしよう」

そして、三月二十二日に再び城へ呼ばれ、正式に木戸番頭に仰せつけられた。隼人は二十五日の早朝、新たに雇った儀平という小者《こもの》を供に、城下町を出立した。木戸から迎えに来た二人の足軽が案内で、雨妻川の流れに付いたり離れたりしながら、しだいに嶮《けわ》しくなる山道を、北西に向って登っていった。

木戸のあるのは大仏岳の頂上ちかい岩場だった。麓《ふもと》からは約五里のみちのりであるが、断崖《だんがい》の中腹に危うくしがみついているようなその道は、登り降りが多く、狭くて勾配《こうばい》が急で、馬を通すこともできなかった。また五カ所に桟道《さんどう》があって、そこを「難所」と呼んでいるが、これは崖の岩に穴を穿《うが》ち、それへ丸太の支柱を入れた上に、厚い松材の板を渡したもので、百尺あまり下には、雨妻川の上流に当る大仏川の渓流《けいりゅう》が、大きな岩をめぐって白い飛沫《しぶき》をあげているのが見える。――このかけはしは一度に一人しか渡ることができず、馴《な》れた者でも下を見ると眼が昏《くら》むと云われていた。隼人たちは、第一の桟道にかかるところで弁当をつかい、それからは桟道ごとに休みながら登ったが、木戸へ着いたときはすっかり日が暮れていた。

「たいそうな御健脚です」案内の一人が隼人に云った、「私ども馴れている者でも、十時より早く登った者はございません、失礼ですがお疲れのごようすもみえませんな」

「いや疲れたよ」と隼人が云った、「——御苦労だが先触《さきぶ》れにいってくれ」

足軽の一人は木戸のほうへ走っていった。

木戸は太い杉丸太の柵《さく》で囲まれ、黒木の冠木門《かぶきもん》がある。岩を削った踏段を登り、門をはいってゆくと、番所の玄関前に、番士たちが並んでいた。玄関柱の左右に藩家の定紋《じょうもん》を印した、高張提灯《たかはりぢょうちん》が明るい光りを投げてい、並んでいる番士の両端に、足軽たちが四人ずつ、おのおの提灯を持ってつくばっていた。——隼人はかれらの前で立停《たちどま》り、一人一人をゆっくりと眺めてから、しっかりした声で静かに云った。

「私はこんど木戸番頭に仰せつけられて来た」そこで彼は一と呼吸してからなのった、「——朝田隼人という者です、これから御一同の御助力を頼んでおきます」

番士たちのあいだに、ほんの一瞬ではあるが、かすかな動揺の起こるのが認められた。しかしすぐに、一人の男が一歩前へ進み出た。

「岡村七郎兵衛です」と云って彼は歯をみせた、「お忘れですか」

隼人はほうといったが、彼の問いには答えずに、次の番士へ眼をやった。次の者は小野大九郎、また乾《いぬい》藤吉郎、松木久之助、そして最後の一人が西沢半四郎となのった。

隼人はそこで初めの一人に振返り、「久しぶりだな岡村」と云った、「おまえのことはふしぎに忘れていた、はあ、こんなところへ来ていたのか」

四

ぎあまんのように冷たく、澄み透《とお》った山の空気が、きびしく五躰《ごたい》にしみとおり、あらゆる筋肉をこころよく緊張させた。東の空の低い棚雲《たなぐも》のふちが、橙色《だいだいいろ》を帯びた金色《こんじき》に光り、その反映で、大仏岳の頂上の岩肌《いわはだ》がほの明るく浮き彫りになった。頂上の北側に、如来《にょらい》ノ峰《みね》というのがそびえている。頂上より六七十尺も高く、瘤《こぶ》のように突き出ている岩塊であるが、そちらは北風が吹きつけるのと日蔭《ひかげ》の部分が多いために、まだかなり雪が残っていた。

いま隼人の立っているところは、大仏岳の頂上を一段ばかり北西へおりた庇岩《ひさしいわ》の上で、そこが国境であり、また隣藩との境でもあった。向うはまだ暗く、岩地の急斜面は白くて濃い雲の中へおりてゆくが、その白い雲のほかにはなにも眼につく物はなかった。――この山を越して隣りの領地へぬけるには、「木戸」のあるその鞍部《あんぶ》しかない。戦国末期まではそこに砦《とりで》があったというが、木戸が造られてからでも百五十年以上は経《た》っている。山越えをするには唯一《ゆいいつ》の地形なので、ひそかに物資を移出入する者や、逃亡する罪人や、また御用林を盗伐に来る者などがあり、現在でもなかなかゆだんはできなかった。

棚雲をぬいて陽《ひ》が昇り、岩の斜面が眩しく光った。隼人は戻って、木戸へさがる道とは反対のほうへ曲ると、突然、そこの岩蔭から人が出て来、危うくぶつかりそうになった。しかし相手は、隼人の来ることを期待していたらしく、一と足さがりながら礼をした。

「西沢です」と彼は云った、「西沢半四郎です、ちょっと話したいことがあるのですが」

隼人は相手を見た。枯木か石ころでも見るような、感情の少しもない平静な眼つきであった。

「御用のことなら聞きましょう」と隼人は云った、「だが、御用以外のことは断わります」

「そうでもありましょうが、織部どののはたしあいについて、一言《ごん》だけ聞いて頂きたいのです」

「それは済んだことです」

「お願いです、どうか一と言《こと》だけ聞いて下さい」

「いや」と隼人は穏やかに遮《さえぎ》った、「御用以外の話は断わります」

そしてゆっくりと歩きだした。

木戸と反対のほうへゆくその道は、岩をめぐって段さがりに左へくだり、やがて流人村の上部へと出る。まえの日に、隼人はいちど案内されて来たから、迷うことはないと思ったが、或る曲り角のところで、うしろから「その道は違います」と呼びかけられた。振返ってみると岡村七郎兵衛で、彼は大股《おおまた》に近よって来た。

「闇夜《やみよ》のつぶて、ゆだん大敵」岡村はとぼけた笑顔でこう云った、「外出するときには供を伴《つ》れないといけませんね、山は危険です、いつどこからなにが出て来るかわかりませんよ」

「悪七兵衛《あくしちびょうえ》などといわれたくせに」と隼人が云った、「案外おまえも苦労性なんだな」

隼人の眼はまた、ふた親のない乳児を見るような、温かくやさしい色を湛《たた》えた。

「あの綽名《あだな》を御存じなんですか」

「おまえはおれの教え子だぞ」

「年は三つしか違いませんよ」

「腕だってそう違いはなかったさ」と隼人は云った、「流人村へゆくんだが」

「こっちです」と岡村が手を振った。

藩校の道場で、隼人は岡村に稽古《けいこ》をつけた。手筋はかなりよく、上達も早かったが、力が強いうえに乱暴者で、人と喧嘩《けんか》が絶えなかった。隼人が江戸へゆくちょっとまえに、道場で二人を相手に喧嘩をし、一人の腕を折ったため、横淵教頭から破門された。

「もう破門も許されるころじゃないか」と歩きながら隼人が訊いた、「あれからまたなにかやったのか」

「そんなところです」岡村はそう云って、隼人に振返った、「――朝田さんがここへ来たのは、到着された晩に話したことが本当の目的なんですか」

「岡村はいつ来たんだ」

「話をそらしますね」

「番はいつあくんだ」

「番は一年ですから」と岡村が答えた、「この八月には城下へ帰ります、しかし、望めば延期することもできますよ」

暫く歩いてから、「断わっておくが」と隼人が低い声で云った、「これからはつまらない疑いや臆測《おくそく》で、人の動作を見張るようなことはしないでくれ、——わかるだろう」

「こっちへおりるんです」と岡村が云った。

岩を削った急な踏段をおりると、すぐ向うに流人村の部落が見えた。

断崖《きりぎし》と断崖とに三方を囲まれ、東のほうへ段さがりに低くなる端が、そのまままた断崖に続いていた。ひとくちに云うと、屏風《びょうぶ》で三方を囲まれた雛段《ひなだん》のような地形で、石を組みあげた台地が斜面に段をなしており、若木の檜《ひのき》や杉の疎林《そりん》のあいだに、住民たちの家がちらばって見えた。——昨日はそこから引返したのであるが、隼人は暫く眺めていたのち、岩のごつごつした、狭い、不規則な電光形になっている道を、ゆっくりとおりていった。うしろから岡村七郎兵衛が、部落までゆくのかと訊いた。そのつもりだ、と隼人は答えた。

「ちょっと待って下さい、それは考えものですよ」

「ひと廻りするだけだ」

「貴方《あなた》はまだ御存じないでしょうが、部落の中には桁外《けたはず》れな人間がいます」と岡村が云った、「生田さんが崖から落ちたのもあやまちではなく、権八《ごんぱち》に突き落されたのだ、などという話さえあるくらいです」

「根拠のある話か」

「おそらくあやまって落ちたのでしょう、供を五人伴れていましたが、五人とも生田さんが足を踏み滑らせて落ちるのを見たということです、もっとも、そこは七曲りといって、断崖の中腹を削った狭い道が幾曲りもしているし、生田さんと供の者たちとははなれていたようすなので、落ちるのを、本当に見たかどうかはわからないんですが」と云って岡村は肩をゆりあげた、「——死躰をあげにいったとき、崖の上から覗《のぞ》きこんでいた者があり、それが権八だったということで、そういう噂《うわさ》が出たのだろうと思います」

隼人は立停って岡村を見た、「権八にそんなことをする理由でもあるのか」

「特にこれという理由はないでしょうが、権八に限らず、部落の人間はみな木戸の者を憎んでいますからね」

「どうして」

「どうしてですって」岡村は吃《ども》り、また肩をゆりあげた、「——だってその、囚人が牢守《ろうもり》を憎むのは当然じゃありませんか」

隼人はなにか云いかけたが、口をつぐんでまた歩きだした。道をくだりきったところに、平らな石を積んだ道標のようなものと、すっかり朽ちてしまった杭《くい》のようなものがあった。岡村七郎兵衛はそれを指さして、昔はそこに流人村という標《しるし》の石が立ててあり、柵がまわしてあったのだ、と説明した。

「どうしても中へはいるんですか」

「そのために来たんだ」

「よろしい、では正内老人のところへ寄りましょう、老人がいっしょならまず安全です」

それはどういう人間か、隼人はそう訊こうとしたが、口には出さなかった。標の石のあるところは、部落の最上部であった。石で組みあげた台地は五段になってい、一段に五棟から七棟の家があった。——ちょうどそのとき、部落を越した向うの断崖の上部を、朝の日光が赤く染めだし、その赤い色のしだいにひろがってゆくのが眺《なが》められた。部落のあたりはまだうす暗く、青白い炊《かし》ぎの煙が、上からなにかで押えられでもするように、五段の条《すじ》をなして横にたなびき、たなびいたまま動かずにいた。

急な踏段を曲りながらおりてゆくと、どこかでするどい女の悲鳴が聞えた。隼人が立停り、岡村も足を停めた。悲鳴はまをおいて聞えて来た。つんざくような、するどい、けものめいた叫び声で、隼人は「生皮を剝《は》ぐ」という昔の刑罰を思いだした。

「いや、よしましょう」と岡村が云った、「かれらにはかれらだけの習慣があります、木戸の掟《おきて》もかれらの習慣まで支配はできません」

「おまえに来いとは云わない」

隼人はそう云って歩きだした。

「私は正内老人を呼んでゆきます」と岡村が云った、「軽はずみなことはしないで下さい」

岡村は左のほうへ走っていった。

隼人は声のするほうへいそいだ。丈の低い檜の疎林があり、その蔭に一棟の家があった。棟が低く、萱葺《かやぶ》きの朽ちかかったような屋根に手が届くくらいであった。

こういう家を三棟まで見、やがて十字の辻《つじ》に出た。台地の中央を縦に通じているらしい、そこで女の悲鳴がまぢかに聞えた。隼人は右へ曲り、踏段を駆けあがった。——登りきったところは、百坪ばかりのなにもない空地で、隅《すみ》のほうに枯れた杉の木があり、その枝に裸の女が吊《つる》されていた。

杉の枯木のこちらに、男や女が七八人立ち並び、一人の逞《たくま》しい男が諸肌《もろはだ》ぬぎになって、革鞭《かわむち》のような物で裸の女を打っていた。——まばゆいほど白く、きめのこまかな女の肌に、鞭の痕《あと》が赤く幾筋となく印され、中には皮膚が裂けて、血の滲《にじ》んでいるのが見えた。手首を縛って吊されている女は、打たれるたびに悲鳴をあげ、軀《からだ》を左右へ振ったり、吊された縄《なわ》を中心にぐらっと廻ったりした。豊かな乳房《ちぶさ》や、まろやかに張りきった腹部が激しく波を打って揺れ、解けた髪の毛が生き物のように、女の顔を包んだり、ばらばらに振り乱されたりした。

「よせ」と隼人は静かに呼びかけた、「——無法なことをするな」

五

そこにいる男女がこっちへ振返った。どれが男でどれが女か、若いのか年をとっているのか、殆《ほと》んど見分けがつかなかった。見分けをつけている暇もなく、女を鞭打っていた半裸の男が、ゆっくりとこっちへ歩みよって来た。背丈は五尺三寸そこそこであるが、肩幅が不自然なほど広く、黒い胸毛に掩《おお》われた胸は、筋肉が瘤のように盛上っていた。額の狭いうしろにのめった頭には、赤茶けた髪の毛が密生してい、また頰《ほお》へかけて、同じ色の髯《ひげ》が隙《すき》もなく伸びているあいだに、きみの悪いくらい赤く厚い唇《くちびる》と、大きな、黄色い歯の剝《む》き出されるのが見えた。

「どんな罪があるか知らない」と隼人はなお静かに云った、「だが、かよわい女にそんなむごい仕置をしてはならぬ、おれはこんど来た木戸番頭で、朝田隼人という者だ」

男はまっすぐにこっちへ来た。隼人はべつに危険も感じず、そこに並んでいる男女のほうへ、さらに呼びかけようとしながら、大股に近よって来る男のまったく無表情な顔を見、岡村七郎兵衛の注意を思いだした。

――軽率なことはしないで下さい。

隼人は脇《わき》へ除《よ》けようとした。そこへ男がとびかかって来、些《いささ》かの躊躇《ちゅうちょ》もなく、拳《こぶし》を振って隼人の顔を殴った。そんなことをされようとは予想もしなかったし、男の動作は驚くほど敏捷《びんしょう》で、しかもちから強く、断乎《だんこ》としたものであった。左の頬骨を殴られたと思うと、右の頬を殴られ、隼人は眼の中で電光がはしるのを見た。立ち直る暇もなく、むろん躰をかわす暇もない。初めの拳で頭の芯《しん》が痺《しび》れ、よろめきながら、腹とうしろ頸《くび》に烈《はげ》しい打撃を感じ、倒れたときに、後頭部が岩に当る鈍い音を聞いた。

ぼんやりと、遠くで人の話すのを聞きながら、隼人はながいあいだうとうとしていた。子供のころ眠っていて、隣り座敷で父と客とが話してい、夢うつつにその話し声を聞いている、というような感じがした。

「こっちから二番めです」と一人の声が云っていた、「あのかけはしは架け直さなければいけません、支えの木が腐っていますよ」

「あたまのごんぜよ」と暫《しばら》くして女の声が云った、ちょっとしゃがれぎみの、穏やかなまるい声であった、「鹿ですよ、めすとおすと二頭ですって」

ほかにもわけのわからない会話を幾たびか聞いた。そうしてやがて、割れるような頭の痛みで隼人は眼をさました。うす暗い行燈《あんどん》の光りで、低い天床《てんじょう》が見え、すぐ近くで焚木《たきぎ》のはぜる音が聞えた。

「気がつかれたようだ」と云う声がした。

するとと岡村七郎兵衛の顔が、上から隼人を覗きこんだ。岡村は微笑した。

「どうですか」と岡村が云った、「まだ痛みますか」

隼人は唇を舐《な》めた。軀じゅうが氷《こお》るように寒く、喉《のど》が耐えがたいほど渇《かわ》いていた。

「ここはどこだ」と隼人が訊《き》いた。

「正内老人の住居です」

隼人はその名を口の中で呟《つぶや》き、そして初めて、あった事を思いだしたように頷《うなず》いたが、そんな僅《わず》かな動作さえ、頭の中にするどい痛みが起こり、彼は眉《まゆ》をしかめた。

「飲むものが欲しい」と隼人は云った、「それから、木戸へ戻ろう」

「それは無理です」と脇のほうで誰かが云った、「頭をひどく打っておられるし、熱もまだ高いようです、いま動かれてはお軀に悪うございましょう」

岡村七郎兵衛が「薬湯です」と云った。隼人は注意ぶかく半身を起こして、湯呑《ゆのみ》の中のものを啜《すす》った。うす甘く辛味があって、いやな匂《にお》いが鼻をついた。頭の中にもう一つ痛む頭があるような感じがし、骨という骨がずきずきした。どうやら動けそうもないな、隼人はそう思って、またゆっくりと横になった。

「あの女はどうした、岡村」と隼人は頭にひびかないように、かげんをしながら訊いた、「あの女はどうして打たれていたんだ」

　岡村ではなく、べつの声が答えた。

「男の知れぬ子をみごもったのです」とその声が云った、「ぶろうという者の娘で、名はいち、年は二十になります、生れつき知恵のおそいうえに唖者《おし》ですが、相手が誰かということはわかっていて、どうしてもそれを告げようとしないのです」

　ここは流人村であり、昔から住民は厳しい掟にしばられていた。その一に「密通」の禁があって、それを犯した者は死ぬまでの笞刑《ちけい》に処された。罪人の子孫を殖やさないため、特に重刑を科したらしい。ずっと昔に幾たびか実例があり、女のほうは打ち殺されたが、男はみな逃げたということである。

「六十年ほどまえ、旅の行者《ぎようじや》の狐《きつね》騒動ということがあって、住民の半分ちかくが死にました」と語り手は続けた、「それから密通の禁もゆるやかになり、いまでは木戸の監視も殆んど解かれたようなかたちですが、――権八はあの娘と夫婦になるつもりでいたものですから、昔の掟を盾《たて》に取って、あのような無態なことをやったのでございます」

隼人は静かに声のするほうを見た。炉端《ろばた》に一人の老人が坐り、長い金火箸《かなひばし》で炉の火のぐあいを直していた。年は七十ちかいだろうか、逞しい軀《からだ》と、顎《あご》の張った長い顔に、一種の威厳が感じられた。髪の毛は灰色であるが、眉毛は黒ぐろと太く、口許《くちもと》にも壮者のような力があった。それが正内老人であった。

「権八というのは、殴っていた男か」と隼人が訊いた。

老人はゆっくりと頷《うなず》いた、「水牢につないでおきました」

「水牢だって」

「いや、昔の水牢でして」と老人は炉の火をみつめたままで云った、「――岩を掘った穴の上へ造った牢です、昔は罪人を鎖でつなぎ、腰まで浸るように水を引いたものだそうですが、いまでは樋《とい》もありませんし、牢の中はよく乾いております」

放してやれ、と隼人は云おうとして、それを云う気力もなく眼をつむった。

それからまる三日、彼は高熱に悩まされながら、半睡半醒《はんせい》の時をすごした。岡村七郎兵衛はずっと付いていたし、木戸からも幾人かみまいに来たが、隼人は正内老人と、看病してくれるあやという娘に興味をひかれた。あやの年は十七歳、いつも水で洗ったばかりのような爽《さわ》やかな顔つきで、眉と眼《め》が際立《きわだ》って美しかった。正内老人のところへ読み書きの稽古にくるそうで、「今日まで続いたのはこの娘ただ一人です」と老人は云っていた。——あとから考えると、権八に襲われ、老人の世話になったことは、彼にとっては極めて幸いであり、七日めに木戸へ戻るまでには、その部落に伝わっている故事のかずかずを聞き、住民たちにもかなり会うことができた。このあいだにほぼ察せられたのであるが、「住民たちがけもののような生活をしている」という評が、かなり事実に近いこと、また、かれらが正内老人を心から尊敬し、頼りにしていることなどであった。

隼人はいちど、自分が番頭になって来た目的を、正内老人に話してみた。そのとき老人は暫《しばら》くのあいだ、炉端から黙って隼人を見ていた。

「私はまえから、貴方《あなた》の眼に気がついていました」と老人はやがて云った、「それで、こんなことをうかがうのですが、西沢半四郎という番士の方がおられるそうですね」

隼人は頷いた。

「その方のことはどうなのですか」

「なにか聞いたとすれば」と隼人は重い物でも持ちあげるように答えた、「それはただ、想像から出た噂にすぎない」

「ここでは噂は早く伝わります」と云って老人は隼人を見まもった、「――私は貴方の眼を見て、貴方が噂されるようなことをする人ではない、と思っていました」

それから老人は調子を変えて、隼人の考えていることは徒労に終るだろう、と云った。ずっと以前にも、ここの住民を解放しよう、という意見が出たし、住民たちにも、山をおりて新しい生活を始めるように、と説得したことがあった。しかしそれは、「住民たちによって拒否された」という。かれらは流人の子孫だという、抜きがたい先天的なひけめがあり、長い年月、山で孤絶した生活をして来たために、広い世間へ出ることに深い怖《おそ》れを感じていた。

「実際にもそのとおりなのです」と老人は云った、「男は十七八になると、たいてい山をおりてゆきます、――これをここでは、ぬける、といっておりますが、おりていった者は消息不明になるか、または生活にやぶれ、年老いて、ただ骨を埋めるためにだけ帰って来る、というようなありさまです」

消息を絶った者の中には、どこかで仕事にとりつき、立派に一家を成した者があるかもしれない。そういう者があったにしても、流人村の出身ということは隠しとおそうとするであろうし、多くは失敗して貧窮に喘《あえ》いでいるか、行倒れて、名も知られずに葬《ほうむ》られるか、どちらか一つというふうに考えられていた。

「それは、ここへ帰って来る年寄たちが、証人のようなものです」と正内老人が云った、「帰って来たかれらは、一年か二年のうちに死んでしまいますが、それだけで、いかに世間の生活が辛《つら》くきびしいか、ということを住民たちは感じるようです」

私は貴方の考えを間違っているというのではない、と正内老人は終りに云った。貴方がもし辛抱づよく、本心からそれをやりとげるつもりなら、及ばずながら私も助力をしよう。けれどもここには、その他にも困難な問題が多いので、じっくり腰を据《す》えてやる気構えが必要である。まず、住民たちと親しくなること、それが第一であろう、と老人は云った。

高熱がさがった四日めに、隼人は忘れていたことを思いだし、権八を放してやれと命じた。そのとき側にいたあやが、「権八は逃げました」と云い、慌《あわ》てて口を手で押えた。

「申し訳のないことですが」と正内老人があやの言葉に続けた、「格子牢《こうしろう》が古くなっていたのでしょう、おとついの夜押しやぶって、山越しに隣りの領内へ逃げたもようです」

隼人は岡村七郎兵衛を見た。

「むだでした」と云って岡村は肩をゆりあげた、「追手をかけましたが、足跡もみつからなかったそうです、しかしもう、ここへ帰って来るようなことはないでしょう」

六

木戸へ帰ってから、隼人は半月ほど軀を休めた。権八の拳にはひじょうな力があったし、倒れるとき岩で後頭部を打ったことも原因であろう、立ち居などの動作を急にすると、激しいめまいがして、倒れそうになる。おそらく頭の中になにか故障があって、それが恢復《かいふく》していないのであろう、そう考えてなるべく安静にしていた。

木戸の建物は三棟あった。役所、長屋、倉、と呼ばれていて、番頭や番士は役所の棟に住み、足軽と小者たちは長屋。そして倉には食糧や諸道具が置いてあった。——役所は表と裏にわかれていた。表には役部屋のほかに吟味所があり、その土間は付属の牢に続いている。そこは木戸の掟に反したり、領境を不法に越えたりする者を監禁するところで、罪の重い者は城下へ送られることになっていた。これらの建物は多く杉の丸太が使われ、柱も太く、二重の板壁も厚板であり、天床《てんじょう》も太いがっちりとした梁木《はりぎ》がむきだしに見えた。ぜんたいがおそろしく頑丈《がんじょう》に造られているのは、冬のきびしい風雪や、寒気を防ぐのが目的で、窓も戸口も狭いうえに小さく、屋内はいつもうす暗く陰気であった。——役所にも長屋にも「炉の間」というのがある。十二帖《じょう》ほどの広さで、六尺四方の大きな炉が切ってあり、煖《だん》をとるのも、食事をし茶を飲むのも、すべてそこですることにきめられていた。二十余年まえに、番士の部屋で火の不始末から、危なく火事になりそこねたため、その後は「炉の間」以外に火を置くことを禁じられたのであった。

隼人は休んでいるあいだに、流人村の記録を詳しく読んだ。同じものは町奉行所《まちぶぎようしよ》にもあるが、それは報告する必要のある件だけで、こちらはその原本であるため、記事は煩瑣《はんさ》なくらい詳細に綴《つづ》られていた。

城下から初めて流人が送り込まれたのは、約百四十年まえのことで、その制が廃止された三十年まえまでに、流罪になって来た者の数は八十七人であった。女囚も五人あったが、このうち一人は病死、他の四人は三年から五年のあいだに、罪を解かれて山をおりていた。また男の罪人のうち、当人の行状がよく、妻子があって希望すれば、村へ呼びよせることが許されてい、百余年のあいだに、そういう例が九回記録してあった。しかしそれらは妻だけの場合で、子供を伴《つ》れて来た例は一つもなかった。――村での労役は御用林の作業と、山道の整備とで、農耕は（高冷地のため殆んど不可能だったが）許されておらず、食糧は藩から給与されていた。米はなく、麦、稗《ひえ》、粟《あわ》、いもろこしなどの雑穀に、塩引の鮭《さけ》、干鱈《ひだら》、煮干、そして乾《ほ》した野菜などであるが、鮭や干鱈はたいてい木戸で取りあげてしまうようであった。

部落の日常生活については記録がない。労役の状態と、年一回の人数しらべと、死者の名と、殺傷、喧嘩《けんか》、山ぬけなど、あった事件が書いてあるだけで、男女の数の対比も明らかではないし、――というのは、記録は流罪人だけに限られており、妻が許されて良人《おっと》といっしょになっても、記録にはのせないからであるが、また子供が幾人生れ、その子がどう育てられるかということも、疾病《しっぺい》に関することも記《しる》してはなかった。――さすが年代が下ってからは、家族の数や男女別の人数がしらべてある。だが、それさえも十年以前のしらべが最後で、それから三年、同じ計数が書かれただけで終っていた。

「思ったとおりだ」ざっと眼をとおしてから、隼人はそう呟《つぶや》いた、「流罪になって来た者はみな死んでいる、いまいる住民の中には一人の罪人もいない」

部落で生れた子は、みな母親の名しか書いてなかった。父が罪人であるためにそうしたのだと思われるが、母親や娘に同名のものが少なくないため、親子、夫婦、姻《いん》戚《せき》のつながりがよくわからず、ぜんたいとして、男女関係の混乱していることが想像された。

――ちくしょう谷などと呼ばれるのは、そんなことも原因の一つだろうか。

隼人は肩を落した。押しのけようとして手を掛けた岩が、千貫もある巨巌《きよがん》だとわかったときのような、重くるしく、やりきれない気分におそわれたのであった。正内老人も、かれらを解放し新しい生活につかせることは「困難である」と云った。かれらが長い年月にわたって、人間ばなれのした生活をして来たとすれば、人間らしい生活におそれを感じるのは当然であろう。それなら、この部落で人間らしい生活をはじめさせるがいい、と隼人は思った。

「もしもそれが千貫もある巨巌で、人間の力では押しのけることができないとしたら」と彼は自分の手を見ながら云った、「鑿《のみ》と槌《つち》とで、端から少しずつ欠いてゆくがいい、そのくらいの辛抱はできる筈《はず》じゃないか」

隼人は丹念に記録を読み返した。

彼は流人村の歴史をよくのみこんでおきたかった。かれらに近づくには、かれらの伝統や慣習を知らなければならない。こちらの思案を押しつけるより、かれらを内部から動かすことが、この場合には特に大事であると思った。——まえにも記したように、記録からは得るものは少なかった。密通者を罰したこと。男は十七八になると「山ぬけ」をする者が多いこと。女はごく稀《まれ》な例を除いて、大部分が部落から動かないこと。そのため男女の比率がしだいに接近し、若い年齢では、男より女の数のほうがはるかに多いこと、などがわかった程度であった。――その中で一つ、約六十年まえの出来事だが、隼人の注意をひく記録があった。正確には五十八年以前の冬のことで、そのとき百二十余人いた住民の、殆んど半数が死んだという、奇怪な記事であった。

――猛風雪のため、二十日あまり流人村の見廻りができなかった。

こういう書きだしで、見廻りにいってみると、五十四人が死んでおり、それがみな焦《こ》げた木の枝で躰腔《たいこう》を突き刺されているのを発見した。口、肛門《こうもん》、鼻腔《びこう》。女は老若の別なく陰部に、それぞれの太さの焦げた枝が、深く突き刺してあった。また生き残っていた住民の半数以上が狂乱状態で、親が子を、良人が妻を、同じ方法で責めてい、止められる限りは止めたが、それらの中からもさらに四人の死者が出た。――あまりのむごたらしさ、想像を絶するこの残虐《ざんぎゃく》さはどうしたことか、気の慥《たし》かな者を呼び集めて訊いてみると、「弥七の娘に狐《きつね》が憑《つ》いた」ということであった。十日ほどまえに、風雪の中を一人の行者が来て、宿を求めた。骨ばかりのように瘦《や》せた、白髪の眼の大きな老人であったが、弥七の娘が病気で寝ていると聞き、治してやると云って祈禱《きとう》した。しかしすぐに、この娘には悪い狐が憑いているから、それを追い出さなければならないと云った。そこで松葉いぶしにかけ、近所の者を集めていっしょに呪文《じゅもん》を唱えだした。呪文は簡単なもので、みんなすぐに覚えたし、行者のあとについて熱心に唱和した。そのうちに娘が暴れだした、病気のところを松葉いぶしにかけられ、聾《ろう》するような多勢の呪文を聞かされて逆上したらしい。異様な叫び声をあげながら、家の中を狂いまわった。行者は娘を捕え、手足を押えさせ、「この狐は尋常のことでは出てゆかない」と云って、炉から燃えている榾《ほた》を取り、娘の陰部へ突き入れた。それから肛門、口、鼻腔など、――暗い家の中にはいぶした松葉の煙が、炉の火を映して赤く染まり、娘ののたうち痙攣《けいれん》する五躰や、その号泣する声など、人の唱和する呪文とともに、この世のものとは思えないような、すさまじく、怪異な状態をもりあげていった。

娘はまもなく悶絶《もんぜつ》した。すると、娘の片方の足を押えていた女が、突然、悲鳴をあげて暴れだした。行者はその女を指さして、「狐はこの女に移った」と云った。娘が死んだので、娘に憑いていた狐が、その女のほうへ移ったというのである。みんなは行者の云うままにその女を捕え、行者は娘にしたと同じ手段で、その女を責め殺した。――人々はすでにみな、その非現実で怪異な状態にとりつかれてい、その女が悶死するとすぐに、次の者が狂いだした。行者はかれらのあいだを駆けまわり、呪文を唱えながら、狐が誰に移ったかということを指摘し、するとその人間は狂いだし、行者が手を出すまでもなく、かれら自身でその人間を責め殺した。——まるで鼠《ねずみ》花火に火をつけたように、これが次から次へとひろがってゆき、弥七の家から逃げだした者が、各自の家でまた同じように狂いだし、互いに責め殺すという結果になった。

　この記事は秦《はた》武右衛門という、そのときの木戸の番頭が書いたもので、秦はすぐに行者を捜索させたが、部落にはもちろんいなかったし、どっちへたち去ったか、足跡もみつけられなかった。これまでに、流人村へ外部から人のはいったためしはないし、そのときは特にひどい風雪が続いていて、そうでなくても難所の多い険道を、そんな行者などがどうして登って来たか、またどこからどのようにして去っていったか、すべてが謎《なぞ》のようで、どう解釈していいかまったくわからなかった。

「この話は聞いたことがある」読み終ってから隼人は思いだした、「そうだ、正内老人が話していたんだ、行者の狐騒動で住民の半分が死んだ、それから密通の禁もゆるやかになった、と云っていたようだ」

　そして隼人は初めて、いったい正内老人というのはどういう人間だろうか、と不審をもつようになった。あやという娘に読み書きを教えている、という口ぶりや、ぜんたいの人柄《ひとがら》に一種の風格が感じられた。——彼は改めて部落の人別帳をしらべてみ、どこにも正内老人の名が記してないことを慥かめた。

七

朝田隼人が二度めに部落へいったのは、四月十八日のことであるが、それまでに彼は、木戸の番士と部落の女たちとの、不快な関係について二三の話を聞き、自分でもいちどその事実を見た。話によるとずっと昔からのことであり、代々黙認されて来たのだという。木戸の生活は単調そのもので、これという娯楽もなく、男ばかりが顔をつき合せているため、とかく気持がすさみがちである。また、部落では若い男が少ないし、躾《しつ》けも教育もされず、野放し同様に育っている女たちは、求めて木戸の番士たちに近づこうとする。どちらの側からいっても防ぎようがない、ということであった。

隼人がまだ城下にいてしらべたときにも、その話はおよそわかっていた。だが彼には真実らしく思えなかったし、山へ来てからはすっかり忘れていた。ところが四月十日すぎの或る夜、彼は自分の眼でそれを現実に見たのである。――季節はもう初夏であるが、山の天候は変りやすく、風のない晴れた日でも、夕方からは寒気がきびしくなり、岩肌《いわはだ》に薄氷の張ることも稀《まれ》ではなかった。その夜は珍しく暖かで、そよ風もなく、谷のはるか下のほうから、夜鳥の鳴く声さえ聞えて来た。――夜の十一時ころだろう、ひと眠りして眼のさめた隼人は、どうやら寝そびれたらしく、いつまでも眠れないうえに、肌が汗ばんできたので起きあがり、新しい寝衣《ねまき》を出して、着替えをした。するとそのとき、戸外で鳥の鳴く声がした。梟《ふくろう》のような声で、ほっほう、ほっほうと二た声鳴き、ついで、まをおいてまた三声鳴いた。

――梟がこんなところまで来るのか。

そう思っていると、役所の脇《わき》にある通用口で、そっと引戸をあける音がした。引戸は重いので、音を忍ばせるあけかたが、却《かえ》ってはっきりと注意をひいた。隼人は立ちあがって、寝衣の上に常着を重ね、なおその上から合羽《かっぱ》をはおって部屋を出た。炉の間を覗《のぞ》いたが誰もいない、土間へおりて脇へまわってゆくと、通用口の引戸があいていい、そこから月の光りがさしこんでいた。――彼は静かに外へ出た。かなりまるくなった月が、眩《まぶ》しいほど近く空にかかってい、地面の砂粒まで見えるほど、あたりは明るかった。微動もしない空気は暖かく、ほのかになにかの香が匂《にお》った。岩蔭《いわかげ》に萌《も》え出る若草か、それともひるま陽に暖められた岩が匂うのか、極めてほのかではあるが、それはいかにも季節の変ったことを告げるかのように、深く、胸の奥までしみとおった。

隼人はふっと振返った。倉のほうで、鳩《はと》の鳴くような、女の含み笑いが聞えたのである。ついでなにかの物音がし、また同じ含み笑いが聞えた。隼人はそっちへ歩いていった。長屋とは反対側に当る、役所の建物の北側を、裏のほうへまわってゆくと、藁《わら》小屋の外に人影が見えた。その小屋は倉の脇にあり、縄や蓆《むしろ》や綱などが置いてある。人影は一つに見えたが、それは青白い月光の中で抱きあっており、男と女であることが隼人の眼にわかったとき、二人は抱きあったまま、藁小屋の中へはいっていった。

――隼人は静かに近よっていった。小屋の中から、女の含み笑いが聞え、それがひそめた叫び声になり、男の太い喉声《のどごえ》がなにか云った。隼人は小屋の戸口の脇に立った。

「おれは朝田隼人だ」と彼は低い声で呼びかけた、「聞えるか」

小屋の中がしんとなった。

「私はどちらの顔も見ていない」と彼はまた云った、「もちろん誰であるかわからないし、知りたいとも思わない、だが、今後こういうことは固く禁ずる、――二人とも出てゆけ、私はおまえたちを見ない」

隼人は空を見あげた。

小屋の中で物音がし、すぐに人が出て来た。草履をはいているのだろう、足音はしなかったが、荒い呼吸が聞え、それがすばやく、長屋のほうへ去っていった。月を見あげている隼人の顔に、やがて悔恨のような表情がうかび、その眼にはいつものあの、親のない嬰児《えいじ》を見るような、温かく深い色が湛《たた》えられた。

明くる日、隼人は木戸の者をぜんぶ集めて、部落の女とかかわりをもつことを禁じた。

「私は藩校の道場で助教をしていた」彼はすぐに話を変えた、「——骨が固くなってはいけないから、軀《からだ》がよくなったら組み太刀でもやってみたい、よかったらおまえたちもやらないか、一と汗かくとさっぱりするぞ」

「それは有難いですが」小野大九郎という番士が云った、「ここには道具がなにもないんです」

「木剣を三本持って来てある」と彼は云った、「組み太刀だけなら道具は要らないが、今月から月便《つきびん》があるから、道具を取りよせて稽古《けいこ》をしてもいいな」

「いいですね」と西沢半四郎が乗り気をみせて云った、「朝田さんの教授なら願ってもないことです、ぜひそうして頂きましょう」

隼人は西沢を見た。石ころか木片でも見るような眼つきで、それから足軽たちのほうへ振向き、足軽も小者たちも望みがあればいっしょにやれ、と云った。

四月から九月まで、「月便」といって、月にいちど城下と連絡をとる。このあいだに食糧や必要な物資を運びあげるのだが、道が嶮《けわ》しく、危険や困難が多いにもかかわらず、番士たちは城下町へゆけるというだけで、いつもこの役を奪いあうということであった。

四月十八日の朝、隼人はまた流人村へいった。このときも岡村七郎兵衛がついて来、それには及ばないと云ってもきかなかった。

「貴方《あなた》はかれらに馴《な》れたと思っているんでしょう」と岡村は云った、「慥かに、正内老人のところで会った連中は貴方に好意をもったようです、しかしあれはあのときだけのことで、なが続きはしやあしません、部落の人間は考えることもすることも衝動的で、一つの感情を持続するとか、或る仕事にうちこむというようなことができないんです、木戸の者に対しては根の深い、それこそ本能のような怖れと憎悪《ぞうお》をもっていますが、そのためにみんなが一致してなにかするということもない、一人一人がばらばらで、横のつながりというものがまるでないんです」

「ずいぶん詳しいじゃないか」

「なに、眼と耳があれば誰にだってわかりますよ」そう云って、岡村は調子を変えた、「このあいだ云ったことは本当にやるつもりですか」

「組み太刀か」

「いや、部落の女についてのことです」

隼人は暫《しばら》く歩いてから答えた、「やるつもりのないことを禁ずると思うか」

「よくお考えになったでしょうね」

「ここの生活は辛《つら》い」と隼人が云った、「それはよくわかっているが、おれと西沢のほかはみな一年で番があく、それでなくとも、木戸詰を命ぜられるのは、大なり小なり失策のあった者で、いわば一種の処罰なんだから、一年ぐらいの辛抱ができないわけはない筈だ」

「理屈はそのとおりですがね、ええ」と岡村が云った、「こっちはそれで押えられても、部落の女たちのほうが問題です、私は去年の七月に来て、冬になるまでいろいろな経験をしました、木戸の者にも相当なやつがいますが、村の女たちに比べるとまだおとなしいほうです、いや、話すことはできません、私が話すまでもなく、もうすぐ朝田さん自身の眼で見ることになりますよ」

「正内老人のことをなにか知っているか」

急に話題が変ったので、岡村七郎兵衛は気をぬかれたとみえ、すぐには返辞をしなかった。

「なるほど」とやがて岡村は頷いた、「老人と話しあうおつもりですね、いい御思案のようだがそれもだめです、老人はそういうことについて、これまでできる限りやってみたようですからね」

「老人がどういう素姓の者かと訊《き》いているんだ」隼人は問い返すような岡村の眼に、首を振って云った、「いや、あの人の名は人別帳にはのっていないんだ」

「――すると、どういうことになるんですか」

「それが知りたいんだ、なにか聞いたことはないか」

岡村七郎兵衛は知らなかった。小者の中には五年も木戸に詰めている者がある、その男は村のことをずいぶんよく知っているようだが、正内老人についてはなにも話したことはない。村の人別にははいっていないということは、おそらく誰も知らないだろう、と七郎兵衛は云った。

「ああそうだ」暫く歩いてから、岡村はふと気づいたように云った、「――老人には妻女と子供があって、どちらも村で病死したということを聞きましたよ、墓地へゆけば墓がある筈です」

「村の中にあるのか」

「御案内しましょう、いちばん高いところです」

坂をくだり、でこぼこした断崖《だんがい》に沿って、標《しるし》の石のところまでゆくと、岡村七郎兵衛は「こっちです」と手を振り、このまえより一段高い檜《ひのき》のほうへ登っていった。

――岩ばかりの道であるが、檜や杉の若葉が爽《さわ》やかに匂い、岩の隙間《すきま》には草が芽ぶいていた。土地が悪いのか、風雪がきびしいためか、ここでは檜も杉も丈が低く、幹や枝葉も瘦せているようにみえるが、その若葉の匂いや、岩地をぬいて伸びる草の、あざやかな若みどりの色は、そのまま生命の力と、根づよさを示しているように思えた。

——墓地を殆《ほと》んど登り詰めようとするところで、岡村七郎兵衛は左へ曲り、五十歩ほどいってから、右側にある檜の生垣《いけがき》へ、手を振ってみせた。

「私はここで待っています」

「待たなくともいい」と隼人が云った、「先に老人のところへいっていてくれ」

八

墓地は五百坪ばかりの広さで、四方を檜の生垣で囲んであった。岩屑《いわくず》を集めたものか、赭《あか》みを帯びたあら土が、ところどころ饅頭《まんじゅう》のように盛上げてある。それはまだ新しいのであろう、そのほかは盛上げた土も平たくなり、墓である標だけのように、長さ一尺、幅三寸ばかりの板が立っている。近よってよく見ると、その板の表面には、死者の俗名と、死んだ年月日が書いてあるだけで、法名のあるものは一つもなかった。

隼人は順に墓標を読んでいった。松造、何年何月何日。はる、何年何月何日。すが。

——こばな。——女名前のほうが多いようだし、古いものは字がうすれたり、まったく消えてしまったりして、判読もできないのがずいぶんあった。

隼人は中ほどに立停《たちどま》り、墓とはいえないその墓の群を眺《なが》めまわした。

「たとえ金石で組みあげた墓でも、時が経《た》てばやがては崩れ朽ちてしまう」彼は口の中で、墓のぬしに呼びかけるように、呟《つぶや》いた、「――死んでしまった貴方がたには、法名が付こうと付くまいと、供養《くよう》されようとされまいと、なんのかかわりもないだろう、そういうことはみな生きている者の慰めだ」

隼人は深く長い溜息《ためいき》をついた。彼はするどい苦痛を抑えるかのように、唇《くちびる》をひきしめ、眉《まゆ》をしかめた。赭くしらちゃけたあら土に、小さな標を立てただけの、それらの墓のぬしは「罪人」であった。その墓地の蕭殺《しょうさつ》たる眺めが、そんなにもするどく彼の心を撃ったのは、かれらが「罪人であった」という理由からであるかもしれない。罪を犯して捕われるような者は、たいてい気が弱く、めはしもきかず、孤独な人間のようである。隼人はいまその墓土の下から、かれらの嘆きの声が聞えてくるように思い、眼をつむってじっとうなだれていた。

まもなく「あの」と呼びかける者があった。眼をあいて振返ると、あやという娘が、墓地の端に立っていた。

「あの――」と娘は赤くなりながら云った、「正内さまが待って」

そう云いかけたが、突然、口を大きくあいて叫びながら、つぶてのように走って来て、隼人に躰当《たいあた》りをくれた。隼人は娘の軀を受けとめてよろめき、同時に、うしろから斜めに、空を切ってなにかが飛んで来、二十尺ほど向うの墓土に突き立つのを見た。糸がはしったようにみえたが、墓土に突き立ったのは矢であった。

「危ない」娘はけんめいに隼人を押しやった、「先生、危ない、権八です」

隼人は押されながら振返った。十五六間うしろの断崖の中腹に、人の姿がちらっと見えた。なにかをかぶった頭と、二の矢を持った右手が見えただけで、それは向うへとびおりでもするように、さっと岩蔭に消えてしまった。

「大丈夫だ、もう大丈夫だ」

あやは両手で隼人にしがみついたまま、歯の音がするほど激しくふるえていた。隼人は手を放そうとしたが、娘の手指は関節が硬《こわ》ばっていて、殆《ほと》んど一本ずつ指をひらかなければならなかった。

「さあゆこう」隼人は歩きだしながら訊いた、「いまのは本当に権八だったのか」

あやはまだふるえていた、「そうだと思います」

「はっきり見えたのか」

「いいえ」と娘はかぶりを振った、「弓を射ようとするところを見ただけです、でも、

──権八のほかにあんなことをする者はいないと思います」

隼人は墓土に突き立っている矢を抜き取り、それを持って、あやといっしょに正内老人の住居へいった。

老人は枸杞《くこ》の茶というのを淹《い》れ、もろこしの薄焼を作ってくれた。枸杞の茶というのはひなた臭く、隼人の口にはなじまなかったし、薄焼にも手を出す気にはなれなかった──あやが墓地であった事を話すと、炉端の向うで、岡村七郎兵衛が「どうです、云ったとおりでしょう」というような眼くばせをした。

「猟に使う矢ですね」老人は矢をしらべてみながら云った、「この村で作ったものです、それは慥《たし》かですが、権八がやったとは、ちょっと考えられませんな」

あれから二十余日も経っているし、この村へ戻ったようすはない。もし戻ったとすれば、少なくとも自分にだけはわかる筈《はず》である。また戻って来ないとすれば、この山の中で二十日以上も飢えずにいられるとは思えない、と老人は云った。

「それじゃあ」と娘が云った、「あのげんまだろうか」

老人はゆっくり首を振った、「げんまも頭六も乱暴者だが、御番頭《おばんがしら》を射殺するほど頓狂《とんきょう》でもないし、そうする仔細《しさい》もないだろう」

「いや、もういい」隼人は岡村がなにか云いかけるのを遮《さえぎ》った、「この話はよそう、そしてこれは四人だけのことにして、ほかの者にはもらさないように頼む」

　彼はそれを、あやには特に念を押し、老人と話すことがあるからと云って、彼女を家まで送るようにと岡村に命じた。もちろん座を外せという意味である。あやは辞退したが、七郎兵衛は渋い顔をして立ちあがった。――二人が去ったあと、隼人の話を聞いた正内老人は、弱よわしい太《と》息《いき》をついたまま、ながいこと黙っていた。答えが出ないというよりも、思いあぐねたというようすで、それからようやく、自分の湯呑に枸杞の茶を注いだ。

「これは容易なことでは防げません」と云って老人は咳《せき》ばらいをし、茶を啜《すす》った、「この私にも覚えのあることですが、禁をきびしくすることは、川の水をただ堰《せ》き止めるようなもので、水は必ず堰を突きやぶるでしょうし、却って事を悪くするばかりです」

「そうかもしれないが、このまま放っておくわけにもいかない」と隼人は云った、「むしろ私はこれをうまく利用して、この村の者に新しい生きかたを教えたらどうかと思うのだが」

　老人は息を深く吸いこんだ、「木戸のほうは押えられるでしょう、城下町に生れ、それぞれ躾けもされ学問もし、作法を守ることが身についている、だがここではまるで違うのです、それも単に躾けや学問のあるなしではありません、根はもっとずっと深いところにある、一つには血の近い者の結婚が続いたためか、白痴や不具者が多い、それらは云うまでもないし、健康な者でもとしごろになると衝動が抑えられなくなる、もともとここでは、衝動を抑えるという習慣がなかったのです」

「それならその習慣をつけるようにしよう」と隼人が云った、「――人間である限り学問や教養がなくとも、自分をよくしようという本能や、不倫な行為に対する自責、羞恥心《しゅうちしん》ぐらいある筈ではないか」

「貴方は忘れていらっしゃる」老人はまた太息をつき、ゆっくりと首を左右に振った、「ここは流人村です、百五十年ちかいあいだ、世間からまったく隔てられ、罪人であり罪人の血筋だという刻印を捺《お》されて、なんの希望もなく生きて来た者たちです、かれらの心に刻まれた刻印がいかに根深いか、そのためにしみついた絶望感がどんなに抜きがたいものか、おそらく、貴方には御想像もつくまいと思います」

隼人は黙って、炉から立ち昇る青白い煙を見まもっていた。

「私は、――」とやがて隼人が眼をあげた、「正内どのを頼みにして来たのだが」

「できる限りのお手助けは致します、それはこのまえにも申しました」と老人が云った、「しかし私はここを知りすぎていますし、自分で失敗した経験もあるので、非常に困難であるということを、よく承知しておいて頂きたいのです」

「失敗した経験というのは、どういうことだ」

「私はこの村の人間ではございません」

隼人は黙っていた。住民の人別に名がのっていなかった、ということを云おうとしたが、その必要はないと思ったのである。――だが、老人の話は隼人をおどろかせた。老人は同じ家中《かちゅう》の侍であり、四十年まえに藩籍をぬけて、この流人村の住民になった、ということであった。

「姓名は申上げられません、家は二百石ばかりの番頭格で、私はその三男でした」

二十二歳のとき、彼は木戸詰を命ぜられて来、流人村の事情をしらべた。そして、住民たちの悲惨なありさまに義憤を感じ、かれらを正しい生活にみちびこうと考えて、町奉行に訴状を送ったりした。――当時も木戸の番士と、部落の女たちとの関係は紊《みだ》れていた。女が妊娠すると、部落のうちで堕胎してしまう。方法はわからないが、おそらく原始的なものだろう、そのために女が死ぬことさえ稀《まれ》ではなかった。

「私は木戸の番頭に向って、規律をきびしくするように申入れ、また番士と女たちとの密会の邪魔をしました、番頭はとりあってくれず、いくら邪魔をしても、密会を防ぎきることはできませんでした」老人はそこで、もうさめてしまった茶を啜り、両手で湯呑《ゆのみ》を包むように持って続けた、「そうしているうちに、私自身があやまちを犯すことになったのです、――相手はこごさという、十六になる娘で、親はまさうちと申しました、それが姓であるか名であるかわかりません。その男の曾祖父《そうそふ》が流罪になったのだそうで、夫婦ともこの村の生れであり、こごさはその一人娘だったのです」

自分はその娘が好きになり、暇があると訪ねていって、読み書きを教えた。娘は十六歳とは思えないほど、軀つきも気持も幼く、自分の云うことをよくきいたし、熱心に稽古もするようにみえた。ところが六十日ほど経った或る夜、こごさが木戸へ忍んで来、柵《さく》の外へさそわれたうえ、極めて簡単に肌を触れあってしまった。

九

「私は自分にその気持がなかったとは申しません、柵の外までさそいだされたのですし、拒めば拒めたのですから」老人はそっと首を振った、「――私はこごさを思い違えていたのです、軀つきはもとより、気持もまだ幼いと思っていましたが、その夜こごさが私をさそう態度は、年増《としま》女のように巧みであり能動的でした、まだ女を知らなかった私は、殆んど夢中で、こごさのするままになっていたようなものでした」

取返しのつかないことをした。悔恨は二重であった。こごさにも済まないし、木戸の同僚たちにも顔向けができない、ここはいさぎよく責任をとるべきだ。そう決心をすると、番あけで城下へ帰るなり父に義絶してもらった。理由は云わず、ただ「家名を汚《けが》すような過失をしたから」自分はこのまま他国するつもりである。そう主張して親子の縁を切ってもらい、すぐに村へ引返して来た。——そうして、半ば無理じいにまさうちを承知させ、空《あ》いていた現在の家で、こごさと二人の生活を始めた。そのころはまだ送られて来る流人があり、食糧の配分にもゆとりがあったため、木戸の監視をのがれるほかには、さして困難なこともなく、他の住民たちとも馴染《なじ》むようになった。

「正確にいうと、それから四十一年になります」老人は指を折ってみて、頷《うなず》いた、「さよう、まる四十一年です」

　こごさに対して責任をとるというだけではなく、それを機会に、村の住民たちを立ち直らせよう、という計画を持っていた。第一に読み書き、ついで論語のわかりやすい講話、また孝子節婦の伝など、かれらの興を唆《そそ》るようにつとめて話した。だが、どんなにやってみても、一人としてついてくる者がなかった。反感をもつとか、ひねくれているとかいうのならまだいい。それならまた手段もあるが、かれらにはそれさえもなかった。幾世代も檻《おり》の中で生きて来たけもののように、食欲と性欲のほかは、あらゆることに興味を失っていた。御用林の仕事でも、山道の整備でも、監視され指図をされない限り、なに一つすすんでしようとはしないのである。

「私はそれを四十年も見てまいりました、もちろん、そのあいだずっと、かれらのために力を尽したとは云いません」老人は自分の右手をみつめた、「――正直に申せば、しんけんに、うちこんでやった期間は、前後十年くらいのものだったでしょう、それも、松の木に桃の実をならせようとするようなものだ、と思って投げだしたり、いや、万里の長城も人間の築いたものだ、とふるい立つといったようななぐあいでした」

　こごさが娘を産み、名をゆきとつけた。こごさの父親が死に、母親が死んだ。そのときから自分は正内と名のり、娘のゆきの教育に専念した。また一方では木戸にはたらきかけ、罪人でない者を解放し、領内で新しい生活ができるようにしてもらいたい、と繰り返し願い出た。木戸へ来る番頭の中に、一二同意する者があり、城下の役所と折衝のうえ、「希望する者があったら申出るように」というところまでこぎつけたこともあった。

「これはまえにいちど申上げましたな」老人は炉へ焚木《たきぎ》をくべた、「――村の者がどうしたかはあのとき申しました、里へおりようと云う者が一人もありません、尤《もっと》も、これも申上げたと思うのですが、男は十七八になるとたいてい山ぬけをしますから、村に残っているような者が動きたがらないのは、当然のことだったかもしれません」

娘のゆきは頭もかなりよく、健康に育っていった。読書欲もつよいし、手跡の筋もよかった。礼儀作法も武家なみにきびしく躾《しつ》けたが、よくのみこんでそれを守った。これはものになると思い、この娘だけでも人並に育てあげれば、そこから道がひらけるかもしれないと思った。——自分の眼に狂いはないと信じていたが、ゆきは十六歳の秋、堕胎の失敗で急死した。娘がいつそんなことをしたか、自分はまったく知らなかったし、四カ月という胎児を見るまでは信じられなかった。

「私は妻を問い詰めました、妻は知っていたのです」老人はまた自分の手をみつめ、暫く黙っていてから、静かに続けた、「——私は妻を折檻《せっかん》しました、ばかなことですが、殺してしまおうかとさえ思いました、こごさには折檻される意味がわからないようすでしたが、やがて私に云い返しました、ここはちくしょう谷だ、自分にも覚えがある筈だ、と」

正内老人は長い金火箸《かなひばし》で炉の火を直し、立ちあがっていって、湯呑の中の冷えた茶をあけると、その蔀窓《しとみまど》のところに立って、ながいこと外を見まもっていた。おそらく感情をしずめるためだったのだろう、やがて戻って来て坐り、炉に掛っている茶釜《ちゃがま》から、湯呑に茶を注いだ。すると、ひなた臭いような枸杞の香が、隼人のところまで匂《にお》って来た。

「貴方《あなた》の御思案に水をさすようなことを申上げたのは、こういう経験があるからです」と老人は微笑しながら云った、「それだからおやめなさいなどとは申しません、この部落をこんな状態のままにしておくことは、住民が哀れだというだけでなく、御領主の面目にもかかわることです、いつか、誰かが、しんじつ立ってこの仕事をやらなければならない、それには事実がどんなに困難であるか、ということに当面する勇気と、中途で挫《くじ》けない忍耐力が必要です」

「御妻女はいつごろ亡《な》くなられたのです」

「八年になりますかな、――あの墓地の、娘の側《そば》へ埋めてやりました、私もやがてそこへ埋めてもらうつもりです」

隼人は老人を見て云った、「あやというあの娘だけは、まだ稽古を続けていると云われましたね」

正内老人はじっと隼人の眼を見返した。

「諄《くど》いようですが」と老人は云った、「私の経験したことと、ここがちくしょう谷と呼ばれていることを、お忘れにならないで下さい」

隼人は二三のことを頼んで、まもなく老人に別れを告げた。

道へ出ると岡村七郎兵衛が待ってい、隼人は村を見廻ってから、木戸へ帰った。その途中で、七郎兵衛が「権八は戻っているらしい」と云った。あやを送っていったとき、あやの母親から聞いたのだそうで、唖者《おし》娘のいちが、ときどき夜なかになにか持って出てゆく、それが喰《た》べ物《もの》らしいので、たぶん権八のところへ届けるのだろう、ということであった。

「それはおかしい」と隼人が云った、「あの娘は誰とも知れぬ男の子をみごもって、権八に鞭《むち》で打たれたんだ、それが権八に喰べ物を届けるだろうか」

「幾たびも云うようですが、私は去年の七月から木戸にいます、その点では朝田さんより先輩ですからね」と岡村は気取って、思わせぶりな口調で云った、「ここでは、常識で考えられる以外のことなら、どんなことでもおこりかねませんよ」

「おれはいい先輩を持ったらしいな」

「ついでに云っておきましょう」と岡村が急にまじめな顔で云った、「――あやという娘に気をつけて下さい」

隼人は立停って彼に振向いた。

「なに、格別どうということはありません」岡村は肩をゆりあげ、こんどはとぼけたように云った、「ただあの娘が、たいそう貴方に御執心であり、これは相当に危険だということを」

「わかった」隼人は歩きだしながら遮《さえぎ》った、「それは正内老人からよく聞いたよ」

「私のほうが先輩だと云いませんでしたか」

「先に走りだした者が必ず先に着くときまってはいないようだ」と隼人が穏やかに答えた、「しかし、忠告はよく覚えておくよ」

岡村七郎兵衛は気取って一揖《いちゆう》した。

それから二日のち、四月二十日に、その年初めての「月便」を城下へ遣《や》った。宰領は小野大九郎、足軽五人と小者三人が規定の人数であった。朝四時に起きて、六時まで組み太刀の稽古《けいこ》を始めたが、木戸の者はぜんぶ稽古に出たし、どうやらこれは続くようであった。隼人はまた、夜の立番の規則をつくった。午後八時から夜明けまで、番士一人と足軽一人が組みになり、一刻《いっとき》交代で柵の中を見廻るのである。不審なことがあったら、直接「自分に知らせろ」と固く命じ、彼自身もときどき見廻りに出た。

正内老人に頼んでおいたものの一つ、村の現在の詳しい人別帳が届いた。それによると、家族の数は二十一、男二十三人、女三十二人で、役所の記録よりずっと少なかった。名前にも記録にはないものが多く、「ごんぜ」とか、いちの親の「ぶろう」とか、「せこじ」などというのがあり、また「あたま」「はら」「しり」という呼び名には、いつのころかわからないが、三人の男が一頭の鹿を射止めて三等分した。そのとき頭を取った男が「あたま」と呼ばれ、胴を取った者が「はら」、尾のほうを取った者が「しり」と呼ばれるようになった、と老人が注を加えてあった。ごんぜは「あたま」であり、せこじは「はら」であるが、「しり」の家は絶えているという。男は四十代の者が二人、五十歳以上の者が十一人、あとは小児が十人で、若者は一人もいない。女は男より十人も多いし、赤児から老婆までほぼ数が平均してい、娘と独身の女とが十三人もあった。

「白痴が男に二人、女に四人」と隼人は読んだ、「足萎《な》えが男に三人、女に一人、聾《ろう》唖《あ》者が女に三人、盲人が男に二人、――五十五人の中で不具者が十五人もいるとは、ひどいものだな」

人別帳を下に置いたとき、隼人の顔には深い疲労の色があらわれていた。

十

「月便」が木戸へ戻ったのは五日めの夕方であった。こちらから遣った人数のほかに、城下から荷を運ぶ小者が十五人来、これらは一夜だけ木戸へ泊って城下へ帰った。――隼人は小池帯刀に宛《あ》てて手紙を託したが、荷物の中には頼んでやった楽器、琴、篠笛《しのぶえ》、三味線《しゃみせん》、太鼓などがはいっていた。みんな稽古用の安価な品ではあるが、その荷を解いてひろげたとき、番士たちは不審そうに集まって来た。

「どうなさるんですか」乾藤吉郎といういちばん若い番士がたのしそうに訊《き》いた、「みんなで稽古をして合奏でもするんでしょうか、私はちょっとなら三味線が弾けますけれど」

「それはいい」と隼人が云った、「そのうち弾いてもらうとしよう」

「いつでもどうぞ」手を擦《す》り合さないばかりの調子で、乾は熱心に云った、「自分ではそれほどうまいとは思いませんけれど、新町では筋がいいって評判だったんです」

「ばかだな、こいつ」と松木久之助が低い声で云った、「新町がよいが祟《たた》って山へ来たんだろう、懲《こ》りないやつだよ、おまえは」

「みんなに頼みがある」と隼人が云った、「じつは村の者たちにこれを教えたいんだ、私はなにもできない、笛をちょっと習っただけで、それも歌口を湿《す》す程度なんだ、乾は三味線を弾くそうだし、ほかになにかやれる者があったら助けてもらいたいが、どうだろう」

「私が琴をちょっとやりました」と西沢半四郎が云った。

隼人は西沢を見た。西沢を見るときの、あのいつもの眼つきで、それから静かにその眼をそらせながら云った、「琴はきまった、——ほかに誰かいないか」

「私は太鼓も叩《たた》けます」と乾が答えた。

みんなが笑った。

「足軽の中に笛の上手な男がいます」と岡村七郎兵衛が云った、「磯部《いそべ》庄左衛門《しょうざえもん》といって、これは本式らしいですよ」

「では組頭に話しておこう」隼人は頷いて云った、「詳しいことは村の者と相談のうえできめるが、たぶん御用林の仕事が済んでからになると思う」

そのときは頼むと隼人は云った。

翌日、隼人は村へゆき、正内老人と会って話した。御用林の仕事に出る人数をきめ、それから取寄せた楽器のことを相談すると、老人は頷きながら、ここでもまた「いそがないほうがよい」と注意した。老人もずっと以前にためしたことがある、大須《おおす》才之助という番頭《ばんがしら》のときで、琴と一節切《ひとよぎり》を使った。一節切は老人がやり、琴は番頭が城下から盲芸人《めくら》を呼んでくれた。けれども村の者は暫《しばら》く聞くと飽きてしまい、習おうという者もなかったし、三十日も経《た》つと聞きに来る者さえなく、ついに失敗に終った、ということであった。

「音曲は人の品性を高め、また心をやわらげ、たのしませる徳があります」と老人は続けて云った、「しかしそれも、環境や生活に或る程度のゆとりがあってのことで、この村のように特殊な悪条件の中では、こちらによほどの忍耐と、年月をかける気組みがなければ、うまくゆくまいと思います」

「やれるところまでやってみましょう」と隼人は云った、「辛抱することにかけては、かなり自信のあるほうですから」

老人は隼人の眼を、なにやら意味をかよわせるようにみつめ、それから静かに会釈《えしゃく》した。隼人は当惑したように眼をそらした。

御用林の仕事は五月いっぱいかかった。

三百町歩余りある檜《ひのき》と杉のうち、杉は幕府に属するので「御用林」と呼ばれていた。毎年五月から九月まで、下生えの除去と、病虫害と、盗伐の有無をしらべるのが、木戸の役目の重要な一つであり、伐採にはべつに樵《きこり》が雇われるのであった。——このときの人数は、村から男十二人と女二十一人、十四五歳から五十六七歳まで、合わせて三十三人。木戸からは番士二人と足軽八人、小者二人が出、隼人も五日にいちどの割で見廻りにいった。——そこは大仏岳の南側にあり、断崖《きりぎし》の多い嶮路《けんろ》をゆかなければならない。特に「大崩れ」と呼ばれる崖道《がけみち》は岩質が脆《もろ》いとみえ、皿大《さらだい》に欠けた岩が、狭い道の上へ絶えず落ちて来る。これはたいてい道を越して、左側の断崖へ落ちてゆくが、ときには道の上へも崩れて来るため、そこを通りぬけるにはよほどの注意が必要であった。隼人のまえの番頭だった生田伝九郎が墜死したのは、その「大崩れ」から一段ばかりいったところで、道がもっとも狭くなり、大きく右へ曲っていた。そこから先を七曲りというそうだが、初めて隼人を案内した松木久之助は、道の端にひところ岩の欠けている場所を指さして、「そこです」と教えた。——隼人が見ると、道が断崖の上へ庇《ひさし》のように突き出ており、高さは六七十尺あるだろうか、下はごつごつした岩地で、その向うに御用林の一部が霞《かす》んで見えた。

「松木も供をしていたのか」

「私と小野大九郎、それに足軽三人がいっしょでした」と松木が答えた、「生田さんは先頭にいて、その角を曲ったと思うとすぐ、岩の崩れる音と生田さんの声が聞えたんです、凄《すご》いような声で、われわれはみな立竦《たちすく》んでしまいました」

「権八がやったという噂《うわさ》が出たそうだな」

「そんな噂がいまでもあります」

「しかしこんな狭いところでどうするというんだ」

「あの上から」と松木が眼をあげた、「あの崖の上から石を落すという手はあります」

隼人は用心ぶかく二歩進んで、振仰いだ。彼は片手をあげたが、上から小さな岩屑《いわくず》がばらばら落ちて来たので、それを除《よ》けるためにあげたとみえた瞬間、彼は「松木、危ないぞ」と叫びながら、自分の軀《からだ》をぴったりと崖の岩肌《いわはだ》へ貼《は》りつけた。殆《ほと》んど同時に、上から落ちて来た岩――それは一と抱えもありそうにみえた――が、彼の軀をかすめて道の端を叩き、岩角を打ち砕いて、断崖の下へ消えていった。断崖の下のほうで、岩の砕ける音がこだまして聞え、その音が聞えなくなるまで、隼人は崖に身を押しつけたまま動かなかった。

「松木――」とやがて隼人が呼びかけた、「けがはないか、大丈夫か」

「私は大丈夫です」

「いいと云うまでそこを動くな」

隼人は顔だけそろそろと振向けた。十二三尺うしろで、松木も崖へぴったりとかじりつき、恐怖の眼でこっちを見ていた。

――権八に限らず、村の住民はみんな木戸の者を憎んでいる。

――囚人が牢守《ろうもり》を憎むのは当然のことだ。

いつか岡村七郎兵衛の云った言葉が、隼人の耳にはっきりとよみがえってきた。

「いや」隼人は喉《のど》で云いながら首を振った、「そうとは限らない、そうとは限らない」

彼は極めて慎重に、仰向いて崖の上を見ながら、崖に貼りついたままで、静かに左へと、横向きに軀を移していった。朝田さん大丈夫ですか、と松木が叫んだ。大丈夫だ、おまえはまだ動くな、と隼人が叫び返した——三十尺ほど移動すると次の曲り角になり、そこから振返ると、いまの道を見渡すことができる。隼人は頭上に気をくばりながら、眼をそばめてそこを眺《なが》めやった。道から約二十尺ほど高い崖の一部に深い裂けめがあり、ちょうど凹《おう》の字のような形をしていて、人間ひとりなら楽にはいれるほどの幅があった。

「よし」隼人は松木に向って手を振った、「もう大丈夫だ」

松木久之助がこっちへ来るあいだ、隼人はその裂けめを見まもっていたが、人の姿はもちろん、物の動くけはいも認められなかった。松木は昂奮《こうふん》していた。自分の推測したことがそんなにもすばやく、眼の前で実証されたことに吃驚《びっくり》もし、また自慢でもあったらしい。だが隼人は固く口止めをした。

「少し考えることがあるから、いまの出来事は黙っていてくれ」と隼人は云った、「誰にも話してはいけない、わかったな」

松木久之助は黙っていると誓った。

「あの崖の上はどこへ通じているのか」

「大仏岳の尾根続きです」と松木が答えた、「如来《にょらい》ノ峰《みね》のちょっと手前を、左へ曲って来るとあの上へ出るんです、この道よりも半分くらい近いんですが、尾根ですから風も強いし、雪になると歩けないので、御用林の道はこっちへ作ったのだそうです」

隼人は暫く歩いてから云った、「こんな話をしたことも黙っていてくれ」

御用林の見廻りを済ませて、木戸へ帰って来た隼人を見ると、岡村七郎兵衛が門のところに立っていて、いま権八を追っている、と告げた。

「貴方がおでかけになるとまもなく、小者の三造と西沢がみかけたそうです」と岡村は云った、「道の向うの岩蔭《いわかげ》から覗《のぞ》いていたんだそうで、すぐ二た手に別れて追って出ました、まだ帰って来ませんが、なにか変ったことはありませんでしたか」

松木久之助が「では」と云いかけ、隼人を見て口をつぐんだ。隼人はなにもなかったというふうに首を振った。

「権八だということは慥《たし》かなのか」

「さあ、――」岡村は肩をゆりあげた、「見たのは西沢と小者ですから、私はなにも知りません」

隼人は無表情に役所のほうへ去った。

追手に出たのは西沢半四郎と小者三人である。小野大九郎と乾藤吉郎は、十人の足軽たちと当番で御用林にいた。それで、木戸を無人にすることはできないので、岡村七郎兵衛だけが残ったのであった。——追手の四人はまもなく帰って来たが、そんなにながら追いをしながら、権八を捉《つか》まえることもできなかったし、どっちへ逃げたかもわからずじまいだった。西沢半四郎は詳しい報告をしようとしたが、隼人はその必要はないと首を振り、今後は許しのない限り木戸をあけてはならない、と云った。

十一

梅雨にはいってから、組み太刀の稽古は休んだが、御用林の仕事は続けていたし、夜の立番もゆるめなかった。雨の夜はいいだろうと云う者もあったが、その雨がかなり強く降る夜半に、柵《さく》の外で梟《ふくろう》の鳴き声がした。足軽二人が出ていってみると、頭から蓑《みの》をかぶった女が三人、柵にしがみついていて、「入れておくれ」と呼びかけた。——隼人はそれを見たのである。彼も梟の鳴き声を聞いたので、合羽《かっぱ》をかぶってそっと戸外へ出、柵に沿って廻ってゆくと、女たちが足軽とやりあっているのをみつけた。女たちは思いきって卑猥《ひわい》なことを叫び、「入れてくれ」と、殆んど泣き声をあげて哀願していた。冬のあいだずっとがまんし続けたから、軀の内部でけものが暴れている、骨も身も焼かれるようだ、というような意味のことを訴え、一人は下半身をあらわにして、露骨な、あらあらしい動作をし始めた。

「よせ」隼人はこっちからどなった、「なにを見ているんだ、追い返せ」

二人の足軽はとびあがりそうになり、慌《あわ》てて女たちを追いのけようとした。女たちは動くけしきもなく、下半身を剝《む》きだしにした一人は、地面へ膝《ひざ》を突くと、両手で髪の毛をつかみながら、礼拝でもするかのように、続けさまにがくんがくんと大きくおじぎをし、その動作につれて咆《ほ》えた。それは人間の叫びや悲鳴とはまったく違って、野獣の咆哮《ほうこう》そのもののように聞えた。

「もういい」隼人は足軽に向って云った、「その提灯《ちょうちん》をこっちへよこして、おまえたちは長屋へ戻れ」

足軽の一人が近よって来、雨用の笠《かさ》のある提灯を渡し、二人とも長屋のほうへ去っていった。かれらは口もきかず、隼人の顔も見なかった。ぶすっとして去ってゆく二人の姿には、不満と怒りがあらわれているようであった。

——むずかしいものだな。

隼人はかれらを見送りながら太息《といき》をつき、それから女たちのほうへ歩みよった。

「こんなことをしてはいけないと禁じてある筈《はず》だ」と隼人は静かに云った、「三人ともうちへ帰れ、もう木戸の者は決して出て来はしない、雨の中でまごまごしていると風邪をひくぞ」

膝を突いた女は、同じ動作を繰り返しながら、けもののように吼えてい、他の二人は隼人に挑《いど》みかかった。声をひそめるかと思うと喚《わめ》き、笑い声が泣き声になり、耳を掩《おお》いたくなるほどあけすけなことを、身ぶり手まねで誇張しながら、飽きるようすもなく叫び続けた。——隼人は圧倒された。それはもう色情などというものではない、もっと根本的で、はかりがたく強大な、そして超自然ななにかの力がはたらいているようだ。卑猥を極めた言葉や、身ぶりや声の抑揚は、彼女たちがそうしようと思ってしているのではなく、なにかの力に支配されて、自分では意識せずにやっているようにさえ感じられた。

——これが防ぎきれるだろうか。

隼人は自分に問いかけた。

——防ぐことが理にかなうだろうか。

女たちは叫び、哀訴し、咆哮し、笑い、また喚き続け、隼人は頭を垂れて立っていた。するとやがて、正内老人の声が聞えた。眼をあげると、蓑を着、笠をかぶった老人が、柵の向うに立っていた。

「貴方《あなた》は明日のお役があります」と老人は云った、「この女たちは私がみておりますから、どうぞいっておやすみ下さい」

やすんで下さい」

「いや、御老躰《ごろうたい》ではむりです」

「私のほうが扱い馴《な》れております、いいときをみて伴《つ》れ戻りますから、貴方はどうか

隼人はちょっと考えてから、「ではこの提灯を貸しましょう」と云ったが、老人はそれも要らないと手を振った。正内老人が来るとすぐ、女たちも静かになったので、隼人はあとのことを老人に頼み、自分の部屋へ帰った。——彼は夜具の中へはいっても、なかなか眠ることができなかった。女たちが示した嬌態《きょうたい》や叫び声の強烈な印象が、眼にも耳にもなまなましく灼《や》きついていて、それが神経をかき乱し、血をわきたたせた。そのうえ雨の音にまじって、戸外から女たちの声が聞えて来、とだえたかと思うとまた聞えて来る。現実のものかそら耳か、雨の音が邪魔ではっきり区別はつかなかったが、隼人が眠りつくまで、その声は断続して聞えていたようであった。

そういうことがあったため、雨の夜でも立番は欠かさなかったが、女たちがあらわれるときには、あとから必ず正内老人も来た。老人は立番の者を去らせ、女たちが騒ぎ疲れるのを待って、なだめすかしながら伴れ戻る。中にはひどく暴れ狂い、夜の明けるまで柵にしがみついているような者もあるが、老人は辛抱づよく、なにも云わずに側《そば》で見ている。そして、女がすっかり精をきらせて、声をあげることもできなくな

るまで、待っているのであった。

「どんなに威《おど》しても、力ずくでもだめです」とのちに老人は云った、「――ああして暴れたり、喚き叫んだりしているうちに、女たちの血もしずまるのでしょう、二た晩か三晩も続ければ、それで次のめぐりまでおさまっているようです」

これは女たちの、生理的な波に強く支配されるらしい。またその波は互いに共鳴することが多く、騒ぎだすときには幾人かが同時にそういう状態になり、しずまるときも同時にしずまるようである、と老人は云った。――尤《もつと》も御用林の仕事があり、昼の労働で疲れることも、女たちにとって一つのはけ口になっているであろう。御用林のほうが終ったら、なにかまた考えなければなるまい、と老人が云い、隼人もそのとおりだと思った。

女たちのこういう騒ぎが、木戸の者に刺戟《しげき》を与えたことは云うまでもない。木戸の中でも御用林でも、急に乱暴なことをするとか、激しい口論や喧嘩《けんか》がしばしば起こった。いちどは小野大九郎と乾藤吉郎が決闘しようと云いだし、岡村七郎兵衛が立会い人に頼まれた。岡村は困って隼人のところへ告げに来、隼人がいって「決闘は許さぬ」と叱《しか》った。二人は承知しなかった。立会い人のある決闘は昔から許されている。番頭にそれを禁ずる権限はない、と主張した。

「おれにはその権限がある」と隼人は云った、「城下なら知らぬこと、木戸ではおれの支配に従わなければならない、いったい喧嘩の原因はなんだ」

二人は答えなかった。

「云えないのか」と隼人が追求した、「云えないようなことで命の遣《や》り取りをしようというのか」

乾藤吉郎の顔が赤くなった。大九郎が私のことを、と乾は俯《うつむ》いたまま云った。三味線や太鼓はうまいかもしれないが、剣術はなっていないと云った、というのである。

隼人は小野大九郎を見た。

「いや違います」と小野が云った、「三味線や太鼓ほど剣術がうまければ、というのは侍だましいがあればということですが、――そうすれば木戸詰になどされずに済んだろう、と云ったのです」

「それはおかしい」隼人の眼にいつものやさしい色がうかんだ、「小野自身も木戸詰になっているんじゃあないか、それとも小野は、侍だましいで木戸詰になったのか」

こんどは小野大九郎が赤くなった。

「ここでは決闘は許さない」と隼人は代る代る二人を見ながら云った、「しかし刀を使わず、素手で殴りあいをするだけなら、事情によっては許してもいい、この場合は許してやろう、やるなら存分にやれ」

二人は顔を見合せた。

「よそう」と小野が云った、「おれが悪かった、あやまる」

「あやまってもらうほどのことでもないさ」と乾が応じた、「おれも云いすぎたよ」

こういうことは、女たちの騒ぎのあとでよく起こったが、決闘などということはその一度だけであった。

御用林の仕事が終りかけていた或る日、――見廻りにいった朝田隼人は、檜林の中であやに捉まった。雨は三日まえからあがったままで、林の中の水をたっぷり吸った土には、木洩《こも》れ陽《び》が斑点《はんてん》になってゆらぎ、檜の若葉が咽《む》せるほどつよく、しかし爽《さわ》やかに匂《にお》っていた。――隼人はひとりで、朽葉を踏みながら林の端までいった。どこかで老鶯《ろうおう》が鳴き、筒鳥の声が甲高く谷にこだまして聞えた。林の外は勾配《こうばい》の急な斜面が谷底まで続き、杉の若木や雑木林が茂っていて、谷底のほうから、大仏川へ落ちる渓《けい》流《りゅう》の音が聞えて来た。芽ぶいてまのない雑木林は、ごく薄い紫色に霞んでみえ、その中にところどころ若木の杉が、白っぽい若みどりの秀《ほ》をぬいていた。隼人は檜の匂いに包まれながら、遠い渓流の音をぼんやりと聞いている。すると、突然うしろから人に抱きつかれた。

――三度めだ。

隼人は息が止るように思った。岩蔭から射かけられた狙矢《ねらいや》、頭上へ襲いかかった岩、そしてこんどはと思ったのは光りの閃《ひらめ》くような一瞬のことであった。うしろから抱きついた手は柔らかく、小さく、そしてくくと鳩《はと》の鳴くような含み笑いの声が聞えた。

「なんだ」彼は肩の力をぬきながら云った、「あやだな」

それはあやであった。彼女は喉で含み笑いをしながら、うしろからぴったり押しつけた躯で、彼をぐいぐいと押した。

「よせ、どうするんだ」

「朝田先生にいい物を見せてあげる」あやは熱っぽい口ぶりで云った、「向うの林の中にあるの、すぐそこよ」

隼人は娘の躯の柔軟で固いまるみを、じかに背中に感じた。その柔らかで固いまるみの当るところが、火を当てられたように熱くなった。彼はその感覚をうち消そうとして、頭をつよく振りながら、押されるままに斜面をおりていった。あやは含み笑いを続けてい、雑木林の中にはいると立停《たちどま》った。そこは空気が陽にあたためられた湯のように温かく、萌《も》え出た草の芽と若葉の香が、むっとするほど刺戟的に匂っていた。

あやは隼人を放し、彼の前へまわって出ると、ここよ、と云いながらこっち向きに蹈《かが》み、草の中を掻《か》きさぐった。――少ししゃくれぎみの子供っぽいまる顔が赤く上気してい、富士型の白い額に五六筋、短い髪の毛が汗で貼り付いている。隼人は「なにがあるんだ」と訊《き》いた。あやはくっと顔をあげた。唇《くちびる》と眼が笑いかけた。ほんの少し薄桃色の歯茎の覗く小さな並びのよい歯と、それを縁取る赤い湿った唇と、そしてうわめづかいに見あげた眸《ひとみ》子の、きらきらするような光りとは、隼人を強くとらえ、手繰りよせるように思えた。

「これ、――」とあやは云った。

云いながらあやは、そこへ腰をおろし、両膝を立てると、それを左右へ開いた。継ぎの当った、丈の短い黒っぽい袷《あわせ》の裾《すそ》が割れ、眼に痛いほど白くふくよかな内腿《うちもも》と下腹部とが、むきだしになった。隼人はとっさに眼をそらしたので、ふくよかな内腿と下腹部との、張り切った白さだけしか見なかったけれども、あやの動作の思いがけなさと、殆んど作為の感じられない大胆さとに、怒りや、羞恥《しゅうち》よりも、むしろ激しい敗北感におそわれた。

「先生、見て、――」とあやが云った、「あたしきれいでしょ」

隼人には云うべき言葉が思いうかばなかった。彼は眼をそむけたまま、檜林のほうへ歩きだした。先生、とあやが呼んだ。隼人は答えずに斜面を登ってゆき、あやが追いかけて来た。あやは隼人の袖《そで》を摑《つか》んで引止め、彼の前に立ち塞《ふさ》がった。「あたしが嫌《きら》いなの、先生」あやの眼が火がついたようにぎらぎらしていた、「あたし先生が好きなのに、先生はあたしを嫌いなの」

「その話はあとでしよう」

「あたしを抱いてよ」あやは挑みかかるように云った、「ねえ、あたしを抱いて、先生、そうすればいいことを教えてあげるわ」

「娘がいまのようなことをするものじゃあない」云いかけて隼人は口をつぐみ、ゆっくりと首を振った、「この話は村へ帰ってからにしよう」

「嘘《うそ》じゃない、本当にいいことよ」とあやはなお云った、「あたしのほかには誰も知らないし、先生には大事なことなの、嘘じゃない、本当に大事なことなのよ」

「そんならいま云ってごらん」

「あそこで」あやは嬌《なま》めかしい表情で、いま出て来た雑木林のほうへ眼をやった、「あそこであたしを抱いて、可愛《かわい》がってくれたら云うわ」

隼人はあやを除《よ》けて歩きだした。

「先生」とあやは追って来た、「聞きたくないの、聞かなくってもいいの」

隼人は黙って斜面を登り、檜林の中へはいった。正内老人がこごさの話をしたときのことを、彼は苦々しく思いだした。あやだけはまだ、老人のところへ稽古《けいこ》にかよって来る、見た感じも乙女らしくすがすがしい。この娘ならうまく育てられるのではないか、そういう意味で老人の考えをさぐってみた。すると老人は云った。

——諄《くど》いようだが、ここがちくしょう谷と呼ばれていることを忘れないで下さい。

隼人はそそり立つ断崖《きりぎし》の前に立って、それを登る手段がないことをつきとめたときのように、自分のみじめな無力さをつくづくと感じるのであった。先生、待って、と呼びかけながら、あやはまた追いついて来た。隼人は耳もかさずに歩き続けた。

「云うわ、先生」あやは息をきらせながら、追いついて隼人の袖を摑んだ、「先生があたしのこと嫌いでも、あたしは先生が好きだから云うわ」

隼人は立停ってあやを見た、「私はおまえが嫌いではない、おまえはきれいだし温和《おとな》しい賢い娘だ、しかし、いまのようなことをするあやは嫌いだ」

「あたしのことを嫌いじゃないの」

「いつものあやは嫌いではない」

「それなら、抱いて可愛がってもらうことがどうしていけないの、誰だってそうしているのに、先生だけどうしてそんなにいやがるの、なぜなの」

十二

隼人はあやの眼をみつめた、「大事な話というのはそのことか」

あやは唇を嚙《か》んで黙った。隼人は歩きだそうとした。あやは走って彼の前へまわり、大きな眼で彼を見あげた。

「おしつんぼのいちが」とあやは云った、「夜なかに権八のところへ喰《た》べ物《もの》を届けるって、このまえ云ったこと覚えてるでしょ」

「覚えている」と隼人は頷《うなず》いた。

「あれは間違ってたんです、届けるのは権八のところじゃなく、べつの人なんです」

隼人は黙っていた。

「本当のこと云うんですからちゃんと聞いて下さい、あたしこのあいだの晩、いちのあとを跟《つ》けていったんです」とあやはしんけんな顔つきで続けた、「――このまえ貴方《あなた》に矢を射かけた者があるでしょう、あの右のところに上へ登れる段々があるのです、いちはそこを登っていきました、いちは耳が聞えないからいいけれど、権八に聞きつけられたら危ないでしょ、だからあたし用心して、はだしになって跟けてったんです」

段々を登りきったところは崖の中腹で、道があるわけではないが、岩が棚《たな》のように横へ延びている。それを右へ伝ってゆけば、村の入口の標石の脇《わき》へ出られる。左は岩のゆき止りで、いつか何者かが隼人を覘《ねら》ったのは、その岩蔭《いわかげ》からであった。

「いちが棚岩へ登ってから、ちょっとまをおいてあたしも登りました」とあやは云った、「するとすぐそこにいちがいたので、もうちょっとでぶっつかりそうになり、あたしはぞっとしながら岩にかじりつきました、――いちの向うに人がいて、いちが鼻声をだしながら、なにか手まねで話しているようです、気づかれなかった、ああよかったと、あたしは暫《しば》らく息をころしていました、それからもう大丈夫だと思ったので、そろそろと岩角から覗《のぞ》いて見ると、いちの向うにその人が、こっちを向いていたんです」

「そんな夜なかによくわかったな」

「十七日の晩は月が出ていました」

「顔も見えたのか」

「木戸の人でした」とあやが云った、「黒い頭巾《ずきん》をかぶっていたので、顔の半分は隠れてましたが間違いありません、木戸の西沢半」

隼人がとびかかり、片手であやの頭を押え、片手で口をぴったり塞いだ。

「云うな」と隼人はあやの口を塞いだまま云った、「その名を云うな」

よほど驚いたのだろう、あやは軀を固くし、眼だけ横に動かして隼人を見た。

「二度とその名を口にしてはいけない」と隼人は繰り返した、「この場限りだ、いいか、誰にも云ってはいけないぞ」

頭を押えられたままで、あやは二度こっくりをし、隼人は手を放した。あやは口をぽかんとあけ、もの問いたげな眼で、じっと隼人の顔を見た。

「でもその人――」とあやがおそるおそる云った、「いちの腹の子の親ですけれど」

隼人は唇をひきむすんだ。

「いちは」と彼は重い物でもひきずるように訊いた、「子をおろさなかったのか」

「産むと云ってきかないんですって、それにもう帯もとっくに済んでますから」

あの悪七兵衛が肩をゆりあげるのはこんな気持のときなんだな、隼人は自分をなだめるようにそう思った。

「とにかくその人間の名は口にしないでくれ」と彼は眼をそむけながら云った、「さあ、仕事にかからないと咎《とが》められるぞ」

あやは「はい」と答えた。いつものあやらしい、すなおな声であった。

隼人はあやの話を聞いてから、気分がかなり軽くなった。矢を射かけたのが権八らしいということは、正内老人も否定していたが、べつの意味でも、いちは権八の手であんなにひどく鞭打《むちう》たれた。その権八に対して、ひそかに食物をはこぶということは、どうもしんじつらしく思えなかった。

やっぱりそうだったのか。

あの男がいちを巧みに使って、権八が生きているようにみせかけたのだ。木戸の近くで権八を見かけたと云って、追手をかけたのもあの男だ。七曲りの上へ出る距離は、崖《がけ》の道より半分がた近いという。あの男は先廻りをして待伏せ、上から岩を押したのだ。そうするために「権八を見かけた」という口実を設けて木戸を出たのだ。

——そうときまれば気は楽だ。

権八でないとわかれば、一人に対して用心すればいい。権八もまたあらわれるかもしれないが、この隼人だけを覘う理由はないだろう。慥《たし》かな相手はあの男ひとりだ、と隼人は思った。

御用林の仕事が終り、六月になった。

組み太刀の稽古は、当番仕事のある者をべつとして、午後にもやることになり、これは岡村七郎兵衛に任せた。隼人は楽器類を正内老人の住居へ持ってゆき、今後のことについて相談をかさねた。老人はまえから、村に耕地を作ることを考えていた。高冷地だから米は作れないが、土を運びこむことができれば、粟《あわ》、もろこし、蕎麦《そば》、黍《きび》などは作れる、麦も作れるかもしれない。量はどちらでもよいが、「耕作」という習慣をつけさせたい、というのである。隼人はもちろん同意し、土を運ぶには木戸の者も助力しようと云った。

「ごらんになっているでしょうが」と老人は熱心に云った、「村の台地は石で組みあげてあります、地形は東南東に向いていますから、石が陽に暖められるとその熱が土にこもって、作物を育てるのに好都合だと思います」

現に自分は小麦と黍を一段ほど作っている。そこは陽当りもよし岩質が脆《もろ》いので、入れ土をするのも楽であったが、台地の三段めと五段めは似たような地質だから、まずそこへ土入れをしてみてもよいだろう、と老人は云うのであった。

「問題は土ですね」

「それです」老人は頷いた、「私は四ツ沢から、——四ツ沢というのは、こちらから数えて三つめの桟道《さんどう》を、左へ登ったところで、肥えたいい土がありますが、俵にして背負って、さよう、百日ばかり運びましたかな、それでやっと一畝《うね》ばかりの畑が出来ました」

「もう少し近くにはありませんか」

「領境の向うならあります」老人は金火箸《かなひばし》で灰に図を描いた、「この如来ノ峰から二十町ばかりおりると、山火事で焼けたまま、草だけの荒地になっているところがあります、そこなら近くもあり道もよいので、ずっと楽に運べますが、隣藩の土地ですから、なかなかむずかしいと思います」

「なんとか手を打ってみよう」と隼人は云った、「とにかく、このまえ話したように遊ばせておいてはよくない、力仕事をすることで、女たちの精力のはけ口にし、また働く習慣も身につくようにしよう」

隣藩とは城下から交渉させるが、それまで四ツ沢の土を運んではどうか、と隼人が云い、老人もそれがよかろうと頷いた。音曲のほうは木戸の者が来て演奏し、当分のあいだはただ聞かせるだけにする。かれらのほうからすすんで習いたいと云いだすまで、こちらからは決してすすめない、ということにきまった。――五日に一度、夕食後から一刻半、正内老人の住居で、三味線《しゃみせん》は乾藤吉郎、琴は西沢半四郎、笛は足軽の磯部庄左衛門、太鼓も足軽の岸田久内、以上の四人が演奏に当った。それと同時に、村の男女のうち、足腰の丈夫な者を十人と、足軽五人を一と組にし、これを二た組作って、交代で四ツ沢から土運びをさせた。

隼人は六月の「月便」で、また小池帯刀へ手紙をやった。すると十日ほど経って、帯刀が自分で木戸まで登って来た。隣藩との交渉はうまくゆくだろう、同じ譜代大名であるし、こっちには幕府御用の杉林があることだから、と帯刀は云った。しかし、人の肩で運ぶくらいの土で、本当に耕地が出来るのか、という質問から、隼人は正内老人と相談したことを詳しく語った。帯刀には興味がないのか、聞くだけは黙って聞いていたが、隼人の話が終ると、顔をしかめながら首を振った。

「おれにはわからない」と帯刀は云った、「隼人の口ぶりは、まるでその事に一生を賭《か》けているように聞えるぞ」

「そんな力んだことは考えていないよ」

「だろうな」帯刀は当然だというふうに云った、「こんな山の中の、六十人にも足りない人間たちのために、朝田隼人ともある者が一生を投げだすことはない、ひととおりやって気が済んだら山をおりるんだな」

「それを云うためにわざわざ来たのか」

「いや、用があって来たんだが、それはあとのことにしよう」帯刀は旅嚢《りょのう》の中から手紙を取り出した、「きいから預かって来た、小一郎の手紙もあるそうだ」

隼人はそれを受取って、封を披《ひら》いた。

あによめの手紙は簡単な時候みまいで、この十七日は亡き良人《おっと》の一周忌に当るが、お咎めを受けている身の上だから、法要もごく簡略にするつもりである、ということが付け加えてあった。小一郎のは仮名書きであったが、墨をたっぷり含ませた筆で勝手に書いたらしく、字と字がくっついて紙面がまっ黒になってい、殆《ほと》んど判読することさえできなかった。

「読みかたはおれが教わって来た」と帯刀が側から云った、「こう読むんだ、――叔父さんは山の中で淋《さび》しくないか、小一郎は昨日は晒《さら》し飴《あめ》を五つと饅頭《まんじゅう》を三つと、そのあとに、えーと、というのがはいるんだ、それから煎餅《せんべい》を七枚と芋の田楽《でんがく》を喰べました、もし山の中にも飴や饅頭があるなら、小一郎も叔父さんのところへゆきます、今日は饅頭を三つと、――五つかな、晒し飴を十と、ええばかばかしい」

帯刀は片手を振りあげた、「まあそういった文面だそうだ、ぜひおれにこう読めと云うもんだから読んだまでだが、われながらばかなはなしだ」

「それほどでもないさ」隼人は微笑した、「おかげでよくわかったよ」

帯刀は眼を怒らせて隼人を睨《にら》んだ。

木戸では酒は禁じられていた。帯刀は大きなふくべに酒を入れて持って来、夕食のとき隼人にもすすめたが、隼人は禁を盾に拒んだ。六月十四日といえば真夏であるのに、日が昏《く》れると気温がさがって、火のない隼人の部屋は、かなり寒さが強く感じられるようであった。帯刀はふくべから湯呑《ゆのみ》へ、冷のまま酒を注《つ》いで飲みながら、初めのうちは胴ぶるいをしていた。炉の間なら暖かいのだが、帯刀が酒を飲んでいるので、隼人は席を移そうとは云わなかった。塩引の鮭《さけ》を焼いたのと、山蕗《やまぶき》の煮浸し、木の芽味噌《みそ》という肴《さかな》も、帯刀にはまったく気にいらないらしく、「いつもこんな物を喰べているのか」と三度も繰り返し訊き、食事は塩からい鮭の茶漬《ちゃづけ》で済ませた。

「酔が出ないようだな」茶を注ぎながら隼人が云った、「炉の間へゆくと火があるぞ」

「いや、ここでいい」帯刀は爪楊枝《つまようじ》を使いながら云った、「片づけさせてくれ、話があるんだ」

隼人は鈴を振って、当番を呼んだ。食膳《しょくぜん》が片づくと、帯刀は少し酔が出たらしく、赤らんだ顔で茶を啜《すす》りながら、西沢はどうしているかと訊いた。べつにどういうこともない、無事にやっているがなぜだ、と隼人が問い返した。帯刀はそれには答えず、根岸伊平次を知っているな、と訊き直した。

「知っている、道場で稽古をつけていた」

「なにか話を聞かなかったか」

隼人は黙って帯刀の顔を見まもった。

「朝田さんの傷の一つが、背中から突き刺されたものだ、ということを話したそうだが、覚えはないか」

「それは済んだことだろう」

「いや、新しい事実があるんだ」と帯刀は云った、「根岸から聞いてしらべてみたんだが、勘定方《かんじょうがた》から五百両引出したのは朝田さんではないらしい、朝田さんの印判が使ってあるが、その印判も偽造のようだ」

「なんのためにそんなことをしらべたんだ」

「なんのためだって」帯刀はむっとしたように隼人を見た、「朝田さんの罪が無実であり、はたしあいにも不審があるとすれば、しらべてみるのが当然じゃあないか」

「それはもう済んだことだ、――小池自身がそう云った筈《はず》だぞ」

「そう云ったのは事実がわからなかったからだ」

隼人は静かに立ちあがって戸納《とだな》をあけ、手文庫の中から一通の封書を取り出すと、戻って来て帯刀に渡した。

「おれが江戸で受取った兄の手紙だ」と隼人は云った、「日付は十二日、はたしあいをする五日まえに出したものだ、読んでくれ」

帯刀は手紙を披いた。

文面はおよそ次のようなものであった。――勘定方の出納《すいとう》会計から、自分の印判で五百両ちかい金が、不正に引出されているのを発見した。できごころではなく計画的なもので、帳簿の操作も極めて巧みにやってある。誰のしごとかということは、そのやりかたですぐにわかったから、ひそかに呼んで、二人だけで話してみた。その男は自分のしたことだと認め、悪い商人に騙《だま》されて米の売買に手を出したが、八月末までには始末をつけると云った。おそらくそのつもりだろうが、商人の名はどうしても云わないし、五百両という多額な金の調達はむずかしいと思う。彼は事務にもすぐれた能力を持っているし、平生はあまり口もきかない小心な人間で、親しい友人もないようだ。結婚して二年めになる妻と、生れてまのない子供がいる。人間はどれほど潔白にみえても、生涯《しょうがい》に一度や二度はあやまちを犯すものだ、自分にも覚えがある、隼人にもあるだろう。多くの場合は自分の心に傷が残るだけで、身の破滅をまねくような例は極めて少ない。しかしこの男の立場は非常に困難だ。彼の上司だから、自分にもむろん責任がある。自分は責任をとるけれども、その男の将来を考えるとまったく心が昏《くら》くなる。金は多額だが、返済の方法がないわけではない、問題はどうしたらその男を破滅させずに済むかということだ。これはまだ誰にも話していない、おまえだけに云うのだからそのつもりでいてくれ。どういうわけでおまえだけに伝えたかということはわかってくれると思う。――大体こういう意味のことが書いてあった。

帯刀は読み終った手紙を、膝の上にひろげたまま、眼をみひらいて隼人を見た。

「終りの文句はおれにもわからなかった」と隼人が云った、「おれにだけうちあけるという理由はなんだろう、考えてみたが見当がつかない、そのまま忘れていると、兄がはたしあいをして死んだ、という知らせを受取った、それから帰藩の沙汰《さた》があって、国許《くにもと》へ帰る途中ふと思いだした、――丹後さま騒動のとき、おれは同志三人と相談して江戸家老を斬《き》ろうと計り、家を出奔しようとしたところを兄に捉《つか》まった」

そのとき自分は十七歳、剣術には自信があったし、向う見ずな乱暴者で、藩家のために一命をなげうつという壮烈な意気に酔っていた。兄は知っていたらしい、自分を捉まえると意見をしたが、自分は断じてやると主張した。すると兄は力ずくでも止めると云い、組み打ちになった。年も六つ違うが、兄は意外なほど腕力が強く、自分はたちまち組み伏せられてしまった。

十三

隼人はそこで言葉を切り、そのときのことを回想するように、暫く眼をつむって沈黙した。

「おれを組み敷いておいて、兄はこう云った」とやがて隼人は続けた、「江戸家老を斬っても丹後さまがいる以上なんの役にも立つまい、丹後信温さまは殿の叔父に当るから、これに刃《やいば》を向けることはできないだろう、――丹後さま一味が本当に悪事をおこなっているのなら、それがあらわれずにいるということは決してない、世の中のことはながい眼で見ろ、たいていのことは善悪の配分が正しくおこなわれるものだ」

帯刀は手紙を巻きながら、「朝田さんの意見はわかった」と頷《うなず》き、ついで肚立《はらだ》たしげに云った、「だがこの手紙を読んでいるのに、なぜ隼人はなにも云わなかったんだ」

「忘れたのか」と隼人が云った、「おれが帰国したときすぐに小池が来て、決闘のことは済んだ、立会い人もあったし、老職の詮議《せんぎ》でも正当だと認められた、残念だろうが事を荒立てないでくれと、諄《くど》いほど念を押していたぞ」

「それはこういう事実を知らなかったからだ、この手紙を読めば、謀殺だということは明白だし、五百両の件でも朝田さんの無実が証明された筈だ」

「それならなぜ、おれが帰国したときにそれをしなかった、小池はおれの口を封じ、ただ騒ぎを起こすなと繰り返しただけじゃあないか」と隼人が云った、「――こう云っても小池を責めるわけじゃない、立会い人の証言もあり、老職がたの詮議もきまっていた、仮に再吟味を願い出て事実を糾明すれば、兄の罪は消え家禄《かろく》は旧《もと》に復するかもしれない、だが、死んでしまった兄を生き返らせることはできない」

隼人は頭を垂れ、低い声で続けた、「あのとき小池の云ったとおり、慥かにもう済んでしまったことだ、兄はどんなふうに死んだかは知らないし、死ぬときは兄も無念だったろう、しかしいまはもうその男をゆるしていると思う、その手紙にあるとおり、兄がいちばん案じていたのは、どうしたらその男を破滅させずに済むかということだ、——兄はきっともうその男をゆるしている、兄は昔からそういう人だったからね」

「慥かに、——朝田さんはそういう人だった」と帯刀は頷いた、「だがこういう卑劣な人間をそのままにしておいていいと思うか」

隼人は静かに顔をあげた、「おれはいつか根岸伊平次に、兄の口まねをしてこう云ったことがある、——人間のしたことは善悪にかかわらず、たいていいつかはあらわれるものだ、世の中のことはながい眼で見ていると、ふしぎなくらい公平に配分が保たれてゆくようだ——」

帯刀は太い息を吐き、あぐらに坐り直して、脛《すね》をぼりぼりと掻《か》いた。

「では、——」と帯刀は云った、「このままなにもするなと云うのか」

「その男を罪死させるか、侍らしく立ち直らせるかとなれば、兄は必ず後者を選ぶだろう」

「隼人自身はどう思うんだ」

「こんどの事についてはおれの考えはない、兄ならこうするだろうと思えるようにやってゆくだけだ」

帯刀はじっと隼人の顔を見まもった。

——人間はこんなにも変ることのできるものか。

帯刀の眼は感嘆の色を湛《たた》えた。江戸から帰って以来、隼人は顔つきから人を見る眼色まで変った。暴れ者で一徹で、こらえ性のなかった彼が、兄を殺した相手をゆるし、不当な譴責《けんせき》を忍び、そして流人《るにん》村の住民を救おうとしている。——いったいどういう機縁でこんなに変ったのか、死んだ織部どののためか、それとも織部どの同様、もともと彼にもそういう性質があったのか。帯刀は一種のもどかしさと、深い感動の気持の中でそう思った。

「小一郎に返事を書いてくれ」と帯刀は話を変えて云った、「必ず返事を貰《もら》って来ると約束をさせられたんだ、頼むぞ」

「今夜のうちに書こう」と隼人は頷いた。

「それから、——これはよけいなことかもしれないが、西沢には注意するほうがいいな」

「その名を口にしないでくれ」

「いや、朝田さんにしたことを考えても、どんな卑劣なまねをするかしれないやつだから、それを忘れないように頼むというんだ」

「わかった」と隼人が云った、「しかしいまの名は二度と口にしないでくれ、ここでは勿論《もちろん》、城下へ戻ってからもだ」

「よし」と帯刀は頷いた。

城下へ帰った帯刀から、七日ほど経《た》って知らせがあり、隣藩の了解を得たから、土を運ぶがよいと云って来た。こんどは道もよいし距離も近いので、ずっと楽だし仕事もはかどり、雪の来るまでに約二反歩ほど土を入れることができた。――けれども、住民たちにはなんの変化もみられなかった。自分たちの肩で土を運び、僅《わず》かではあるが自分たちの耕地が出来た。来年も土を運べば耕地はもっと殖えるだろう。それはかれら自身のものであり、かれら自身で作物が作れるのである。隼人はそのことをかれらに云った。

――おまえたちは罪人ではないし、ここはもう流人村ではないのだ。誰に憚《はばか》ることもない立派な領民だ、もし望むなら里へおりてもいいが、ここを動きたくないのなら農耕を覚えるがよい。ものを作り、収穫をするということには、人間だけが味わえる大きなよろこびがある。

——これは鬼神も鳥けものも知ることのできないよろこびだ。

隼人はそう云った。しかしかれらはなんの反応も示さなかった。鬼神や鳥けものは作物を作らない、というところで、僅か四五人がくすくす笑っただけであった。音曲のほうもそれと同じことで、五日に一度ずつ木戸から四人でかけてゆき、正内老人の住居で一刻《いっとき》半演奏をする。隼人も欠かさずいっしょにゆくが、聞きに来るのは男女の年寄が四人か五人で、それも半刻ほどすれば帰ってゆくか、残った者も居眠りを始めるというぐあいであった。

——いいだろう、根くらべだ。

隼人は失望したが、投げる気持はなかった。正内老人はここへ骨を埋めるつもりで、ここの女と夫婦になり、四十年という年月をかれらのために注ぎ込んで来た。それでも、かれらの殻《から》をやぶることができなかったのである。——よほどの忍耐と、年月をかけるつもりがなければ、決してうまくはゆくまい、と老人は云った。それに対して隼人は、やれる限りやってみる、辛抱することにかけては自信がある、とはっきり答えた。

「おれもここへ根をおろそうか」と或るとき彼は呟《つぶや》いた、「正内老人も根をおろした、老人は眼にこそ見えないが種子を蒔《ま》いた、その種子は村のどこかに根をおろしている筈だ、おれがその種子を育ててみようか」

帯刀は僅か六十人たらずの人間のためにと云った。だが人間は、たった一人のために生涯を賭けることさえある。流人村の住民は古い藩法の置き土産だ。ここを「ちくしょう谷」と呼ばせるようにしたのは、藩の仕置の怠慢によるもので、住民たちの責任ではない。とすれば、怠慢だった仕置の責任をとり、かれらを人間らしい生活に立ち直らせるのは、藩に仕える者の当然な役目だ。

「思いきってそうしようか」とそのとき彼は自分に云った、「——あのあやを嫁に貰って、村へ住居を造って」

あやという名が口に出たとたん、隼人はつよく眉《まゆ》をしかめた。殆んど無意識に口から出たのであるが、いつか雑木林の中で見せられた彼女の肢躰《したい》と、それに重なるように、あによめきいの姿が思いうかんだのである。隼人は痛みでも感じたかのように、顔を歪《ゆが》めながら眼をつむった。

——きいといっしょになって朝田家を立てないか。

そう云った帯刀の言葉は、まだなまなましく耳に残っているし、きいがそれを承知だということも、ほぼ間違いのないことであった。隼人ときいとは二つ違いで、幼いころは死んだ兄よりも仲がよかった。年が近いので結婚などということは考えたこともないし、兄の嫁になったときも嫉妬《しっと》感などはなく、ちょっとがっかりはしたが、兄のためによろこんだものであった。しかし、帯刀からそう云われたときには、どきっとするほどそれがもっとも自然であり、もともと二人はそうなるようなめぐりあわせのうえで生きて来た、というふうに思えたのであった。

——帯刀は独断で云ったのではない、あの人の意志を慥かめたか、少なくともあの人が承知することをみぬいていたのだ。

帯刀がその話をもちだしたとき、隼人は考えてみようと答えた。ことによったらそうしてもいい、という気持が動いたし、兄も認めてくれるだろうと思えた。だが、これからここに住みついて、村の住民と一生をともにするとすれば、きいとのことは断念しなければならない。きいや小一郎をこんなところで生活させるのは無理だし、帯刀も許さないだろう。

「きいはおれに期待しているだろうか」と彼は眼をつむったままで呟いた、「断わることはきいの心を傷つけるだろうか」

九月下旬に、檜林《ひのきばやし》で盗伐があった。狩に出ていた村の者がみつけ、木戸から人数が駆けつけた。相手は五人、躰格《たいかく》もよく力も強い男たちで、斧《おの》、鉞《まさかり》などのほか、熊を突く槍《やり》などを持って、逆に襲いかかって来た。やむなく隼人は刀を抜いて、もっとも強い一人を斬り伏せ、二人に傷を負わせた。――二人の傷はどちらも足で、倒れたまま動けず、他の二人は逃げ去った。隼人は追うなと命じ、傷ついた二人の手当にかかったが、そのとき西沢半四郎があらわれた。西沢がその場にいなかったことは、自分しか知らないと思っていたが、岡村七郎兵衛も気づいていたとみえ、「ようやく重役のおでましか」と皮肉な調子で云った。

西沢は屹《きっ》と見返した、「重役がどうしたって」

「やっといまおでましかと云ったのさ」

「それはどういう意味だ」

「いままで姿が見えなかったからさ」と岡村が云った、「それともおれの眼が悪くって見えなかったのかもしれないがね」

「岡村、よせ」と隼人が叱《しか》った。

十四

「私はあいつらを追っていたんだ」と西沢がせきこんで云った、「杉林をぬけてゆく二人を私が追っていったことは、誰かがきっと見ていた筈だ」

「それはおれが見ていた」と隼人が云った、「つまらぬ口論はやめろ」

「番頭どのは眼がいいですな」と岡村が云った。

隼人は岡村の顔を見た。岡村は首をすくめ、この死躰を運ぶから集まれ、と足軽たちに呼びかけた。西沢は一人で脇《わき》のほうへ寄り、蒼白《あおじろ》く硬《こわ》ばった表情で、なにかぶつぶつ独り言を云っていた。――死躰は村の墓地に埋め、負傷者は木戸の仮牢《かりろう》へ入れた。隼人が繰り返し訊問《じんもん》したけれども、二人は頑強《がんきょう》に答えず、盗伐の事実も否定した。檜林では五十年の樹が二本伐られ、一本は根まわりの半ばまで斧が入れられていた。隼人は自分の手に負える相手ではないと思い、詳しい始末書を付けて城下へ送ることにした。

そのころから山は冬の景色に変りだした。空は曇っていることが多く、時雨《しぐれ》がしばしば降り、風の強い日は、下の谷間から巻きあげられて来る枯葉が、しだいに色褪《あ》せ、ちぢれ、虫くいだらけのものになり、数も日ごとに減るばかりだった。郭公《かっこう》や筒鳥に代って、晴れた日にはつぐみやひたき、頬白《ほおじろ》、あおじなどの声が聞え、木戸の者たちの中には、辛抱づよく粟《あわ》や稗《ひえ》を撒《ま》いて、かれらを呼びよせようとする者もあったが、岩ばかりのそんな高いところでは、寄って来る鳥もなかった。――土運びが続いているためか、柵《さく》へ近づく女たちも稀《まれ》になったので、夜の立番はやめてしまった。ときたま夜が更《ふ》けてから、梟《ふくろう》の鳴きまねの聞えることもあるが、もう寒さがきびしいので、いつまでも立ってはいられないのだろう、長くても半刻くらいすれば帰ってゆくようであった。夜ながになればと待っていたが、音曲のほうは同じことで、聞き手は殖えもせず、興味をもつようすもないので、演奏者のほうが飽きてしまい、乾藤吉郎などは故障を申立てて、休むことばかり考えるようになった。

十月三日に初雪が降った。

正内老人が「今年は雪が早そうだ」と云うので、隼人は五日に「月便」を出した。それが今年最後の月便で、盗伐で捕えた二人も伴《つ》れてゆかせた。二人は傷が痛くて歩けないと云ったが、隼人は相手にならず、棒で叩《たた》いても歩かせてゆけと命じた。宰領は岡村七郎兵衛と松木久之助で、松木は二度めであるし、岡村は延びていた番明きで、そのまま城下へ帰るのであった。

「もし必要なら」と支度《したく》ができてから、岡村が隼人に云った、「――というのは、もしお役に立つならという意味ですが、もう少し残っていてもいいですよ」

「四十日近くもよけいに勤めたんだ、もう帰るほうがいい、御苦労だった」と云って隼人は軽く岡村をにらんだ、「――もう悪七兵衛などと云われないようにしてもらいたいな」

「どうですかね」岡村は苦笑しながら、一種の眼つきで隼人をみつめ、低い声に力をこめて云った、「――どうか彼に用心して下さい」

隼人は黙って眼をそむけた。

かれらが木戸を出てゆくとまもなく、晴れている空から雪が舞いだし、やむかと思ったが、午《ひる》すぎには粉雪になってしまった。積っては桟道《さんどう》が危ないだろう、と思っていると、午後二時ころに足軽の一人が戻って来て、かけはしが落ちて通れなくなった、と告げた。――奇妙なことに、そのとき隼人はすぐ、「こっちから二つめではないか」と訊《き》き返した。訊き返してから初めて、どうしてそんなことが口から出たのか、自分でもわからないのに気づいておどろいた。

「さようです」その足軽は荒い息をしながら答えた、「こちらから二番めのかけはしで、支えの柱が折れてしまったのです」

「人にけがはなかったか」

「木を盗みに来たやつらが落ちました」と足軽は手まねをして云った、「あの二人を先に立てていったのですが、かけはしのところで、逃げる気になったのでしょう、腰《こし》縄《なわ》のまま二人で駆けだしたのです」

縄尻《なわじり》を取っていた足軽は、かれらが自由に歩けないようすなので、ゆだんをしているところを突きとばされた。二人は縄付きのまま、つぶてのように走っていったが、かけはしの上へ走りこんだとたんに支柱が折れ、はし板ともつれあいながら、谷底へ落ちていった。

「まえから危ないと思っていたのですが」と足軽は手拭《てぬぐい》で顔を拭《ふ》きながら云った、「それでもかけんして渡ればまだ大丈夫だったでしょう、やつらは逃げるのに夢中で、力いっぱい踏みこんだので、腐っていた支え柱が折れたものだと思います」

「木戸の者でなくてよかった」隼人はそう呟いてから、その足軽に訊いた、「ではみんな戻って来るのだな」

「もうやがて着くじぶんです」

隼人は考えた。谷へ落ちた二人は、生死を慥《たし》かめるまでもないだろう。あの高さでは助かる率はまったくないから。だが「月便」はぜひもういちど出さなければならない。とすれば、すぐにかけはしを直すことだ。こう思って訊いてみると、村にいる「あたま」のごんぜという者がやるということで、隼人は村へでかけていった。まず正内老人を訪ねてわけを話すと、ごんぜはもう年も六十だし、冬になると腰痛が出て動けなくなる。おそらく役には立つまいと云いながら、隼人を案内してくれた。——ごんぜは炉端で、夜具にくるまって寝ていた。三日の雪から起きることもできない、と七十あまりの老婆が側《そば》から云った。ごんぜの妻のせこじだという、枯木のように痩《や》せた躯《からだ》が、二つに折れるほど腰が曲っていた。正内老人はそこを出て、粉雪の中を五段めまでおり、源という男を訪ねた。源も六十くらいになろう、妻と、こさという白痴の、二十五歳になる娘の三人ぐらしで、男の子が二人あったが、二人とも山ぬけをしたまま帰らない、ということであった。

「ごんぜの手伝いをしたから、やりかたぐらいは知ってるが」と源は拇指《おやゆび》のない右足の指を、ぼりぼり掻きながら云った、「自分でやったこともないし、もう躯がきかねえからねえ」

「やりかたは知っているのか」と隼人が訊いた。

「綱でぶら下るだ」源は正内老人に向って云った、「崖《がけ》の上の木へ綱を掛けてな、その綱でぶら下って、ああ、綱で躯を縛るだな、それでぶら下って、支え柱を打込むだ」

こんなふうにやるのだと、幾たびも云い直したり、同じことを繰り返したりしながら、長い時間をかけて、源はその方法を語った。隼人は熱心に聞いていた。もどかしいような顔もしなかったし、こまかいところは納得のゆくまで問い糺《ただ》した。

源の住居を出ると、「木戸でなさいますか」と老人が訊いた。そうするつもりだと隼人は答え、老人に礼を述べて木戸へ帰った。「月便」の者たちも戻ってい、岡村七郎兵衛が、仔細《しさい》を話そうとしたが、隼人は「わかっている」と制止して、そのまま倉へいった。岡村はあとからついて来ながら、かけはしをどうするかと訊いた。もちろんすぐ架け直すんだ、と隼人は答えた。

「ごんぜは承知しましたか」

「いや」隼人は倉の戸の鍵《かぎ》をあけながら首を振った、「おれたちの手でやるんだ」

「それにしては季節が悪いですな」

隼人は倉の中へはいり、太綱を解いてしらべてみた。それは直径二寸ばかりの麻の綱で、長さは一と巻きが三丈五尺で、三巻きあった。

「百尺とちょっとか」隼人は呟いた、「まにあえばいいが」

彼は岡村に手伝わせて、三巻きの綱を外へ運び出した。一と巻きでも担《かつ》ぐのに骨が折れるほど重い、隼人はそれを柵のところへ持ってゆくと、一と巻きずつ解いて、柵の杭《くい》にひっかけたが、ちょっと考えてから、誰でもいい、力のありそうな者を三人ばかり呼んで来てくれ、と岡村に云った。岡村は走ってゆき、小野大九郎と松木久之助、それに足軽組頭の石岡源内を伴れて来た。隼人は綱の強さをためすのだと云い、自分と岡村とで一方につき、小野と石岡が一方についた。松木は巻いてある綱を繰り出す役で、ひっ掛けた杭を中心に、二た組四人の力で引きあいながら、一寸も余さず、順に辷《すべ》らせてゆき、三巻きとも大丈夫だということを慥かめた。四人は雪をかぶったますっかり汗をかいていた。

「よし、これを役所へ持ってゆかせてくれ」と隼人は石岡に命じ、岡村たちと戻りながら云った、「明日は下見にゆくから、この三人でいっしょに来てくれ」

「晴れたらでしょう」と岡村が訊いた。

隼人はぶっきらぼうに答えた、「吹雪でもさ」

岡村七郎兵衛は小野と松木に、脣《くちびる》を反らせながら肩をゆりあげてみせた。

明くる朝六時。足軽たち八人に綱を担がせて、隼人たち四人は木戸をでかけた。夜半に風が吹きだしたとき、雪はやんだらしいが、風が強いために、積った粉雪が舞い狂うので、しばしば視界を遮《さえぎ》られ、なかなか道がはかどらなかった。源に教えられたとおり、一つめのかけはしを渡ると、左にはざまがあった。勾配《こうばい》の急な狭いはざまで、笹《ささ》を摑《つか》みながらまっすぐに登り、登り詰めたところで右へ曲った。むろん道などはない、葉の落ちたから松や杉などが林をなしてい、地面は笹で掩《おお》われている。――三巻きの綱が重荷で、はざまを登るのに半刻ちかくかかったろう。林の中をゆくのにも、下枝を折ったりくぐったり、またあとへ戻ったりしたので、目的の二本杉をみつけたときは、もう十時を過ぎたころのようであった。源の云った二本杉の、一本は枯れていた。どちらも樹齢は二百年くらいとみえ、そこから三十歩ほど東へゆくと、崖になっていた。地形はほぼ三角形で、突端に当る崖の下が、落ちたかけはしの位置になる筈《はず》であった。

「慥かに此処《ここ》ですか」と岡村が訊いた。

隼人は崖の端へ腹這《はらば》いになり、かれらに足を押えさせて、下を覗《のぞ》いて見た。しかし崖の中途に岩が張り出ていて、その下を見ることはできなかった。

十五

隼人は立ちあがって、軀に付いた雪と岩屑《いわくず》を払った。

「ここからは見えない」と彼は云った、「おりてみるから綱を解いてくれ」

「貴方《あなた》がおりるんですか」と岡村が訊いた。

「綱を解いて」と隼人は足軽たちに云った、「それを一本につないでくれ」

「こんなことは貴方の役ではない」と岡村が云った、「私がやりますから任せて下さい」

「こんなことは誰の役でもないさ」と隼人が云った、「ただおりて見るだけではなく、しらべて来ることがあるんだ、まあ黙って見ているがいい」

岡村七郎兵衛は憤然とそっぽを向いた。

綱は太いうえに固く、つなぎ合せるのに暇がかかった。隼人は両刀を小野に預け、綱の一端を胴のところで二重に巻いて結ぶと、他の端を杉の幹へまわさせた。杉の幹を支えに綱を繰り出すこと、それにかかるのが五人、一人は崖の端にいて、隼人の合図を伝えること、などを命じた。——岡村七郎兵衛が崖の端に立ち、隼人は崖を下っていった。綱に擦《こす》られて、岩屑や雪が落ちて来、隼人は「笠《かさ》が必要だな」と呟《つぶや》いた。

「なんですか」と上から岡村が問いかけた。

隼人は「なんでもない」と答えた。

岡村七郎兵衛は手をあげて、足軽たちのほうへ静かに、手招きのような合図をしてみせていた。まもなく下から、「止めろ」という声が聞え、岡村が動かしていた手を止めると、綱はぴんと張ったまま止められた。

「やっぱり此処だ」と隼人の云う声がした、「かゝ、かけはしは半分落ちただけらしい、——もう少しおろせ」

岡村はその合図をし、綱は繰り出された。ほどなくまた「止めろ」という声がし、綱のゆとりはあるかと訊いて来た。足軽たちにしらべさせて、松木が「二丈とちょっとだ」と答え、それを岡村が隼人に伝えた。

「よし」と隼人が云った、「少ししらべるから、綱を木へ結んでおけ」

　隼人はなにをしているのか、かなり長いあいだ声もせず、物音も聞えなかった。松木と小野がこっちへ寄って来、大丈夫かな、と心配そうに呟いた。岡村七郎兵衛はむっとした顔つきで、粉雪の舞い狂っている谷の向うを眺《なが》めていた。やがて「あげろ」という声が聞え、岡村たちも綱に付いて、静かに引き揚げた。あがって来た隼人は、頭や軀を払いながら、大丈夫やれる、明日来てやろう、と云った。支柱の木はここの林の杉を使い、渡す板は木戸から持って来ればいい。来年の春になったら本式にやり直すとして、とにかく仮のものを造っておこう、そう云って、小野大九郎から両刀を受取り林の中へはいっていった。

　崖に穿《うが》ってある支柱の穴に合わせて来たのだろう、ふところから出した紐《ひも》には結び目があり、目測で選んだ杉の幹を、その紐で巻いて計っていった。

「しまったな」と隼人は計りながら独り言を云った、「鋸《のこぎり》と斧《おの》を持って来るんだったな、そうすればここで支柱が作れたんだ」

　岡村が云った、「そうなにからなにまで、独りで思いつくものじゃありませんよ」

「気にするな」と隼人が云った、「ただの独り言だ」

　岡村七郎兵衛は肩をゆりあげた。

隼人は選んだ七本の杉に、脇差の刃で印を付け、綱を二本杉の根元に置かせると、あたりを眺めまわしてから「帰ろう」と云った。木戸へ戻ったのは午後二時まえだったが、木戸のずっと手前で、その方向に煙のあがっているのが見えた。風はかなり弱くなっていて、青みを帯びた鼠色《ねずみいろ》のその煙は、木戸のあたりから左へとなびいていた。

「あの煙はなんだ」と小野がまず云った、「まさか火事じゃないだろうね」

「まさかこの昼なかに」と松木が云った、「まさかね」

ほかの者は黙ってい、石岡源内が組下の者にいってみろと命じた。若い足軽の一人が駆け登ってゆき、みんなも足を早めた。

——あれだけの煙は火事でなければ出ないだろう。

火事だとすれば水と人手が足りない。水は木戸から五丁も下の、僅かな湧《わ》き水《みず》を運びあげて使う。大樽《おおだる》に五つは常備してあるが、火事が大きくなればまにあわない。おまけに足軽八人と番士三人を伴《つ》れ出したから、あとは小者まで加えても九人しかいない。これはかけはしどころではないぞ、隼人は思った。——駆け戻って来た若い足軽が、火事は倉ですと告げたとき、岩と岩のあいだに、火の粉が美しく舞いあがるのが見えた。

「綱を掛けて引き倒したのです」と若い足軽はそれを指さして云った、「長屋や役所へ火が移りそうなので、綱を掛けて引き倒すところでした」

隼人は黙ってさらに足を早めた。

木戸のまわりには、村の住民たちが六七人、柵《さく》につかまって見物してい、その中から正内老人が出て来た。住民が柵の中へはいることは禁じられている。隼人は手まねで「どうぞ」という意味を示したが、老人には構わず、大股《おおまた》に倉のほうへいった。

——そこはまだ濃密な煙に包まれてい、倒れた倉の残骸《ざんがい》を、橙色《だいだいいろ》の焰《ほのお》が舐《な》めていたし、穀物の焦《こ》げる香《こう》ばしい匂《にお》いが、咽《む》せるほど強く漂っていた。——隼人の姿を認めたのだろう、乾藤吉郎が走って来た。役所の羽目板へ水をかけていたらしく、片手に手桶《ておけ》を持ったまま、頭からぐしょ濡《ぬ》れになっていた。彼のあとから、西沢半四郎も走って来、乾より先に「申し訳ありません」と頭を垂れた。

「どうしたのだ」隼人は穏やかな声で西沢に訊いた、「倉には火のけがないのに、どこから出たんだ」

「放火だと思います」

「中で女の声がしました」と乾が云った、「倉へはいって火をつけたのでしょう、気がついたときはもう手がつけられないありさまで、中から女の声が聞えて来ました」

隼人はきっと下唇を嚙《か》んだ。

——鍵を掛け忘れた。

昨日あの綱を出したとき、役所へ運んでおけと云ったまま、戸前の鍵を掛け忘れた、と隼人は思った。そして、中から女の声がした、という言葉に気づき、どきっとして、われ知らず西沢半四郎の顔を見た。

「それで、女はどうした」

「知りません」西沢は首を振った、「女の声を聞いたのは乾だけで、私やほかの者は聞きませんでしたから」

「いや女の声が聞えたのは慥かです」と乾は挑《いど》みかかるように云った、「私はまっさきに駆けつけたんですが、引き倒すちょっとまえにも叫び声が聞えました、ほかにも慥かに聞いた者がある筈です、私は」

隼人が手をあげて遮った、「そして女はどうした、倉の中から出たようすか」

「そうではないと思います」

「中にいるのがわかっていて、そのまま倉を引き倒したのか」

「いちめんの火でどうにもなりませんでしたし、役所や長屋へ火が移りそうでしたから、ほかにどうしようもなかったのです」

隼人は正内老人を眼で捜した。老人は役所の脇《わき》に立ってい、隼人はそっちへ歩み寄った。老人は隼人の話を聞くと、それは唖者《おし》のいちだろうと云った。親のぶろうが柵の外に来ているが、いちはまえから木戸の誰かを恨んでいるらしく、いつか火をつけてやると云い続けていた。それで木戸が火事になったので、娘を捜したがどこにもいず、いそいでここへ駆けつけて来た、ということであった。

「いちのしたことだとわかれば、どんなお咎《とが》めを受けるかわからない、いまのうちに逃げようか、などと申しておりました」

「いや、そんなことはない」と隼人は頭を左右に振った、「娘に恨まれるようなことをした木戸の者にこそ責任はあるが、娘の親を咎めるような筋は決してない、その心配は無用だと伝えて下さい」

死躰が出たら渡すからと云って、老人をぶろうのところへゆかせ、隼人はまた火事場へ引返した。

穀物が焼け残っているかもしれないので、水を掛けるわけにゆかず、火の鎮《しず》まるのを待って死躰《したい》を捜し出した。隼人はその場にいなかったが、粟《あわ》の下になっていた死躰は、着物が少し焦げただけなので、いちだということはすぐにわかり、待っていたぶろうと村の者たちに渡した、という報告を聞いた。穀物で焼け残ったのは米が五俵、ほかに麦や粟などが一石足らずということであった。

「こうなると、かけはしがいよいよ大事になりましたな」と岡村七郎兵衛が云った、「雪の来ないうちに来年四月までの食糧を運ばなければならないでしょう、運びきれますかね」
「かけはしは明日やるよ」と隼人は云った、「運びきれなかったら雪が来たって運ぶまでさ、岡村は番があいたんだから、そんな心配をすることはないだろう」
「番を延ばすことができますよ」
「そんな必要はないさ」
「面白いな」と岡村が云った、「町奉行《まちぶぎょう》へ願い出れば番を延ばすことができるし、それを拒む権限は貴方にはないんですよ」
隼人はじっと岡村七郎兵衛の眼をみつめ、それから云った、「おまえはいったいなにを考えているんだ」

十六

「なんにも」と岡村は首を振った、「なんにも考えてなんかいやしません、どうやら貴方の側のほうがいごこちがいいんでしょう、そんなところらしいですよ」
「ばかなやつがいるものだ」

「でしょうとも」と岡村が云った、「なにしろ朝田隼人の後輩ですからね」

隼人は立ちあがって、外出の支度《したく》をした。

「これからおでかけですか」

「ちょっとぶろうをみまって来る」と隼人は云った、「明日は早くでかけるから、もう寝るほうがいいぞ」

隼人は流人《るにん》村へゆき、正内老人を訪ねた。老人は「ここでは仏事などはしないから」と云ったが、とにかく案内してくれた。老人の云ったとおり、ぶろうの家では通夜もせずに寝てしまったらしく、老人が呼んでも起きるけしきはなかった。隼人は老人に礼を云って、いっしょにそこを去りながら、ここでは仏事などはしない、という言葉にひどくまいってしまった。

——いったいかれらは、人間の生死をどう考えているのだろう。

正内老人はいつか、ここがちくしょう谷と呼ばれていることを忘れないでくれ、と云った。しかし、肉親の死をとぶらうことさえしないとはどういうことか。そんなにまで人間らしさを失うということがあり得るだろうか。隼人は毒を舐めでもしたような、悪心《おしん》を感じながらそう思った。

「かけはしはいかがでした」と正内老人が訊いた、「架け直しができそうですか」

「下見をして来ましたがやれそうです」と隼人が答えた、「倉が焼けたので、食糧の補給をしなければなりませんから、明日いってやるつもりです」

「お役に立てるといいのですが」と老人は低い声で云った、「ここの人間は御迷惑をかけるばかりで、まことにお詫《わ》びの申しあげようもございません」

「村の人たちをこのようにしたのは藩の責任です」と隼人は答えた、「音曲のことでも、耕地のことでも、じつを云うと幾たびも投げたくなるのですが、藩の仕置に責任があったことを思うと、やはり及ぶ限りやってみようという気持になるのです」

「私は失敗致しました」と老人が深い声で云った、「こんなことを申上げるのはいかがかと思いますが、朝田さまも失敗なさるかもしれません、そんなことのないように祈りますけれども、肝心なことは失敗するかしないかではなく、貴方が現にそれをなすっている、ということだと思うのです」

老人はそこで言葉を切った。自分の云ったことの意味が、そのとおり隼人に理解されるかどうかをうかがうかのように。そして隼人が黙って頷《うなず》くのを見ると、失礼なことを云って申し訳がない、気に障ったらゆるして頂きたい、と辞儀をした。

「いや、こちらこそ」と隼人は会釈《えしゃく》を返した、「こんな時刻に御足労をかけて済みません、かけはしを直したらまた御相談にあがります」

「お待ち申しております」と云って、老人は夜空を仰いだ、「明日は晴れるようでございますな」

翌朝、隼人は四時に起きた。老人の云ったとおり、まだ暗い空はいちめんの星で、微風もなかったが、寒さは真冬のようにきびしく、地面はすっかり凍っていた。昨夜のうちに揃《そろ》えさせておいた、かけはしに使う渡り板は、まっ白に霜をかぶってい、数えてみると、命じておいたより十枚も多くあった。

「穴をこじる物と槌《つち》だな」隼人は洗面をしながら呟《つぶや》いた、「槌があればいいが」

朝食のまえに、隼人は博多の男帯二本で股当てを作った。綱で軀を縛るだけでは、動作が自由にいかないことがわかったからである。帯二本で二つの輪を作り、それを綱の先端へ繋《つな》ぐようにする。輪の一つ一つへ足を入れて軀を吊《つ》れば、両手が使えるから仕事が楽に出来る、と考えたのであった。――穴をこじるための鉄梃《かなてこ》や槌は、小者たちが持っていた。道具類は倉にあったので焼けたが、それでも斧や手斧《ちょうな》、鋸など、必要な品はたいてい揃えることができ、六時ちょっと過ぎには木戸をでかけた。人数は岡村七郎兵衛に乾藤吉郎、松木久之助と足軽六人で、弁当を持った小者が二人付いた。

晴れてはいるが、寒気の強いため、道は凍っていて滑りやすく、重い板を運ぶのにかなり苦労した。第一のかけはしを渡ってから、板を運ぶ組は別れて、そのまま道を下り、隼人らの組は昨日のはざまを登った。そして、二本杉までいって、印を付けた杉を伐《き》り、支柱にする杭を作っていると、板を運んだ組が登って来た。——隼人は陽《ひ》の当るところで、綱の先に股当てを繋いだり、槌や鉄梃を肩から吊るように、革紐で結んだりした。

「今日は私にやらせてくれませんか」と岡村七郎兵衛が来て云った、「貴方に出来ることなら私にも出来るでしょう、なにも貴方が一人占めにすることはないと思いますがね」

　隼人は眼もあげなかった。

「おまえが番を延ばすことを、拒む権利はおれにはないそうだが」と隼人は云った、「おれが番頭として当然やるべき仕事をするのに、よけいな口出しをする権限は」

「きさまにはない、ですか」岡村はわざと憎たらしい調子で云った、「私にはどうも貴方が臨済かなにかの修行僧のようにみえてしようがないんですがね」

　隼人は黙っていた。そして、岡村七郎兵衛が言葉を継ごうとすると、その出ばなを挫《くじ》くように云った。

「そう人をおだてないでくれ」

岡村は口をつぐみ、それから、ひそめた声で云った、「私はときどき貴方の顔を、拳固《げんこ》で思うさま殴りつけたくなることがある」

「どうしてやらないんだ」

「まえならやってますよ、しかしいまはだめです、いまの貴方は殴り返さないでしょうからね」と岡村は云った、「藩校の道場で、私が稽古《けいこ》をつけてもらっていたころの貴方は、もっときっぱりと男らしかった、稽古のつけかたもきびしく水際立《みずぎわだ》っていたし、怒ったときの貴方の眼を、見返すことのできる者は一人もいなかった、ところがいまはまったく違う、貴方は決して怒らないし、気の弱い母親のような眼で人を見る、――朝田さん」岡村はそこでもっと声をひそめた、「いったい貴方はなにを考えているんですか」

隼人は初めて顔をあげた。

「西沢をどうするんです」と岡村が云った、「白状しますが、このまえ小池帯刀さんがみえたとき、じつはお二人の話を聞いてしまったんです」

隼人は眼をつむった、「どういうわけだ」

「知りたかったからです」と岡村は云った、「貴方が番頭になって来られると聞いたときから、私はおよその事情を察していました」

「その話はまえに済んでいる」

「そのとおりですが、私はそのままは信じなかった、私は貴方が本心を隠していると思いました」と岡村は云った、「それ以来ずっと、私は貴方のなさることをゆだんなく見まもっていたんです、そこへ小池さんが来られたので、これはなにかあると思うのが当然でしょう」

そう思ったのは自分一人ではない、西沢半四郎も不安そうなようすで、隙《すき》があれば隼人の部屋へ近づこうとしていた。そうさせないためもあって、自分はわざと西沢に見えるように、部屋の外に立って、二人の話を聞いたのである、と岡村七郎兵衛は云った。

「織部さんの手紙の内容も、話のぐあいでおよそわかりました、しかし、――しかしですね」岡村はむきな口ぶりで云った、「亡《な》くなった織部さんが、いまはその男をゆるしているだろう、という貴方の意見は、誤っているとは思いませんか」

隼人は眼をつむったまま黙っていた。

「それは法というものを嘲弄《ちょうろう》することになるとは思いませんか」

隼人は静かに頭を左右に振った、「法は最上のものではない、法を完全におこなおうとすれば、この世で罪をまぬがれる者はないだろう、人間はみな大なり小なり罪を犯している、この世にはあらわれずにいる罪が充満しているといってもいいくらいだ」

「それは理屈です」と岡村が云った、「そういう一般論はいいですよ、しかしこれは貴方にとって肉親の問題でしょう、兄上である織部さんを殺し、朝田家に汚名を衣《き》せた卑劣な男を、貴方はゆるしきることができますか、人間が人間をゆるすとか、救うとかいうことには限度がありますよ」

「小池との話を聞いたのなら、覚えている筈だ、おれは兄ならこうするだろうと思うとおりにやるだけだ」隼人は立ちあがりながら云った、「ゆるすということはむずかしいが、もしゆるすとなったら限度はない、――ここまではゆるすが、ここから先はゆるせないということがあれば、それは初めからゆるしてはいないのだ」

「織部さんが本当にそう望まれると、信じていらっしゃるんですか」

「おれは兄をよく知っているよ」隼人は革紐を結んだ鉄梃と槌を取りあげ、紐を肩に掛けて吊りぐあいをためした、「――もういちど念を押しておく、この話はもう決してしないでくれ」

岡村七郎兵衛は肩をゆりあげ、「貴方を一つ思いっきり殴れたらいいんだがな」そう云って、杭を作っている足軽たちのほうへ去った。隼人は眉《まゆ》をしかめた。気張ったようなことを云ったあとの後悔で、口の中いっぱいに苦い味がひろがるように感じ、眉をしかめながら舌打ちをした。そこへ乾藤吉郎が走って来て「支柱の寸法を見て下さい」と云った。

十七

支柱にする杭《くい》は直径七寸、長さは六尺で七本作った。穴へ嵌《は》め込むところを二尺だけ皮を剥《は》ぎ、あとは皮付きのままで、これは出来あがるとすぐ、はざまをまわって桟《さん》道《どう》へ運ばせておいた。

隼人は杉の割り木で、楔《くさび》を十ばかり作ると、それを両の袂《たもと》に入れて立ちあがった。そのとき、杭を運んだ足軽たちといっしょに、村のあやがやって来た。あやははにかみ笑いをしながらこっちへ近よって、こくんとお辞儀をした。岡村七郎兵衛が横眼で隼人を見た。

「どうしたんだ」と隼人はあやに云った。

「正内のおじいさんから聞いて」とあやはまだ肩で息をしながら云った、「心配でしようがないから見に来ましたの、そうしたらあの人たちに会ったので、ここへ伴れて来てもらったんです」

隼人が頷くと、岡村七郎兵衛がつっけんどんに「下に誰かいなくていいのですか」と訊いた。

「下にいても手伝いはできないんだ」と隼人は静かに答えた、「みんなで綱にかかってくれ、岡村は昨日のように合図役だ」

それからあやに云った、「見るなら温和《おとな》しくしておいで、いいね」

あやはきまじめな顔でこっくりをした。

鉄梃と槌を肩から吊り、崖《がけ》の端へいってから股当てを着けた。そして頭巾《ずきん》をかぶり、綱を引きこころみてから、ゆっくりと崖をおり始めた。岩屑《いわくず》が散って来、眼の前にある岩肌《いわはだ》が、陽にあたためられて爽《さわ》やかに匂《にお》った。股当てのぐあいはよく、軀に加わる綱の力がずっとやわらげられた。足を岩に踏張りながら、隼人はふと「そうか」と呟《つぶや》いた、「かけはしが落ちたと聞いたとき、こちらから二つめかとすぐ訊《き》き返したのは、老人のうちで寝ているときに、誰か話していたことが記憶に残っていたんだな」隼人はそっと首を振った、「つまらないことが記憶に残るものだな」

桟道のところで彼は綱を止めろと命じた。かけはしの残った部分は、そこから少し左寄りにある。隼人は岩を蹴《け》ってはずみをつけ、振子のように軀を振って、かけはしの上へ移った。その残った部分も、落ちたほうの支柱の一本が腐っていた。隼人は用心してその上を歩き、新しい支柱の置いてある場所を慥《たし》かめた。――そこは断崖《きりぎし》の尖《せん》端《たん》を向うへまわった、かけはしの袂に置いてあり、一本ずつに麻縄《あさなわ》で背負い紐《ひも》が付いていた。それを慥かめてから、隼人はまた綱を引きこころみ、軀を断崖のほうへ戻した。――綱の長さを少し伸ばさせ、まず左の端にある穴から仕事を始めた。腐って折れた支柱の残りを、鉄梃でこじり出し、穴の中をきれいにするのだが、穴は斜めに上へ向いているし、支柱のいちばん元に当るところは、どれもまだしっかりしているため、こじり出すだけでも予想外に暇がかかった。

「とにかく」と隼人は汗を拭《ふ》きながら呟いた、「うまくゆくかどうか、まず一本ためしてみるとしよう」

鉄梃の革紐をしっかりと肩に掛け、岩を蹴ってはずみをつけると、隼人はかけはしへ移って、支柱の一本を背負いあげた。麻紐はしっかりしてい、充分に支柱の重さに耐えそうである。隼人は源に云われたことを、頭の中で繰り返しながら、上を見あげて叫んだ。

「杭を背負ったぞ、聞えるか」

「聞えます」と岡村がどなり返した、「どうしますか」

「綱に重みがかかるから注意してくれ」

「大丈夫です、こっちは総掛りです」

隼人は身に付けた物を、いちいち手で触ってみてから、静かにかけはしから身を放した。股当てを思いついたのはよかった。肩を緊《し》めつける支柱の重さが、意外なほど大きいのにおどろきながら、隼人は自分に頰笑《ほほえ》みかけた。綱を巻いただけでは、その重みだけで手も足も出なかったであろう。しかしこの股当てがあればやれるぞ、と彼は思った。

「あせるな、一日かかって一本でもいい、それでも七日あれば支柱は出来るぞ」と隼人は呟いた、「岩の縁を欠かないこと、穴へ杭を差込むには、だましだましやること、それから、絶対に下を見ないこと」

眼の下は百尺以上もある断崖で、はるかな渓流《けいりゅう》の音を聞くだけでも、その高さがわかるように思えた。隼人は決して下を見なかったし、渓流の音も聞かないようにつとめた。——第一の支柱はうまくはいった。少し隙間があるので、楔を下側に三本打ち込むと、隼人が全身の力を掛けても微動もしなかった。

「どうだ、ちょっとしたものじゃないか」と云って隼人は首を振った、「なんでこうむやみに独り言が出るんだ、まるで老いぼれたやもめ男のようだぞ」

彼はかけはしへ戻り、二本めの支柱を背負った。そのとき岩蔭から、一人の男がとび出して来た。黒い山着のような着物に、黒い頭巾をかぶっていたが、そのけはいを感じて隼人が振返ると、いきなり刀で斬《き》りつけて来た。隼人にはただ黒い姿と、白刃の閃光《せんこう》しか眼にはいらず、綱を摑《つか》んですばやく断崖へ跳んだ。空を切る刀の音が二度聞え、隼人の軀は綱に吊られて、振子のように左右へ揺れた。相手の男はかけはしの端へ乗りだし、隼人の軀が揺れ戻って来ると、断崖に垂れている綱を切ろうとした。隼人は支柱を背負っているため、その重みで綱の揺れを止めることができず、男の刀は四たびまで綱に当った。――隼人は「よせ」と叫ぼうとした。そのかけはしは危ない、落ちるぞと叫びたかったが、舌が動かず、声も出なかった。男は逆上したようすで、五たびめにはもっと身を乗りだし、力任せに綱へ向って刀を振った。すると、その力を支えきれなかったのだろう、端の支柱が折れ、かけはしの端の板が三枚、殆《ほと》んど音もなく崩れ落ちた。

　男はあっと叫んだ。彼の手から刀が飛び、彼は身をおどらせて、いま隼人が打ち込んだばかりの、新しい支柱にとびつき、両手で辛くもしがみついた。――隼人は相手を見まもった。頭巾がずれて、顔の半分があらわに見える。それは西沢半四郎であった。隼人はじっとその顔をみつめてい、西沢は支柱にしがみついたまま、はっ、はっと激しく喘《あえ》いでいた。

これはあまりに残酷だ。

隼人はそう思った。

――人間がこんなにもみじめに、敗北した姿を曝《さら》すということがあるだろうか。

西沢半四郎がそろそろと首を廻して、隼人のほうを見た。彼の顔は恐怖のため仮面のようになり、両眼は瞳孔《どうこう》がひらいているようであった。西沢の口があいて、歯が見えた。白くなった舌が、力なく唇を舐《な》め、ついで、ひしゃげたような声が聞えた。

「――助けて下さい」西沢は隼人の眼をみつめながら、たどたどしい口ぶりで云った、「お願いです、――助けて下さい」

そのとき隼人の眼の色が変った。西沢を見るときにはいつも、木か石ころでも見るような眼つきをしたが、助けてくれと云う声を聞いたとたんに、あの親のない赤児を見るような、やわらかくあたたかい色に変った。

「動いてはいけない」と隼人は云った、「いまゆくからじっとしていろ」

隼人は背負っていた支柱の負い紐を、肩から外した。支柱は背中から落ちてゆき、断崖に当って二度ばかり音を立てたが、下へ落ちた音は聞えなかった。隼人は崖を蹴ってはずみをつけ、西沢の側へ揺れてゆくと、両手でしっかり彼を抱き取った。両手と両足で隼人にしがみついた西沢は、隼人の胸に顔を押し当てて、すすり泣いた。

「どうかしましたか」と崖の上から岡村がどなった、「あがって少し休んだらどうですか」

「杭を一本落してしまった」と隼人が答えた、「まもなくあがるが、杭をもう一本作っておいてくれ」

それから西沢に向って囁《ささや》いた、「一つ約束をしてもらうことがある」

「私は死ぬべきでした」と嗚咽《おえつ》しながら西沢が云った、「貴方《あなた》に助けてもらうなんてあさましすぎる、どうして助けてくれなどと云ったのか、自分でもまったくわかりません」

「その話は木戸へ帰ってからにしよう、もし少しでも済まないという気持があったら、温和しく木戸へ帰ると約束してくれ」

「私にはわかりません」西沢は声を忍んですすりあげた、「どうしていいのか、なんにもわからなくなりました」

「しっかりつかまっていろ」

隼人はそう云って、注意ぶかく崖を蹴った。西沢は身をちぢめて、しがみついた手足に力をいれ、軀《からだ》ぜんたいでふるえた。隼人はいそがず、ゆっくりと揺れを大きくしてゆき、かけはしの残った部分へ足が掛ると、それが落ちないことを慥かめてから、はじめて西沢をはなし、自分も渡り板の上におりた。

「いまのことは私と西沢自身しか知ってはいない」と隼人は云った、「西沢には妻女とまだ幼い子があるそうだ、今日のことは耐えがたいだろうが、ここまでくれば底の底だ、これを立ち直る機会にする気はないか」

西沢は崩れるようにそこへ膝《ひざ》を突いた。

「もしその気になれず、恥ずかしいからといってここで無分別なことをするようなら」と隼人は続けた、「おれはあったことをすべて老職に訴えて出る、そうすれば妻子がどうなるかはわかるだろう、——わかるだろう」

西沢は深く頭を垂れた。

「木戸へ帰って話しあおう」と隼人は云った、「恥辱を耐えぬくということも立派な勇気だ、こんどはその勇気をみせてくれ、そのくらいのことはできる筈《はず》だぞ」

「木戸へは帰ります」西沢はかすれた声で云った、「あとのことはわかりませんが、木戸でお帰りを待っていることはお約束します」

「では今夜また会おう」と隼人が云った、「人の眼につかないように帰ってくれ」

十八

隼人は自分の肌に、西沢の躰温《たいおん》が残っているのを感じた。綱で吊られた隼人の軀に、西沢は両の手足でかじりつき、そうして身をちぢめながら軀全体でふるえていた。

——臆病《おくびょう》な、弱い人間なんだな。

その夜木戸の居間で、西沢半四郎と向きあって坐りながら、隼人は心の中でそう思った。西沢のこの臆病なこころと弱さを、兄も知っていたに相違ない。それで兄は西沢を庇《かば》おうとし、逆に西沢の奸計《かんけい》にかけられたのだ。しかし、あの断崖の支柱にしがみついて「助けて下さい」と云うあの声を聞いたら、おそらく死んだ兄でも助けの手をさしのべたことだろう。西沢は罪を犯したが、犯した罪を糊塗《こと》しようとして、逆に自分の正体を曝露《ばくろ》してしまった。今日の彼の失敗は、どんな刑罰にもまさる刑罰だ、と隼人は思った。

「今夜はなにもかも云ってしまいます」西沢は頭を垂れて云いだした、「かけはしのとき貴方は、ここまでくれば底の底だと云われましたが、ここへくるまでの私が、どんな気持で毎日をすごしていたかということを知って頂けたら、私にとってあの言葉がどれほど救いになったかもわかって頂けると思います」

「その話はもう無用だ」

「私はすっかり聞いて頂きたいのです」

「いやその必要はない、話して肩の荷をおろしたいということかもしれないが、その荷をおろすことはできない、それは西沢が一生背負うべきものだし、一生背負いとおす責任があることもわかっている筈だ」

「では、聞いて下さらないのですか」

隼人は立ってゆき、戸納《とだな》の手文庫の中から、兄の手紙を出して来て、西沢半四郎の前へ押しやった。

「聞く必要のないことは、その手紙を読めばわかる」と隼人は云った、「江戸で兄から貰《もら》った手紙だ、読んでくれ」

西沢半四郎はすぐには手を出さなかった。なにが書いてあるかということがわかるからであろう、膝をみつめたまま、やや暫《しばら》く息をひそめてい、やがて心をきめたように、その手紙を取りあげた。まるで灼熱《しゃくねつ》した鉄でもつかむような手つきであった。

——兄上、どうか彼をごらんになっていて下さい。

隼人は心の中でそう云いながら、西沢のようすを見まもっていた。自分が見るのではなく、自分の眼をとおして兄が見ているようなおもいで、——初め、西沢半四郎の顔には苦悶《くもん》の表情があらわれた。ついでそれは血のけを失って硬《こわ》ばり、頰のあたりがひきつった。呼吸が苦しくなったように、唇《くちびる》があいて、息づかいの荒くなるのが聞えた。

——おれは無慚《むざん》なことをしている。

隼人は歯をくいしばった。

——だがこれはどうしてもやらなければならないことだ、これは兄へのたった一つの供養《くよう》であり、西沢を立ち直らせるためにも、避けてはならないことだ。

隼人は矢を射かけられたことを思い、頭上から岩を落されたことや、かけはしでの出来事を思い、また、死んだ唖者《おし》娘いちのことを思った。だが、怒りや、憎悪感は起こらなかった。

兄に対してしたことをも含めて、西沢半四郎はみじめに敗北している。これらのことが誰にも知れずに済んだとしても、彼自身、自分がみじめな敗北者だということは、骨に徹してわかっているだろう。可哀《かわい》そうなやつだ、と隼人は思った。

西沢は手紙を読み終った。

彼はひろげたままの手紙を膝に置いて、頸《くび》の骨の折れるほど低く、頭を垂れた。それは切腹をした者が、介錯《かいしゃく》の刃を待つ姿勢そのままにみえた。

「その手紙は西沢が焼いてくれ」と隼人が咳《せき》をして云った、「やむを得ない事情で、小池帯刀にだけは読ませたが、ほかに読んだ者は一人もない、小池が他言しないことは云うまでもないし、手紙を焼いてしまえば証拠はなにも残らなく、それでこれまでのことは縁が切れるのだ」

「私は、私はやはり」と西沢は吃《ども》った、「事実を老職へ訴え出て、いさぎよく罪を受けたいと思います」

「それで兄が生き返るか」と隼人が穏やかに云った、「手紙に書いてあったろう、兄がなにより心配していたのは、どうしたら西沢を破滅させないで済むかということだ、それは兄の本心なんだ」

西沢半四郎は眼をぬぐった。

「兄が生き返るならなのって出るがいい」と隼人は続けた、「それができないとすれば、兄の気持を生かすこと、西沢が侍らしい侍に立ち直ることが、ただ一つの、せめてもの償いではないか」と隼人は云った、「――おれはこの木戸でくらす、できることなら一生、流人村のために働くつもりでいる、そうなれば城下で顔を合わせることもないし、西沢も気兼なしにやってゆけるだろう、番が解けるまでの辛抱だ」

西沢はようやく顔をあげた。

「では本当に、――」と西沢は口ごもった、「私はゆるしてもらえるのですか」

「話はもう済んだ」

西沢はうなだれたが、またすぐに顔をあげ、こんどは隼人をまともにみつめて云った、「お願いがあるのですが」

隼人は西沢を見返した。

「私を貴方の側に置いて頂きたいのです」と西沢は云った、「貴方がここにいらっしゃるなら、私もいっしょにここに置いて下さい、貴方からはなれては生きる力がありません、自分でよくわかりません、私は一人ではとうてい生きてゆけません」

「それはいつかまた話すとしよう」

「いや、お願いです、少なくとも城下へ戻って、人がましいくらしをするだけは不可能です、貴方が流人村のために働くなら、私にその手助けをさせて下さい」

「妻女や子供はどうする」

「ここへ呼びます」西沢は伏し眼になった、「妻は来てくれるでしょうし、ここでくらすことも反対はしないと思います」

「まだあと二年ある」隼人は眼をそらしながら云った、「番の解けるときが来てもその気持が変らなかったら、そのときまた相談をしよう、――今夜はもう寝るほうがいい」

西沢はなおなにか云いたそうだったが、ではこれを頂いてゆきますと、手紙を巻きおさめ、会釈をして出ていった。——隼人は黙って坐っていた。自分が判断し、その判断にしたがってやったことを、仔細《しさい》に思い返していたらしい。かなり長い時が経っても、なにごとかなし終ったという、くつろぎの色も、やすらぎの色さえもあらわれなかった。

「すっかり終って、一つのものが始まろうとしているのに」と隼人は呟いた、「——おれにはなにも終ってはいず、なにも始まりはしないようにしか思えない、ただ、すべてが初めに返ったような感じだ」

隼人は重苦しげな顔つきになり、仰向いて、眼をつむった。「兄さん」と彼は救いを求めるように呼びかけた、「これでよかったのでしょうか、それとも、私のしたことは誤っていたでしょうか」

いつもすぐ思いだせる兄の顔が、そのときはどうしても眼にうかばず、答えてくれるようにも思えなかった。しかし、まるでそれに代るように、正内老人の云った言葉が、耳の奥によみがえって来た。

——肝心なことは、と老人は云った。事が失敗するかしないかではなく、現に貴方がそれをなすっている、ということです。

隼人はその声を聞きすますようにしていたが、やがてそっと、静かに頷《うなず》いた。

（「別冊文藝春秋」昭和三十四年四月）

へちまの木

一

房二郎《ふさじろう》が腰を掛けたとき、すぐ向うにいたその男は、鯵《あじ》の塩焼を食べながら酒を飲んでいた。房二郎は酒を注文し、肴《さかな》はいらないと云《い》った。ふくれたような顔の小女《こおんな》は、軽蔑《けいべつ》したような声で、酒一本、肴はいらないとさ、とあてつけがましい声でどなった。房二郎は慣れているらしく、知らん顔をしてい、その男はちょっとこっちを見たあと、骨までしゃぶった塩焼の皿を押しやり、芋汁《いもじる》を呉《く》れと云った。

その「沢茂《さわも》」という店は小さかった。客が十人もはいれるかどうか、まだ木ぐちは新らしいが、ぜんたいにひどく気取った造りになっていた。給仕は二人の小女で、どちらも田舎出だろう、化粧をしていないのは当然だが、手足もまっ黒だし、赤ちゃけた髪もぼさぼさ、動作も荒っぽいという、まるで野放しの仔熊《こぐま》みたような小娘たちであった。

「年に一度か二度のこったが」脇《わき》のほうの飯台《はんだい》で職人ふうの、中年の男二人が、飲みながら話していた、「ついこのあいだまたやりゃあがった、ちっとばかりならいいが、敷蒲団《しきぶとん》から畳まで濡《ぬ》らしちゃってるんだ」

「富坊はまだ五つだったろう」と相手の男がきいた。

「今年で六つだ」とこちらの男が云った、「六つにもなるのにおねしょじゃあ済まされねえ、その蒲団を背負わせて、町内を三遍廻って来いと突き出してやった」

「おれにも覚えがあらあ、いやなもんだったぜ、みんなにゃあ見られるし、笑うやつもあるしな、富坊もさぞ辛《つら》かったろう」

「どうだかな」とこちらの男が云った、「町内を廻って来いと云ったのに、野郎、そのまんま神田までいっちまった」

相手の男は聞き違えたと思ったように、どこだって、と反問した。

「神田よ、神田の多町《たちょう》までいっちまったんだ」

「だって」と相手の男が云った、「おめえのうちは川向うだろう」

「川向うも川向う、亀戸《かめいど》の先よ」

「へえー、そいつはおどろきだな」

「おどろきどころじゃあねえや、おれが帳場から帰ると、町内は迷子《まいご》捜しの大騒ぎよ」

房二郎はゆっくり酒を啜《すす》りながら、二人の会話を聞いて思わず微笑し、同時に、すぐ向うにいる男を仔細《しさい》に眺《なが》めていた。男のとしは三十五六、中肉中背の平凡な軀《からだ》つきだが、焦茶色《こげちゃいろ》の乾いた膚《はだ》と、よく動くおちくぼんだ眼つき、そして、そこだけ際立《きわだ》って赤い唇《くちびる》などが、なんという理由もなく、房二郎の心をひきつけた。——芋汁というのは、とろろ汁の中へなにか白身の魚と青い物がはいっているらしく、男はその汁で酒を一本飲み、次いで、酒と甘煮《うまに》を注文した。

「多町の自身番で貼《は》り紙《がみ》を出しているのを、町内の人がみつけてくれたのは、その明くる日のことさ」

「懲《こ》りたのは親のほうってわけか」

「みごとにしっぺ返しをくらったようなものさ」

房二郎はまた微笑し、けれどもすぐに、眉《まゆ》をしかめた。その子は町内の人たち総出で捜しだされた。おれのうちはどうだろう、父や母や兄や姉たちは、おれを捜しているだろうか。いや、そうではあるまい、おそらく厄介払《やっかいばら》いをしたと、ほっとしていることだろう、と彼は思った。

「おい、おちょぼ」と前にいる男が小女を呼んだ、「そこにいるおちょぼ、聞えないのか」

指をさされた小女はむっとしたように、頰《ほお》をふくらせてこっちへ来ながら、自分の名はおつゆで、おちょぼなんていうへんてこなものではない、と抗議した。

「おつゆだって」と男はよく動く眼でじっと小女をみつめながら、歯を見せて、声を出さずに笑った、「悪かったな、ずいぶん丈夫そうなおつゆさんだ、お通じはきちんとあるかい」

房二郎は危なくふきだしそうになった。

「わかんねこと云うお客だよ、このひと」とその小女は云った、「用はなんだね」

「酒と刺身だ」と男は云った、「刺身は鮪《まぐろ》の中とろだよ」

おかしな注文をするな、と房二郎は思った。鯵の塩焼の次に芋汁、そして甘煮のあとで刺身とは、順序が逆のようじゃないか。人によって好みはあるが、四番めに刺身というのは珍らしい、そんなことを知らない男とは見えないし、とすれば、ことによるとなにかあるな、と房二郎は直感した。その直感は外《はず》れなかった。脇の飯台で飲んでいた二人が、勘定を払って出てゆくとすぐ、刺身を二三片《きれ》たべた前の男が、大きな声で小女を呼んだ。

「そこのおちょぼ」と男は云った、「ちょっと板前を呼んでくれ」

「あたしの名はおつまっていうです」とその小女は云った、「なんの用ですか」

「板前を呼んで来いと云ってるんだ」

「旦那《だんな》はいそがしくって、いま手が放せねえです、用はなんですか」

「旦那なんて誰が云った、板前だよ、板前」と男は云った、「この刺身を作った板前を呼べと云ってるんだ」

「それが旦那です、うちじゃ焼くのも煮るのも、刺身を作るのもみんな旦那さんがやるんです、なんの用ですか」

「その旦那を呼べっていう用さ、おっと」男は片手をあげた、「いそがしくって手が放せねえとは云わせねえぞ、客はおれとこちらの二人っきりだからな、わかったか」

小さな店だから、男の声は板場へ筒抜けである。小女がゆくまでもなく、片襷《かただすき》をした四十がらみの男がこっちへ出て来た。

「あっしをお呼びですか」

「ああ、おまえさんかい、この店の旦那で板前さんてえのは」

「ええ、あっしがこの店のあるじで板前をしています」

「じゃあこの刺身をたべてみてくれ」

「なにかお気に入りませんか」

「たべてみろよ」と男は刺身皿を押しやった、「おめえも庖丁《ほうちょう》を握るしょうばいなら、庖丁をどう使うかぐらいは知ってるだろう、まあたべてみろよ、かなっ臭えから」

旦那はどきっとしたようであった。男は右の肱《ひじ》を飯台に突き、頬杖《ほおづえ》をしながら、そのよく動く眼をぎろりと光らせた。

「おまえさんは研いだまんまの庖丁を使った」と男はねっちりした口ぶりで云った、「研いだ庖丁は水で晒《さら》しあげてから使うものだろう、水で晒さずに使えばかなっけが付く、そのくれえなことを知らねえ筈《はず》はねえと思うんだが、どうだい」

「相済みません、親方」あるじは片襷を外しておじぎをした、「人手がねえもんで、ついぞろっぺえなことを致しまして」

「ちょっと待った」と男は遮《さえぎ》って云った、「人手がなくって客にかなっ臭え刺身を食わせるくれえなら、店を閉めたらどうだ」

おいでなすったな、と房二郎は思った。

「おらあな、馬喰町《ばくろちょう》の文華堂っていう瓦版屋《かわらばんや》の、木内桜谷《おうこく》ってえ者だ」と男は云った、「こんどうちから、評判のいい小料理飲み屋の番付を出すことになった、この沢茂ってえ店はうまい物を食わせると聞いたから、それでためしに寄ってみたんだ」

「まことに相済みません」とあるじは続けさまにおじぎをし、頭のうしろを掻《か》いた、「こんなしくじりは初めてでして、いつもお客さまにはよろこんでいただいているんですが」

「もういい、勘定をしてくれ」

「いいえとんでもない、お気に入らない物を差上げて、あっしのほうからお詫《わ》びをしなくちゃあなりません」

「よしてくれ」と男は高い声を出した、「おらあ勘定をふみ倒す気で文句を云ったんじゃあねえぜ、この沢茂の名を思えばこそ」

「まあ親方」と中年増《ちゅうどしま》の女が出て来た、このうちの主婦だろう、小さな紙包みを持っていて、それをすばやく男の袂《たもと》に入れた、「どうか親方、お勘定の心配なんぞなさらないで、いつでもお好きなときにいらしって下さい、その代り」と云って彼女はあいそ笑いをした、「——瓦版のほうはよろしくお願い致します」

「親方」と房二郎が呼びかけた、「いや、おまえさんだよ、文華堂の親方、木内桜谷さんとかいったね」

男はぎょっとしたように振り返った。「沢茂」は日本橋小網町《こあみちょう》にあり、木内という男は昏《く》れかけた街を新堀のほうへあるいていた。道には往来する人が多く、房二郎の声に振り返る者もいた。

「なんだおめえは」と木内はおちくぼんだ眼で房二郎の全身を見あげ見おろした、「——おう、おめえ沢茂で会ったっけ」

からね」
「まあ、あるきましょう」と房二郎は男の背に手を掛けて云った、「人立ちがしますからね」
「なんの用だ」
「おつまさんの云うようなことはよしにしましょうや、親方」
「馴《な》れ馴れしいやつだな、いってえおめえは誰だ」
「名は房二郎、房って呼んでくれればいい」と彼は云った、「いまの店のお芝居は面白かった、たっぷり見せてもらったぜ、親方」
「芝居たあなんのこった」
「あるこう」と房二郎が云った、「馬喰町とは方角が違うんじゃねえかな、親方」
「いちいち親方、親方って云うなよ、なにが云いてえんだ」
「まあそうせきなさんな、おらあおめえを他人とは思えなくなった、これからよろしく頼むぜ」
「なにをよろしく頼むんだ」
「とぼけなさんな、いまの沢茂のくちさ」房二郎は低く笑った、「瓦版屋で小料理飲み屋の番付を作る、そのために評判のいい店をためしに廻ってる、なんざあ泣かせるせりふだぜ、だがなあ親方、刺身がかなっ臭えなんていうところは瓦版屋じゃあねえな、おまえさんはどこか歴《れっき》とした料理屋の板前だろう」

木内桜谷は笑いだした。昏れがたの街の、往来する人たちが振り向いて見るほど、大きな笑い声であった。

二

「これがおれのねぐらよ」と木内は云った、「飲むか、若いの」

「焼酎《しょうちゅう》はだめだ」房二郎は自分のおくびの酒臭さに眉をしかめた、「酒ももうたくさんだ」

「おまえさんお武家だね」

「そんなことはどっちでもいいじゃねえか、人足だろうと駕籠《かご》かきだろうと、人間が人間だということにゃあ変りはねえさ」

四帖半《じょうはん》と六帖の、裏長屋のその住居には、火のない長火鉢《ながひばち》と小さな茶簞笥《ちゃだんす》、そして竹行李《たけごうり》が一つしかなかった。それらは古道具屋から買ったものらしく、長火鉢も茶簞笥もこばが欠けたり、板にひびがいったりしてい、竹行李などは四隅《よすみ》がやぶれていた。

「しかし文華堂へ勤めるとなると」と木内は湯呑茶碗《ゆのみぢゃわん》で焼酎を啜りながら云った、「人別《にんべつ》だけははっきりしなくちゃあならねえからな」

「そいつあとんだへちまの木だ」

「へ、ち、まがどうだって」

「こっちのことさ」と房二郎は云った、「姓は池原、名は房二郎、と、しは二十三歳、──池原は千二百石の旗本で、屋敷は芝の桜田小路《こうじ》、おれは三男で養子にやられようとしたので、家出をして来たというところだ、このくらいでいいかい、親方」

「それに嘘《うそ》がなければばな」と云いかけて、木内は眼《め》をみはった、「千二百石の旗本ですって」

「おれのじゃあねえ、家に付いた石高《こくだか》だぜ」

「だって房さん、千石以上っていえば御《ご》大身《たいしん》じゃありませんか」

「内所《ないしょ》は火の車さ、おれの婿《むこ》縁組も先方じゃあ金がめあてなんだ、へっ」房二郎は肩をすくめた、「おれだって男だ、持参金なんぞ背負っておめおめと婿にいけるかい、そうだろう木内さん」

親方とか木内さんとか呼ばれるたびに、桜谷はくすぐったいような、また誇らしげな気持になるらしい。よく動く眼を細めたり、皺《しわ》のある小さな顔を撫《な》でたり、口をすぼめたり、軀ぜんたいで貧乏ゆすりをしたりした。

「もってえねえような話だが、気持はよくわかりますよ」と木内は云った、「明日すぐに文華堂へゆきましょう、いまちょうど手不足だし、まず断わられるようなことはねえと思います、もちろんおまえさん、このほうはできるだろうね」

木内桜谷はなにか書くような手まねをした。

「よせやい」と房二郎が答えた、「昌平黌《しょうへいこう》じゃあ松室寧斎《まつむろねいさい》のまな弟子《でし》だったんだぜ」

「学問と瓦版とはまるで違うんだが、まあいいでしょう、文華堂のおやじにはまたおやじの思案があるでしょうから、ときにねぐらだが」

「おらあここでもいいぜ」

「野郎二人はいけねえ」木内は手を振った、「一人でもうじがわくっていうのに、二人じゃあ手に負えねえや、文華堂でよしときまったらおれが捜してやるよ」

「やっぱりおめえは他人たあ思えねえ、頼むよ親方」

少しだが金なら持ってると、房二郎が云い、木内桜谷は、今夜ひと晩は泊ってゆくようにと云った。

馬喰町三丁目の文華堂は、道を隔てた向うに郡代《ぐんだい》屋敷があり、土堤《どて》には松林が茂ってい、その土堤囲いの中に池でもあるのか、なにかの水鳥の鳴き交わす声や、飛び立ったり舞いおりたりするのが見えた。——文華堂は土蔵造りの二階建てで、下では絵草紙とか黄表紙、人情本、それに駄菓子《だがし》などまで売ってい、帳場格子《ごうし》の中にはいつも、主婦のおそでがでんと坐《すわ》っていた。あとでわかったことだが、絵草紙も人情本など、みなよそで刷って売れなくなった版木を安く買い、とくに黄表紙や人情本は題名と作者名を変えて、新版物のようにみせかけた本ばかりであった。――その店はおかつという二十五になる女中と主婦の二人でやっていた。おかつは背丈も高く、きりょうもいいほうだが、吃《ども》りで、暇もなくおそでに顎《あご》で使われながら、しょっちゅうびくびくしていた。

おそでのとしは三十八九、大きな軀で、立ったりあるいたりすると、床がみしみし鳴るくらいであった。そのくせ顔は狐《きつね》のように細く骨ばっていて、人間どもはみな敵だとでもいうように、尖《とが》った三白眼でゆだんなくあたりをねめまわしているし、ものを云う言葉はひとことひとことが棘《とげ》を持っていて、相手に突き刺さるように感じられた。

「この店はあの女狐《めぎつね》のものなんだ」と木内桜谷が房二郎に囁《ささや》いた、「まえの亭主が米相場をやっていて、死ぬ間際にどかっと儲《もう》けたらしい、その金をめあてに、あのちょび髭《ひげ》がとりいってものにし、この文華堂を始めたんだそうだ」

房二郎が云った、「世の中には酔狂な人間がいるもんだな」

「しっ、聞えるぜ」と木内が云った。

いまでいえば編集部というのだろう。二階の往来に面したほうに、八帖二つをぶち抜いた部屋があり、古机が五つ、一方は記事を書く部屋、一方には絵描《えか》きや摺師《すりし》や、版木彫りの職人たちがいた。絵描きの常さん、版木彫りの源さんは、ともに五十がらみでともに独身、いつも「この世界がひっくり返ればいい」とでも云いたげな、渋い顔をしてい、どちらも、自分は江戸一番の職人だ、という自信を軀いっぱいに詰め込んでいるようにみえた。摺師の松やんは三十そこそこで、瘦《や》せがたの美男であり、もう妻と三人の子持ちだということであった。彼は腰が低く、無口で、人と話すようなことは殆《ほと》んどない。京橋二丁目にある耕文堂で、子飼いから摺師を仕込まれたが、いまの女房といっしょになるとき、耕文堂の主人夫妻となにかもめごとがあり、江戸では表向き、一流の職にはつけないような処分を受けたのだそうであった。

記事屋は三人、木谷桜所、木内桜谷、木原桜水という。桜所は品のいい五十男、桜水は背丈が低く肥えていて、としは二十五六だろう、いつもにこにことあいそがよく、主婦のおそでもこの男だけには、あまったるいような声で話しかけるようであった。

「あの女狐は平公とできてるんだ」と木内が房二郎に耳うちをした、「木原桜水なんて名のってるが、本当は大工の伜《せがれ》で平次っていうのさ、ときどき女狐のごきげんをとって、うまく小遣いをせしめているらしい」

「いくらなんだってあんな女に、へえー」と房二郎は云った、「それが本当ならとんだへちまの木だぜ」

そして主人の西川文華は三十四五歳、背丈は五尺そこそこだし、瘦せていておちつきがなく、鼻の下にちょび髭を立てていた。いつもちょこちょこと動きまわっているようすも、小さな目鼻だちも、そのきいきい声やちょび髭まで、鼠《ねずみ》そっくりにみえた。

「せやさかい」というのが口ぐせであり、江戸弁は荒っぽいから、しょうばいには上方訛《かみがたなま》りに限る、というのがその主張であった。

「そないに勘定や勘定やと云われてもな」といつか版木屋が勘定取りに来たときに、彼がきいきい声で云うのを房二郎は聞いた、「――こっちゃもしょうばいやよってに、あんじょう儲からんことには払えやしまへんがな」

記事部屋は北向きで、うす暗く、湿っぽく、九月にはいるともう隙間風《すきまかぜ》が寒かった。瓦版はたいてい一枚摺りだが、ときに三枚綴《と》じ五枚綴じのこともあった。綴じの多いときは小説ふうの拵《こしら》え記事で、赤絵を使った、わ印のような内容のものが多かった。

――売り子は香具師《やし》の若い者で、常連になっているのが七人、一枚売れば幾らという歩合制であるが、記事のたねを持って来れば、相当な手間賃になるようで、かれらのほかにも、火事とか落雷とか、心中、傷害などの早記事を持ち込む者が幾人かいた。

房二郎は小舟町に部屋を借りた。木内桜谷が捜してくれたもので、女一人の後家ぐらしであるが、仕立て物を教えていて、二十人ちかい娘たちが毎日かよって来た。女主人のおるいは軀《からだ》こそ小柄《こがら》だが、ちょっと珍らしいほどの美貌《びぼう》で、細おもての顔や軀つきが調和がとれているため、すらっとして背丈が高いようにみえた。木内桜谷は自分で世話をしたのに、おるいの美貌に気づかなかったのか、半月ばかりすると、しきりに房二郎にからみだした。

「房やん、もうあの後家さんとできたんじゃあねえのか」

「なんだい、その後家さんてえのは」

「小舟町のおるいさんよ、白《しら》ばっくれたってだめだぜ」

房二郎はくすっと笑った、「初めて聞く名だが、おれが部屋を借りてる、うちのばあさんのことかい」

「ばあさんだって」

「よくは知らねえが、もう三十四五になるんだろう、おれにゃあおふくろみてえなもんだ」

文華堂の隣り町、馬喰町二丁目の横丁に「とんび」という小さな店がある。五十くらいの夫婦だけでやってい、店構えも器物もしもたやふうだし、肴《さかな》も三品より多くは出来ないけれども、酒だけは新川からじかに取るそうで、それを自慢にしていた。みつけたのは房二郎で、帰りには一日おきくらいに、木内をさそって飲みに寄った。

「おふくろか」と桜谷は酒を啜《すす》りながら、渋い顔をした、「そういうことを聞くと、自分のとしを思いだすよ」

「そんなことよりも」と房二郎が云った、「あの木谷桜所と木原桜水の二人はなに者だい、木内さんとおれは朝から夕方まで、ずっと記事部屋に詰めっきりで、あることないこと書きどおしに書いてるのに、あの二人は好きなときに顔を出して、ちょっとした短けえ記事を放《ほう》り込んで、勝手にさっさと帰っちまう、あれはどういうことなんだい、木内さん」

「二人はかけもちなんだ」と木内が云った、「瓦版屋を幾軒かかけもちにしていて、記事によって高く買う店と、安く買う店をうまくこなしてるのさ、文華堂へ持って来るのは安いほうのくちだが、その代りおれたちは、外廻りをしなくっても済むってえわけさ」

「だって売り子が記事のたねを持って来るじゃねえか」

「記事の取りかたが違うんだよ」と木内が云った、「房やんが今日書いた、深川の親子心中だって、――まあいいや、そのうちにわかってくるさ」

三

「だろうさ」と房二郎がやけになったような口ぶりで云った、「人間としをとればいろんなことがわかってくる、わかるにしたがって世の中がどんなにいやらしいか、人間がどんなにみじめなものか、ってことがはっきりするばかりだ」

「生きてくってことは冗談ごとじゃあねえからな」

「げにもっとも」と云って房二郎は、からになった燗徳利《かんどくり》を取って振った、「おやじ、酒だ」

「だめです」ととんびのあるじはかたくなに云い返した、「うちは酒をあじわってもらう店で、酔っぱらうために飲ませるんじゃあねえんだから」

つけ板のまわりにはほかに二人、お店者《たなもの》らしい中年の男が、この店のかみさんの酌《しゃく》でひっそりと飲んでいた。房二郎はあいそのない亭主の言葉にむっとした。仮にもしようばいをしているのに、そんな客を突きとばすような挨拶《あいさつ》はないだろう、と思ったのであるが、他の二人の客のことを考えて、尋常に頭をさげた。

「これもげにもっとも」と房二郎は云った、「勘定をしてもらおうか」

房二郎はどきっとし、坊主枕《ぼうずまくら》から頭をもたげた。暗くしてある行燈《あんどん》の仄《ほの》かな光で、自分の横に女が寝てい、裸の足と手が、自分の軀に絡《から》みついているのに気づいた。

「おい、起きてくれ」と彼は女の肩をゆり動かした、「ここはどこだ、おまえは誰だ」

女は房二郎にしがみつき、その胸に顔をすり寄せながら、黙って眠って、と囁いた。

そのまま眠ってちょうだい、あたしすぐに向うへゆくから、と付け加えた。彼はまた
そのまま眠ってしまった。


明くる朝、文華堂の記事部屋で、房二郎は蒼《あお》い顔をして、水ばかり飲んでいた。

「宿酔《ふつかよい》かい」と木内桜谷がにやにやしながら云った、「房ちゃんはあまり強くはないんだな」

「ゆうべはどのくらい飲んだのかな」

「おれの知っている限りじゃあ二合とちょっとだったぜ、そのあとは知らねえがね」

「うーん」房二郎は唸《うな》った、「どこで別れたのかね」

「おまえさんはむちゃだよ」木内はせっせと筆を動かしながら云った、「一杯飲むとすぐにどこかへいこう、と云ってきかねえんだ、五軒か六軒まわったかな、こっちが

疲れちまって、小網町で別れたよ」

房二郎はぎょっとしたように振り向いた、「小網町だって、まさか沢茂じゃあねえだろうな」

「それが沢茂さ」

「冗談じゃあねえぜ」

「どうしてもゆくんだってきかねえんだ、こんどはおれが刺身のかなっけをためしてやるんだってな」

「冗談じゃねえ、総毛立つぜ」房二郎は首をすくめた、「それで刺身を食ったのか」

「なんにも食わなかったよ」木内はまたにやっと笑った、「五つ品ぐらい注文したかな、みんな箸《はし》で突つくだけで、なにか文句ばかり云っていたようだぜ」

「ぞっとするね、ひでえもんだ、おらあ本当は酒はだめなんだ、婿の縁談が始まってから、やけくそになって飲みだしたんだが、盃《さかずき》で五つも飲めばぶっ倒れるほうさ」と云って房二郎はさぐるように木内を見た、「それで、ゆうべ別れるときに、まっすぐ小舟町へ帰るようだったかい」

「どうだったかな、おれも酔ってたから覚えちゃあいねえが」

そのとき、廊下を隔てた裏座敷で、ひーという主婦の叫び声が聞えた。そこは主人夫妻の寝る八帖で、主婦のおそでがそういう声を出すときは、きまってやきもち喧嘩《げんか》であり、主人の西川文華はすぐさま記事部屋のほうへ逃げて来るのがきまりだった。躰力《たいりよく》でも腕力でも、そして弁舌においても、文華はとうてい女房に対抗することはできなかったからである。

「文華はね、房やん」と木内が囁いた、「あのちょび髭《ひげ》で女狐をたらし込んだのさ、もちろん金がめあてでね、——ところが、ちょび髭はあの女狐をたらす役に立っただけで、女狐は財布の紐《ひも》をがっちり握ったままだし、いまのように喧嘩となると、三文の役にも立たねえ、哀れなちょび髭さ」

「記事はまだかい」と隣りから彫り師の源さんが呼びかけた、「こっちは手をあけて待ってるんだぜ」

「まだ新らしいのはねえな」と木内が大きな声で答えた、「昨日の深川心中でも増し摺りをしていてもらおうか」

「なんだい、あんなすべたあまになんぞ騙《だま》されやがって」と裏の八帖からおそでの叫び声と、頰《ほお》でも叩《たた》くような音が聞えた、「あたいの財布からくすねてった二分《ぶ》もあのくそあまにやったんだろ、すぐに返せ、いますぐにここで返しやがれ、このとんまの**野郎のひょっとこのおたんこなすめ」

また頬でも叩くような音と、けんめいになだめようとする文華の、低いやさしげな声が聞えた。

「さあ、ここいらでさわりを入れるかな」木内桜谷は休みなく筆を動かしながら云った、「——うんすん歌留多《かるた》だ、うんすん歌留多だ」

彼はよく書いた。一升徳利を机の脇《わき》に置いて、冷やのまま湯呑に注ぎ、それを啜りながら、朝から夕方まで、独り言を呟《つぶや》いたり、にやにや笑ったりしながら、書きに書きまくった。文華堂でいう早記事、いまでいう速報というようなものはもちろん、芝居の評判記とか、役者と婦人たちとの情事、いうまでもなくでたらめな拵え記事だし、内容は思いきって下品なものであり、表現はそのまま猥本《わいほん》といっていいものであった。

「またうんすん歌留多かい」ときどき彫り師の源さんが云った、「こう型がきまっちゃあ面白くも可笑《おか》しくもねえぜ、木内さんもたまにゃあ変った女と寝てみるんだな」

「源さんとはとしが違うからな」木内は顔をくしゃくしゃにし、口だけは負けずにやり返す、「——そのうちにだんだん勉強するつもりだけれど、そんなに変った女がいたら教えてもらいてえな」

「おらあ三十五のとしから女は断ってるんだ」と源さんは版木に向かいながら云った、「しかし女ってやつは一人として似た者はいなかった、顔かたちはもちろん、あのほうの好みだって、からだのぐあいだって、声の出しかただって、みんなそれぞれに違うんだ、おまえさんの書く物は引写しで、生きた女は一人も出ちゃあこねえ、これじゃあいくら安手のわ印だって売れやあしねえぜ」

「三十五から女を断ったって、どうしてだい源さん」木内は筆を動かしながら、それとなく話を変えた、「なにかいわくがありそうじゃねえか」

「弁慶は一遍きりで女を断った、っていう話を聞いたこたあねえかい」

「おらあ源さんのことを聞いてるんだ」

「てめえのざんげ話をするほどぼけちゃあいねえよ」

裏座敷の喧嘩はおさまったらしく、おそでの鼻にかかった、あまだるいような呻《うめ》き声が、とぎれとぎれに聞えてきた。まもなく木谷桜所があらわれ、品《ひん》のいい声と身ぶりで、一と綴《つづ》りの記事を木内桜谷に渡し、いい瓦版《かわらばん》になりますよと云って、いかにも品のいい身ぶりで去っていった。

――ゆうべはどこで泊ったんだろう、と房二郎は思いあぐねていた。あの女は誰だったんだろう、沢茂で木内と別れたとすると、なか（新吉原）はもちろん知らねえし、女と寝るような場所へは近よったこともねえんだからな。

女中のおかつが昼めしを告げに来たとき、房二郎は「よかったらおまえさんが喰《た》べてくれ」おれはなんにも欲しくはないと云った。絵描きの常さんも彫り師の源さんも、そして摺師の松やんも木内桜谷まで、みんな弁当持ちでかよって来るが、房二郎だけは近所の弁当屋から昼めしを取っていた。ほんとかね、と女中のおかつは赤くなって吃《ども》りながら聞き返し、本当に喰べていいと知ると、顔じゅう崩して嬉《うれ》しそうに微笑し、ありがとうと、吃り吃りおじぎをした。

「このうちじゃあろくな物は食わせないんだ」と木内が云った、「一年じゅう麦めしに漬物《つけもの》、十五日と晦日《みそか》に味噌汁《みそしる》が一杯、そのときは汁の中のみを皿に取ったのがおかずで、ほかには漬物も喰べさせねえそうだ」

「夫婦も同じなのかね」

「女狐のその日の機嫌《きげん》によるそうだ」

「嘘《うそ》のような話だな」と云って房二郎は首を振った、「その記事、手伝おうか」

「むりだな」木内は弁当の包みを開きながら云った、「まおとこの現場を押えた亭主が、女房と男を庖丁《ほうちょう》で斬《き》ったという話だからな、気分が直ったら写し物を続けてればいいよ」

房二郎は文華堂へはいってからずっと、仮名書女庭訓《かながきおんなていきん》という写し物をしていた。原本は高名な漢学者で、原題を「啓蒙婦女《おんな》庭訓」といい、広く読まれている評判の本であった。その文章を少しずつ変え、仮名書にして売ろうというのである。つまり偽書《にせがき》を作るわけで、房二郎は一字書くごとに、恥ずかしさで汗をかく思いだった。

「しょうばいだよ、しょうばい」と木内桜谷は慰めてくれた、「にんげん生きてゆくためにゃあ、どんな恥ずかしいことも忍ばなくちゃあならねえときがある、気にしなさんな、そのうちに慣れるさ」

四

「そんなとこへ寝ちゃあだめよ、風邪をひくじゃないの、起きてよ池さん」

「おめえ誰だ」と房二郎が云った、「ここはいってえどこだ」

「あんたの部屋のあるうちじゃないの、小舟町よ」

房二郎は頭をもたげておるいを見、ああ、あんたかと云ってまた眼をつむり、畳の上で仰向けに寝返った。

「だめねえ、飲めもしないくせに」おるいは立ってゆき、坊主枕と掻巻《かいまき》を持って来て、房二郎に枕をさせ、掻巻を掛けてやった、「苦しいんじゃないの、水を持って来ましようか」

房二郎には聞えなかったらしい、「――いっそ乞食《こじき》にでもなればよかった」と呟き、掻巻の中へ顔を隠した。

どうして自分の部屋へはいったか、房二郎にはまったく覚えがなかった。肩をゆすられて眼をさますと、枕許《まくらもと》におるいがいて、湯呑茶碗《ゆのみぢゃわん》を彼にすすめた。

「これを飲んで」とおるいは云った、「いやだろうけれど、宿酔には迎え酒がいちばんきくんですって、鼻を摘《つま》んでもいいから飲んでごらんなさい」

房二郎は起き直って、その湯呑を受取ったが、燗をした酒の匂《にお》いを嗅《か》ぐなり、胸がむかむかし、危なく嘔吐《おうと》しそうになったので、顔をそむけながらおるいに返した。

「それじゃあ今日は休んでゆっくり寝ていらっしゃい」

「そうします」房二郎は横になりながら云った、「誰か人を頼んで文華堂へそう届けさせてくれませんか」

「いいじゃないの、そんなこと」おるいは掛け夜具を直してやりながら云った、「あんないやらしいお店なんかやめておしまいなさいよ」

「やめてどうします」

「ゆうべは乞食になればよかったって仰《おっ》しゃってたわ」とおるいが云った、「その気にさえなれば、あなたはなにをなすっても、きっと人の頭《かしら》に立つ仕事をものになさるわ」

「そんな者にはなりたくないな、山へでもはいっちまいたいよ」

「なに云ってるの、まだ世の中を覗《のぞ》いたばかりの若いくせに、さあひと眠りなさい」

おるいは掛け夜具を直して云った、「そうすればまた元気が出ますよ」

房二郎はすぐに眠った。ほんのちょっと眠ったような気持だったが、人の話し声を聞いて眼をさますと、行燈に火がはいってい、その脇の膳《ぜん》に向かって、木内桜谷が酒を飲んでいた。房二郎が声をかけると、木内はよく動く眼を細め、顔をくしゃくしゃにして笑った。

「朝このうちから使いが来たんでね、どんなようすか見に寄ったんだ」

「そんな心配はいらなかったのに」

「ゆうべがゆうべだからな」

「というと、——なにかあったのかい」

「忘れちまったのか」と木内はうまそうに酒を啜って云った、「今月から手当をきめてくれって、ちょび髭に談じ込んだんだよ」

ああと云って、房二郎は顔をしかめた。ちょび髭との問答を思いだしたのである。雇われてから約四十日、見習いということで、これまで一銭の手当もなかった。桜田小路の家から持って来た金も残り少なくなったので、思いきって文華に申込んだ。房二郎より三寸以上も背丈の低い文華は、ちょび髭を撫《な》でながら、幾たびも咳《せき》をした。

――手当や手当やいうても、こっちゃもしょうばいやよってにな、と文華は例のきまり文句を云った、本当はな、記事屋というものは、店から手当を貰《もら》うより、記事のたねを金にするものときまったもんやがな。

――記事のたねを金にするとは、どういうことです。

――桜谷はんにきいてみなはれ、と云って文華は三角の小さな眼を皮肉に細めた、それにな、弁当屋から弁当を取って喰べるような結構な身分で、銭かねのことを云うなんて似合いまへんで。

そのとき房二郎は、ちょび髭を殴りつけたくなったが、急に自分が恥ずかしくなり、文華の前からひきさがった。こんな卑《いや》しい写し物などをして、給銀《きゅうぎん》を貰おうなどと思った自分が、なんともあさましく感じられたからである。

「木内さんあれを聞いていたのかい」

「だから酒をつきあったのさ」と木内は云った、「あんたはいつかのように梯子《はしご》酒《ざけ》で、おれは泥棒《どろぼう》になりてえって、大きな声で云い続けていたよ」

その気持はよくわかる。だが世間というものは、きれいごとだけで生きてゆけるものではない。瓦版屋はずいぶんあるが、ごまかしでない、本当の記事で売れている店はごく僅《わず》かなものだ。あとは大なり小なり悪質な、拵《こしら》え話か事実無根のあくどい記事で、ようやく生計を立てている、というのが大多分なのだ。その中で文華堂が、いちおう店を張っているのは、おそでが金を持っていること、家作も十軒ばかりあるし、どうやら小金貸しもやっているらしいからで、それでなければ古版木《ふるはんぎ》の改版や、わ印を売るぐらいでは、とうていやってはゆけないだろう、と木内桜谷は云った。

「おれだって、いまのような仕事をしているのは恥ずかしいよ」木内は酒を啜り、頭を垂れた、「自慢にゃあならねえだろうが、房やんのとしごろには、おれは芝居の作者になりたくって、いろんな芝居の作者部屋へ出入りをし、竹柴宗七の代作ということで、舞台に乗った本が五つほどあった、そのまま順調にいけば、いまごろはたて作者になっていたかもしれねえ」

それが女のことで、と云いかけたとき、おるいが酒を持ってはいって来た。

「あら起きたの」おるいは房二郎を心配そうに見た、「気分は直って」

「どうやらね」と房二郎は起きあがった、「少し酒が欲しくなった」

おるいは酒を木内桜谷の膳に置き、いそいで房二郎の側《そば》へ来て、着物と丹前をうしろから着せかけ、むすんであった平《ひら》ぐけを解いて渡した。

「もしお酒をあがるんならちょっと待ってね」とおるいが云った、「朝からなにも喰べていらっしゃらないんですもの、粥《かゆ》が出来ていますから、それを喰べてからになさいな」

「喰べ物はいやだな、まず酒にしよう」

「だめよ」と云っておるいは房二郎の肩を打った、「もう出来てるんだから待って、すき腹のまま飲むとまた苦しむだけよ」

すぐですからねと云って、おるいはいそぎ足で出ていった。木内桜谷はにやにやしながら、まるで夫婦のようだな、と云った。房二郎はその向うへ坐り、片手を出して、その盃《さかずき》を貰おうと云った。

「だめだね」木内は首を振った、「すきっ腹に酒は毒だからな、ごしんぞの云うとおりだよ」

「そんないやみは痛くも痒《かゆ》くもねえ」と云って房二郎はひょいと眼をあげた、「忘れていたが、記事のたねを金にするとはどういうことだ」

「考えないほうがいい、あんたにはできっこもなし、やらせたくもないこった」

「けれどもおれだって、生きなくっちゃならねえからな」と房二郎が云った、「できたら記事屋としてやってゆきてえし、そのために必要ならなんでもするつもりなんだ」

おるいが盆を持ってはいって来、房二郎の膳を出すと、ゆきひらと茶碗、梅干の小皿と箸《はし》を並べ、お待ち遠さまと云った。房二郎は自分でやるからいいと云ったが、おるいは相手にせず、卵の入った粥を茶碗に取り、房二郎に渡した。彼は木内桜谷に、ちょっと待ってくれと云い、箸を取りあげた。粥の匂いを嗅ぐと、にわかに腹が減ってきたのである。粥は塩かげんもよく、卵も半熟で、こんなにうまい物があるだろうかと思いながら、房二郎は茶碗に二杯たべた。おるいはそのようすをたのしげに見ていて、お味が薄かったかしら、ときいた。

「わからないな、なにしろ粥なんて、覚えてから初めて喰べたんでね」と房二郎は茶碗を置きながら云った、「しかしうまかったよ」

「よかったわ、それだけあがれば大丈夫よ」おるいはゆきひらや茶碗を盆に移しながら、その代りに燗徳利《かんどくり》と盃と、肴《さかな》の小皿を二つ膳へのせた、「でも気をつけてね、やけになって、飲みたくもないのに飲んだりしてはだめですよ」

「おれが叱《しか》られてるみてえだな」と木内は首をすくめて云った。

おるいが去ると、房二郎は手酌《てじゃく》で酒を一杯注ぎ、飲もうとはせずに、さあ聞こう、と緊張した顔つきで云った。

「話してもむだなんだがな」木内は酒を啜《すす》って云った、「いや、話すほうが諦《あきら》めがつくかもしれねえな、云っちまおう、――記事のたねを金にするというのはな、古い手だがゆすりなんだ」
「ゆすりだって」
「金持のうちの内情をあばいて、これこれの記事を瓦版にして売り出すんだが、お宅の名を書かなければならないので、あらかじめお知らせをしに来た、ともちかけるんだ」と木内は云った、「大店《おおだな》や金持ともなれば、世間に知られたくないようなないしょ事が、二つや三つはあるもんだ、金で済むことなら世間に恥をさらすことはねえからな、その記事を買いましょう、ということになるわけさ」
房二郎は膳の上から盃を取り、眉《まゆ》をしかめながら呷《あお》った、「へえー、そういうことかい、へえー、そいつはとびきりへちまの木だ」
「おめえときどきそれを云うが、へちまは木にゃあならねえぜ」
「どうして」と房二郎が反問した、「だって茄子《なす》の木ってことはみんな云うじゃねえか」
「どっちでもいいが、茄子は一本立ちだから木と云ってもいいだろう、しかしへちまは竹とか木なんぞに絡《から》みつく蔓草《つるくさ》だからな、どうこじつけても木たあ云えねえんだ」

五

房二郎は夢の中で、やわらかく、吸いつくような、熱い女の躯《からだ》の重みを感じた。いつかの女だな、と彼はおぼろげに思った。女の躯は彼を上から蔽《おお》い、押しつけたり、緊《し》めつけたりした。けんめいに苦痛を耐えているような女の声を聞きながら、また酔いすぎたんだな、と彼は思った。躯の一部に異様な感覚がおこり、その感覚が急に頂点に達したとき、彼は女のかすかな、わけのわからない叫び声を聞き、自分の全筋肉がばらばらにほぐされるのを感じた。

「池さん、もう起きないとおくれるわよ」とおるいが云った、「もし文華堂へいらっしゃるんならだけれど」

「いきますよ」うとうとしながらそう云ってから、房二郎は眼をさまして、枕許《まくらもと》にいるおるいを見た、「ああ、あんたか」

「あんまり飲んじゃだめだって云ったのに、こんなに飲んでばかりいるといまに躯をこわしちゃうわよ」

「痛いな」と房二郎は云った、「けれども、男にはね、死ぬほうがよっぽど楽だっていうときがあるんだよ」
「女にはそんなときがないとでもお思いですか」
「痛いな」とまた房二郎は云った、「私は世間を覗いたばかりで、自分のことだって
よくはわからないんだから」と云って彼はてれたような顔つきになった、「――ゆう
べはよっぽどおそかったんですか」
「覚えていらっしゃらないの」
「売り子の段平と久兵衛がいっしょだったんで、知らないところを引廻されたものだ
から、いつどうして帰ったか覚えがないんだ」
おるいの顔に嬌《なま》めかしい微笑がうかんだ、「売り子っていうのはやくざなかまの人な
んでしょ」とおるいが云った、「まさか悪いところなどへいったんじゃないでしょう
ね」
「そんなことはないさ」房二郎は顔をそむけた、「尤《もつと》も、酔っていたから、どんなと
ころを廻ったかよくはわからないがね」
「女がいたんじゃないの」とおるいはさぐるような口ぶりできいた、「女のひとと浮
気をしたんでしょ」
「顔を洗おう」と云って彼は起きあがった、「そう休んでばかりもいられないからな」

「卵粥が出来ててよ」

房二郎はけげんそうな眼をした、「へえ—、どうして」

「酔ったあとにはあれがお好きなんでしょ」

「そんなことを云ったかな」

「仰しゃらなくったってわかるわよ」と云っておるいは立った、「さあ起きなさい、半挿《はんぞう》へお湯を取っておくわ」


文華堂の前で、売り子の段平と会った。瓦版をひと重ね左の手に、古扇子を右手に持っていた。饅頭形《まんじゆうがた》の編笠《あみがさ》をかぶり、尻端折《しりつぱしよ》りをした布子《ぬのこ》の下に、ほっそりした紺の股引《ももひき》をはいた脚が、いかにもいなせなように見えた。

「ゆうべは世話になったな」と房二郎が云った、「だいぶ散財させたんじゃないのか」

「なあに、顔馴染《かおなじみ》の店ばかりでね」と段平は苦笑いをした、「銭なんか使やしねえ、あるとき払いときまってるんだ」

房二郎は財布の中から幾らか出し、足りないだろうが割前に取っておいてくれ、と云って段平に渡した。そして段平が断わろうとするのを遮《さえぎ》って、ゆうべはどこで別れたかときいた。

「お宅の前でさ、あんまり酔ってたから送ってってたんでさ」と段平が云った、「なにかあったんですか」

「厄介《やっかい》をかけて済まなかった」と彼は云った。

記事部屋へあがると、木内桜谷が向う鉢巻《はちまき》をし、机に向かって、例のとおり酒を飲み飲み、いさましく筆をはしらせていた。房二郎は自分の机の前に坐ってから、財布を出して中をしらべてみた。家を出がけにおるいが、少し入れておいた、と云って渡してくれたものだ。いましがた段平に少しばかり割前を払ったとき、かなり多額にはいっているようなので、財布をあらためると、二分銀が三枚、二朱が二つと、銭が三十文あった。

——段平に遣《や》ったのが二朱だった、とすればほぼ一両か。

財布をしまいながら、房二郎は顔を歪《ゆが》めた。部屋の借り賃も溜《たま》ってるし、こんな金を貰う義理はまったくない。すぐに返さなければならないが、手を付けてしまったのだから、このままでは返せないし、当分は返すあてもない。房二郎はすっかり気が重くなった。

——それにゆうべの女だ、いつかの晩と同じ女だと思うが、いったいあれはどこの家のどんな女だろう。

よほど段平にきこうかと思ったが、どうにも口には出せなかった。桜田小路の家を出れば、そのまま生きた生活にはいれると思った。しかしこれまでのところ、世間は彼を拒絶し、押し戻すようにしか思えない。すべてがちぐはぐで、不合理で、いやらしく不潔な面だけしか彼にみせてはくれなかった。三男坊だから窮屈で不自由な生活だと思ったが、千二百石の旗本に育った神経には、文華堂などという、最低のからくりで経営する店や、町人ぐらしで触れるものごとの一つ一つに、やりきれないほどの抵抗を感じるのであった。

「さあ値上げだ」突然、記事を書きとばしながら木内が云いだした、「月手当の値上げだ、さあささあ値上げだ値上げだ」

「こっちも値上げだ」と隣りの八帖《じょう》から彫り師の源さんの声が聞えた、「お店《たな》はほかに幾らもあるんだ、こんな手当で仕事をするなんてもうまっぴらだ」

その声を聞いて、木内桜谷がにやりとし、肩をすくめるのを房二郎は見た。

「そうだ値上げだ」と隣りの八帖から、こんどは絵師の常さんの声が聞えた、「子供の絵本を描いたって、もう少しはましな銭にならあ」

摺師《すりし》の松やんはなにも云わず、なにかを刷っているばかい、れんの、きゅっきゅっという音だけが、休みなしに聞えた。そこへ木原桜水がはいって来、皮肉な笑いをうかべながら、だいぶ賑《にぎ》やかですねと云って、記事だねの紙を木内桜谷の机の上に置いた。「辻斬《つじぎ》りと、子供が大八車にひき殺された話です」と木原は云った、「辻斬りは浅草の二天門《にてんもん》外、子供のひき殺されたのは神田の鍛冶町《かじちょう》、子供は三つの女の子だったそうです」

「たまには屑《くず》だねでねえのを持ってこいよ」木内は筆の手を休めずに云った、「そんな記事じゃあいくら売り子がそそっても、瓦版《かわらばん》は売れやしねえぜ」

「それを売れるように書くのが、木内さんの腕じゃあないのかな」と木原はにやにやしながら云った、「この夏、新吉原《なか》の女郎の心中はよく売れたそうじゃありませんか、二人とも死んだことになってるが、女郎のほうはまだぴんぴんしているし、あの瓦版のおかげで、たいそうはやってるそうですからね」

「よしてくれ」と木内桜谷が云った、「そんなことは聞きたくもねえや」

「筆の力ですよ」木原は軽薄に笑った、「木内さんが書けば、どんなに屑だねでも売れること間違いなしさ、しっかり頼みますよ」

そしてへらへら笑いながら、木原桜水は出ていった。

「たいした野郎だ」と木内は書きながら云った、「いいたねは金になるほうへ持ってゆき、安い屑だねはこっちへ持って来やあがる、それで実際に書くおれなんぞより、ずっと多くちょび髭から召し上げるんだからな、――なにが可笑《おか》しいんだ」

房二郎は手を振って、「いや違うんだ、その話じゃあないんだ」と云った、「いま桜水が神田鍛冶町と云ったとき、初めておまえさんに会ったときのことを思いだしたんだ」

「沢茂のことかい」

「刺身のかなっけのことじゃあねえ」と房二郎がまた忍び笑いをしながら云った、「あのときおれたちの脇《わき》に二人の客がいた、その一人がさ、子供が寝小便をしたので、こらしめのためにその蒲団《ふとん》を背負わせて、町内を三遍廻って来いと出してやった」

「おれにも覚えがあるぜ」

「ところが、――その男の家は亀戸《かめいど》辺にあるらしいが、子供は蒲団を背負ったまま、神田の多町までいっちまったっていうんだ」

「子供のこったからな」と木内は書き続けながら云った、「好きなところへいくさ」

そのあと、町内が迷子《まいご》捜しで大騒ぎになったそうだ、と云おうとして、房二郎は急に口をつぐんだ。おまえはどうだ、という声が聞えたのである。芝の屋敷をとびだして、こんな卑しい、三文にもならない仕事をしている、おまえ自身は迷子じゃあないのか。

——人間はみんな迷子だ。

木内桜谷は芝居の座付き作者になろうとしたが、いまは瓦版の拵え記事などを書いて、かつかつに食っている。世間を欺《あざむ》き人を騙《だま》すような仕事をしながら、女房にがみがみ云われどおしで、首をちぢめているちょび髭《ひげ》も、源さん、常さん、松やん、そして飲み屋で会った名も知らず、顔もよく覚えていない男たちまで、考えてみるとみんな迷子みたような感じだった。

——よくつきつめてみると、人間ってものはみんな、自分のゆく道を捜して、一生迷いあるく迷子なんじゃないだろうか。

房二郎はますます心が重くなり、迷子のままで一生を終ったような、親族のたれかれを思いだして、深く長い溜息《ためいき》をついた。

「どうした」と木内が呼びかけた、「また宿酔《ふつかよい》ですか」

「そんなところだ、木内さんとはどこまでいっしょだったんですか」

「両国広小路の横丁だったな」木内はやはり手を止めずに云った、「おまえさんは段平と久兵衛にとりまかれてたから、そのあとどうしたか、おれは知らないよ、なにかあったのかい」

房二郎は答えずに、また溜息をついた。

六

十二月にはいって雪の降る朝、房二郎はいつもより半刻《はんとき》も早く、文華堂へでかけた。子供のじぶんから、彼は雪の降るのを見ると、家にじっとしていられず、すぐにとびだして友達をさそいだしたり、友達がいなければ独りで、赤坂の溜池《ためいけ》や、馬場や、山王《さんのう》の森などをあるきまわるのが常であった。しかし下町の雪は積もるあとから掻《か》き寄せられ、溝《みぞ》へ捨てられてしまい、狭い空地に残っているものも、きたならしくよごれていて、彼が少年のころ知っていた雪景色とは、まるでようすが違っていた。

――赤坂あたりはいまでもきれいだろうな。

そんなことを思いながら文華堂へゆき、店の脇にある階段を登ろうとすると、女中のおかつがいそいで寄って来て、このあいだはまた有難うねと、顔を赤くして吃《ども》りながら云った。喰べたくないときにやる弁当の礼で、このあいだは鯖《さば》の味噌《みそ》煮《に》と煎《い》り豆《どう》腐《ふ》と、菜の胡麻《ごま》よごしだったけれど、あんなにうまい物を喰べたのは生れて初めてで、喰べながら涙が出てしようがなかった。ということを、吃る者に特有のこまかい表現で語った。

「わかったわかった」と房二郎は遮って云った、「今日のもよければ喰べていいよ、おれは欲しくないからな」

　そして礼を云われるのを避けるように、二階の記事部屋へあがっていった。時刻が早いのか、それとも雪のためか、まだ刷り部屋のほうにも人はいなかった。そして彼が自分の机に坐ろうとしたとき、裏の座敷で物を投げる音がし、主婦のおそでのきーっという叫び声が聞えた。

「寄合いだなんて誰が信用するもんか」とおそでが叫んだ、「しとが知らないと思って、ばかにするのもいいかげんにしろ、さあ、ゆうべはどこへ泊って来た、どこのすべたあまと寝て来たんだ、云ってみろ」

「済まなんだ、泊って来たりしてほんまに済まん」と文華の云うのが聞えた、「けど、寄合いは同業のつきあいだし、そのあとだかて、わて独りつきあいから抜けるちゅうわけにはいかんがな、もう帰ろ帰ろと思いながら、つい」

　おそでがまたなにか投げつけた。文華は襖《ふすま》をあけて逃げだし、廊下へ平伏した。あいにくなことに、女中が掃除したばかりだろう、こっちの記事部屋の障子がまだあけたままなので、平《へい》つく這《ば》った文華の、痩《や》せた小さな、貧相な姿はまる見えだった。

「このとおりや」と文華は廊下へ額をこすりつけた、「泊ることはつきあいで泊ったが、おなごと寝たりなんぞしやへん、それに誰にきいてもわかることや、な、堪《かん》忍《にん》して、このとおりや堪忍して」

「岡場所みたいなとこへ泊って、おまえが女も抱かずに寝る男か」

「ほんまのことやて」と文華は云い張った、「自分でもなぜかいなあと思ったくらいや」


おそでがきーっと叫び、またなにかを投げた。それは湯呑茶碗《ゆのみぢやわん》で、廊下へ叩《たた》きつけても割れず、記事部屋までころげて来た。文華は堪忍や堪忍やと云いながら、平つく這ったまま、頭を上げたり額を廊下にすりつけたりした。ばったのようにという表現を絵にしたような感じで、房二郎はどうにも見ているに耐えず、立ちあがって、刷り部屋から廊下へ出、階段をおりて店へいった。そこへ木内桜谷がはいって来たので、彼は眼くばせをし、二階を指さして頭を振った。

「とにかくとんびへゆこう」房二郎は店の番傘《ばんがさ》を取って云った、「話はとんびへいってからにするよ」


とんびの店はあいていなかった。二人はまた小網町の「沢茂」へいった。そこは船頭や荷揚げの親方などが寄るので、早くから店をあけているのであった。

「人間てな面白いもんだな」話を聞いてから、木内が笑って首を振りながら云った、

「あの女狐《めぎつね》は七日ばかりまえに、桜水の若ぞうと浮気をしやあがった、記事だねを持って来たとき、ちょび髭がいなかったんで、そのまま逢曳《あいび》き宿へしけ込んだのさ」

「逢曳き宿なんて、初めて聞くな」

「この裏に幾らもあるさ、江戸じゅうどこへいったって不自由なしさ」と云って酒を啜りながら、木内は顔をくしゃくしゃにして、皮肉に笑った、「おまえさんは千石の旗本育ちだからわかるまいがね」

「ちょび髭はそれを知らないのかい」

「知ってるさ」と木内は云った、「まえにも云った筈《はず》だが、夫婦となれば、そぶりだけだってそんなことに勘づかねえわけがねえ、ちょび髭はちゃんと知ってるんだ」

「それなら今日なんぞ、どうしてやり返してやらないんだ」

「金だよ、房やん」木内はそのよく動く眼をぎろっとさせた、「ちょび髭は女狐の持ってる金を覘《ねら》ってるし、女狐はそれをよく知ってる、つまりお互いに化かしあいをやってるってところさ」

「反吐《へど》が出そうだな」

「世間をよく見てみな、みんなお互いに化かしあっているようなもんだぜ」

木内桜谷はそう云ってへらへらと笑った。房二郎はがくっと肩を落し、溜息をついて、こっちにも酒を呉《く》れと云った。彼はそれまで香煎《こうせん》を啜っていたのだが、酒でも飲まなければどうにもやりきれない気持になったのであった。

「いいのかい」と木内がきいた、「おらあ一文なしだぜ」

「大丈夫、——だろう」房二郎はふところを押えて云った、「あの女房のようすじゃあ、まだ相当に長びくだろうからな、あんな騒ぎは二度と見たくないよ」

「そうできればな」木内はまた皮肉な笑いをもらした、「そうできれば、生きてゆくのに苦労はないさ、しかしもし記事屋になるつもりなら、どんなに卑《いや》しい、きたならしい事でも眼をそむけちゃあいけねえ、むしろこっちからぶっつかってゆかなくちゃあな」

「こんなこととは思いもよらなかった」

小女《こおんな》のおつまが酒と摘《つま》み物《もの》を持って来、なにが思いもよらないんですか、ときいた。

「こっちの話だ」と房二郎が云った、「そうだ、鯛《たい》の刺身を頼む」

「悪いしゃれだ」と木内が云った。

「ほんとにあがるんですか」とおつまはにやにやした、「今日は鶉《うずら》の串焼《くしや》きのうまいのがあるのよ」

「刺身だ」と房二郎は手酌で一つ飲みながら云った、「かなっけのことは心配するなって云ってくれ」

「悪いしゃれだ」とまた木内が云った。

文華堂へ戻ってみると、刷り部屋の者もみんな来ていたし、記事部屋には木谷桜所が、自分の机の前におっとりと坐り、房二郎の書いた物を、おっとりと読んでいた。房二郎の写し物を読んでいたことはすぐにわかった。房二郎が自分の机の前に坐ると、桜所が立って来て、書いた紙の束ねを、静かに机の上に置き、拝見しましたと云った。

「拝見しましたが」と桜所はごく上品に云った、「これは雅文《がぶん》ですな、仮名がき女庭訓というのは、子守っ子にも読ませようというものですから、もっと俗語で書かなければ売れないと思うんですがね」

「俗語と雅文とどこが違うんですか」と房二郎が反問した、「教えていただきましょう」

桜所は柔和に微笑した、「あなたが道をあるいてるときとか、飲み屋で聞いたり話したりするときの言葉です、こんなことは云うまでもないでしょうがね」

房二郎は嚇《かっ》となったが、桜所のにこやかに微笑しているのを見ると、気が挫《くじ》けてどなり返すこともできなかった。桜所がゆったりと、会釈《えしゃく》をして出てゆくなり、房二郎は机の前に坐って、きざな野郎だと、舌打ちをした。

「人さまざまさ」と木内桜谷が云った、「桜所は桜所で、やっぱり生きていかなくちゃならねえからな、それに、――いま桜所の云ったことは間違っちゃあいねえ、おまえさんは気を悪くするかもしれねえが、こういう仕事は、もともとまともなものじゃあない、世間を騙して売っちまえばいいというしろものだ、そのくらいの写し物は二日か三日で片づける、つまりすぐ反故《ほご》になるというつもりでやらなければだめなものなんだよ」

「それが人間の仕事だろうか」

「それが世間というものさ」木内はにやっと笑った、「もういちど云うが」

「わかったよ」房二郎は首を振って遮《さえぎ》った、「沢茂で初めてあんたに会い、この文華堂へ入れて貰《もら》ったときに、その覚悟はしていたんだ、けれどもこういう中でだって、少しはまともな仕事ができるんじゃないか、いや、こういう世界でこそ、まともな仕事をしなくちゃあいけないんじゃあないか、と思ったんだ」

「世の中はそうあまいもんじゃあない、っていうことがわかったわけだ」

「かなしいな」と云って、房二郎は両手で顔を押えた、「だんだん自信がなくなってきたけれど、なろうことなら記事屋になるつもりだから、どんなことにも慣れることにするよ」

「危ねえもんだ」と木内が云った、「よしたほうがいいんじゃねえかな」

　そこへ文華がはいって来た。

「いま桜所はんから聞いたんやけど」とちょび髭を撫《な》でながら、文華は房二郎に云った、「あんたの写したのんは売り物にならんそうやな、どうでっか」

「そんなことはありませんよ」と木内が云った、「桜所さんには桜所さんの意見があるでしょう、けれども池さんの雅文調の写しも、売り出してみれば長続きがするんじゃやないんですか」

「記事屋はんの勘では、売れるか売れないかの判断はむりでっしゃろ」鼻で笑うような口ぶりで文華は云い、房二郎の机の上から写した物を取りあげた、「――これ、ちょっと読ましてもらいまっせ」

七

「えっ」と房二郎は顔をあげた。

「鶉の叩きよ」とおるいが云った、「なにをそんなに驚くの」

「ああそうか」と云って彼は頭を振った、「いや、なんでもない、このあいだどこかで、鶉の串焼きが出来る、って聞いたばかりなんでね」

「小網町の沢茂っていうお店でしょ、その話はうかがったわ」

「ひでえもんだ、そんなことまで饒舌《しゃべ》ったのか」

「だからあんまり酔っちゃあだめだって云ってるでしょ、飲みたかったらここへ帰ってからあがればいいのに、それなら酔い潰《つぶ》れたって間違いはないじゃありませんか」

膳《ぜん》の上にはあん掛け豆腐と、鶉の椀《わん》と、香の物が並んでいた。彼は鶉の椀を取って一と口喰《た》べ、うまいなと云ったが、あとは喰べずに膳へ戻し、盃の酒を啜《すす》った。

「部屋賃を溜《た》めているうえに、返すあてもない小遣いを貰い、こんな馳走《ちそう》をぬくぬく喰べるなんて」と房二郎は頭を垂れて、いかにも恥ずかしそうに云った、「おれはよっぽどのへちまの木だ、犬にでもなっちまいたくなったよ」

「あたしが好きでしているのに、自分を咎《とが》めることなんかないじゃないの」

「それはおばさんの気持だよ」

「まあ、おばさんは可哀《かわい》そうよ」と云ってから、おるいは二人のとしの差に初めて気づいたとみえ、微笑しながら頷《うなず》いた、「そうね、あなたとは七つもとしが違うんだもの、おばさんに相違ないわね」

「そんなつもりじゃあないんだ、ただ呼びようがないもんだから」

「いいのよ」おるいは美しい顔でまた笑ってみせた、「あなたはあんまりこまかく気を使いすぎるわ、もっと気を楽に、自分でしたいようになさるほうがいいのよ」

「済まないけれど寝させてもらうよ」

房二郎は不安定に立ちあがり、おるいがいそいで、ちょっと待ってと云いながら、立って彼を支えた。房二郎はちょっとよろめき、おるいの肩につかまった。そして自分の部屋までゆくあいだ、さりげなく、肩につかまった手をすべらせて、おるいの背中を撫でた。

「ちょっと待って、そのままじゃだめよ」

着たなり夜具の中へもぐり込もうとする房二郎を、おるいは抱き止めながら云った。

「寝衣《ねまき》があったためてあるの」とおるいは云った、「着替えてから寝てちょうだい」

「あとでね」彼は夜具の中へもぐり込んだ、「あとできっと着替えるよ、きっとだ」

「あの肩には覚えがある」と房二郎は呟《つぶや》いた、「小さくて柔らかな肩、しなやかで弾力のある背中の手触り、——初めの夜はおぼろげだったが、二度めの晩にはこのまえの女だとすぐにわかった、慥《たし》かにあの肩、あの背中だった」

「なにをぼやいてるんだ」と木内桜谷が振り向いて云った、「まだ宿酔が直らないのか」

「宿酔にもいろいろあるんでね」房二郎は写し物を続けながら云った、「世間にはこんなにいろいろな穴ぼこがあるとは知らなかったよ」
「そうして少しずつおとなになるわけさ」
「おれはいっそ、のら犬にでも生れてくればよかったと思うよ」
「のら犬だって餌《えさ》をあさるには苦労するぜ」
「横《よこ》っ面《つら》へ平手打ちをくうようなもんだ」と房二郎は云った、「家出をしてってからこっち、横っ面をはられるようなことばかりだった、うんざりしたよ」
「そこいらから始まるんだな、苦みや甘みや辛みを、一つ一つあじわいながらな」と木内は云った、「あんたは敷居を跨《また》いだのさ」
「敷居だって」
「おとなの風に当ったということさ」と云って木内桜谷は声を出さずに笑った、「房やんはおくてだよ」
「おまえさんの敷居や風がどんなふうだったかは知らない」と房二郎は云った、「けれどもおれの跨いだ敷居や、初めて吹かれた風は、おまえさんのものとは違うよ」
「みんなそう思うらしい」木内は書き物を続けながら云った、「人間ってやつは誰しも、初めての経験は自分だけのものだとね」

「そうしてだんだん驚かなくなるんだな」と房二郎は云った、「——そして、ああきれいだとか、哀れだとか、かなしい、いたましいと感じることもなくなるんだろう、考えただけでもぞっとするよ」

「まだ自分の知らないことを考えると、恐ろしいような、いやらしいような、きたならしいように感じるものさ」と木内が云った、「そのくせ、そういう未知のものごとに、触れてみたがるのが人間っていうやつさ」

「口で云うぶんには、地面から天まで説明することができるさ」と房二郎が云った、「他人の火傷《やけど》は痛かあねえというからな」

そして痛いことが起こった。その夕方、ちょび髭が記事部屋へはいって来て、木内桜谷と房二郎に小さな紙包みを渡し、明日から来なくていいと云った。

「これは僅《わず》かやけど、わいのこころざしや」と文華はちょび髭を撫でながら云った、「悪う思わんと取っといてや」

私の写し物はどうなるんです、と房二郎が云おうとしたとき、木内が机の前からとびあがるように坐り直し、ちょび髭に向かって幾たびもおじぎをした。

「西川先生このとおりです」と木内桜谷は云った、「それだけは待って下さい、私はこれまでもずいぶん書いてきたつもりですが、これからはもっと書きます、桜所さんや桜水さんのぶんも書きますし、わ印も月に二冊や三冊は書きます」木内はまたおじぎをした、「毎月の手当も減らしてもらっていいです、仰《おっ》しゃることはなんでも致しますから」

およしなさい木内さん、と房二郎が云うまえに、ちょび髭がにたにた笑って、それはどこかよそへ持ち込むんだな、と云った。

「木内さん」と房二郎が呼びかけた。

「お願いです西川さん」と木内はまた三度おじぎをした、「どうかいますぐにそうはしないで下さい、せめてあと半年でも待って下さい、そうすれば私がきっとお役に立つ、ということがわかると思います」

「おきなはれ」とちょび髭を撫でながら文華が云った、「なんぼ云うたかてきめたことはきめたこっちゃ、ここでむだな口をきくより、もっと月手当を多く出してくれるとこを捜して、ねっちりうまいこと云わはるがええと思いまんがな」

木内桜谷は黙り、両手を突き頭を垂れた。いつか木内や、刷り部屋の二人が、手当の値上げだと叫んだ。そして夫婦喧嘩《げんか》で、文華は廊下へとびだし、平ぐものように頭をすりつけてあやまるのを、このおれに見られた。それらの仕返しをしようというんだな、と房二郎は思った。そのとき、ちょび髭が房二郎に振り向き、歯をみせて皮肉に笑った。

「房やんには手当もろくに出さなんで、ほんま済まなんだな」と文華は云った、「悪う思わんといてや」

房二郎のがまんはそこで切れた。彼は立ちあがるなり、自分より五寸も低い文華の衿《えり》を左手で摑《つか》み、右手で頰《ほお》へ平手打ちをくれた。

「手当はこっちから呉れてやる」と房二郎はまた平手打ちをくれた、「きさまを人間だと思ったら、こんなことで済ませやあしないんだぞ、よく覚えておけ」

彼は文華を突き放した。文華はよろけていって、障子ごと廊下へ仰向けに倒れた。そのとたんに木内桜谷がはね起き、いきなりちょび髭に馬乗りになって、片手で衿を摑み、片手で相手の頰を、撫でるように殴った。

「この野郎、人をばかにするな」と木内はどなった、「人をばかにするな、この野郎、このちょび髭野郎、人をなんだと思ってるんだ」

本当に怒ったときには、人間には思うようなあくたいがつけないものだ、と房二郎は自分のことをこめてかなしく思い、木内桜谷の肩を叩《たた》いて、もういいよ、帰ろうと云った。そこへ階下から、女狐のおそでが駆けあがって来、ちょび髭が組伏せられているのを見るなり、逆上したようにきーっと叫んだ。

「泥棒《どろぼう》や、人殺しや」とおそでは足踏みをしながら喚《わめ》いた、「誰か来て下さい、泥棒ですよう、人殺しですよう」

そして、木内桜谷にむしゃぶりつこうとした。房二郎はそれを突きとばし、木内の肩を摑んで文華から引き剝《は》がした。刷り部屋はしんとしていて、人の声も聞えず物音もしなかった。おそでは仰向けにひっくり返り、としに似合わぬまっ赤な下の物と、焦茶色《こげちゃいろ》の脚が、云いようもなく醜悪に房二郎の眼にうつった。

「いきましょう木内さん」彼は木内を抱き起こしながら云った、「なにも持ってゆく物はないんでしょう」

「人殺しや、泥棒や」とおそでは足をばたばたさせながら喚き続けていた、「誰ぞ来て、誰か番所へ届けてえ」

房二郎は木内桜谷を抱えるようにして階段をおりた。女狐はまだ喚いていたが、下へおりると女中のおかつが、二人の草履《ぞうり》を揃《そろ》えて待ってい、なにか慰めを云いたそうであったが、吃《ども》りであるため、ただ顔を赤くし、意味不明な声を出すばかりであった。

「おまえも早くこんなうちは出ちまうがいいぜ」と房二郎はおかつに云った、「奉公する気なら、もう少しましなところがあるだろう、こんなうちにいると骨までしゃぶられるぜ」

店の外へ出たとき、うしろでおかつの、ありがとよ、と吃りながら云う声が聞えた。

「飲もうや木内さん」と彼は大きな声で云った、「こんな汚れた銭なんか持ってるのも恥ずかしい、みんな飲んじまおうぜ」

「そうだ、みんな飲んじまおう」あまり元気な調子ではなく、木内も云った、「今日は川向うへゆこうぜ」

八

「どういう気持だかわからねえ」

「わからねえことはねえさ」と木内が云った、「おめえに惚《ほ》れてるからよ」

「いやなことを云いなさんな」

「そうでなくって、着物を拵《こしら》えてくれたり、小遣いを貢《みつ》いだりする道理があるかい」

「だって相手は七つもとし上だぜ」

「もったいないことを云うなよ」木内は湯呑茶碗の酒を啜った、「あれだけの縹緻《きりよう》よしは千人に一人とはいねえぜ、それに、いろ恋にとしなんか問題じゃあねえさ」

「あら、羨《うらや》ましいような話じゃないの」と酒を持って来た女が云った、「もっと詳しく聞かせてよ」

「よけいな口出しをするな」と云って房二郎は女の顔を見、狭い部屋の中を見まわした、「ここはいったいどこだ」

「そらっつかいね」女は房二郎の肩を叩いた、「ちゃんと知ってるくせに、はいお酌《しゃく》」

「門前仲町だよ」と木内が云って、女に手を振った、「酌はいいから二人にしてくれ」

「なによう、このしと」女は木内にかじりついた、「いまあちしをくどいたばかりじゃないの」

「うるせえ、おれにゃあちゃんと女房がいるんだ」

「おかみさんを持ってるのはあんた一人じゃないよ、なにさ」女は木内をもっと強く抱き緊《し》めた、「かみさんも持たないような男は、いっしょに寝たって面白みはありゃあしない、ねえ、あっちへゆこうよ」

「おれは帰るぜ」と房二郎が云った、「なんだか悲しくなってきちゃった」

「出よう」と木内が云った、「勘定をしてくれ」

「勘定はこっちだ」と房二郎が云った。

「だめだよう」女は木内を押し倒した、「あたしをくどいといて、なにさ」と女は木内の上に馬乗りになった、「今夜は寝かさないからね、帰るなんてったって帰しゃしないよ」

そして女は、木内の頰に吸いついた。

——かなしいな、生きるということはこんなにかなしいものなんだな。

その店を出て、あるきながら房二郎はそう思った。女は木内を心から好いているようではなかった。けれども、しがみついたり、抱き緊めたり、頰に吸いついたりするしぐさには、単にしょうばいだけでないなにかがあった。

——迷子《まいご》だな、あの女も迷子だ、なにか自分の生きるすべを捜している、迷子だ。

房二郎は声をあげて泣きたいような衝動にかられた。

「あのちょび髭の、ぼけなす野郎」と木内が云った、「ぶち殺してやればよかった」

「木内さんは充分にやったよ」と房二郎は云った、「あんな人間は、一寸刻みにしたって痛いとは思やあしねえ、あれで充分だ、あれ以上やればこっちの手に縄《なわ》がかかるだけで、相手はへとも思やあしねえさ」

「逆だな」と木内が云った、「世の中はいつでもそうだ、今夜は飲みあかそう、おい、酒をどんどん持ってこい」

その店がどこだか、房二郎にはわからなかった。氷《こお》るような川風に吹かれ、河岸《かし》をあるいた覚えがあるので、両国広小路か、その裏のどこかの横丁の飲み屋らしい。門前仲町で三軒ほど飲んだろうか、川をこっちへ渡ってからも二軒か三軒はしごをしたようである。そして西川文華をくさし、刷り部屋の連中が味方をしなかったことをくさし、おそでは女狐であるより、むしろ女狼《おんなおおかみ》であり、鬼女であるときめつけ、世の中ぜんたいを罵《ののし》ったりした。

「木内さんはさっき、女房持ちだって云ったようだな」と房二郎がきいた、「ああ、門前仲町の飲み屋でだ、ほんとかい」

「それが問題さ」

寒い風が吹いていて、灯《ひ》の見えない街を、二人はもつれあうように歩いていた。

「女房持ちにどんな問題がある」と房二郎が云った、「あの飲み屋の女も云ってたが、女房を持ってるのはあんただけじゃあねえだろう」

「おらあこのまま、どっか遠いところへいっちめえてえんだ」と木内が云った、「おまえさんもうちへ帰るほうがいい、しょせんまっとうにやっていける世界じゃあねえ、ってこともわかったろう、なんとか詫《わ》びを入れて呉れる親類があるんじゃあねえのか」

「ねえこたあねえさ、小旗本へ婿《むこ》にいった叔父が本所にいるよ」と房二郎が云った、「本所の相生《あいおい》町で、土屋っていうんだがね」

「その人に頼んで、桜田小路へ帰るんだな、それがいちばんだよ」

「そんなとこへ腰掛けちゃあだめだ、木内さんのうちはもうすぐそこだぜ」

木内桜谷は道傍《みちばた》の古材木に腰を掛け、低く垂れた頭を、ぐらぐらと力なく左右に振りながら云った、「おらあうちへは帰れねえんだ」

「ばかなことを云いなさんな」

「今日、私はちょび髭の前で四つん這《ば》いになった、池さんはさぞ軽蔑《けいべつ》したこったろう、人間の屑《くず》、卑《いや》しい野郎だと思ったことだろう」

房二郎はなにも云わなかった。

「けれどもな、池さん」と木内は頭を垂れたまま続けて云った、「あのときもし、ちょび髭にちんちんをしろと云われたら、おらあ犬のようにちんちんでもお廻りでもするつもりだったんだ」

「どういうことだい、それは」

「女房を呼んだんだ」と木内は云った、「西川のやつが来月から手当を増して呉れるというんで、箱根から女房を呼んだんだ」

房二郎は腕組みをした。寒い夜風が吹きわたり、腰掛けている木内桜谷の着物の裾《すそ》が捲《まく》れて、痩《や》せた細い脛《すね》のあらわになるのが、暗がりの中で、さむざむと見えた。

「いつか話したと思う」と木内は続けて云った、「私は芝居の座付き作者になるつもりだった、代作ということでいたに乗った台本も幾つかある、だがそのうちに、或る芝居小屋の、頭取のかみさんとできてしまい、それがばれて、芝居の世界から追い出されちまった」
「もううちはそこですよ、うちへいってから聞きましょう、こんなところでぐずぐずしていると本当に風邪をひきますぜ」
「おれたちは苦労した、いや、苦労したのはおたねのほうだろう」木内は俯向《うつむ》いて両手で顔を押えながら云った、「芝居の世界から閉め出されたのは、おれにとって羽根をむしられた鳥のようなもんだ、出来ると思うことはなんでもやってみたが、結局はけちな筆で生きるよりしようがなかった、文華堂へ転げ込んだのは三年まえだが、ぼろ長屋の店賃《たなちん》を払って、一人がやっと食えるほどの手当にしかならず、おたねは自分からすすんで、箱根の湯治宿へ女中奉公にいってくれたんだ」
「それにしては」と房二郎が云った、「記事を書きながら、ずいぶんけいきよく飲んでいたな」
「かみさんから仕送りがきていたのさ」
「それで箱根か」
「湯治場は金になるからな」と云って木内はまた頭を垂れた、「――金になる、か、どんな気持で三年、箱根の山の中で苦労したことだろう」

「まさか泣きだすんじゃあないだろうな」房二郎はからかうように云い、木内の腕を取ってむりやりに立たせた、「もう一と跨ぎで長屋の木戸だ、さあ、帰りましょう」

「それがだめなんだ」

「なにがだめなんだ、おまえさんのうちじゃあないか」

「女房が来ているんだよ」木内は力のぬけたような声で云った、「ちょび髭が月手当をあげると云った、それだけあれば夫婦二人のくらしは立つと思ったんで、箱根から呼び戻したんだ、一昨日《おとつい》返事があって、今日の夕方にはこっちへ着いている筈《はず》なんだ」

ちょび髭の前に平つく這い、恥も外聞もなく泣きごとを並べた木内桜谷の姿が、房二郎には改めていたましく、思いだされた。

「大丈夫だよ」と彼は云った、「夫婦の仲じゃないか、それに箱根までいって稼《かせ》いで、あんたに貢ぐほどの人だ、事情をよく話せばわかってくれるさ」

「そういう女房だからこそ、よけい顔が合わせられないんだ、――いっしょに来てくれるか」

房二郎はどぎまぎし、「おれがか」と反問し、すぐに頷いた、「いいよ、おれでよければいっしょにゆこう」

「済まねえな、恩にきるぜ」

木内桜谷はよろめき、房二郎の肩に凭《もた》れかかった。彼は木内を抱えるようにしてあるき、その長屋の木戸口までいった。金棒を突きながら夜廻りが通り、どこかでけたたましく犬が吼《ほ》えていた。――木戸はあいていて、長屋の両側がぼんやりと見えた。どの家も灯を消して暗いのに、一軒だけ障子に、ひっそりと灯をうつしているのが見えた。いちど泊っただけであるが、それは木内桜谷の住居に相違なかった。房二郎にはその行燈《あんどん》の脇《わき》に、小さな風呂敷包みを置いて、しょんぼり坐っている女の姿が見えるように思い、ぞっとして、桜谷を木戸口に倚《よ》りかからせると、また会おうと云い残して、そこから逃げだした。

「あれも人間の生活なんだな」うしろから呼びかける木内の声をうち消すように、彼はあるきながら声に出して呟いた、「――へちまは木にはならねえ、か、僻《ひが》んで考えると、おれのことを云われたみたようだな」

彼は風の寒さに身ぶるいをした。文華堂の夫婦、吃りの女中、小舟町のおるい、刷り部屋の三人、その他もろもろの人間や景物が、いまはふしぎなほど自分から遠くなり、べつの世界のように感じられるのであった。

「友達の中には、気軽に町人ぐらしに慣れてゆく者もあった」と房二郎は呟いた、「しかしおれはだめらしい、おれはそういう性質には生れついてこなかったらしい、しょうがない、本所の叔父のところへゆこう」

彼は前蹰《まえかが》みになり、足を早めて、暗い街を大川のほうへ曲っていった。

（「小説新潮」昭和四十一年三月号）

解説

木村久邇典

『ちいさこべ』は昭和三十二年「講談倶楽部《クラブ》」十一月号に発表された。

川越《かわごえ》へ大工職たちを連れて出仕事にいっていた「大留《だいとめ》」の若棟梁茂次《わかとうりようしげじ》は、神田《かんだ》・岩《いわ》井町《いちよう》の実家を、火事で父母と共にうしなってしまう。

〈火事の起こったのは九月七日の午前十時。湯島天神《ゆしまてんじん》の裏門前にある、牡丹《ぼたん》長屋から出火し、北西の風で三組町から神田明神《みようじん》へ延焼した。そのころから風勢が強くなり、そのまま神田をひとなめにして日本橋まで焼け、一方は東に延びて、堀江町、小網《こあみ》町《ちよう》、葺屋町《ふきやちよう》の両芝居から、馬喰町《ばくろちよう》、浜町《はまちよう》、そこで飛火をして深川の熊井町、相川町、八幡宮の一の鳥居を焼き、仲町辺まで一帯を灰にした〉川越から江戸へ様子をみにいってきた後見《こうけん》の大六《だいろく》の報告では〈おかみさんが棟梁を抱くような恰好《かつこう》で〉の最期《さいご》だったという。父の留造《とめぞう》は四月以来卒中で寝たりおきたり、といった状態だったので素早く火を逃《のが》れることができなかったのである。

『ちいさこべ』は、この日から茂次を中心として始まる「大留」の職人たちの再建の奮闘ものがたりだ。

山本周五郎は、天災地変をダイナミックに描くことをまことに得意とした作家のひとりである。それは四歳のときに生地の山梨県初狩《はつかり》村で山津波のために祖父母、叔父、叔母ら肉親四人を一時にして喪《うしな》ったという幼時の遠い記憶——もっともこのとき周五郎一家は隣の大月《おおつき》町に分居してい、好運にも災禍を免《まぬが》れることができたのだが。また上京後、府下王子町の小学校に入学した直後に体験した大洪水《だいこうずい》——。水浸しになった教科書を丹念に乾《ほ》して、父の逸太郎はいちいち、きれいに筆写してくれたものだったという。そして二十歳のとき、東京の天現寺で経験した関東大震災。さらに昭和二十年春、前夫人が重病のさなか、連日のように見舞われたアメリカ空軍の東京大空襲——。

作者の前半生におけるそういった数々の天災地変の点綴《てんてい》が作者独自の人世観《じんせい》を形造る大きな要素になったといっても、あながち過言でないような気がする。そしてさらに重要なことは、おのれに起きた不幸なさまざまのアクシデントを、山本周五郎は、みずからの作品群に、躍動するリアリティーを与える絶好の人生体験として転化する。すなわち、戦後作品にかぎって、いまここで思いついただけでも『柳橋物語』（昭和二十一年「椿」）、『むかしも今も』（昭和二十四年「講談雑誌」）、『山彦乙女』（昭和二十六年「朝日新聞」)、『暴風雨《あらし》の中』(昭和二十七年「週刊朝日」別冊)、『正雪記』(昭和二十八年—三十二年「労働文化」)、『水たたき』(昭和三十年「面白倶楽部」)、『つゆのひぬま』(昭和三十一年「オール読物」)、『天地静大』(昭和三十四年「三社連合」)、『榎《えのき》物語』(昭和三十六年「オール読物」)、『さぶ』(昭和三十八年「週刊朝日」)、『ながい坂』(昭和三十九年—四十一年「週刊新潮」)といった作品たちのなかで、天動地異を、作者は追随を許さぬ巧みさで描きつづけた。

戦後、自己の意志に反して戦争に駆り立てられた若者たちを、「喪われた世代」と呼称した一時期があった。山本周五郎はそういった世代の類別に激しく反発していった「〝喪われた〟などとはとんでもない。あの大戦を生き残った若者たちこそ、最も多くを得た世代ではないのかね、酔生夢死の生涯《しょうがい》に比べてみてごらん、彼ら青年こそ、もう二度と経験できないような、充実した人生の体験者ではないのかね」

山本作品には、孤独や哀傷、絶望と失意、退廃と無常、疲労と虚無といった、人生の裏面にライトをあてたかにみえる作品もかなりある。と同時に、〝負〟の要素をも〝正〟に転化させてしまおうとする、かなり強引とさえいえる向日性が同居して、作品の奥行きをさらに深めている、といった場合もきわめて多いのである。

『ちいさこべ』は、作者の全作品のなかでも、とくに向日性を強調した小説として注目さるべきではなかろうか。そこには太平洋戦争での敗戦という荒廃と混乱と絶望のなかから力強く励まし合い自立していこうとする青年群像が生き生きと描き出されている。親せき縁故者の同情や支援も拒み両親の葬式もあげようとしない茂次の姿勢にはいっこく者のかたくなささえ感じられもするが、それが職人のこころ意気として一種のさわやかさに通ずるのは、この作品がつよい庶民への共感に裏打ちされているからである。山本作品の〝下町もの〟の分野中、さらに〝職人もの〟として細分化される代表作品に挙げらるべき小説である。

もうひとつ注目したいのは、若者たちの再建奮闘譚《ふんとうたん》にからんで、「大留」の飯場の雑事に協力することになったおりつが、肉親や家をうしなった子供たちを集めて面倒をみるいきさつがからんでいることで、表題『ちいさこべ』は、ちいさこべのすがるの故事から発想されたものである。子供と片端者《かたわもの》をあしらって読者の涙腺《るいせん》を刺激することは、小説の邪道と断じてはばからなかった山本周五郎にしては、まったく珍しい題材の提出というべきだが、断固として罹災児《りさいじ》たちを庇《かば》うおりつの勝気でしかも母性ゆたかなこころ意気と、茂次の向う意気とが一体となって重唱されるところにこの一編のテーマがあり、幼児たちはそのための必然の登場者だったのである。

『花筵《はなむしろ》』は昭和二十三年四月、労働文化社から書き下ろし小説集の一巻として刊行された。山本周五郎は、昭和二十年十月にも講談社から産報文庫の一巻として書き下ろし小説『菊屋敷』を公刊しているが、四百字詰め原稿用紙にして百枚ほどの作品であり、用紙事情が窮屈な戦時下でなければ、やや長い作品として月刊雑誌に一挙に掲載されることも可能であったはずである。「だから、こんどの『花筵』は純粋な意味で、ぼくにとって最初の書き下ろし小説になるわけだ、なにしろぼくは月々の物入りが激しいものだから月刊雑誌のほうに追われてしまって、書き下ろしが理想だとは思うんだけれども現実にはなかなか書けない。そういう事情を承知のうえで、きみの社はぼくに書き下ろしをやってくれという。そういうつむじ曲りの注文が面白いと思って、つい、やってみましょう、と引き受けちまったのが、そもそもの誤りだったんですな」

当時、労働文化社の駆け出し編集者で〝山本番〟を担当させられたわたくしに、作者は苦笑しながら、そう云ってボヤいてみせたりした。二百四十枚を完稿するまでに、およそ一年を要し、追い込みにかかってからは〝日参〟のように仕事場へ通って、三、四枚ずつ貰《もら》ってきて印刷所に回したことを昨日の出来事のように思いだす。昭和二十二、三年ごろは、仙花紙《せんかし》の雑誌が雨後の竹の子のように出かかってはいたけれど、それでも、二、三百枚の作品を一度に発表する紙誌はまだなかったから、『花筵』は作者がいうように、「最初の書き下ろし」小説と称してもよいであろう。
わたくしは昭和二十四―六年にかけて執筆した『おたふく物語』を以《も》って戦後の山本作品の第一段の飛躍作とみるものだが、（もちろんこの間に、『柳橋物語』『むかしも今も』などの佳作もある）『花筵』は戦時中の代表作『小説日本婦道記』から『おたふく物語』に至る間の模索作であり、作風からいって、『婦道記』の総集編といった色彩が濃いように思われる。この作品が昭和四十五年九月、芸術座で、佐久間良子、乙羽《おとわ》信子、田宮二郎、緒形拳《おがたけん》らで公演されたとき、わたくしはつぎのような解説を書いた。〈藩の重職の、恵まれた家庭にそだったお市は、藩政改革をめざす陸田信蔵《くがたしんぞう》に嫁入りしてから、短時日の間に彼女におそった転変のかずかずを通して、あくまで夫を信頼し、姑《しゅうとめ》をたすけ義弟をはげまし、愛児をうしなうという苦痛にもめげず、真実の人間の連帯に目をみひらいてゆく――。そうした健気《けなげ》なおんなの生き方が、感情の起伏をできるかぎり抑《おさ》えた筆調で物語られ、そのゆえに、読者にいっそう深い感動をもよおさせるのである。〉
山本さんの最大の苦心は、おそらくこの作品を、常套《じょうとう》的な〝孝女節婦〟の物語としないところにあった。どんな女性でも、お市と同様の環境におかれた場合、彼女とおなじように振舞うであろう普遍的な生き方を、まさぐろうとしたのである。お市を取りかこんだ目もくらむような諸般の情況には、敗戦直後の日本の、激動する世情がたくみにひきうつされている。

わたくしはいま、『花筵』を『日本婦道記』の〝総集編〟であると書いた。だが、誤解のないようにつけくわえておきたい。山本さんは過去への決別のためにだけ、『花筵』を書いたのではない。姑の磯女《いそじょ》の寛闊《かんかつ》でユニークな人格は、まぎれもなく『日日平安』の陸田城代の妻女おのにひきつがれている。お市の姿もまた、くっきりと晩年の『十八条乙』のあやに影をおとしている。

たしかに姑の磯女や義弟の辰弥《たつや》ののびやかさは、これまでの山本作品には立ちあらわれたことのないものであり、かれらが戦後に迎えたきん夫人の人格の投影であったことはいうまでもなく、その要素が『おたふく物語』へと転形していったことも贅言《ぜいげん》を要しまい。

だが、いままた『花筵』を読了して思うのは、作者がもっとも訴えたかったのは、姑を助けるために、生後まもない赤児《あかご》を喪った母親お市の「――山が焼ければ親鳥や逃げる、身ほど可愛《かわい》いものはない」という痛恨と慟哭《どうこく》ではなかったろうか。またもう一条、注視ねがいたいのは、この作品はいわゆる〝武家もの〟に位置しながら〝発明もの〟（とでもいおうか）に両属していることである。

山本周五郎には、戦前から、物事の創作工夫にテーマをおいた小説がすくなくない。すなわち、『羅刹《らせつ》の面』（昭和十二年）、『与之助の花』（昭和十六年）、『万太郎船』（同年）、『噴上げる花』（昭和十七年）であり、戦後も『おれの女房』（昭和二十四年）、『扇野』（昭和二十九年）、『樅ノ木《もみのき》は残った』（昭和二十九年―三十三年）に登場する二弦琴《にげんきん》の一玄老人や〝宮本ぶし〟の創造に没頭する宮本新八、さらには『虚空遍歴』（昭和三十六年―三十八年）に登場する絵師濤石《とうせき》や主人公中藤冲也《ちゅうや》らの苦闘である。

こうしたテーマ設定は、作者がいかに、一作ごとに新分野の開拓に腐心したかを、真率直截《ちょくせつ》に物語る作品群とも称し得ようが、『花筵』もまた、この系譜中で、正統な一編としての座を占めていることに気付くのである。

『ちくしょう谷』（昭和三十四年四月「別冊文藝春秋」）は作者の全作品中でももっとも異色な意欲作といってよい。二百枚のこの作品を完成させるために要した四か月の苦心は並大抵なものではなく、「ああ骨が折れた、これじゃあ、とても商売にならない」と嘆息したりしたものであった。

この数年前から作者は折にふれて、わたしは人間の連帯感というものの条件や限界、愛や憎しみや絶望や孤独といった問題を、もっと追究してみたい、と洩《も》らしていたが、『ちくしょう谷』はこれらの困難なテーマ、なかんずく、人間はどこまで人間を宥《ゆる》しうるかの限界に、真正面から挑《いど》んだ野心作であった。昭和二十八年の『砦山《とりでやま》の十七日』（九月、「サンデー毎日増刊号」）も、一般社会から孤絶した極限状況における男女心理の微妙なゆれうごきがテーマになってはいる。『ちくしょう谷』もまた社会から疎《そ》外《がい》された集落が物語の背景にセットされているが、作者が困難な宗教的課題に四つに取り組んだ態度に、従来示していた宗教的な傾斜を思わせる作品群より、一段も二段もするどい斬《き》り込みが観取されるのである。舞台設定のヒントとなったのは、山本が特に好んだ英国映画『黒水仙』であったろう。この作品を読んだ牧師でもあるさる文芸記者が「しかし、この主人公の朝田隼人《はやと》のように、本当にこんなにも限りなく許せるものでしょうか」と反論したとき、山本はひときわ強い語調で答えたものであった「きみね、人間が一歩でも人間を宥したとすれば、それはもう際限なく宥したということではないかね。ここまででストップなんてのは宥したうちにははいらないのじゃないかね」

山本はわたくしにこうも云った。「本山という歯科医師が残忍な手段で誘拐《ゆうかい》した児童を殺害した事件がさきごろあったね、死刑の判決をうけた本山は刑務所で、いま前非を悔いていると新聞にあった。ぼくは、それだけで本山の魂は救われていると思うんだよ」

賢明だった山本周五郎は、その牧師との対話以前、すでに『ちくしょう谷』が〝失敗作〟であったことを逸早《いちはや》く勘づいていたに違いなかった。しかし、この作品には、山本が生涯の指針とした「人間はなにを為《な》したかではなくて、何を為そうとしたかだ」という意欲が十二分に籠《こ》められていたことも事実であった。だからこそ、その最終作品『おごそかな渇《かわ》き』で、もう一度、机に座りなおして、神へ向って問いかけ〝現代の聖書〟を創作しようとするのである。

水谷昭夫氏の『キリスト教と文芸―山本周五郎「ちくしょう谷」論』(「兄弟」二百三号)という秀《すぐ》れた評論がある。

同氏は、山本が同じ昭和三十四年に執筆した『五瓣《べん》の椿《つばき》』が〈「父の名」において遂行されて行く徹底した裁きの物語であり〉『ちくしょう谷』は〈無実のまま殺された「兄の名」によって、徹底して人を許すことの可能性を追った物語〉だと対比する。〈朝田隼人は人と争わない。／真の「自由」が／「剣」や「力」や、あるいは正義や名分によってですら、招来されるものでない事を見ぬいている。もともと、その「真実」をあらわにする一切の努力を放棄しているところにこの作品は成立する〉と述べる。

〈隼人が静かに眼をあげた。

隼人は黙って会釈《えしやく》を返した。

隼人の眼には、両親のない乳呑《ちの》み子《ご》を見るような、やさしく深い色が湛《たた》えられた。

引用にいとまもないこの「静か」な形である。謀殺に近い殺され方をした「兄」の秘密、それをこの現実に暴露して復讐《ふくしゆう》をとげる。そのような形で、真理への接近はなされない。覆《おお》われた真実の前で、むしろ自らが成熟したものとなって変化し、その変《へん》貌《ぼう》した光芒《こうぼう》によって、おのずから真実が照らし出される。これが真理や自由に対する周五郎文芸の基本的な型なのである〉卓説というべきであろう。

『へちまの木』は昭和四十一年「小説新潮」三月号に発表された。六十二歳、ちょうど作者の急逝《きゆうせい》一年まえの作品で、こののち作者は『あとのない仮名』『枡落《ますおと》し』および『おごそかな渇き』(中絶)の三編しか執筆していない。文字通り、最晩年の小説である。

山本周五郎は大正十二年の関東大震災の直後、文学の新天地を関西に求めて、およそ三年間を神戸市の知人宅に止宿して雑誌記者をつとめるかたわら文学修行に励んだ。この時期に材を得た作品に『須磨寺《すまでら》附近』(大正十五年)、『豹《ひよう》』(昭和八年)、『陽気な客』(昭和二十四年)などの現代小説があるが、『へちまの木』はそれらの作品を踏まえ、下町の時代ものとして再構築したものだ。

武家の生活から脱け出した青年房二郎《ふさじろう》は、いかがわしい瓦版屋《かわらばんや》につとめ、木内桜谷《おうこく》という記事屋の同僚との交際のなかで、すこしずつ世間というものの実体に目を見開くというのがテーマになっている。下宿先きの主婦も、『須磨寺附近』の女主人公康子の変身と読むことができよう。

へちまはしょせんひとり立ちの木にはなれない蔓草《つるくさ》なのに「そいつあとんだへ、ちまの木だ」というのが房二郎の口ぐせで、それがこの作品の表題となった。

そういった青年房二郎にとっての人間認識は、自分自身を含めて、ひとはすべて迷《まい》子《ご》ではないか、という頼りなく、ものういような、憂鬱《ゆううつ》な実感であった。二十歳代の青年房二郎の心象風景を、四十年後、六十代の老熟の境に達した作者の回顧的な〝眼〟からみれば、そのような感懐を抱《いだ》かせたものであったろう。晩年は現代小説一本にしぼることを目標にした山本周五郎としては、同一の題材を〝時代小説〟に〝逆行〟させたことに、作者の四十年にわたった作家生活の疲労のようなものが、濃い影をおとしていて、痛ましいような思いもそそられる。作者独自のものだった文体の張りや粘着性も心なしかうすらぎ、枯淡みのほうが勝っているようにも感じられる。だが、ここではむしろ、確実に截《き》り取られた市井《しせい》の一青年の青春にそそがれた作者の練達の筆を、じっくり味読すべきであろう。

（昭和四十九年一月、文芸評論家）

表記について

新潮文庫の文字表記については、原文を尊重するという見地に立ち、次のように方針を定めました。

一、旧仮名づかいで書かれた口語文の作品は、新仮名づかいに改める。
二、文語文の作品は旧仮名づかいのままとする。
三、旧字体で書かれているものは、原則として新字体に改める。
四、難読と思われる語には振仮名をつける。

なお本作品集中には、今日の観点からみると差別的表現ととられかねない箇所が散見しますが、著者自身に差別的意図はなく、作品自体のもつ文学性ならびに芸術性、また著者がすでに故人であるという事情に鑑み、原文どおりとしました。

（新潮文庫編集部）

山本周五郎著
赤ひげ診療譚
貧しい者への深き愛情から〝赤ひげ〟と慕われる、小石川養生所の新出去定。見習医師との魂のふれあいを描く医療小説の最高傑作。

山本周五郎著
青べか物語
うらぶれた漁師町・浦粕に住み着いた私はボロ舟「青べか」を買わされた——。狡猾だが世話好きの愛すべき人々を描く自伝的小説。

山本周五郎著
五瓣の椿
連続する不審死。胸には銀の釵が打ち込まれ、傍らには赤い椿の花びら。おしのの復讐は完遂するのか。ミステリー仕立ての傑作長編。

山本周五郎著
柳橋物語・むかしも今も
幼い恋を信じた女を襲う悲運「柳橋物語」。愚直な男が摑んだ幸せ「むかしも今も」。男女それぞれの一途な愛の行方を描く傑作二編。

山本周五郎著
大《おお》炊《い》介《すけ》始末
自分の出生の秘密を知った大炊介が、狂態を装って父に憎まれようとする姿を描く「大炊介始末」のほか、「よじょう」等、全10編を収録。

山本周五郎著
日本婦道記
厳しい武家の定めの中で、愛する人のために生き抜いた女性たちの清々しいまでの強靭さと、凛然たる美しさや哀しさが溢れる31編。

山本周五郎著

日日平安

橋本左内の最期を描いた「城中の霜」、武士のまごころを描く「水戸梅譜」、お家騒動をユーモラスにとらえた「日日平安」など、全11編。

山本周五郎著

さぶ

職人仲間のさぶと栄二。濡れ衣を着せられ捨鉢になる栄二を、さぶは忍耐強く支える。友情を通じて人間のあるべき姿を描く時代長編。

山本周五郎著

虚空遍歴（上・下）

侍の身分を捨て、芸道を究めるために一生を賭けて悔いることのなかった中藤冲也――苛酷な運命を生きる真の芸術家の姿を描き出す。

山本周五郎著

季節のない街

生きてゆけるだけ、まだ仕合わせさ――。貧民街で日々の暮らしに追われる住人たちの15の悲喜を描いた、人生派・山本周五郎の傑作。

山本周五郎著

おさん

純真な心を持ちながら男から男へわたらずにはいられないおさん――可愛いおんなであるがゆえの宿命の哀しさを描く表題作など10編。

山本周五郎著

おごそかな渇き

〝現代の聖書〟として世に問うべき構想を練った絶筆「おごそかな渇き」など、人生の真実を求めてさすらう庶民の哀歓を謳った10編。

山本周五郎著

松風の門

幼い頃、剣術の仕合で誤って幼君の右眼を失明させてしまった家臣の峻烈な生きざまを描いた「松風の門」。ほかに「鈴忍」など12編。

山本周五郎著

深川安楽亭

抜け荷の拠点、深川安楽亭に屯する無頼者たちが、恋人の身請金を盗み出した奉公人に示す命がけの善意――表題作など12編を収録。

山本周五郎著

山彦乙女

徳川の天下に武田家再興を図るみどう一族と武田家の遺産の謎にとりつかれた江戸の若侍。著者の郷里が舞台の、怪奇幻想の大ロマン。

山本周五郎著

あとのない仮名

江戸で五指に入る植木職でありながら、妻とのささいな感情の行き違いから、遊蕩にふける男の内面を描いた表題作など全8編収録。

山本周五郎著

四日のあやめ

武家の法度である喧嘩の助太刀のたのみを、夫にとりつがなかった妻の行為をめぐり、夫婦の絆とは何かを問いかける表題作など9編。

山本周五郎著

町奉行日記

一度も奉行所に出仕せずに、奇抜な方法で難事件を解決してゆく町奉行の活躍を描く表題作ほか、「寒橋」など傑作短編10編を収録する。

一人ならじ　山本周五郎著

合戦の最中、敵が壊そうとする橋を、自分の足を丸太代りに支えて片足を失った武士を描く表題作等、無名の武士の心ばえを捉えた14編。

人情裏長屋　山本周五郎著

居酒屋で、いつも黙って飲んでいる一人の浪人の胸のすく活躍と人情味あふれる子育ての物語「人情裏長屋」など、〝長屋もの〟11編。

花杖記　山本周五郎著

父を殿中で殺され、家禄削減を申し渡された加乗与四郎が、事件の真相をあばくまでの記録「花杖記」など、武家社会を描き出す傑作集。

扇野　山本周五郎著

なにげない会話や、ふとした独白のなかに男女のふれあいの機微と、人生の深い意味を伝える〝愛情もの〟の秀作9編を選りすぐった。

寝ぼけ署長　山本周五郎著

署でも官舎でもぐうぐう寝てばかりの〝寝ぼけ署長〟こと五道三省が人情味あふれる方法で難事件を解決する。周五郎唯一の警察小説。

あんちゃん　山本周五郎著

妹に対して道ならぬ感情を持った兄の苦悶とその思いがけない結末を通して、人間関係の不思議さを凝視した表題作など8編を収める。

新潮文庫の新刊

永井荷風著
つゆのあとさき・カッフェー一夕話
天性のあざとさを持つ君江と悩殺されては翻弄される男たち……。にわかにもつれ始めた男女の関係は、思わぬ展開を見せていく。

村山治著
工藤會事件
北九州市を「修羅の街」にした指定暴力団・工藤會。警察・検察がタッグを組んだトップ逮捕までの全貌を描くノンフィクション。

C・フォーブス
村上和久訳
戦車兵の栄光
—マチルダ単騎行—
ドイツの電撃戦の最中、友軍から取り残されたバーンズと一輌の戦車。彼らは虎口から脱することが出来るのか。これぞ王道冒険小説。

C・S・ルイス
小澤身和子訳
ナルニア国物語2
カスピアン王子と魔法の角笛
角笛に導かれ、ふたたびナルニアの地を踏んだルーシーたち。失われたアスランの魔法を取り戻すため、新たな仲間との旅が始まる。

黒川博行著
熔果
五億円相当の金塊が強奪された。堀内・伊達の元刑事コンビはその行方を追う。脅す、騙す、殴る、蹴る。痛快クライム・サスペンス。

筒井ともみ著
もういちど、あなたと食べたい
名脚本家が出会った数多くの俳優や監督たち。彼らとの忘れられない食事を、余情あふれる名文で振り返る美味しくも儚いエッセイ集。

ちいさこべ

新潮文庫　や - 2 - 25

昭和四十九年五月二十五日　発行
平成十八年八月二十五日　四十二刷改版
令和六年十二月二十日　五十四刷

著者　山《やま》本《もと》周《しゅう》五《ご》郎《ろう》

発行者　佐藤隆信

発行所　株式会社新潮社

郵便番号　一六二—八七一一
東京都新宿区矢来町七一
電話　編集部(〇三)三二六六—五四四〇
読者係(〇三)三二六六—五一一一
https://www.shinchosha.co.jp

価格はカバーに表示してあります。

乱丁・落丁本は、ご面倒ですが小社読者係宛ご送付ください。送料小社負担にてお取替えいたします。

印刷・錦明印刷株式会社　製本・錦明印刷株式会社
Printed in Japan

ISBN978-4-10-113425-3　C0193